Maria
José
Silveira

A mãe da
mãe de
sua mãe e suas filhas

Homeward
Publishing

母親的河流

瑪麗亞·若澤·西爾維拉──著　余沛霖──譯

獻給我的母親嘉莉安娜，我的姨媽希娜、嘉麗、若澤・加布里埃拉和勞拉。

獻給菲利佩。

如你所見，我的身上交匯著多少世紀：
數字、姓名、無數世界的座標，和永恆的延續之力。
——《路途》，策希莉阿・梅熱勒斯[1]

1 策希莉阿・梅熱勒斯（Cecília Meireles）：巴西著名女詩人、作家和記者，巴西現代主義文學巨擘。一九〇一年出生里約熱內盧，一九六四年於故鄉去世。她的詩歌具現代主義和新象徵主義特徵，詩歌主題經常出現飛逝的時間和凝思式的生活思索。一九五三年，詩集《叛變之歌》（*Romanceiro da Inconfidência*）問世，以抒情詩的方式講述十七世紀殖民統治初期到十八世紀末著名的「米納斯獨立戰爭」（Inconfidência Mineira）中，米納斯・吉拉斯地區在此期間的傷痛歷史。站在象徵巴西大獨立的戰敗方的角度，詩人譴責對悲慘的巴西人民進行無情剝削的殖民體系，重塑巴西人的民族認同。

目錄

轉瞬即逝的驚鴻

荒涼的無垠之地

不可思議的輝煌

墮落的現代性

利益的徵兆

伊奈阿（1500-1514）——費爾南，真正的青年

復活節山旁的塞古魯港／巴伊亞地區

特貝熱特（1514-1548）——讓・莫里斯

卡波弗里奧貿易站／里約熱內盧地區

薩伊（1531-1569）——維森特・阿爾孔

臨近巴伊亞海岸線的農場

菲利帕（1552-1584）——姆巴塔

巴伊亞的農場和雷西費的蔗糖廠

瑪麗亞・卡夫薩（1579-1605）——馬努・泰阿歐巴

在聖保羅、里約熱內盧、巴伊亞與珀南布科之間

瑪麗亞・泰阿歐巴（1605-1671）——杜阿爾特・安托尼奧・德・歐利維拉

奧林達和薩爾瓦多

貝爾米拉（1631-1658）——威廉・維勒格拉夫

奧林達和薩爾瓦多

吉赫爾米娜（1648-1693）——本圖・瓦斯柯

奧林達，薩爾瓦多，聖埃斯皮里圖和米納斯・吉拉斯邊界

安娜・德・帕杜阿（1683-1730）——若澤・加爾西亞・伊・席爾瓦

薩巴拉／米納斯・吉拉斯

克拉拉・若阿奇娜（1711-1740）——迪歐古・安布羅西歐

薩巴拉和里約熱內盧內地的農場

佳茜拉・安托尼婭（1737-1812）——總管達古貝爾托・達・瑪塔

地處戈亞斯內陸的農場

瑪麗亞・芭芭拉（1773-1790）——加辛圖

地處戈亞斯內陸的農場

達彌阿娜（1789-1822）——伊納西歐・貝爾奇歐

里約熱內盧城

阿蘇策娜・巴西利亞／安托尼婭・卡洛塔（1816-1906）——卡伊歐・佩薩納

里約熱內盧，米納斯・吉拉斯和聖保羅的分界處

狄安娜・阿梅利卡（1846-1883）——漢斯・吉

里約熱內盧城

迪瓦・費里西婭（1871-1925）——弗洛里阿諾・博特留

里約熱內盧城

安娜·尤拉莉婭（1906-1930）——翁貝托·蘭希厄李

里約熱內盧和聖保羅

羅薩·奧豐茜娜（1926-）——圖利歐·費阿德

米納斯·吉拉斯內陸和巴西利亞

莉季婭（1945-1971）——弗朗西斯科·瑪塔

巴西利亞和里約熱內盧

瑪麗亞·弗洛爾（1968-）——若阿金·馬查多

巴西利亞和里約熱內盧

阿曼達（2001-）

里約熱內盧

好吧。

如果你們想要的話，就讓我們講講這個家族中女人們的故事吧。

但讓我們平靜地講。

這個主題很微妙，這個家族錯綜複雜，在這個故事中，一切並非美滿。當然有過幸福與愛，許多搏鬥與征服，以及豐偉的成就——最終，她們幾乎從零幫助建立這個國家。但亦有癲狂、謀殺、許多不幸與悲傷。巨大的痛楚。實屬繁多。

如果有必要，請記住，這次，是你們請求我來講這些女人的生活。無論什麼時候，如果你們認為我過快地略過男人，請不要以過時的女性主義來指責我。我已事先告知你們，男人生活中的樂趣不啻於女人，若我沒有過多踏足他們的領域，僅是為了滿足你們的願望。

好了，時間步步逼臨，讓我們從故事開始的地方說起吧。

從伊奈阿開始，這個圖皮尼金[1]小女孩，她是這一切的源起。

1 圖皮尼金人（Tupiniquim）：巴西原住民族群，是圖皮族（Tupi）的分支之一。他們大約生活在十六世紀，活動地點主要分布於兩大巴西沿海地區：如今巴伊亞州的南部以及聖保羅州沿岸地區。一五〇〇年四月二十三日，由葡萄牙探險家佩德羅・阿爾瓦雷斯・卡布拉爾（Pedro Álvares Cabral）率領的葡萄牙艦隊在巴西正面相遇的第一批原住民正是圖皮尼金人。

轉瞬即逝的
驚鴻

1

伊奈阿（一五〇〇—一五一四）

海上夜幕降臨，在金紅色的薄暮中，歷經四十二天航程的葡萄牙艦隊的海員們看見第一縷長海藻散布在海洋的暗綠色之中，這些海藻清晰地聲明鄰近陸地了；此時，伊奈阿的母親站在塔巴村[2]堅實的空地上，望著初升的群星，她知道：「要來了。」

黑暗蔓延，為了提前慶賀即將抵達未知土地，船上的海員已被美酒馴服，躁動不安地漸次入睡；此時，伊奈阿的母親躺在棉吊床上，她翻了個身，隨即感受到第一陣宮縮。

清晨時分，黑羽白頭鷗的出現讓海員們的期望轉為持續的亢奮，他們拉響船鐘；部落裡，伊奈阿的母親起身，操持家務。那一天，蒼穹碧藍。

那天是四月二十一日。前夜，海員們望見一座渾圓的高山，他們騷動不已，一個貼一個疊趴在十二艘艦船的船頭；同一刻，伊奈阿的母親走進森林一處僻靜角落，是她預先為這天選好的地方，濱臨一塊潔淨的小積水潭，水窪深處反射出周遭樹木的翠綠。

天空再次開始變得暗淡，艦隊上的船錨被投進海中，所有人感激涕零地跪下，因為他們終於看見

2 塔巴村（Taba）：巴西原住民村落，多為圖皮族和巴西南部的瓜拉尼族人建蓋、居住。一座塔巴村通常由四到十間圓頂或尖頂的草屋構成，並呈直角狀分布。這些草屋也被稱作「歐卡」（oca，圖皮語）或「歐嘉」（oga，瓜拉尼語）。塔巴村中央常留有一片空地，用以舉辦日常活動、節慶和宗教儀式。

森林。這片森林林冠高聳，矗立在狹長的白沙海岸上；此刻，積水潭邊，群鳥被伊奈阿的第一聲哭啼驚動，展翅而起。

伊奈阿的父親是一名圖皮尼金戰士，他用牙齒咬斷臍帶，內心充滿喜悅，因為這次是個女孩，他不必為了保護她免受邪靈侵擾而禁閉在歐卡[3]裡。他可以加入在海灘輪值的同伴，這群戰士一直警覺不安地監視水面上緩緩靠近的巨大船隊。

在第一縷陽光照亮次日早晨之前，他已經和海邊的隊伍集合了，一共是八個弓矢齊備的圖皮尼金戰士。他們觀察到十二艘輪船和帆船氣勢恢宏地逼近，還有一隻小船也在靠近海灘，上面載著一群從未見過的生物，他們激動地相互詢問：那是什麼？

現在，海灘上有二十多名戰士——一群赤身裸體的強健男人，身上塗抹油彩，配戴綠黃紅的羽毛，緊握自己的武器——他們看見那些人發出信號，聽見他們用一種奇怪、無法理解的語言大叫著，而海水的喧嘯將這聲音曳遠。翻湧的浪濤使得小船無法登岸，但戰士們整夜都待在海邊，圍坐在微弱的篝火邊，十分警惕。

第二天早上，為了看那些「加勒比人」，也就是從太陽的方向——從東方來的預言中的人，幾乎全部落都聚集到海灘上。但那天，他們卻看見那支艦隊向北遠去，於是，戰士們和部落裡因過分好奇而不願回村的大部分人立馬決定，沿著陸地或划小船跟蹤艦隊。

數日跋涉後，他們漸次抵達艦隊第二次定錨的地方。

甚至連三天後才出發，背上綁著小嬰兒伊奈阿的母親也抵達了。那是五月的第一天，恰逢榮升十字架儀式：那群長得和動物無異，膚白毛多的怪人，在音樂、歌曲和遊行中，將兩柄交叉的巨大木頭立起。他們還攜帶鐵器與火把，但相信天命的族人依舊將其視作胞友，接納他們。

因此，儘管伊奈阿什麼都沒看見，但可以說，這件日後將永遠改變她和她人民生活的事件，她也是親歷者。

她的部落度過了一段平靜的日子。男人捕魚打獵，女人種木薯、做麵粉和考因酒[4]、編漂亮的籃子、捏陶瓷。為了尋覓「無災之地」[5]，他們開啟一段朝聖之旅，最終抵達那片富饒之地；儘管與其他部落時有戰爭，但這都是自然規律的一部分，並未驚擾伊奈阿和姊妹們波瀾不驚的日常生活。她們在河中沐浴，與塔巴村附近叢林裡的動物玩耍：她們會辨認蛇的種類，會親近鳥群、小猿猴、食蟻獸和樹懶。她們熟悉作物、樹木和平穩的河流，幫母親剝木薯，學做麵粉和太白薯粉[6]。到了夜晚，女

3 歐卡（Oca）：典型的巴西原住民住宅，一般用作群居家庭的集體住房。歐卡採取木或竹制結構，其上覆蓋乾草或棕櫚葉，使用時間可長達十五年。

4 考因酒（Cauim）：巴西原住民的傳統酒精飲料。考因酒是由發酵木薯粉或玉米粉製成，有時會混入果汁。今天南美洲部分原住民仍會製作考因酒。

5 無災之地（Terra Sem Males）：在瓜拉尼族神話中，「無災之地」指的是沒有饑餓、戰爭和疾病的地方。此神話是瓜拉尼族人民為了抵禦西班牙及葡萄牙侵略而創造出來的。一五四九年，因生存受到葡萄牙殖民統治的威脅，一萬五千名印地安人從沿海出發，前往安第斯山脈，尋找「無災之地」。

6 太白薯粉（Beiju）：一種印地安傳統麵粉，也稱木薯粉（Tapioca），由太白薯碾磨而成，也可由木薯製成。

孩們會和大人一起圍坐在篝火邊，傾聽故事，享受歡聲笑語，學習跳舞、歌曲和遊戲。

生活是愉悅的，我們生來是為了享樂——伊奈阿是在這樣的信念中長大的。憂愁與悲傷引起原住民強烈的怒氣。但神靈是慈悲的，因而死後的生活是在一座繁花似錦的花園裡，死去的人們在先祖身邊載歌載舞。

伊奈阿也是聽著「加勒比人」的故事長大的——在她出生那天，加勒比人和太陽一同到來。對於發生在四月及五月那十天的事，所有大人都反覆講了上千次，每一個人都會添上新見解，盡其細節，彷彿一再的談論可以幫他們將這些驚奇事件融入自己的世界，變成自己生活的一部分，而不是一次混亂的紛擾。他們相互傳遞白人的禮物，馬鈴[7]、鏡子、珠子，頭頂著海員的紅色便帽，模仿他們單腳打轉和走路的方式。

有幾次，伊奈阿看見「加勒比人」拜訪她的部落，或是待在巴西紅木[8]旁的海灘上，如今，那些樹幹堆滿了沙灘，等待大船的到來。她曾一邊傾聽見證過多毛男人到來的人的描述，一邊想像，但他們不再如她所想的偉岸無比了。實際上，那些活生生的形象絲毫無法打動這些印地安女孩。她們盡情嘲笑他們的襤褸衣衫，如同懸掛在身上的第二層皮膚，經過數月熱帶陽光的炙烤後，他們的身體也不再白皙，儘管如此，膚色還是相當不同。她們覺得那些人的頭髮像從身上各處長出來似的，覆蓋了雙手、身體和整張臉，非常滑稽可笑。印地安女孩們縱情大笑，跟在那些人身後，贈予他們自己沿途找到的東西，而她們收到的則是溫和或不耐煩的微笑、一連串的手勢，以及總是用相同的話講任何事。有時，她們會看見一些穿戴高貴的人，他們的第二層皮膚色彩鮮豔、美觀漂亮，頭上戴的戰冠[9]，並非用羽毛，而是用毛皮製成的，腳上包裹著堅硬的甲殼鞋子。

現在，部落的成年人將大部分時間花在砍伐紅木，這種樹也被稱作餘燼之木，是一種為歐洲時裝上色的壯麗染木。從前專屬國王與主教的尊貴顏色終於解放，一般人也可使用，因此對紫色染料的需求急劇增加。土著居民擁有了「加勒比人」贈予的鐵斧後，更加迅速且狂熱地砍起樹木，自豪短短幾小時內就能攏起一座樹幹之丘。如果伊奈阿能夠活得再久一些，她就能看見，那些垂掛著呈金屬光澤的綠葉、盛開明黃色花朵，擁有淡紅色軀幹的樹木是如何日趨瀕危的，它們曾漫山遍野，矗立於她童年時期每一個所經之處。

那麼，伊奈阿是怎樣的人呢？

好吧。伊奈阿並不特別漂亮。我很清楚，這個作為一切起源的女人，這個幾乎如神話般的母親，

7馬鈴（Guizo）：一種中空的金屬製或乾果製樂器，近似球狀，內部有一個或多個實心小球，搖晃或碰撞時會發出聲響。

8巴西紅木（Pau-brasil）：巴西紅木，也稱巴西蘇木（Pau-de-pernambuco）或巴西染木（Pau-de-tinta），盛產於巴西，樹幹富含水溶性的紅色染料成分，在十五和十六世紀是珍貴的紅色染料來源。大片巴西紅木曾被砍伐，運離巴西本土，令此物種幾乎在其原生地區消失殆盡。

9戰冠（Cocar）：美洲原住民裝飾頭部的物件，功能因部落而異，可以作為象徵部落內部的階層或地位的裝飾物。

你們更希望她完美得如一則神話。但我不能滿足你們，因為那樣就失真了。儘管這種論調顯然是相對的，不僅因為那個時期的原住民部落對於美的概念和我們的並不完全一致，也因為美已不再是一種絕對的真理：被大多數人視作美的，總會有人認為是醜的，反之亦然。但是，想要將這個家族第一位女性的美麗理想化，卻是無稽之談。無需如此。總之，我們只需知道，這片土地上的第一批女性居民曾吸引了無數視線，正如在第一份關於新大陸的文獻中，那位無可比擬的著名書記官佩羅・瓦茲・德・卡米尼亞[10]所記載的，他似乎無法從她們身上移開目光，絲毫難以掩飾自己的著迷：「如此嬌俏、溫良，烏黑的頭髮傾瀉如注，而她們的祕密森林之高，之濃密，之純淨，以至於我們忘情凝視，而不感到羞恥。」

是否當時所有女人都如此迷人？她們僅被遠觀嗎？卡米尼亞為了仔細打量她們，離得到底有多近？——關於這些，我們永遠無法確切知道，但你們可別因此就認為伊奈阿是眾美人中的一位，因為並非如此。她身材勻稱豐滿，腿身比例略不協調，大腿比你們所期望的更細一些；臀部正常，不大不小，不過分健壯亦不鬆垮；胸脯微微隆起，不幸的是，重力法則注定將過早打敗它們；和所有土著女人一樣，她有一頭乾爽烏黑的長髮，不過分柔順亦不粗糙。她的鼻子扁平，黑眼睛也是不過分明亮亦不黯淡；她和姊妹們一樣，唇色鮮紅；有一塊胎記，長在後頸之端，是一個頂點朝左的深色三角形，這是她獨有的特徵。除此之外，伊奈阿連個性也不算特別。她和姊妹們一樣，熱衷操持家務，愉快地享受沐浴，嘰嘰喳喳，天真無憂，也因生活在這個世界上感到愉快、滿足。

隨著時間流逝，她不再跟蹤那群白人。她離得遠遠的，和姊妹們待在一起，她們仍舊笑聲不斷，但已是用另一種方式笑，另一種方式觀看。白人中有一個幾乎和她一樣年輕的「加勒比人」，叫作費爾南，他的臉白淨、幾乎沒有毛髮，雙眼清澈，如同被澄明的海水打磨過的石粒。他望著她，微笑著，重複道：「這兒，這兒。漂亮的女孩，來這裡吧。」

伊奈阿去了。那時她十二歲。

她好奇地微笑——她之前從未離一個「加勒比人」如此之近——伊奈阿去了，她撫摸，大笑，嗅聞，嗅聞並笑著，第二層皮膚裡極白的肉體，她大笑起來，垂下的葉色頭髮，她撫摸，嗅聞，笑著，眼睛，是的，我想近距離看看這兩顆海水色澤的石粒，那海水剛湧上沙灘，風平浪靜，在一天起始之際。

她笑著，笑著，笑著。

斑斕的鳥兒展翅盤旋後離去，蔥蘢的林木徐緩地將二人圍攏。

你們可以不相信，但伊奈阿也是費爾南第一個女人。當然，這個來自里斯本的小夥子曾在黑夜的

10 佩羅・瓦茲・德・卡米尼亞（Pero Vaz de Caminha, 1450-1500）：葡萄牙貴族，一五〇〇年四月，被任命為書記官，隨同佩德羅・阿爾瓦雷斯・卡布拉爾的艦隊踏上征航。他記載於五月一日的《致吾馬努埃爾一世王》的信件，也稱《佩羅・瓦茲・德・卡尼米亞之信》，舉世聞名，被視作「巴西出生證明」，其中披露了新大陸之旅的隨行見聞，包含自然景觀及風土人情的記錄。此文獻直至十九世紀才得以公開。

港灣碼頭，觸探過一兩位女孩，由於年幼、青澀或是純真，他對這樣的接觸倍感滿足，便未繼續。

當伊奈阿探索費爾南白得出奇的身體、他的氣息及功用時，他也探索著女孩淺紅的身體，嗅聞、舔舐她天然的味道，她仍然笑著，總是笑著，彷彿出於快樂的天性，他也從她的歡愉中覓得欣喜，二人蜷棲在葉與葉的罅隙間，沉浸在安寧之中，年輕而完整。

費爾南，真正的青年，一個「巴西人」

費爾南在一艘巴西紅木貿易的商船上當船員男侍[11]，因此，他也屬於被喚作「巴西人」的海員，這是他第二次來到「鸚鵡之地」[12]的海濱。

第一次來的時候，他剛滿十二歲，那也是他首次出海。他出生於里斯本港口的酒肆之家，關於海外及彼岸的奇異、凶險與財富的故事貫穿了他的成長。有朝一日抵達「印度」[13]是他一生所冀，更有甚者，他未訴於人的夜夢就是加入一支船員隊伍，去發現新大陸；彼處，金銀貨品之多，甚至可以充盈最悲慘的船員男侍的口袋，在一場腥風血雨的戰鬥後，頭長雙角的獨眼人將被擊敗，而那裡的女人美麗、溫柔且平易近人，雙腳覆滿可口的魚鱗。

費爾南幾乎是個孩子，但他頗為機敏，這特點屬於對周遭世界仔細觀察中成長的人。在酒館中，他非常殷勤招待海員，並成為他們的朋友，直到他們為他在其中一艘船上安排船員男侍的職位，那批輪船即將前往新大陸，尋找他們虎視眈眈的餘燼之木。輪船隸屬費爾南・德・諾羅尼亞[14]麾下的盟會。這個里斯本小夥子清楚知道，這是他前往「印度」，實現冒險之夢的最佳途徑。

正如駛離那個港口的任何一艘輪船，這艘輪船肩負一個再清晰不過的任務：在最短的時間內，用最少的支出，為葡萄牙帶回盡可能多的巴西紅木。為達到目的，船上設立嚴苛規定，實行軍事化訓練。位於船上等級鏈底層的，比海員還要低等的，就是船員男侍，他們的生活絲毫沒有甜頭。他們做最艱苦的差事，拉錨鏈、替船員跑腿，還得服從所有的糟糕待遇及懲罰。

但第一次遠航的費爾南，這位真正的青年，認為自己已頗受優待了。他熱愛海洋，總是樂此不疲地觀察、為之驚嘆，他學習瞭解海洋，預見它的變幻莫測。他孜孜不倦地為任何人幫些小忙，成為船上最常被差使的男侍；他在船上四處來去，很快便瞭如指掌，他對這艘船熟悉得像是長大的那個小酒館。在船上遊蕩的同時，他沒錯過任何一則閒言碎語，不久後便開始利用水手們對打賭的熱情賺取一

11船員男侍（Grumete）：指年紀較小的船上學徒，主要負責清潔打掃、幫船員做各類粗活。

12鸚鵡之地（Terra dos Papagaios）：藍黃金剛鸚鵡主要活動於巴西等南美洲國家，在葡萄牙大航海時期，牠們被視作巴西這塊新大陸的象徵，因此彼時巴西也被稱為「鸚鵡之地」。

13印度（Indias）：沿用至十九世紀的歐洲人對亞洲和美洲等局部地區的總稱。其中「東印度」指的是包括印度和印度尼西亞群島的亞洲東南部地區，而「西印度」泛指整個美洲地區。

14費爾南・德・諾羅尼亞（Fernão de Noronha, 1470-1540）：巴西珀南布科州的費爾南・德・諾羅尼亞群島的第一位領主，是發掘巴西紅木的首批葡萄牙探險家之一。

些杜卡特[15]，他們會聚在一起為了某些事下賭注，譬如，在東南方向的航線中，什麼時候會出現一件始料未及的小插曲，又或者第二天的乾糧會是什麼。

一抵達新大陸，這名首次出航的年輕人便深感振奮與喜悅，他沉浸在海灘上耀眼的陽光，陶醉於光裸、被羽毛及圖騰覆蓋的土著，女人們笑意盈盈的模樣，樹木和甘美水果的芬芳，植被的繁茂，以及豐饒的生活——這是他此前無法想像的，即使是在他最狂放的夢中。

在令人精疲力竭的幾個鐘頭裡，他不斷工作，幫助原住民整理船上的樹幹，即便如此，在工作之後，費爾南仍然覺得不安，他躺在沙灘上，呼吸清新的空氣，還有他漸漸分辨得出的氣味，他想，這就是他的願望之鄉，沒有其他地方能與之媲美，連「印度」也無法。

憑藉在旅途中打賭贏來的杜卡特，他可以和土著買賣動物，這是輪船船員被允許的少數幾件事之一。他買了一隻價格不菲的鸚鵡。在葡萄牙，鸚鵡是最熱門的新興商品之一，除了擁有一身綠紅相間的美麗羽毛，這種奇妙的動物還會講話，逗得所有人捧腹大笑。他還與一個水手打賭船返航的日期，並贏得一張華麗的美洲豹皮。

在回程途中，像許多船員一樣，費爾南將休憩時間花在教鸚鵡學舌。有些人教的是禮節話，「是，我的長官」、「不，先生」，有些人教的則是下流話，「里斯本的美人喲，請把妳們的手和芬芳之處給我吧」，更有甚者，想把鸚鵡高價賣予神職貴族的人，竟然教鸚鵡說禱詞。這項娛樂活動極其有趣，費爾南很快便找到另一種賺取更多杜卡特的方法，他開始交易自己鸚鵡教師的天賦。

一抵達葡萄牙，他就再次被雇用，踏上前往巴西的第二次旅程。然而這次，命運並未對他展露笑顏。壞天氣幾乎伴隨了整趟旅途，食物配給從未如此嚴格，副水手長遠比費爾南在前次旅程所見識到的更為殘忍。船員男侍常因無關緊要的事被鞭笞，甚至昏死過去。與之前不同，費爾南不能在船上自由信步了。更糟糕的是，他們一抵達巴西海岸，就發現一起偷竊，遭竊的是原本要跟土著交易的斧頭，費爾南成為嫌疑人之一，其緣由更多是副水手長的惡意，而非犯罪事實。費爾南被禁止下船去他深愛的海岸，他認為它比他做過的所有夢都美。他生性不羈且叛逆，決意逃跑對他來說並不困難。當輪船啟航返回葡萄牙時，費爾南和另一個名叫西普里亞諾的同伴——他身形高大，是個吹奏口琴的能手——一起躍入大海並游上岸。

不久，費爾南認識伊奈阿，成為原住民的朋友。但是，考慮到新一批輪船即將到來，下一艘船的船員必然會來此搜尋他們，費爾南和西普里亞諾認為最好離開。他們決定前往卡波弗里奧市[16]的貿易站，這是一趟漫長的旅程，要靠好幾隻獨木舟及數日跋涉來完成。

15杜卡特（Ducado）：歐洲從中世紀後期至二十世紀期間，作為流通貨幣使用的金幣或銀幣。
16卡波弗里奧（Cabo Frio）：巴西里約熱內盧州的市鎮。

與他們同行的還有伊奈阿和她的兩個姊妹。

誰知道這些印地安女孩離開部落的動機？或許僅僅出於冒險的樂趣，又或許多多少少是被強迫的，抑或她們也有相同的野心，想獲得白人所渴望的事物。儘管費爾南和西普里亞諾只是逃兵，他們身上仍存在接觸其他世界的可能性，那個世界早已融入了土著的想像與欲望。

葡萄牙人在蔥蔥郁郁的海岸上建起三座貿易站——那片海岸已成為廣闊的巴西紅木生產區——卡波弗里奧市的貿易站就是其中之一。說穿了，這座貿易站不過是一間又小又破的木頭倉庫，被一圈鋒利的樹幹柵欄圍住。葡萄牙國王把探索新殖民地的任務交給新教盟會，而他們只想以最少的花費，從這片土地攫取最多的財富——彷彿這是他們不可避免的命運。他們之中只有一小撮人連同兩個大櫃子和一些小箱子留在那兒。

費爾南一行人受到熱情款待，但他們不想駐紮在貿易站。他們在山坡的叢林附近找到一片空地，從那兒能眺望一道晶瑩的瀑布，七彩的魚兒在水中游動，滑落泉眼之中。在這裡，他們用巴西清香木和叉葉樹木搭建一座小屋，上面覆蓋著曲葉矛櫚草。

伊奈阿向他展示可食用的作物、木薯樹和不會腐朽的木頭，她還用樹木纖維製作捕魚籠。費爾南將活蹦亂跳的魚兒帶回家，也會獵捕水豚、小猿猴和犰狳。伊奈阿準備好太白薯粉，為她的丈夫烹煮令人眼花繚亂的食物：品種豐富的棕櫚心、山藥、菠蘿、腰果、荔枝、曼佳巴果、黃晶果、瘟布果、樹葡萄；類別齊全的莓果，如白莓、黑莓、紅莓；還有各種各樣的嘉比若巴果。她還教費爾南如何把格尼帕果子的深藍色染料和附生鳳梨的黃色色素塗抹在身上。她在河岸一邊梳洗長髮，一邊和這位歐洲青年談笑風生，實則是逼他每日至少沐浴一次。

費爾南大多時間都在教鸚鵡講話，再拿牠們與貿易站的人交易，這些人又拿鸚鵡與前來收集紅木的人做交易。自從他們倆從船上逃走後，費爾南和西普里亞諾就改名換姓，還篡改出身，說自己是海難倖存者，即使貿易站有人心存懷疑，也從不講出口。然而，為了保險起見，他們一直避免與葡萄牙海員直接接觸。

那些繁星密布的夜晚輕柔而炎熱。學會吹當地長笛的費爾南伴著西普里亞諾的口琴，譜寫一些新鮮的旋律逗姊妹們開心。

不到一年，伊奈阿就分娩了。她替女兒取名為特貝熱特，父親輕輕搖著她，欣慰無比。

是的，他們彷彿置身天堂。你們問我：他們是否相愛？我們這個時代的愛是什麼，那個時代的愛又是什麼？我不敢回答。我能肯定的是，他們陶醉於魚水之歡，費爾南也未尋覓其他印地安女孩，他甚至沒有這樣的念頭；他們倆會在地上翻滾好幾個鐘頭，在樹葉間嬉鬧、呻吟；費爾南想讓自己身上的氣味好聞些，便經常去河中沐浴，伊奈阿卻總是扯住他，不讓他走，她只想把他拉去自己那張寧靜的吊床，在那兒，他們可以盡情嬉鬧，免受樹上蚊蟲嚙咬；一切都是如此自然。

這算是愛嗎？那麼是的，他們彼此相愛。

光陰流逝，費爾南酷愛冒險、年輕氣盛的脾性讓他重新思忖尋找銀山[17]之國的主意。關於那座山，他的印地安朋友們曾講過許多令人驚訝的故事。他甚至在一個圖皮尼金族酋長家裡，看見一個質樸的純銀杯，人們說，那杯子就是來自銀山。他盤算著，只要能取得更多武器與彈藥，就可以組織一隊白人和印地安人奔赴探險。

於是他著手準備：他向土著學習製作彎弓，用塔誇拉竹子銳利的邊緣，或是用他更喜歡的鯊魚牙齒，來打磨藍花楹和喇叭樹木材；還學會用鐵木的堅硬木材製作塔卡佩武器[18]，用蟻棲樹的樹皮編織繩索。費爾南抱著極大興趣，既學會製造武器和陷阱，也懂得如何分辨藥草。伊奈阿向他解釋植物的功用，到了晚上，她會給他使用大果柯拉豆，一種類似鼻煙的粉末，有催情和麻醉的效用。

費爾南已經開始想像自己坐擁廣袤的未知土地，那裡，一條條清澈的河流將無數金銀財寶埋藏在天藍色的河床深處。

然而，時間無法容納如此多的夢想。

一個滿月之夜，天剛矇矇亮，突然傳出一聲尖利的喊叫。伊奈阿猛地驚醒：那是圖皮南巴人[19]襲擊時的叫聲。

圖皮南巴人的隊伍雖小，卻令人驚懼。

他們的進攻混雜著狂嚎、嘶吼和尖叫，雙腳惡狠狠地踩踏地面，一邊吹奏葫蘆、橫笛和長笛，一邊晃動繞成數圈的項鍊，那些項鍊是由他們殺戮並吞食的敵人的牙齒和骨頭所串成的。

費爾南，這位真正的青年，身體被好幾支弓箭射穿而倒下。不遠處的伊奈阿死在同一時刻，一隻有毒的飛鏢刺中她的心臟。西普里亞諾和他的妻子們也紛紛倒在木屋內。

圖皮南巴人隊伍的首領嚎叫著、跳躍著，他得意地舉起狼牙棒，精準一揮，擊碎了費爾南做夢的腦袋。

沸反盈天的喧嚷驚醒了貿易站的白人，最終，他們用子彈趕跑了那支隊伍，阻撓了那些人顯而易見的意圖——帶走這批死人，充當回程的乾糧。

但是，圖皮南巴戰士仍有充分的時間抓走了特貝熱特和其他孩子，並放火焚燒木屋與屍體。如同熾熱的火炬，人和一切熊熊燃燒著，在那個熱帶的清晨，在那溫和黯淡的日光下。

17 銀山（Serra da Prata）：巴西巴拉那州（Paraná）的一座山峰，是巴拉那瓜市（Paranaguá）和瓜拉圖巴市（Guaratuba）的分水嶺，也是隔絕沿海平原和高原的天然屏障。

18 塔卡佩武器（Tacape）：巴西土著所使用的棍棒武器，頂端粗，尾端細。

19 圖皮南巴人（Tupinambá）：巴西原住民，是十六世紀初與葡萄牙殖民者接觸最為頻繁的原住民之一。食人是他們廣為人知的特點，德國探險家漢斯・斯塔登（Hans Staden）的著作《兩度巴西》（*Warhaftige Historia*），以及著名法國哲學家米歇爾・德・蒙田（Michel de Montaigne）的《隨筆集》（*Essais*）皆有記載。

特貝熱特（一五一四—一五四八）

圖皮南巴戰士本想襲擊葡萄牙人的貿易站，但途中，費爾南和伊奈阿的木屋召喚著他們，讓他們難以抗拒。在那個時代，敵對部落發動攻擊或伏擊是很常見的，而攻襲貿易站是圖皮南巴人與法國人結盟計畫的一部分，藉此與葡萄牙人及圖皮尼金人爭搶新大陸沿海的巴西紅木生意。

那是一段動蕩不安的日子。

葡萄牙人和法國人都是紅木商販，他們絡繹不絕地登上巴西海岸，有些做正規生意，有些則幹違法勾當。每一隊人馬都早早開始尋找自己的盟友：一般是來自不同部落的土著。為了換取衣服、帽子、刀和斧頭，土著必須砍伐高大的樹木，把它們鋸倒、敲裂、分割、劈細，他們還得把木頭扛在自己赤裸的肩上，一路運送到輪船。

彼時的特貝熱特才一歲，是個強壯健康的小女孩。她被當作禮物贈予聖・文森特地區的首領，一名圖皮南巴酋長，因為她很特別：她有稀奇的眼睛顏色，淡紅的眼皮下閃爍著近乎半透明的綠，令人想起石英唇石[1]，一種戰士們常佩戴的唇石，相當於護身符。

她混在圖皮南巴人中長大，彷彿是他們的一分子。儘管身處敵人的部落，她的童年環境和她母親的並無二致：常有歡笑作陪、閒暇時在河中嬉鬧、與灌叢裡的動物玩樂、攀爬高樹，或同藤蔓植物相伴；她的身邊總有滿滿的水果，從不乏佳肴與歡樂，而木薯和麵粉是她口腹的常客。那時，在「鸚鵡之地」幸福地生活仍是可能的。特貝熱特漸漸長成一名體格強健、身材圓潤的女孩，她有著一頭黑油油、順滑的長髮，以及一對護身符般的眼睛。

她人生中第一件重要的事發生在進入青春期不久後：養父將一個白人俘虜帶回家，打算吃掉他。其他戰士到場時，特貝熱特站在婦女、少女和小孩中間，走在沿村遊行的俘虜旁邊。他們一邊朝白人丟石塊，使勁捏他的手臂，感受他的胖瘦，一邊發出刺耳的喊叫：「我們的食物到了！看看他的手臂！讓我們吃了他，『佩羅人』[2]，葡萄牙人！但你得先逗我們笑一笑！」

因為這是他們的習俗：將在部落下一次宴席上被吃掉的俘虜會受到極度熱烈的歡迎，擁有非常好的待遇，如此他就能滿足儀式的所有要求，不僅包括讓整個部落果腹，還要娛樂大眾。俘虜既是麵包，也是馬戲團；這兩種功能的結合源遠流長，深受人類推崇。

接風洗塵的吼叫結束後，父親喊來特貝熱特，囑咐道：她將成為「葡萄牙人」的妻子，負責讓他變胖。那兒是她的吊床，得好好照顧他，監視他的行蹤，餵養他，還得治癒他的憂鬱，別讓他悲傷地

1 唇石（Tembetá）：巴西原住民佩戴的一種堅硬的長條形石頭飾品，通常穿在下唇。

2 佩羅人（Peró）：在圖皮人的語言中意味著「沒有靈魂的人」（gente desalmada），通常用以稱呼和他們有衝突的葡萄牙人。

度過最後的時日。酋長希望他的食物心情愉悅，被豢養得肉厚油多，令人垂涎欲滴。

自豪的特貝熱特靠近俘虜，著迷於他的體型和這項任務的重要性。她先是小心翼翼地褪去囚徒破爛的外衣，抬起他的手臂，觀察並嗅聞他的腋窩，隨即感到一陣噁心。她克制自己，繼續檢查。她拉起囚徒的頭髮，望進耳朵，反感油然而生。她用手拭了拭男人的皮膚，想要看清楚汗毛底下的東西；為了感受這人的胖瘦，衡量之後要做多少工作，她還掐捏他身體好幾處。特貝熱特仔細打量俘虜的屁股，覺得還不錯。她喜歡他的大腿，還趴下來看他覆蓋雙腳的甲殼鞋子裡頭究竟有什麼，然而一波更為劇烈的噁心席捲她的胃。特貝熱特堅信，目前最緊要的，就是帶這個白人去小溪洗澡，消除這可憐玩意身上的惡臭味。

在檢查過程中，讓・莫里斯，也就是那名俘虜，一直苦思自己該怎麼辦。兩艘葡萄牙商船此前襲擊了他所在的輪船。天有不測風雲，當時他們的船錨還固定在海裡，根本沒有逃跑的條件；法國人在船上擠成一團，上岸後卻遭無情的葡萄牙人及他們的土著盟友屠剿。在那之前，讓・莫里斯從未見過如此暴力的戰鬥場面，浸泡在鮮血裡的屍體橫陳整片海灘。多虧運氣眷顧，他得以躲過弓箭和槍彈，逃進茂密的叢林中，步行了足足兩日，直到被圖皮南巴人捉住。印地安人抓住他時，他本以為他們會把他就地正法，沒想到，他卻被交給這個推他去河邊洗澡的小女孩。這是他第一次來巴西，壓根聽不懂土著說的話，儘管已預感到命運為他準備了什麼。他相當清楚那些土著是食人族，只是他還不知道女孩仔細檢查意味著什麼。

讓・莫里斯，諾曼第來的「葡萄牙人」

讓・莫里斯出生於諾曼第，他和葡萄牙人一點關係也沒有。或許是命運的捉弄，又或許是因為他的脖子上掛著一條葡萄牙十字架項鍊，而且長著一頭並不澈底的金髮，和常見到的法國人，即「麥爾人」[3]，不太一樣；圖皮南巴人以為他是葡萄牙船隊的人，也就是所謂的「佩羅人」。出於林林總總的原因，他們從很久以前就對「佩羅人」深惡痛絕。遺憾的是，如果這個誤會能由哪個翻譯解開的話，讓・莫里斯就不會被吃掉。將這個男孩拖向深淵的兩個原因是：第一，他體格良好，且有長胖的空間；第二，特貝熱特喜愛吃人肉。就這樣，女孩向父親施加巨大的壓力，以盡快殺掉他，因而來不及等待某個翻譯出現在部落，解釋清楚男孩的來由。

從某種意義上來講，讓・莫里斯的命運彷彿注定是悲劇。他出生於盧昂市[4]的港口區，母親是個妓女，父親則素未謀面。撫養他長大的姨媽在一間紡織坊做工，日復一日地在毒物裡摸爬滾打。對於這個不受歡迎的外甥，她無法供給他任何東西，除了一塊讓他睡在廚房髒地板上的毛毯，以及一連

3 麥爾人（Mair）：在圖皮—瓜拉尼族神話中，麥爾是一位英雄，他開啟了將自然與文化分離的偉業，並從禿鷲那兒盜火贈人。十六世紀巴西沿海地區的圖皮人將這個神話人物和白人——尤其是漂洋過海的法國人——聯繫在一起，稱他們為「麥爾人」。

4 盧昂（Rouen）：法國西北部城市，諾曼第大區濱海塞納省的市鎮。

串的威脅——當她講到人若有罪時會受到的懲罰；剩下就只是對外甥的怨恨了。他無法稱那個地方為家——他也從未這樣說過。不到八歲，他就搭上一艘非法輪船，離開盧昂市；如果你們不想要這麼委婉的說法，其實就是海盜船。也就是在那艘船和其他差不多類形的船上，他漸漸長大，變得高大壯實，脾氣可能有點暴躁，頭腦有些遲鈍，但手腳勤快，而且相當熟悉大海和武器；總之，他成為一個好水手。

他不僅孔武有力、忠心耿耿，而且適應力極強，像一塊磚似的，哪裡需要就往哪裡搬；他能夠為船隊奮勇殺敵，唯命是從，心中從無旁騖。這樣的性格使他成為港口的搶手貨。

讓・莫里斯不知道自己殺了多少人，甚至記不起第一個死在他手裡的人；那些死者之中，他只記得一個葡萄牙人。在死之前，那人用意想不到的力氣拉開自己的襯衫，恍惚地哀求莫里斯把自己脖子上的十字架帶回里斯本。事出突然，讓・莫里斯扯下這個垂死之人的銀十字架——由一條粗皮繩繫著——然後，他並未多想，便毫不猶豫地掛在自己的脖子上，好讓自己在令人心慌的嘈亂戰役中迅速忘記那奄奄一息的人曾對他做出的請求。後來，他懶得取下項鍊，十字架便一直懸掛在他的雙肩之間，人們問起他那是什麼時，他就會回答：「我不曉得！」而他的確不知道。

這一次的旅程，莫里斯仍在同一艘海盜船上。這艘船的錨定在巴西海岸，剛剛裝載兩百餘噸紅木、兩千張美洲豹皮、四百隻鸚鵡、一百隻小猿猴，還有藥油、辣椒和棉花。準備出發時，一批葡萄牙艦隊突然衝出來襲擊海盜船。葡萄牙人惱怒無比，一副誓要報仇的模樣，因為在此之前，也是在同一趟旅程中，他們遭到其他法國海盜搶劫，丟了一艘輪船。

那一天，海灘上的血如此之多，連海水都變色了。當然，需要非常多的鮮血才能將海水染紅，但我並不誇張，也不是在打什麼比方，而且，已經不是第一次發生了，也不是最後一次。在世界各處，許多海灘都曾被大屠殺的鮮血染紅過，對此，你們應該心中有數。

顯然，讓・莫里斯是唯一逃跑的人，如果他最終還是死了，至少他是以更原始的方式死去的。嚴格來講，我不能替他回答什麼，但我相信，如果他可以在這兩種死法中選擇，或許還是會選擇被特貝熱特吃掉。

在莫里斯遭囚禁的那兩個月，印地安女孩對他的照顧可說是無微不至。她一天餵他好幾餐、帶他去河裡洗澡、悉心無比地替他除毛，佐以許多草藥鎮痛，使他的皮膚變得順滑。彷佛是為了給他造成的折磨賠禮般，她在他的身上塗滿蜂蜜，日夜將他裹在吊床內，並且，順水推舟地，和他雲雨過不知多少次。特貝熱特只為他一人唱歌跳舞，教他遊戲和說話，幫他梳理褐色的頭髮，用羽毛和飾物裝扮他，並總是溫柔地愛撫他；儘管她需要細心留意才能感受到自己的工作成效在哪隻腳上顯現出來，但已經有一些脂肪在她所期望的幾個部位迅速堆積起來。特貝熱特從不離開他半步；她既體貼又溫柔，勤勉地照料他，以至於總能驅散他的憂愁。這個對土著儀式一無所知的小夥子，開始相信這一切都是上天的眷顧。

只有當喧鬧激奮的老婦人團團圍住他的吊床時，讓・莫里斯才感到陣陣不安。老婦人掐他的屁股和大腿，一聲聲呼喊衝破她們的上顎：「呼噫噫！呼噫噫！」她們狂笑不止，說著含混不清的方言，銳利地喊叫，逼迫莫里斯說出特貝熱特教過他的話，但他自己並不完全明白那句話的意思：「快看，為了當你們的食物，我正在變胖、變美味呢！」

每當他開口慢了些，或是不情願說出那句話，特貝熱特就會向他掃去嚴厲的目光，以示責備。

到了晚上，如果其他部落的鄰居來村裡串門子，或是大家聚在一起喝考因酒、跳舞時，他就會被帶到院落中央作為展示品，接受大夥的審視、嗅聞和掐捏。緊接著，他們會命令他一邊跳舞，一邊沒完沒了地重複背熟的話，「我是你們的食物！你們看我正在長肉呢！」與此同時，他們會在他周圍放聲大笑，吵吵嚷嚷地跳起舞，似乎這些話相當值得高興。如果莫里斯做錯了，或是話說得慢了，特貝熱特就會氣沖沖地訓斥他。

終於，他們決定吃他的那一天到了，特貝熱特顯得尤其興奮。前一天晚上，夜色寧靜，她和他在吊床上一次又一次地做愛，但不至於讓他的力氣消耗殆盡。到了早晨，特貝熱特帶他去河邊，用許多香草為他進行一次特殊的沐浴，之後徐緩地將野花蜂蜜塗在他魁梧的身體上，從頭到腳。令讓・莫里斯驚訝的是，被揉擦數次後，他身體某個部位立了起來，於是他像往常一樣把特貝熱特拉向自己，但特貝熱特粗暴地拒絕，還用力地打他的手。俘虜對她的拒絕感到訝異，惱羞成怒，變得暴躁，然而他還沒猜到自己即將迎來多麼不幸的悲劇。

興致盎然的特貝熱特最後一次幫他梳頭，還用各種項鍊點綴他的身體，那是她特意為這次場合製作的。然後，她在他的腰上繫了條儀式之繩，牽著他來到院落中央，周圍充斥著女人和孩子的叫嚷，他們不斷逼近莫里斯。在那兒，整個部落的賓客相聚在一起，所有人都以莫里斯從未見過的方式將身體塗滿色彩，並且擺出在他看來各不相同的姿勢。

就在那一刻，讓・莫里斯第一次預感到，今天就是自己將成為宴席佳肴的日子。

他的第一個反應是掙脫、逃跑，但是，看到身邊水洩不通，再望向特貝熱特，卻撞見她責備的神態，他決定克制自己逃跑與害怕的本能。畢竟，他也是個戰士，是個勇猛的男人，對待死亡理應面色無懼；而且，既然沒有任何出路，那麼他最好盡量死得像個英雄，為這個印地安女孩帶來最後的快樂——從沒有人像她那樣待他。

就這樣，在考因酒的作用下，本令人昏昏欲睡的舞蹈愈來愈激烈，緊接著，打扮得活像隻五彩繽紛的鳥的行刑戰士，在莫里斯身邊狂熱地跳舞，他尖聲唸著儀式咒語，舉起巨大的狼牙棒，讓・莫里斯則回應他那些特貝熱特所教的、背得滾瓜爛熟的話。他如此專注於死得漂亮一事，以至於當狼牙棒扎進他的腦袋時，他兩眼一黑，向前栽了下去，連一聲「唉！」也沒有；他的死也預示在場所有人分食他的良時已到。

那些老婦人雖然掉光牙齒，無法嚼肉，但為了飲上一口溫熱的血，她們一邊奔向莫里斯，一邊尖叫，叫聲衝破上顎：「呼噫噫！呼噫噫！」她們還搜刮他的腦漿，一滴點兒也不放過。

特貝熱特跪在她死去的囚犯身邊啜泣，哭也是儀式的一部分。然後，她把囚犯的血塗抹在自己的胸脯上，好讓肚裡的孩子早早嚐到敵人鮮血的滋味。

很快，宴席的準備工作開始了：為了避免糞便噴湧而出，他們把一根長棍穿進屍體的肛門，然後把屍體丟進沸水，以便剝下他的皮，接著大卸八塊，以燒烤不同的部位。他們還把滴落的油脂收集在一壇水缸中，準備用來煮濃湯。

毫無疑問，莫里斯的高大身材和肥美肉質，讓這場盛大的宴饗持續了一整晚。第二天清晨，肚子撐得鼓鼓的特貝熱特，對於自己圓滿完成任務且成果如此美味，得意不已。她的嘴裡仍磨吮著白人英雄的一小塊鼻骨，而他正是她肚中好動女兒的父親。

現在，你們可以看到科學發展是多麼有趣。過去，人類學家和歷史學家總認為，第一批巴西土著的食人習俗僅是巫術與象徵性質的：藉由集體儀式，吞食敵人，勝利者得以占據對方優秀的體格及品性，並讓族人永遠記住這次的復仇。然而，今日的考古學家和研究者則認為：吃人肉也為了補充營養，尤其在人口快速增長且資源匱乏的年代，敵人的肉體能為勝利方提供蛋白質。顯然，這種解讀可能受到席捲了整個現代社會、過度關注營養學傾向的影響，但似乎亦有各種事實支持此論點，包括土著對人肉的偏愛，特貝熱特的貪嘴無疑屬此情況。

讓·莫里斯死後，特貝熱特成為普阿譚的妻子，他是一名部落英雄，孔武有力的戰士。當她腹中的女兒，即英勇的敵人讓·莫里斯的女兒出生時，她的名字是由薩滿[5]挑選的。

薩滿選擇了「薩伊」這個名字，意思是「眼中之水」，也就是淚水。

因為部落發生了不祥之事。

一片陰雲暗中徘徊在他們上方，絲毫不為人覺察。生活天然的快樂似乎被玷汙了。一團汙漬染髒了明亮的空氣，將帶來充滿威脅的厄運。

在昏暗的小木屋內，薩滿們躁動不安，焦灼難耐，他們思索著，卻什麼也看不見，什麼也搞不懂，但他們本能地預知到某種可怖之物正在逼近。

但，是什麼呢？在哪兒呢？它引而不發，究竟為他們準備了什麼？

他們不知疲倦地在儀式上跳舞，奏響神靈沙錘，焚燒枯葉，吸入從神聖的腦狀葫蘆的眼、口、耳中湧出的熱煙，然後，他們燃燒更多的枯葉，吸入更多的煙塵，向守護神靈懇求、祈求、哀求著還未降臨的解釋。

5 薩滿信仰是分布於北亞、中亞、西藏、北歐，和北美洲的巫覡宗教。薩滿信仰中的薩滿被認為是掌握神祕知識，有能力進入「人神」狀態的人，有著預言、治療，與屬靈世界溝通，以及旅行到屬靈世界的能力。薩滿會作為一個巫醫、術士、驅魔師、占卜師、亡靈巫師或靈魂行者。

某些事物正逐漸腐壞，惡正在生長。但究竟是什麼？又究竟在何處？

薩滿們精疲力竭地睡著，夢中出現昏暗、山雨欲來之勢。即使在夢裡，神靈也沒有回答他們，連慰勞、安撫都沒有。

§

薩伊在母親和普阿譚身邊長大，然而，村子的生活已與從前完全不同，甚至滑向更糟糕的境地。白晝不似以往無憂無慮，夜晚的歡樂也減少許多。特貝熱特經常和普阿譚爭吵，因為他擁有的斧頭比他兄弟少。其實，特貝熱特和所有人都爭吵。她總是覺得不舒坦、易怒，她唯一不與之爭吵的就是薩伊。每個晚上，特貝熱特都會給薩伊講她那白人父親的故事。

幾十年來，男人們連根摧毀巴西紅木，用以交換斧頭、魚鉤、剪刀和刀；女人們也為擁有白人的工具而瘋狂。她們想要的越來越多，狂熱得像是染上疾病般。

受好奇心驅使，特貝熱特開始跟蹤不斷出現在此地的白人。每當有船隻靠岸時，她總是跟隨一群女人，搶先到達海邊。有一次，她說服普阿譚隨她一塊去，他們倆從一個「麥爾人」那打劫了一把斧頭和三根魚鉤。當時，那個法國人正在附近的河裡探險、捕魚，同時等待船長發號施令上船。

但特貝熱特想要的是一把刀。

當輪船駛入海灣，成百上千的土著或乘小船或游泳，逼近商船，將它們團團包圍。他們成群結隊地爬上船，嘰嘰喳喳，指手畫腳，發狂失控，推搡拉扯，展示這個又懇求那個。無論是剛踏入青春期的女孩，還是成熟的少婦，或是胸脯下垂的老婦，所有女人都奔走相告，騷動嘩然，她們自願前往，四處掠取，她們想要項鍊、想要砍刀，還想要小折刀。

那些水手像趕蚊子似的驅逐那些女人。

那天，為了得到刀子的特貝熱特抓住一個水手的衣服，想把他拉到角落，但水手怒火中燒地推開她，非常不耐，只想從她手裡和兩個老婦人的懷抱掙脱。三個女人喊叫著他壓根聽不懂，也不想聽懂的話。

特貝熱特死不鬆手，水手憤怒至極，用力推她，而那兩個老女人在一旁不斷發出吼叫，聲音沖出上顎，「呼噫噫！呼噫噫！」

特貝熱特摔到一根半鬆動的生鏽鐵釘上。她受了傷，卻不覺得疼痛，她眼裡只有那根鐵釘。她迅速抓起釘子，塞進自己的陰道，跳進海裡。

一回到部落，她迫不及待地給薩伊看那根鐵釘。她做了一條特別的粗繩，將釘子掛在脖子上。她覺得那根鐵釘是護身符，比她的石英色眼睛還要靈驗。

她還不知道，沒有什麼是護身符了。圖皮南巴人的護身符已經不存在了。

幾天後，特貝熱特病了。可能是被生鏽的釘子感染，也可能不是：那段時間，部落裡有許多人接連染病死去，薩滿不斷燃燒草葉，吸入濃煙，發揮魔法，卻仍充滿困惑，不知如何治癒患者。

然而，薩伊相信，有一種稀有的草葉或許能夠治療母親的病。在薩滿的建議下，她冒險前往森林，尋找草葉。

那時她十六歲，再也沒有回來。

她沒能目睹母親的死：母親在劇痛的煎熬中等待她歸來，流下的淚水更多是為了她，而不是為了自己。母親尤其懊惱沒有將那條繫著鐵釘的粗繩留給她，因為只要自己一死，其他女人一定會將它奪走，她們也會因此自詡為那塊奇特鐵飾品的主人。

荒涼的無垠之境

II

薩伊（一五三一—一五六九）

被抓到的那天，薩伊夢見一隻母美洲豹，年輕、龐大、英姿颯爽，腳掌之力足以致人於死地；牠在叢林間穿梭、奔跑、飛躍、前行、矯健動人、威風凜凜，全然是其領地的主宰。但隨即，這份勃勃生氣、這份歡快、這份魅力與能量開始消散，美洲豹仍繼續行進、奔馳著，卻踉踉蹌蹌，失去力量，光芒全無；牠跌倒，然後支撐著繼續前行，但牠已變得虛弱，氣喘吁吁；牠爬起來，又再次摔倒。

特貝熱特在牠身邊灼灼燃燒，皮膚浸在火焰之中。醒來時，薩伊感覺那隻豹不是她，而是母親。

直到那個下午，薩伊像隻動物般落網時，她才意識到，是的，那隻母豹就是她自己。她才明白，要是之前多留意和理解那場夢，她就不會動身前往叢林，也就能夠避免此後發生在她身上的一切。

自那時起，薩伊成為一名馬拉烏納，即讀取夢境的解夢人。她成了一個專注觀察與思考的人，投身思想而非行動；不知為何，她還可以回顧過往、感知未來。

卡斯特拉諾

所有人都稱維森特・阿爾孔為卡斯特拉諾，但沒人確切知道他的出生地和真名。他生於一戶西班牙小貴族之家，二十三歲那年，因懷疑妻子和兄弟背叛自己，執劍殺了他們。他人生的標誌性事件多是如此，血氣方剛、暴怒。他像隻無頭蒼蠅四處逃亡，最後登上一艘輪船，這艘船的祕密目的是探索前往神祕銀山之河的道路。主宰此河的印地安國王經常端坐於純金打造的桌子旁，用銀餐具進食，還下令用金子復刻王國中一切花草鳥獸，陳設於宮殿花園中，好讓它們在陽光下反射出耀眼奪目的光芒，即使遠隔數里格[1]，也能一覽無餘。

然而，這艘西班牙輪船在聖卡塔利娜海岸[2]附近遇難沉沒了。卡斯特拉諾能夠半死不活地爬上岸，多虧他頑強的意志與健壯的身體，而且，他堅定的信念也功不可沒：他篤信自己生來不是為了敗北於海洋，而是為了征服，這些特質讓他此後幾乎成為一則活生生的新大陸傳奇。當時，他決定留在那片大陸，創建自己的王國。從小到大，他都是雄心勃勃、擁有聰明才智的小貴族，因此，區區十餘年間，維森特・阿爾孔已經手握一支五百多人的原住民戰士隊伍，還控制了當地的土著奴隸貿易。他蓋起一座完整的堡壘，和他數個土著妻子，以及上百名原住民奴隸居住其中。沒多久，他所擁有的兵器比許多領地貴族[3]還要多：數座小口徑加農炮、鉤銃、火炮、弩弓、長柄槍、劍、抵禦箭矢的棉花襯裡的短皮衣，以及充足的火藥。

1 里格是歐洲和拉丁美洲使用的古老的長度單位，在英語世界通常定義為三英里。

2 聖卡塔利娜州位於巴西南部，其沿海地區是十六世紀初葡萄牙和西班牙探險家最初抵達的巴西陸地之一。

3 領地貴族（Donatário）：指的是在葡萄牙殖民統治下，國王賦予殖民地領主的貴族頭銜，通常為世襲制。

卡斯特拉諾定期從堡壘出發，侵犯其他區域，抓捕土著，再將他們賣給陸續在這片國度定居的殖民者。他還用雪松木和白堅木打造了幾艘雙桅船，他乘著這些船遊遍巴西海岸，沿途贈予或販賣自己的貨物。

維森特・阿爾孔並不在抓獲薩伊的隊伍中。他的人把薩伊和那天抓到的其他土著一起帶上雙桅船，前往巴伊亞，這些土著擠作一垛，被綁在甲板上。

而托梅・德・索薩[4]，葡萄牙國王唐・若昂三世任命的第一任總督，早已抵達。他攜來第一批浩浩蕩蕩的士兵、工匠、皇家職員、神父、流亡罪犯、女人和孩童，他們將遷居此地。唐・若昂三世的命令十分清晰：考慮到葡萄牙的福祉，是時候要確保新大陸的財富並開始生產。這意味著要對土著進行管控，並且讓他們成為建設國家的勞力來源。就這樣，對原住民奴隸的需求持續上升。

§

將這一大批囚徒賣掉，於卡斯特拉諾而言並非難事，但依照他的慣例，在抵達諸聖灣[5]港口前，船和往常一樣先泊岸，因為他要去拜訪一個朋友，巴伊亞沿岸地區的某位農場主。此人是一名頗善言辭的葡萄牙人，雙親都住在西班牙。卡斯特拉諾對這個葡萄牙人相當用心，不僅為他帶去最好的奴隸，而且很少有人像卡斯特拉諾那樣，對他用獵物醃制的肉腸讚不絕口。

這一次，在酒足飯飽、談笑風生好幾個鐘頭後，因為肉腸早被一掃而光，卡斯特拉諾頗感遺憾。準備啟程時，他突然心生一計，直直走向雙桅船，把薩伊從土著隊伍中拽了出來，將她帶到葡萄牙人面前：「這個土著女孩就待在這兒當你的奴隸吧，讓她學做肉腸。這樣的話，只要以後我路過，就能帶走足夠的肉腸了。」葡萄牙人認為這個主意不錯，便同意。

維森特・阿爾孔把薩伊拉出來、留她在那兒並非偶然。幾週前的某個夜晚，船停靠在一片溪谷岸邊，他的手下都下船去打獵。熱帶地區燠熱的黑暗令卡斯特拉諾難耐欲火，他伸手往甲板的人堆中亂摸，和第一個被抓住的土著女孩做愛。那個女孩就是薩伊。

他領著她來到堅實的陸地，然而，將她推倒前，他撫摸著這個女孩的腦袋，突然覺得似曾相識：他毆打妻子的頭時，正是這種感覺。而這個女孩右邊乳頭的下方，也有一塊和妻子相同的豌豆狀黑斑。一股寒意席捲卡斯特拉諾全身：薩伊和他死去的妻子一樣高，還有著和他妻子一模一樣的體重與身形，一樣大小的乳房，一模一樣的腰圍以及一模一樣的被動與冷感——只有靈魂似乎遊離在外的人才有這種感覺——這一點如此特殊且鮮明，讓卡斯特拉諾興奮不已。這一切出其不意，擊中了毫無防

4 托梅・德・索薩（Tomé de Sousa, 1503-1579）：十六世紀葡萄牙貴族，首任巴西總督，一五四九至一五五三年在任。

5 諸聖灣（Baía de Todos os Santos）：位於巴伊亞州，是巴西最大的海灣，也是世界第二大海灣。

備的卡斯特拉諾，他的體內喚醒了一種瘋狂而疼痛的感覺：他想再次占有死去的妻子。

從此，他總想擺脫薩伊，同時卻又想牢牢地占據她，為的是重溫那些地獄般的時刻——每當這時，被同一種瘋狂所刺痛的他就會想再次占有妻子。雖然他曾用劍刺穿她的身體，卻未停止對她思念的喟嘆。

因此，他選擇將薩伊留在葡萄牙人的農場。

現在，卡斯特拉諾每每經過那裡，都有一大串肉腸恭候著他；到了晚上，他還可以從篝火邊拉走薩伊，把她帶進自己的帳篷，撞擊她右乳頭下方那塊豌豆狀的斑點，重新感受亡妻的身體。

對薩伊而言，卡斯特拉諾注定要和她羈絆一生。對此，她並不恐懼，也不快樂，她毫無感覺。自從她選擇活在自己的內心，嘗試過著沉思的生活，在她身上所發生的一切便如同發生在另一個人身上般；她似乎只是旁觀著事情的發生，然後思考。

當他摸索她的身體，薩伊總會閉上眼睛，看見部落中那條淡水溪流淌而過，她還能聽見溪水的低語，咻噫——咻噫；或是看見自己躺在叢林地面，觀察著樹木濃蔭下昏暗、潮溼且凝滯的空氣，樹葉接連落下，悄無聲息，也未在這片黯淡中撕開某道亮光的裂口。薩伊任由卡斯特拉諾對自己為所欲為，她非常平靜，自然猶如吃飯、呼吸、喝水和滿足需求。

在夢中，她看見卡斯特拉諾每穿過一次她的身體，她就分娩出一個孩子，而所有的孩子都在降臨伊始就死去。她知道這是必然的；她將夭折的嬰兒裹在她特意為此編織的席子裡，把他們葬在小溪的左岸，因為他們都是男嬰。

或許只能用她嚮往變成一名為解夢而活的馬拉烏納，來解釋為什麼薩伊身上會發生罕有之事。她曾夢見自己變成一隻佇立於自由與權力之巔的母美洲豹，恰恰是在被捕落網的那刻，她猛然撞見那隻猛獸本性中最悲劇性的部分：她不堪一擊的身體缺陷，她落網和遭人制服的墮落天性。就在那關頭，不知怎麼地，為了感知自己不單單是一頭動物，她跨越了反抗與悲傷——她預見前者的無力及後者的無用——飛升並駐足於另一種境界，在那裡，她接受並目睹世界，彷彿一個漠然的觀察者，旁觀人類如何無盡地製造傷痛。

直到女兒出生，薩伊才從這種狀態中解脫了一些，但並不多、並不澈底。直到她將菲利帕抱在懷中，開始教導她所知道的一切時，才真正得以解脫。

§

對其他囚徒來說，在葡萄牙人農場的生活是相當無趣的，但對薩伊來說並非如此。她經常待在廚房，因為和卡斯特拉諾的關係，她的地位幾乎是特殊的。她屠宰人們獵獲的動物，每當做完肉腸後，她會獨自靜坐在一棵壯麗的腰果樹下。

在樹下，她常常閉上眼，開始觀看之旅。她看見最初的最初，她的人民是如何來到這片白人隨後也將抵達的大地。她看見這片大地從前的面貌，她的人民曾經如何在大地上生活。現在，她還看見，她的兄弟姊妹正在耕作、種植，像部落裡的女人從前做的那樣；她看見他們所有人的心中都滋長著厭惡，或者更糟，是某種怨懟和苦楚。只有當他們以自己的方式砍伐大地上的林木、分地、縱火，然後蹲俯著看火舌如何貪婪地吞噬叢林時，心中才有一束正在閃耀的光。至於母牛和黃牛——這些奇異的動物從遙遠大陸渡海而來，牠們的奶水遠比木薯汁更沉甸甸、更潔白——照料牠們的土著從前更多是依照天性，自由地在田野上生活，雖然人數稀少。這群土著中不願聽從白人命令、想要日落而息的人全被捆綁起來，受到鞭笞，被迫禁食。

夜晚，他們精疲力竭地圍聚在篝火旁，試著重現回憶，那些寬慰人心、曾發生在熱鬧的部族村落的回憶。

某晚，一個穿黑披風的怪異白人出現在農場。他的鼻子讓人聯想起某種鳥類碩大的喙，薩伊從沒見過那麼大的鼻子；瘦削得彷彿垂危的肉體上凸出的骨頭，使他看起來越發像滑嘴犀鵑，一種黑色羽毛的鳥。他觀看土著的方式同樣也很怪異，像是忍受著巨大的悲痛，想要從內心深處凝望他們。

每到週日晚上，他都會來到篝火邊和奴隸談天。他說圖潘[6]是獨一無二的，是所有人的天父，他的脖子掛著一塊十字架，最終他也死在那十字架上。那塊十字架和薩伊父親的是同一塊，她的母親一直將其視作白人的護身符而戴著。現在她知道了，那位就是圖潘。黑鳥還說，神是好的，神愛世人，他連續幾個小時都待在那裡，講述圖潘所喜愛的其他事物。

他講話輕柔，發出的所有聲音都在同一種沙啞低沉的聲調上，彷彿一直在唸相同的話。薩伊會閉上眼睛，她看見那條「咻噫——咻噫」流經村莊的淡水溪，看見她的母親、姨媽和姊妹們，還看見所有人都癱坐著，虛弱無比，與她夢中那頭母美洲豹如出一轍。薩伊坐在那兒，一邊觀察他們，一邊聆聽讓人昏昏欲睡的神父與水流的絮語。

神父輕輕推醒她，提醒她繼續聽，他深深凝視她的眼睛，像是要看透她的內心。

神父不喜歡薩伊。

你們或許可以想像，這個可憐的耶穌會教徒，儘管他的心願是愛神的所有子民，而且他正是為了此一願望，為了愛土著而待在農場，他卻對薩伊頗為反感。他覺得她假惺惺的，也從來讀不懂她那雙凝滯的眼睛；他覺得她十分懶怠，因為她總是不聽他的傳教，而是在篝火邊睡覺；他還覺得她行事惡劣，因為她老是把男人帶去她的臥席，絲毫沒意識到神的信徒本不該做這種事。

經農場主許可，週日晚上，神父都會前來向土著傳教。每當那時，他就會在篝火邊加入他們，開始溫和的喋喋不休；每當那時，薩伊就會閉上眼睛，看見神父本人就像他所說的圖潘一樣，被綁在十

6 圖潘（Tupã）：據圖皮・瓜拉尼族神話，南德魯烏蘇（Nhanderuvuçu）是創世神，而圖潘是其使者。準確來說，圖潘不是神，而是以雷聲傳遞神之旨意的使者。但有學者指出，耶穌會傳教士為了達到傳教目的，可能錯譯圖潘的含義，將其理解為創世神；對於原住民而言，在耶穌會傳教之前，圖潘代表的是神的行為，譬如吐息、生命和吹笛人。

字架上，被流水推遠。但這次，她聽見的不是村莊那條清澈小溪甜蜜、輕柔的水聲，而是震耳欲聾的喧囂——承載著食人魚的河水沉重、泛濫，水流將十字架小舟推遠，水路崎嶇湍急，被綁在十字架小舟上的神父鮮血暈染開來，河水漸漸變成了紅色，玫瑰色，緋紅色。

當神父再次推她，提醒她聆聽那位神的教誨時，薩伊睜開了眼，卻和沒張眼一樣，因為她從雙眼內看見的，仍是那紅色，玫瑰色，緋紅色的水流踉踉蹌蹌地將那隻縛在十字架上的黑鳥送遠。

只有在唱聖讚歌的時候，神父才不介意薩伊閉上眼睛。當高音在遼闊的夜晚中散播開來，神父甚至把自己和薩伊都拋在腦後，他想像自己正與教徒一起身處主的殿堂。但彼時正是薩伊睜開雙眼的時候，因為她想要目睹那威嚴的聲音如何從神父的嘴中傳出，也需要目睹空氣在聲浪中流動，這樣一來，她和其他土著也能學會如何張開嘴，發出充溢整個夜晚的聲音，那聲音讓她彷彿可以觸摸到那些偉大而難以穿透的靈魂蒞臨時的厚重感。

有時，神父會帶來一件物品，用小木枝在上面畫畫，在薩伊看來，那就是一小片未知品種的稻草塊。神父常常請土著一再地重複禱詞，緊接著，他在那塊碎片上塗畫。

某天，薩伊問神父那究竟是什麼東西。他向她解釋，他在上面塗畫的是他們這些異教徒的語言，為的是之後能記住這些詞語的含義並展示給其他人看。於是薩伊告訴他，他應該寫下的詞是「瑪努薩瓦」——意味著死亡的異教徒詞彙，因此它才是最應該展示給別人看。

正因類似的事情，這位耶穌會教徒並不喜歡薩伊。

又或許是因為，他認為薩伊可以切斷與卡斯特拉諾的聯繫，忘記自己只是個奴隸，但薩伊完全沒有這樣果斷的決心。

只要暴力的奴隸販子維森特．阿爾孔經過此地，必會跟想要保護印地安人的耶穌會教徒掀起越來越激烈的爭吵。由於耶穌會教徒也是西班牙人，他開始懷疑維森特的來歷和故事。神父對維森特怒吼，說自己會為此請求調查，還說他不會任由這個商販把土著當作動物一樣對待。每當二人爭辯時，卡斯特拉諾的怒氣凌人，讓手無寸鐵的耶穌會教徒也深受感染，頓時分不清自己的身分，也向對方發起脾氣，這樣的舉動從來都不是一個基督戰士[7]應該有的。

卡斯特拉諾最後一次路過農場時，和薩伊睡在一起。她知道，那天晚上，她肚中已有一個女孩，這次，將不會夭折。

黎明時分，她看見卡斯特拉諾和他的人前往神父的鄉村小教堂。前一天下午，她看見同一群人在卡斯特拉諾的指揮下，將兩根與男人體型相當的雪松木交叉著扛了起來。之後，她閉上雙眼，看見那條滿載食人魚，呈玫瑰色和緋紅色的河流。

後來，農場裡沒人再見過神父和卡斯特拉諾。

一些閒言碎語在已受洗和未受洗的人之間流傳開來，談論的多是在河下游找到神父的黑袍子碎

7 基督戰士（Soldado de Cristo）：從十五世紀開始，基督教教會允許教徒參與戰爭，但要求他們不得為個人榮譽而戰，必須傳播基督榮耀並讓異教徒改宗。

布。而針對卡斯特拉諾和他的手下，多是一些哭悼、詛咒及復仇誓言。祭奠的合唱漫溢在夜晚的潮氣中，卻氣若游絲，聲音彷彿在空氣中凝滯。

薩伊仍然將大把時間花費在醃制肉腸上，但她心中了然，卡斯特拉諾不會再來取走肉腸了。

§

薩伊的女兒出生後，她的主人，也就是那個葡萄牙人，吩咐新來的神父為她的女兒受洗、命名。「菲利帕」，這個基督教名字，用來紀念葡萄牙農場主所敬重的西班牙國王。不久後，這位國王也將成為葡萄牙國王[8]。

在農場長大的那十年，菲利帕既沒發生過什麼悲劇，也沒經歷過什麼天大的歡喜。夜裡，結束廚房的工作後，薩伊總讓菲利帕坐在她的腿上，然後閉上眼睛，在篝火邊對菲利帕講述自己正看見的事物。她的嗓音猶在夢中。她談起最初的最初，她人民的起源，他們從何而來，又是如何生活的。她講起森林、草葉和它們各自的祕密。她還談起白人的到來，他們宣稱自己是朋友，實際上並不是；談起菲利帕祖母所吞食的男人脖頸上的十字架，正是那個男人，才有了如今皮膚稍白的她。薩伊還講起她遭受大清洗的部族，講起那隻母美洲豹及其他各種動物，她對牠們從前的模樣無比熟稔。她談起黑鳥神父、食人魚之河，還有神父稱其為獨一無二的奇怪的神。她還講到那位奴隸販子，即菲利帕的父親，她襲承了他的杏仁眼和肉腸的氣味。

就這樣，母親對女兒不斷講述著她們人民的歷史，講述著歷史中的傷痛，十年過去了。

某天晚上，薩伊再次夢見自己變成一隻母美洲豹。然而這次，她不再年輕或矯健，而是一頭衰老的母豹，癱縮在巴西紅木碩大的樹幹旁。緊接著，一隻黑鳥出現了，牠將母豹銜上一座巨大的雪松木十字架。這次，十字架不再與男人的體型相當，而是與女人的體型一致。

或許因為夢見的是一隻年邁的母豹，薩伊犯下了解夢者的第二個大錯——她以為即將來臨的厄運僅針對她自己。但是，就算意識到朝她而來的厄運在途中光顧了菲利帕，她又能怎麼辨呢？

她醒得稍早了些，便直接去廚房幫忙準備太白薯粉和椰子做早餐，這個清晨和其他清晨幾乎無異，沒有少幾分陽光或多幾分寂靜。但正是在這個無比尋常的清晨，一切都將不再相同，因為就在這樣一個明亮依然、寧靜依舊的清晨，菲利帕被賣給一個印歐混血兒，後者負責替雷西費的一間蔗糖廠購買奴隸。

買主早早就抵達，他挑選的都是年輕力壯的印地安人。如果他們當中仍有是異教徒，一旁的神父便立馬幫他受洗命名。

8指西班牙哈布斯堡王朝國王菲利佩二世（Felipe II de España, 1527-1598），一五七八年葡萄牙國王塞巴斯蒂安一世（Sebastião I de Portugal）於北非失蹤後，西班牙國王菲利佩二世於一五八〇年兼任葡萄牙國王，開啟長達六十年的伊比利亞聯盟時期。

薩伊倒在地上，提出要和女兒一起走，而那個印歐混血兒仔細打量了她只剩稀疏幾顆牙的嘴巴，便說她不合適。

那天夜裡，失去菲利帕的薩伊最後一次坐在篝火邊上。她閉上眼睛，看見母豹的上方，叢林的黑暗正緩緩覆沉。

她再也沒有睜開雙眼。

後來人們說，那場大規模天花的第一名死者，正是在篝火旁離世的薩伊。那場傳染病導致巴伊亞地區五萬多名異教徒喪生。

菲利帕（一五五二—一五八四）

在做肉腸的葡萄牙人農場裡，和母親一樣，菲利帕得到了特權，只需要在廚房裡幫忙。

葡萄牙人無法斷定這女孩的父親是誰，為了以防萬一，且出於謹慎的性格，他沒有將任何疑慮宣之於口，決定為她取一個基督教名字——而且還是西班牙語——並且像對待薩伊那樣對待她。只是，十年以來，卡斯特拉諾從未露面，在這期間，葡萄牙人一直思索著：說到底，他對一個殺死神父的人究竟有什麼義務可言？事實就是，除了愉快的聊天以及對他的肉腸的讚美之外，在內心深處，和所有人一樣，他不斷滋生的其實是對那臭名昭著的西班牙人的莫大恐懼。然而十年之久，足夠他滋養出別的東西；就算是最隱祕的畏懼，若不經培育，也會和其他事物一樣，隨著時間流逝而漸褪。

他不時耳聞的消息只有一條：卡斯特拉諾為了避免問題，總是和這區保持距離。於是，當奴隸買主說想帶走肥嘟嘟的印歐混血菲利帕時，葡萄牙人決意答應。他同意買主帶走她，因為他知道錢是最受歡迎的事物之一；他還同意把薩伊也帶走，如果買主願意的話，但假使他不願意，那母女分離也不會是他葡萄牙人的錯，不過，哎呀！如果拆散她倆，麻煩也是不小的，而且，異教徒嘛，倒不是說他們沒有感情，因為母女分離的場面證明他們是有感情的，但他們猶如畜群——傷痛並不深刻，很快就會消失。

實際上，菲利帕早已習慣與肉腸作陪，習慣在篝火邊母親的懷中打發漫長時間，面對即將在珀南布科[1]蔗糖廠發生的一切，她壓根一點準備也沒有。

旅途一開始就不順利。從未長途跋涉的她，和其他土著綁在一起，幾乎是被拖著往前走；她的雙腳沒多久就受傷化膿，肌肉生疼，刺痛得如火炙，陌生的饑餓感刺扎她的胃，喉嚨裡的皺褶因乾渴而收縮不止。地獄般的情況持續了許多天，她能堅持下來，是因為買主不想在旅途伊始就損失奴隸，便在某幾段路程把她安置在駝鹽的驢背上。

抵達珀南布科時，菲利帕已不是三週前從巴伊亞出發的豐腴女孩了。飽受痛苦的她瘦骨如柴，到達時，她的腦海裡只有一個念頭：逃。

第一天，她目睹蔗糖廠的運作，以為自己在大地上看見神父說過的地獄：高漲的火焰從燃燒的熔爐中噴湧而出，襲捲鍋爐，沸騰的液體在蒸汽雲間嘶嘶作響，輪子與鎖鏈共同釋放出震耳欲聾的；就算遠隔千里，酸臭的氣味好像仍黏在嘴和肺裡。這一切，再加上被迫走進工廠的奴隸們的呻吟，菲利帕震懾得目瞪口呆。黑人們把甘蔗堆在鍋爐棚深處的荒地，她的職責就是將甘蔗和渣滓分離；她不用進入魔鬼之口，但恐懼並未因此減少半分。

不僅僅是她，許多成年土著也不敢進入其中。他們在門口被鞭笞至死，就是不肯踏進去半步。

葡萄牙人在亞速群島開發了新的製糖技術，而巴西的氣候和土地尤其適合新技術。唯一的問題就是勞力。在種植甘蔗以前，土著，即「這片大地的黑人」，是伐林的好幫手。然而，面對蔗糖廠複雜的流水線工作，他們卻無法理解，因此一無是處了。印地安人曾靠著歐洲人的斧頭和刀完成一次精彩的技術飛躍，而擁有當時最先進技術的蔗糖廠，卻超出他們的能力範圍。漸漸地，殖民地的生產開始亟需來自非洲的勞動力。

幾內亞黑人姆巴塔

姆巴塔出生在非洲一個蒙卓羅村[2]的農戶之家，是個班圖族黑人。他從父親的稻田返家途中被伏擊時，才剛滿十八歲。姆巴塔那會兒還沒想過結婚，也沒愛過村裡哪個女孩。他對未來自有安排：請求父親准許他去離家腳程半日的村莊和鐵匠叔叔一塊住，學習令人敬重的手藝。他只希望兄弟可以代替他留在父親身邊，而且他覺得是時候離開了。

這個小夥子一直為了某些傳聞憂心忡忡：據說最近不斷有男人和女人被捕，賣到海的另一邊當奴隸。因此，當他察覺自己正被跟蹤時，背上打了個冷顫，一陣驚慌攫住了他。

1 珀南布科州（Pernambuco）：位於巴西東北部，首府是雷西費，是葡萄牙在巴西建立的首批殖民地之一。
2 蒙卓羅（Monjolo）：對某些非洲裔黑奴的舊稱。

姆巴塔不是戰士。他從不打算當一名戰士。他總是在田地裡幫父親幹活，成日想的都是要向叔叔學習操控焊鐵爐與製鐵，造出可以給他的兄弟們——而不是自己——手執的武器。他一發現有兩、三個男人正在逼近時，就知道此刻孤身一人的他毫無機會了。他試著逃跑，但無濟於事。

就是在那裡，他的命運將經歷一場倏然而至、一去不復返的變化。姆巴塔想過一死了之，但從那一刻起，他只有一個念頭：逃。

姆巴塔和其他班圖族、約魯巴族及豪薩族的黑人擠在船艙底層，經歷地獄噩夢般的渡海行程，一抵達巴西，他就被安排到菲利帕所在的蔗糖廠。

就這樣過了幾年，期間他們未曾碰面，儘管他們工作時相距不遠。如果不是姆巴塔弄丟了無花果手勢鐵墜[3]（他在非洲時就掛在脖子上），或許他們永遠都不會注意到彼此。菲利帕撿到那枚鐵墜並藏起來，繫在腰間，用所有女奴隸穿著的厚棉衣蓋住它。

姆巴塔想到要在女奴之間尋找鐵墜。他找到菲利帕，請她原諒自己，但他想知道她經過通往馬廄的小路時是否見過這樣一塊護身符。菲利帕直接否認，說自己什麼也沒看見，因為她覺得那隻握緊的小手實在太漂亮了，即使她不明白墜子的含義。到了後來，只要有機會，或許是出於些許愧疚，又或許是因為完全不同的理由，她開始用眼神搜尋皮膚如黑色果實般明亮且潔淨的年輕男子。

夜晚時分，奴隸們都聚在篝火邊，菲利帕注意到姆巴塔敲擊鼓面和阿塔巴克[4]時發出極富感染力的聲音。當姆巴塔起身，在舞蹈的狂熱中晃動全身時，她無法從他身上挪開自己的視線。她覺得那舞蹈甚是奇怪，但同時，又如此熟悉。

姆巴塔也漸漸讀懂那印歐混血女奴關注的眼神。蔗糖廠裡的女人非常少，幾乎全是印地安人或印歐混血。廚房裡有兩個約魯巴族的黑女人年紀較大，而且都有丈夫。

他一邊跳舞、敲擊阿塔巴克，一邊靠近菲利帕。突然，她也加入舞群，伴著節拍晃動身子，彷彿她一直在這個班圖黑人身旁跳舞。

就這樣，他們很自然地相約見面。姆巴塔沉溺其中，他喜歡菲利帕熱辣的氣味，一種古老的氣味，令他想起醃肉的味道。在他的村莊，家家戶戶的爐子上一連數日都熏烤著醃肉。菲利帕則鍾愛姆巴塔柔軟、漆黑如樹脂的皮膚，她可以把臉埋在上面，再次體會到安全感，如同從前夜晚時分的篝火旁，在薩伊溫暖的懷中。

他們也非常自然地討論起逃跑。他們說的是通用語[5]——第一批來自五湖四海的巴西居民交流時

---

3 無花果手勢（Figa）：最初為來自義大利的護身符墜，形狀為一隻握緊的手，拇指從食指與中指之間露出。

4 阿塔巴克（Atabaque）：一種來自巴西和非洲的打擊樂器。「阿塔巴克」源於阿拉伯語，含義是盤子。它是一個圓柱形的鼓，其中一面裹牛皮，可以用雙手或鼓棒敲擊，多用於桑巴等舞蹈配樂。

5 通用語（lingua geral）：由圖皮語發展而來的巴西原住民語，其使用主要集中於十七世紀末至二十世紀初，如今已滅絕。

所使用的語言。

菲利帕說自己是印地安人，她母親教給她關於叢林的一切，他們將來可以在河流附近找一塊地方，撐一座帳篷一起過日子；而我會打獵，姆巴塔說道，我經常同父親在家鄉打獵，有一次我和村裡其他男人甚至獵獲一頭獅子；那我可以用獵物做肉腸，菲利帕說，那是一種存放肉類的方法，極其美味，是我母親教我的，這裡沒人知道我會做，但我真的會做，而且我還會種木薯、做麵粉；那我，姆巴塔說，我會用魚叉或漁網捕魚；我也會編漁網，菲利帕應道。

還需要一件好武器，至少得要一把好的大刀，能有一根繩子也不錯，姆巴塔說道；我知道怎麼做繩子，菲利帕說，我可以晚上摸黑做，白天把它藏起來，我有一個藏東西的好地方——然後她笑了，因為她想起那枚墜子，那時的她還無法也沒有勇氣告訴姆巴塔，墜子在她那裡——有天我偷了塊金屬片並藏了起來，姆巴塔說，我給那塊金屬片裝個把手，再裝個木頭叉，我也可以在夜裡做這些，白天再把它藏起來。

然而，這些準備工作不得不中斷，因為當菲利帕意識到的時候，她已經懷孕好幾個月了。她想就這樣逃跑，她說她是印地安人，而印地安人都是在叢林分娩的；但是妳要怎麼從這些男人中逃走，姆巴塔說，妳要怎麼從這些獵犬中逃走？我會想辦法的，菲利帕回答，我們走吧，姆巴塔，我們走吧。

但是姆巴塔，可憐的姆巴塔，他勸菲利帕最好還是和他一起再等等。

他如何能預見到之後的一切都將愈來愈困難呢?他又如何能知道此後逃跑的人越來越多,導致保安措施也越來越嚴格,最糟糕的是,若昂・提比利特將帶著他駭人的理念來到此地——奴隸逃跑,必死無疑,唯有如此,奴隸才能學到教訓。他又如何能知道呢?

由於他完全無法預見未來,他們推遲了逃跑計畫。

瑪麗亞・姆巴塔出生了。她後頸上端有一塊胎記,是一個頂點朝左的黑色三角形。菲利帕看著這塊斑點,想起母親曾在火邊閉著眼睛講述關於她的人民的故事。她想著素未相識的人民,還有那條寧靜溪流的水岸,在那裡,她和姆巴塔將建立屬於他們的家。

姆巴塔在河中拾得一些石粒,用自己私藏的一根釘子粗糙地打磨它們,為菲利帕做了一條小石子項鍊。菲利帕一言不發地還給他那枚墜子,彷彿剛剛才撿到似的,而他微笑著,將墜子繫在瑪麗亞的脖子上。

日復一日,蔗糖廠的生活越來越無趣。如今,只有在特殊日子、節日或是重要的白人到訪時,奴隸才被允許夜晚在院落裡擊鼓、奏樂、舞蹈。工作也更加緊湊:鍋爐和奴隸的數量都增加了,為了避免生產中斷,奴隸輪班工作。菲利帕的上工時間經常和姆巴塔的錯開,因此他倆常常數日無法相見。

蔗糖廠主人是一個野心勃勃的貴族,他在五〇年代初離開葡萄牙,來到這片土地開始新生活,當時這裡的一切頗為原始，正待開發。

憑著一些運氣，機敏十足的他成功蓋起蔗糖廠，等到生產和貿易環節都成熟後，他便命人去接妻子及兩個孩子過來。搬家工程相當浩大，於是剛生下女兒的菲利帕被指名去幫忙清潔整理。

這份錯誤的工作給了這個錯誤的人：每日進出夫人的房間，她該如何抵擋那樣多的誘惑呢？

印地安人對物品特別痴迷，致使菲利帕那些年來積攢了許多小玩意，並把它們藏在只有她知道的地方。有一些是她以前撿到的，因為她非常留意自己經過的地方，其他則是她謹慎地耍了些手段，從各處偷取的，全是些微不足道的玩意，比如髮夾、掉在地上沒人撿的大頭針，以及生鏽的釘子。

但是，該來的總會來臨。終於有一天，菲利帕愛上了一枚浮雕寶石，它穿在閃閃動人的紅絲絨帶上。接待客人時，夫人偶爾會把這枚寶石掛在脖頸上。當夫人將它取下時，會放進一個小巧的珍珠母首飾盒。菲利帕發狂地想要將這個小盒子拿走，藏在只有她知道的那個地方。當菲利帕一個人清掃房間時，總會停下手邊工作，摸一摸那個盒子並打開它。她不知道是什麼令欲望在心中烈烈燃燒，到底是這枚配有紅絲絨帶的浮雕寶石——她所見過最美麗的物品，還是這件用平滑白色石粒製成的小盒子——她多希望姆巴塔也可以親眼看一看，誰知道呢，說不定他可以為她做一個一模一樣的。

一天，被高熱的欲望驅使，她決定將這兩件物品都拿走。她把小盒子塞進胸脯間離開，一到院落，她便如釋重負地舒了口氣。她想，最糟的部分已經過去了。

你們大可想像得到後果。

但你們不知道的是，若昂・提比利特那時已經上任，他作為叢林總管，被吩咐要在「這堆不知王法的壞奴隸」中立規矩。他將菲利帕綁在樹樁上，用馬鞭抽她。為了讓所有人都聽清楚，他抬高嗓音，清晰地喝斥：在他的管轄之下，誰越軌了一次，或許能有第二次，但絕不可能有第三次，因為那人已經死透了，完全死了，而且是被慢慢折磨死的。他的看法是：人們習得教訓的過程越慢，教訓就越錐心刺骨。

菲利帕聽到了這番話，她聽得很清楚，姆巴塔也是，因為所有奴隸都被集中起來，旁觀印歐混血的女賊受罰。姆巴塔甚至被捆綁著拉到他妻子跟前，近距離看她背部淋漓的鮮血。但是，他們倆卻沒有思考耳邊那番話——我甚至不提菲利帕，畢竟她那魯莽的天性決定了她不是會等待時機的人，而且她還覺得那番話只是平添了一丁點兒她正備受折磨的痛苦罷了——我要說的是姆巴塔，平日總是穩重謹慎，卻沒有好好思考那番話，也沒有試著研究一下若昂・提比利特的個性，確認他是否真的會實踐威脅。他什麼也沒想！在他們的理智中，猛然冒出了一些無從解釋、以身犯險的莽撞，因此，兩人決定不能再拖延逃跑了。

幾週後，一個星月隱匿的夜晚，他們把瑪麗亞・姆巴塔抱在懷裡，消失在黑暗中。

瑪麗亞・卡夫薩（一五七九—一六〇五）

瑪麗亞・卡夫薩其實不是卡夫索人[1]，因為她不是非洲黑人和印地安人的女兒，而是非洲黑人和印歐混血的後代，但誰在意呢？無論是菲利帕還是姆巴塔都無所謂，對他們而言，瑪麗亞・姆巴塔永遠都是他們的女兒。這樣的信念一直延續到他們落入若昂・提比利特之手的那天。那一天，瑪麗亞第一次被稱為卡夫薩。

如果你們希望家族中有一個漂亮的人，那你們已經找到了。沒錯，瑪麗亞的美貌非常罕見，彷彿造就她的每一支種族的精華都匯合在她身上。如何描述她才能讓你們明白這個女人有多美麗呢？她高䠷、雙腿頎長、皮膚是極為罕見的金棕色；她的頭髮烏黑柔滑，宛若牛鸝的羽毛，微卷地傾斜在肩頭；她還有著一張略微豐滿、輪廓精巧的嘴唇，一雙杏眼光彩流轉，時而綠色，時而紫羅蘭色，隨照進雙眸的光線而變化；她的下巴高高翹起，臉蛋的線條如此明晰，以至見過這張臉的人都想停下腳步，靜靜地欣賞。而她的笑容，絕對是人們從未見過的最動人的笑容——如果瑪麗亞曾微笑過的話。

自從成為瑪麗亞・卡夫薩，她再也不曾展露笑顏。

而且，為什麼她一定得笑呢？她的一生中，從未有絲毫理由，抑或一陣輕快的微風，可以驅散她完美面龐下隱藏的殘暴經歷。

這一切都太令人悲傷了，我明白。但是，正如一開始提醒的，我絲毫不想讓故事中發生的一切變得柔和。

瑪麗亞目睹雙親被若昂・提比利特折磨至死。她看見若昂拔光父親的指甲，把一根白堅木插進他的肛門，刺穿他的雙眼，然後把他放在地上，任鮮血流乾。她看見正是這個若昂，在做完這一切後，轉向菲利帕，用一把鋒利的大刀緩緩割她的皮。就這樣，菲利帕斑駁的身體彷彿一眼泉湧，將落葉浸得鮮紅——它們層層疊疊，覆蓋在這片逾千年的純潔叢林大地上。

瑪麗亞・卡夫薩目睹了這一切。她那時五歲。

然後，若昂・提比利特把她擄走了。

來自聖保羅的印歐混血

若昂・提比利特的故事本可以完全不一樣，也可以是另一種性格的。但誰又能知道基因是在哪個時刻開始腐壞，最終造出一個怪物的呢？不過，讓我們把他的故事放一旁，先來講講他那幫印歐

1卡夫索人（Cafuzo）：亦稱桑博人，指美洲原住民和黑人的混血。逃跑黑奴冒險進入中美洲和南美洲的叢林，進入印地安部落躲避殖民政府的追捕，逐漸與原住民通婚生子。

混血的奴隸捕手中的一個小夥子，一名葡萄牙殖民者和他三個印地安妻子的其中一位誕下的，他叫作馬努・泰阿歐巴。

馬努的童年時不時被寄養在母親的村莊裡，和親戚一起生活，時不時待在父親的小農場裡，時不時又與同年齡的孩童一起生活。有一段時間，一些耶穌會教徒把他帶去傳教士居住的村莊，為他洗禮，想培養他成為教會學校的學生和一個「好基督教徒」，敬畏唯一的神，並為剛起步的殖民地經濟組織做些高重複性的工作。但在這個小男孩心中，叢林、探險以及天性的召喚更為洶湧。因此，十二歲那年，他便逃向提比利特令人聞風喪膽的隊伍了。

聖保羅人逐漸成為殘暴的奴隸捕手，專挑土著下手。他們越來越頻繁地深入腹地，完成捉捕任務。若昂・提比利特的隊伍就是其中之一。他們的侵襲行動一連持續好幾個月，歸來時身攜數百名土著，都是在戰鬥中抓獲或偷襲捕得的。出發前，他們各個裝備齊全，準備完善，對整個國家的裡裡外外瞭解透澈；他們不僅擅長捕獵、釣魚、採集可食用植物，還能夠使用任何一種土著語言及通用語；無論晴天、陣雨、風雨交加還是電閃雷鳴，他們面對各種天氣變化依舊雷厲風行；他們是美洲豹及蛇的殺手，被訓練為探險與戰爭的行家。這個群體就是一支種族，由他們從小到大生活的環境塑造而成，他們活著的目標正是他們所做的一切：潛入腹地，征服整個國家。

馬努・泰阿歐巴熱愛這樣的生活。他聽覺敏銳、赤著腳也能行動迅疾，天生就是當捕手的料。

他彷彿是為戰鬥而生且一直都想著戰鬥，可以好幾個小時都在思索這件事。他鑽研策略、組織輸送物資，滿腦子都是襲擊、部署和戰術的創新。沒過幾年，他就成為若昂・提比利特的心腹。

一五八三年的夏天，若昂・提比利特獲得一大批奴隸，要帶往珀南布科。若昂被雇為叢林總管，在那裡駐留工作一段時間。

那時，奴隸間似乎興起逃跑的風氣，因此他被派去終結逃跑。他的隊伍裡並非所有人都喜歡這份工作，但若昂還是決定待上一段時間，賺點快錢，同時為返回聖維森特[2]的漫長旅程做準備。

因此，當若昂虐殺瑪麗亞的父母時，馬努・泰阿歐巴也在場。他和隊伍裡的大部分冒險家一樣，對殺人早已司空見慣，他們活著的唯一動力就是打贏戰爭，然而，那怪異的暴力，那煎熬的暴力，莫名地讓他轉移視線，避開目睹那個黑人和印歐混血女人的身體變成噴湧的血泊。他之前從沒這種感受。他望向那兩人的女兒——一個瘦削的女孩，被總管拉走時彷彿全身都要散了——他心中充滿一股陌生的同情。

從那天起，馬努和瑪麗亞的人生就牽繫在一起。

2聖維森特（São Vicente）：巴西東南部城市，地處聖保羅州。

隊伍裡沒有女人，只有一個印地安老婦，她是半個女巫，某天加入隊伍並留了下來。那天下午，他們抵達營地，馬努喊住老婦，吩咐她照顧小女孩。

多虧她的照顧和馬努的保護，瑪麗亞・卡夫薩活了下來。

抵達營地時，瑪麗亞的腦海中已經永遠擦除此前見過的一切，甚至包括對話。只剩下對若昂・提比利特的憎恨，在她的心頭抽搐著、壓抑著，密不透風。自那時起，她之所以存在，僅僅只是為了用那份憎恨將自己消耗殆盡。

她一聲不吭、雙耳不聞地在隊伍裡長大，像頭野獸。她跟其他人一起徒步，旁觀戰鬥，但她每時每刻思忖的都是唯一的念頭。那份執著是她的養分，是她的水，是她呼吸的方式——殺死若昂。瑪麗亞・卡夫薩混跡在樹葉與枝杈間，隱蔽地蹲伏，一步拖一步地移動，分分秒秒都在觀察她那位特別的魔鬼的每一個步伐。

有趣的是，老練又敏捷的若昂・提比利特，卻從不明白瑪麗亞對他深深的凝視，從沒預感到就在那兒，有隻手將橫穿他的命運。他的腦海中從未想過：某天他一時興起決定帶回隊伍裡養的啞巴孩子，會在某一時刻成為威脅。而且，實際上提比利特已經忘了她這個人，這個遙遠的存在。她和老婦人一起隱蔽地生活在濃密且低矮的叢林灌木中，那裡的動物比人要多得多。

所以，那一晚完全出乎他的意料。當晚，為了慶祝成功捉捕一整村瓜拉尼土人部落，他喝得酩酊大醉。十四歲的瑪麗亞，如一條隱形的響尾蛇，小心翼翼地滑進他的帳篷，用匕首的刀尖捅醒他，好讓他睜開眼看清楚自己正被殺死，以及是誰殺了他。然後，她將匕首精準地刺進他的喉結，第二下刺進心臟，最後一次則刺進肝臟。從手法與解剖學理來看，這是一個數年來孜孜不倦、專門為此進行訓練的人。

若昂·提比利特瞪大雙眼，全身抽搐，甚至無法喊出驚恐與震驚。

馬努是唯一看見瑪麗亞鑽進若昂帳篷的人。他看見瑪麗亞走了出來，但他一動也不動，仍停駐在偷窺之處。

第二天，他成為隊伍的首領。

就像瑪麗亞一直痴迷地觀察若昂一般，馬努·泰阿歐巴也一直觀察著瑪麗亞。女孩越長越大，他似乎也越來越為之著迷。

彼時正發生一件有趣的事：這名年輕的叢林總管並不清楚自己為什麼一直夢見瑪麗亞，不像之前，他很確定他一直夢見戰鬥的原因。這個小夥子，在艱辛的叢林和激烈的戰鬥中成長，陪伴他的只有那些莽夫，他一直都不知道什麼是女人的美。沒有任何美屬於野蠻男人所組構的宇宙，他們一生從未做好辨別美麗女人的準備，假如他們真的見過美人的話。只有當一個人做好準備去理解和仿效某物的時候，才能夠理解並仿效。如果連一丁點兒甄別美的知識，或是基本工具都沒有的話，又如何能夠理解美？

瑪麗亞閃耀的美所遭遇的正是這種情況：隊伍裡沒有人能夠理解她的美。只有老婦人和馬努，他們不知道確切理由，總是持續好幾個鐘頭地凝望女孩。看著她的時候，他們感受到體內正產生難以言表的美妙感覺。馬努不再想著戰鬥，而是開始想著她。

他請求老女巫為他找來平靜如火般炙熱內心的草藥。他無法思考任何事情，除了瑪麗亞。

如果馬努想接近她，瑪麗亞就會像趕走別人一樣奮力驅趕他。從來沒人碰過她。所有性侵的企圖——這些企圖非常多，純粹是因為瑪麗亞是身處那種環境的女人——都因為警覺的馬努而泡湯。他漸漸讓隊伍裡所有人明白，他們不應騷擾瑪麗亞，否則就是和他作對。

若昂・提比利特死後，瑪麗亞感到失望。如今她明白，是因為她生命中唯一的目標和理由不能復活，不能讓她一次又一次地殺死，直到她和內心的恐懼也一併死去。

然而，不知怎麼地，她心中某處改變了，雖然沒有改變太多，但也足矣。某個月圓夜的河岸邊，她終於允許馬努近身。他靠近她，心中滿是欲望及恐懼：如果某件事真的要在這裡發生，的確是奇蹟。而它發生了。瑪麗亞像隻動物般叫出聲，但當她意識到自己並非出於厭惡或恐懼而尖叫時，她停了下來。她是出於其他原因而尖叫的，儘管她自己也不知道是什麼，但那原因並不糟。

儘管如此，她的生活沒有什麼改變。對死去的若昂・提比利特無盡的厭惡，使得她的思想和內心無法增添其他感情。她仍舊待在印地安老婦的身邊，也未改變野蠻的作風，繼續隨行隊伍。只有在月圓夜，她才會去往河岸邊，放任馬努靠近她。

馬努對她的愛慕近乎信仰。他將自己的帳篷置於印地安老婦和女孩的帳篷邊，處理一切大小事務，好讓她們衣食無缺。

這個聖保羅冒險家和戰略家沒費什麼勁便證明自己的統率能力。不久後，他高效率的作戰聲譽就蓋過了若昂・提比利特，贏得眾心的還有他厭惡多餘暴力的態度。馬努・泰阿歐巴不是大慈大悲之人，但也不熱衷為暴力而暴力的做法：他認為戰鬥中乾淨俐落的死亡能確保事情順利解決，如果非得囚捕異教徒的話，他也不會用暴力懲治他們，因為他認為這只會擾亂隊伍的正常行進。

十年過去了，他的隊伍在這期間多次從南部一帶的腹地行進到珀南布科的蔗糖廠區域。瑪麗亞兩次懷孕，在印地安老婦人的幫助下，兩度流產。她無法忍受把孩子帶到這個世上，哪怕只是念頭，她都無法忍受。

於是，一個計畫開始在馬努・泰阿歐巴的腦海中成形：帶瑪麗亞回到她出生的蔗糖廠。誰知道她會不會在那裡回憶起自己曾經可以開口說話的時光？誰又知道她會不會尋回關於父母的記憶，進而驅散一直盤踞在她心中的恐懼？他如此深愛著瑪麗亞，以至於他的思緒一直在某種期望周圍遊蕩：他希望找到一樣事物，令她的人生變得更容易承受。

最終，他們回到了菲利帕和姆巴塔待過的老蔗糖廠。曾經雇用若昂・提比利特隊伍的葡萄牙人和他的妻子早已去世。他的一個兒子負責打理蔗糖廠，整間工廠仍一派繁榮。馬努以商談獲得附近某塊土地為由，請求蔗糖廠主人同意他和隊伍一起在農場駐紮。

他們在那兒待了一段時間；瑪麗亞也走遍四周，但她似乎沒有認出任何事物，且變得更愛凝神冥想，她常坐在某處，好幾個鐘頭地凝視無垠之處某些無法辨認的地方。

直到一個寒冷陰霾的凌晨，她下了床，如同僵屍般直直走向河岸，彷彿沿著腦海中一條無比清晰的軌跡行走，越走越快。

馬努跟在後頭。

瑪麗亞走了許久，最後停在叉葉樹繁茂的樹腳。她跪了下來，憤怒地掘土，直到取出一個小包裹，上面綁著一張破舊骯髒的帕巾。

她顫抖著，解開了這一小捆屬於菲利帕的財富。

就在那一刻，她再也沒有力氣承受多年來封存在體內錐心、劇烈的痛苦。當她抽搐著跌倒在地時，馬努驚愕地預感到自己犯了一個無法挽回的錯誤。

但你們瞧，人生多麼奇怪啊。

這次，瑪麗亞・卡夫薩不知不覺懷孕了。她的體重幾乎沒有增加，肚子也幾乎沒有變大；儘管此前她有些懷疑，但也不確定是否要採取預防措施。也許是因為抵達童年的蔗糖廠，她的思緒轉移到身體之外的地方，一切也遵循著自然規律，無論是她還是老婦人都沒有發現。但那一天，在叉葉樹的樹腳下，一切就這樣發生了：瑪麗亞在抽搐中痛得死去活來，卻沒意識到，當她帶著自己無法痊癒的痛楚死去時，她的女兒出生了。

如果她知道的話，她就會殺了她。

瑪麗亞・泰阿歐巴（一六〇五—一六七一）和貝爾米拉（一六三一—一六五八）

奧林達市[1]坐落在一片綠茵覆蓋的高地，從那兒可以俯瞰森林和澄藍的大海。對許多人來說，奧林達可能是整個國度中最美的城市，而且也是最大的城市之一：城裡有許多用石灰牆、磚塊和瓦片砌成的房子，一座擁有三間中廊的主教堂，小禮拜堂則四處可見，信徒不用多走幾步路，就可以感應到思考靈魂的召喚。在這裡，人流如織、車水馬龍，商店大門敞開，櫃架陳列著滿滿的貨品，街道鑲嵌著淺色石塊；牲畜群總是經過此地，還有異教徒奴隸與來自幾內亞的奴隸，為了不得不做的工作，在這座城市來往奔波。

馬努・泰阿歐巴震驚、眩惑地望著這一切。他進出過大大小小的村鎮，也去過皮拉蒂寧加[2]和巴伊亞，但奧林達市卻讓他幾乎無法控制地想要奔回叢林。人群和動物在街上穿梭攢動，地面的堅硬感——他赤裸的雙腳根本無法牢牢黏在人行道的石塊上，嘈雜含混的對話、牛車、動物，以及令人作嘔的汗水與食物混雜的氣味，這一切都令他心煩意亂，難以忍受。

但他來此是為了敲定購買土地的事，在尚未解決之前，他是不會離開的。

埋葬瑪麗亞・卡夫薩的那個下午，這位叢林總管向自己發誓，他不會讓女兒在幫派生活中長大，那樣的生活曾對她的母親造成巨大的傷害。他決定安定下來，在雷西費和奧林達之間買下一塊土地。那是一座農場，一座美麗的種植園，他曾在那目睹一片遼闊的甘蔗園，所有的甘蔗桿齊整、緊密且均勻，猶如一片碧葉沉浮的海洋。馬努對種植甘蔗一無所知，但他相信自己可以學會。至於幫派裡的人，想跟著他的，非常好；不想的，也可以和和氣氣地走自己的康莊大道。他現在唯一想做的就是買下那座農場，除了甘蔗園，他還在那裡見過一棟石灰牆房屋，他會把女兒帶過去住，連同曾經照看瑪麗亞、現在照看女孩的老婦人。

「給她取和她媽媽一樣的名字。」他一邊把血跡斑斑的早產嬰兒交給老婦，一邊說：「把這個保管好，這是她的。」他遞給她菲利帕那捆綁著腐爛布片的財產，裡頭都是一些小物件，只有像老婦這樣的人才能衡量得出它們的重要性。

是的，馬努知道老婦人會打點好一切。誰也不知道這個女人的名字，如果她有名字的話，那就是自她出現在若昂・提比利特幫派的那日起，她就被喊作老婦人了。她當時年齡不大，可能還不到二十多歲，但似乎生來就擁有年老的特質：年邁的臉、老女人的行為，以及上了歲數才有的智慧。她

1奧林達（Olinda）：位於巴西東北部的城市，由珀南布科州管轄。
2皮拉蒂寧加（Piratininga）：巴西聖保羅州的一個市鎮。

可能是印地安人與黑人的女兒，又或者只是叢林的女兒，關於這點，沒有人確切知道；她懂武術、草藥，能和動物對話。若昂・提比利特之所以讓她倚靠幫派且不冒犯她，是因為老婦人曾救過他的命。那天，恰恰是在她第一次出現的時刻，若昂被一條毒蛇咬了。她從叢林中走了出來，說她會治好他的傷，而她真的做到了。很多人說她就是為了支配若昂而放毒蛇咬他的人，但這麼說的人從來都無法證明自己的話；而且老婦人是個好人，她從那裡經過並決定留下來，似乎真的只是巧合。

現在，馬努・泰阿歐巴邁入老年，回想起生命中的過往，覺得老婦人出現在幫派，冥冥之中是為了照顧兩個瑪麗亞。馬努記起，實際上，正是他讓若昂明白，在叢林和戰役的生涯中，有一位識百草的老女人是件好事，若昂才讓老婦人留下，他被毒蛇嚙咬後獲救也證實了這一點。馬努還想起，那時也不知道自己為什麼要那麼說，畢竟他沒有理由也沒能力干涉首領的決定，當時他還不是若昂的心腹，只是幫派中平平無奇的一員。

然而，就是這些無法解釋的事使生活成了現在的模樣，而且，如果老婦人那時沒有加入幫派，別說第二個瑪麗亞，連第一個瑪麗亞都難以存活下來。如果說，老婦人能為瑪麗亞・卡夫薩做最多的事就是讓她活下來，那麼她能為第二個瑪麗亞做的則更多。她們一起生活，難以割捨，比母親與女兒的關係還要親密。沒有人在另一個身上看見一絲勉強，只有緊緊相依、萬事相隨的純粹需求與快樂。

老婦人是瑪麗亞的影子，也是她靈魂中的一小塊。她會告訴她瑪麗亞・卡夫薩與菲利帕的故事；

傳授她草藥的智慧，向她展示灌叢裡每一抹綠色的緣由；對她解說動物及牠們的想法；為她指明河與水流的靈魂之徑；最重要的是，自她小時候起，老婦人就教她如何凝視內心深處，發現自己獨一無二的力量及能力的源泉。

瑪麗亞・泰阿歐巴並未擁有母親的美貌，也沒有母親狂野的性格，她遺傳了父親具有謀略的頭腦，以及他天生，甚至是不自覺對未知事物的仰慕及追逐的傾向。

小女孩經常和老婦人一起去奧林達，她們會坐在廣場板凳上看著人群往來。瑪麗亞也時常進出教堂，她崇敬聖靈，以及火燭熾燃的氣味；她會在人行道漫步，透過敞開的門窗，欣賞房屋內部；她不時進商店轉轉，稱羨貨架上的商品；她經常站在山丘的高處，俯視海港流動的風景，船隻不停裝卸，卡比巴里比河以及貝貝里比河閃爍的光芒，緊鄰珀南布科的絕美蔚藍大海。瑪麗亞深愛著這一切。她的心中充溢著這片美不勝收的風景，老婦人毫不訝異地觀察到，瑪麗亞的靈魂與她母親黯淡、深陷煩憂的靈魂是如此截然不同。

還是個孩子的她已經開始意識到，自己還缺少一件重要的東西：理解紙上所寫的。自信的她知道，一切於她皆有可能。因此，她一個又一個地問，找到一位老師的住處，去那裡的只有學習葡萄牙語、拉丁語和算術的男孩，但那位老師的妻子的確會教女孩們讀寫、算數及縫紉。

每週兩次，瑪麗亞和老婦人從甘蔗園出發，騎馬登上奧林達的山丘。瑪麗亞去上課，老婦人則坐在主教堂廣場的板凳上，被奧林達的女人圍住諮詢。她們熱切索討治療膿腫、夜晚高熱與各種病痛的藥草，以及春藥。老婦人不急不緩，耐心接待所有人，因為這是她的職責，她要慷慨地履行。

馬努・泰阿歐巴看著自己的女兒以全然陌生的方式成長，但他直覺判斷這是正確且適宜的。他買下的農場占據一片溼潤肥沃的良土，再加上印地安奴隸辛勤的工作，很快，便擁有相當豐盛的甘蔗產量，他將甘蔗全送去隔壁的聖圖・安托尼奧蔗糖廠壓榨。

然而，作為叢林和行動之子，馬努一直惴惴不安。夜裡，他會在離房子很遠的地方掛吊床；白天，他幾乎不踏進房子。女兒會帶著食物，去他逗留的田野裡找他，父女倆就在那裡吃飯，他蹲著，而她坐在樹樁上告訴他自己在城裡見到的事物。他大半時間都緘默不語，並不是因為他對女兒的敍述沒有興趣，而是因為他不知道要回應什麼；再加上女兒的聲音——如果瑪麗亞・卡夫薩曾開口說話，女兒清脆的聲音一定和她非常相像。彷彿比起山澗清流平靜的簌簌聲，女兒的聲音更能安撫他。對他來說，這就足矣。

就這樣，一天，馬努察覺時光飛逝，女兒在老婦人身邊一切安好，她們不再需要他了。他發現可以自由追尋更符合自己天性的生活了。他想著可以養些牛，這種動物越來越重要，可以保障膳食、幫助蔗糖廠運轉，還可以充當運輸工具——那時所有的運輸都依靠牛車。他的願望就是駕馭牛群去拓展土地，在黑暗的密林深處開闢道路，重返養育他的野性生活，以空曠蒼穹下的大地為席，以獵捕的禽獸為食，以與印地安人交鋒為樂。

他在奧林達買下一幢小房，讓老婦人、幾名奴隸和信賴的手下留在那裡照顧女兒；他把甘蔗園交給一名工頭，他也是他的人。然後，他就和老幫派裡的一群人趕著牛群，朝聖弗朗西斯科[3]的方向，往腹地荒野而去。

他經常回來探望女兒，聽她講話。她的聲音在荒涼的腹地日夜陪伴著他，讓他胸口湧動著一股暖流。他會前往奧林達，買賣牛群、看看甘蔗園的情況，但他從未在城裡停留超過一日。

某天，他回來探望，十七歲的瑪麗亞告訴他，自己要結婚了。

她的追求者叫本圖．迪歐古．德．薩，出生於巴伊亞市。他的父親是葡萄牙人，一五五〇年來到巴西，靠販賣小玩意和食品為生；他的母親也是葡萄牙人，在里斯本孤兒修道院長大，之後和其他孤兒一起被卡塔琳娜王后送到巴西，實現移民新大陸的計畫。本圖．迪歐古的母親是個健康、溫順的女孩，她一生只做了一件事：完成王后交給她的使命──生育。本圖．迪歐古是她十四個孩子中的第十二個。

他父親的小生意逐漸穩定，酒肆門庭若市，主要販售葡萄牙和西班牙的酒。迪歐古大部分兄弟姊

3聖弗朗西斯科（São Francisco）：位於巴西東南部，屬於米納斯吉拉斯州。

妹的生活都是多姿多彩的，他卻留在酒肆，說要助父親一臂之力。他英俊年輕，是個征服者，為這個國家的人口增長貢獻不小——他和各種印歐混血女人及印地安女人有好幾個孩子，全是私生子，而且他從未養育過。

本圖・迪歐古是個懶人，卻有著雄心壯志和毫不縝密的心思，他總是計畫要做些大事，其中一項就是要成為巴西國酒——卡沙夏[4]，即甘蔗酒——之王。他聲稱，如果有誰不喜歡卡沙夏，那是因為他純粹是個蠢蛋。他還說卡沙夏能讓巴西名揚四海，是飲品中的美人；是最廉價的酒，最好入口的酒，最不需要依賴變幻無常的大海與輪船的酒。他說，他會種一片史無前例廣闊的甘蔗田；他還說，他不會拿其中哪怕一根、哪怕再小一根的甘蔗去製糖，他只做卡沙夏，卡沙夏，卡沙夏，然後裝滿數量多得史無前例的木桶。

就這樣，他日日月月年年地和朋友飲酒，規劃著自己宏偉的王國。他的王國與這片葡萄牙殖民地的光輝未來息息相關——這片最寬廣、最富裕的葡萄牙殖民地，他總是不厭其煩地這麼說。

父親死後，本圖・迪歐古仍連續數年揮霍兩個兄弟的耐心，他們也在酒肆工作。如果被問起，他就說自己從事飲品進口生意。直到有一天，他的兄弟再也忍受不了他因豪賭、酗酒和惹是生非欠下的債務，他們向他施壓，幾乎要把他逐出家門，逼他發誓改邪歸正，讓他自己去轉圜困境。

於是，年近四十、身形依然健碩且舌粲蓮花的本圖・迪歐古離開家鄉，去追尋他的王國。

在奧林達，他找到自己的王國，還遇見了瑪麗亞・泰阿歐巴。

這個巴伊亞男人見到瑪麗亞後，四處打聽，得知她是獨生女，對她的風趣優雅以及她父親龐大的甘蔗園印象深刻。他立刻將自己平生經驗和技巧都投注到這場征服當中。

瑪麗亞雖然一點也不蠢，但她天生對一切事物有著強烈的好奇心，她曾在某段時間一直想知道擁有丈夫是怎樣的體驗。她想要瞭解奧林達那些女人大談特談的事，但在那之前，坦率地說，她覺得自己的追求者都很傻。本圖・迪歐古身上，有一種她從未見過的勇猛與魅力，於是她答應他的追求。

馬努・泰阿歐巴見到未來的女婿，只勉強喃喃地問候一兩句。就像詢問所有關於女兒的事情一樣，他問老婦人此事是否可行，老婦人回答是的，沒問題，還告訴馬努無需擔心，那個男人無暇對女孩做任何不好的事。

就這樣，事情成了。婚禮後，本圖・迪歐古搬進農場，整天談論自己的計畫，他想讓所有的甘蔗不再運往聖圖・安托尼奧蔗糖廠，而是送去另一家工廠——「我的腦海裡已經有了一整個關於那間工廠的構想了，瑪麗科塔[5]，妳等著瞧吧，我們會在珀南布科建立一個王國，而妳會成為巴西卡沙夏的王后，然後我們去葡萄牙，先到里斯本再去西班牙賣我們的甘蔗酒。那些葡萄牙帝國的人，他們在這

4 卡沙夏（Cachaça），或稱巴西甘蔗酒，是以甘蔗汁為原料釀造的蒸餾酒，產於巴西，號稱巴西國酒。
5 瑪麗科塔和後文的瑪麗奇塔都是對瑪麗亞的暱稱。

兒停靠時做的第一件事就是搶占我們的酒，妳知道為什麼嗎？妳知道我們的酒哪裡最好嗎？只要一丁點，瑪麗奇塔，它就能讓妳飛升到全是天使和大天使的天堂，這是為什麼呢？妳不想嚐嚐嗎？」

瑪麗亞對此充滿感激。

但她不喜歡卡沙夏。儘管她在魅力四射且多話的巴伊亞人的長篇大論裡尋到些許樂趣，卻漸漸覺得，這個只會喋喋不休卻什麼也不做的男人有些令人厭倦。之前，涉及床第之歡時，他還能滿足她的好奇心，她甚至覺得很有趣。但她不可能成天都待在床上，一旦下了床，她就明白，她的丈夫似乎沒什麼用處。

但她還來不及真正開始擔憂，因為結婚不到六個月，本圖・迪歐古還沒說完一整句關於甘蔗園改革的話，就突然心臟衰竭，溘然而逝。瑪麗亞・泰阿歐巴成了寡婦。

當時，奧林達有些人一直議論，說迪歐古正處於計畫巔峰卻意外死亡，絕對和老婦人有關。實際上，這種說法並不準確。真相是，擁有預知能力的她只是在此前就感應到結果，因此只要讓時間去行動，她無需做任何事阻止瑪麗亞搭乘那風趣俊美卻肆無忌憚的投機分子的破船越漂越遠。

葡萄牙帝國的新基督徒

杜阿爾特・安托尼奧・德・歐利維拉於一六二八年抵達奧林達時才二十三歲，來自新基督教[6]家庭，他的雙親決定把這個排行中間的兒子送去剛起步的國家碰碰運氣，若良神保佑，他將不會受到宗教裁判所的苛待。父親給兒子一筆資金，足以在巴西開設一間讓許多人致富的蔗糖廠。他盤算著，萬一葡萄牙局勢惡化，還有另一條出路庇佑整個家族。父親在兒子的行李中放了傳家寶與珠寶，這些東西在巴西或許比在里斯本更安全，因為在里斯本被查抄家產的可能性越來越高。

這個來自葡萄牙帝國的年輕人不但擁有良好的文化素養，而且深愛卡蒙斯[7]——手邊總是放著一冊《盧濟塔尼亞人之歌》，他可以熱情洋溢地背誦書中的大片段落。他認為自己應該活得像一名英雄，一名開拓者，一名征服者，為子民帶來更好的命運。抵達奧林達後，他大肆揮灑自己的熱情與活力，迅速愛上熱帶地區的壯美、陽光、色彩、氣味、濃密的植被、花草以及水果感性的芬芳。

他隨著一位嚮導認識這個地區的蔗糖廠和甘蔗園。在路上，他遇見瑪麗亞・泰阿歐巴和老婦人。瑪麗亞對於從不屬於自己的習俗毫不在意，因此沒有穿寡婦的服裝。她的頭髮插著五彩花朵，手提籃子，裝滿採擷要做點心的紅黃色腰果；杜阿爾特・安托尼奧見狀便被迷住了，以為自己見到巴西森林裡的寧芙[8]。

6 新基督徒（cristão-novo）：一四九二年，葡萄牙國王若昂二世（D. João II）接收了約六萬名被驅逐的西班牙猶太教徒；一四九七年，繼任國王曼努埃爾一世（D. Manuel I）強迫猶太教徒改宗，成為新基督徒。

7 路易斯・瓦斯・德・卡蒙斯（Luís Vaz de Camões, 1524-1580）：葡萄牙詩人，是葡萄牙最偉大的詩人和西方最偉大的詩人之一。他的詩與荷馬、維吉爾、但丁與威廉・莎士比亞的作品相比。他寫了眾多詩和劇作，其中最著名的作品是史詩《盧濟塔尼亞人之歌》。

8 寧芙（ninfa），希臘神話中比女神低一級的仙女，有時也譯為精靈或妖精，出沒於山林、原野、泉水、大海等。是自然幻化的精靈，一般是美麗的少女形象。

彼時，瑪麗亞・泰阿歐巴的模樣應該蘊含了奪目的美豔與力量，因為後來她還吸引了一位荷蘭藝術家，他為她作畫，情狀真切：她手提鮮花、水果，站在森林的邊緣。

瑪麗亞為他指路，短暫同行之後，她也自然而然地被這位文質彬彬、來自葡萄牙帝國的年輕人吸引。他和她一樣年輕，和她一樣深深被生活吸引，和她一樣熱愛這個國度。

沒多久，他倆就結婚了。

杜阿爾特投入從葡萄牙帶來的錢，將甘蔗園打造成強大的蔗糖廠。這一次，老婦人為他提供無限的支持，馬努・泰阿歐巴也認真緊盯一切。漸漸地，馬努常常夜裡坐在陽臺，和杜阿爾特這樣有素養的人交談，這是他生平第一次。女婿告訴他海外的情況：葡萄牙人做些什麼、宮廷是怎樣的、葡萄牙國王和西班牙國王是怎樣的、貿易是什麼、人們是如何穿戴的、教育的重要性、宗教為何物，還有嚴苛的宗教裁判所；馬努則與他談起巴西：叢林的種類、友善的動物和有敵意的動物、面對河流時應該做些什麼、異教徒是怎樣的以及他們的區別、行為、信仰以及藝術。

剛到巴西時，杜阿爾特在奧林達市政廳擔任辦事員，蔗糖廠建立的第一年，他仍繼續擔任公職，因為蔗糖廠必然是項巨大的投資，不僅要購置許多機器，購奴隸的需求也很大。蔗糖廠的運轉需要大量勞動力，雖然馬努・泰阿歐巴的印地安奴隸都是種植甘蔗的高手，卻勝任不了紀律嚴明的繁重工作，無法完成製造蔗糖的任務——必須得從幾內亞購買更昂貴的奴隸。

事情進展得非常順利，杜阿爾特也放棄公職，全心管理產量巨大的蔗糖廠。就在此時，一六三〇年，荷蘭人抵達珀南布科，展開一場持續十六年的戰爭。

杜阿爾特和瑪麗亞的第一個，也是唯一的孩子，貝爾米拉，在奧林達大火之夜出生。那天凌晨，甘蔗園的大房子裡，無人入眠。所有人都望著遠方深陷火海的城市，不斷升起高高的火苗和煙霧。就連懷抱嬰兒的瑪麗亞也起身，看著貪婪的火舌殘暴地吞噬叢林上空潮溼的夜氣。新生兒貝爾米拉整夜絕望地哭號，彷彿預感到自己作為一個生於戰爭中的女孩的不幸人生。

整整一天，他們都在為逃離城市的人提供庇護、食物和水。熟悉的面孔紛至沓來，驚恐無力，他們為不得不拋下房子、家具、盈滿的食物儲存室、橄欖油存貨、麵粉與酒桶而苦澀地哭泣。淚水、謾罵、仇恨、被摧毀的生活——痛苦之路正在敞開，且將持續數年浸滿血與苦難。

正是在那裡，看見大火燒毀奧林達，馬努・泰阿歐巴決定加入這場對抗弗拉芒人[9]的戰爭。這並不代表他在無拘無束的生活中對葡萄牙人的統治產生了好感，無論這個國家是由葡萄牙人或荷蘭人統治，都沒有太多區別，他認為，這片土地屬於生於此的人，屬於巴西人而非歐洲人，無論來自歐洲

9弗拉芒人（Vlamingen）：日耳曼民族之一，使用佛拉芒語（今統一稱呼荷蘭語），屬印歐語系日耳曼語族。佛拉芒人的族源與荷蘭人基本相同，主要由弗里斯蘭人、法蘭克人、撒克遜人等古日耳曼部落和凱爾特人之結合。

何處。當馬努望著大火逐漸毀滅這座城市——儘管他不愛這座城市，但敬重它——他認為這場戰爭與他有關。然而，比起任何一種愛國主義或其他原因，更讓他心胸灼灼燃燒的是想要再次參與戰鬥的欲望——而這次遠比他經歷過的所有戰鬥規模都要大。一股青春的激情侵襲了他。他的女婿認為老丈人已過花甲，試圖提醒他注意年齡，勸他三思參戰的意圖，畢竟這場戰爭非同尋常。他卻說，如果自己注定這樣死去，那麼他的女婿和女兒可以確信的是，在別離時分，耳畔響起的是槍的呼嚎與戰爭的嘶喉，對他來說，才是莫大的撫慰。

老馬努・泰阿歐巴是軍事奇才，儘管從沒上過學，不懂讀也不會寫，一輩子生活在叢林中，幾乎不瞭解城市，也無法想像另一個國家是什麼樣子的，但他血液裡流著戰略的才能、在戰鬥中將木材改造為武器的天賦，以及多年經驗磨練出來的戰鬥技巧。那一刻，他覺得自己這副叢林總管的身軀，這具曾在長途跋涉及野外生活的艱辛中鍛鍊出來的身軀，仍像年輕人般敏捷輕快。他再次沉浸於激情之中，重煥青春光彩，並且又開始只想著戰鬥與勝利。

次日黎明，馬努帶著一支印歐混血和印地安人組成的精良部隊，加入了抵抗軍。

然而，沒多久，他不再著迷白人的戰爭風格。他看出這場歐洲人的戰爭必將失敗，他的熱情與夢想漸漸冷卻。因為從一開始，在這支由葡萄牙人和巴西人組成的軍隊中，兩種截然不同的觀念早已埋下了衝突，進而在隊伍中引起內訌。

其中一種觀念來自這片土地的總管們，也就是和馬努一樣的人。他們對陸地與氣候瞭如指掌，主張運用巴西式戰術，即在叢林中作戰，在敵人不熟悉的地形擒住伏擊者。他們認為，擊潰荷蘭人的防禦並非不可能，只要藉助陸地之人才擁有的優勢，即對氣候與地理的掌握、土著的敏捷與機智，以及他們在戰場上的精明幹練。

另一種觀念則是葡萄牙軍官的，他們到此是為了領導這支葡萄牙人與巴西人組成的軍隊，運用他們所熟知的唯一一種戰鬥——塹壕戰，也就是大型陸戰，基於歐洲兵法建立的指導方針。他們鄙視珀南布科人缺乏軍事經驗，他們認為戰爭不僅是一種藝術，還是一門科學，有其章法與準則，並依賴秩序及紀律。

只是其中大部分的規則和秩序與巴西毫無關係，這正是馬努・泰阿歐巴對女兒和女婿說的。當時他爭取到休假，回到蔗糖廠短暫探望他們。比如說，該如何像軍官所想的那樣運用騎兵和大炮？這邊確實有不錯的馬匹，擅跑且有耐力，但牠們要如何穿過濃密的叢林、穿過被尖銳莖桿所包圍的甘蔗田，還有紅樹林及沼澤地這種真正的泥潭？又要怎麼在壓根就不存在的道路運送沉重的大炮？還有那些步兵，既然大部分河流都沒有橋，連搭在河上的木板都沒有，他們該怎麼渡河，該如何身著幾尺長的布料所製成的制服、襪子與鞋子穿越河流呢？他們不懂如何區別豢養和野生的鱷魚，他們在高溫中幾乎無法呼吸，此外，白人身上甜滋滋的血會像蜂蜜一樣招惹一群群稠密且憤怒的蚊蟲。

馬努憤懣難抑地談論這支葡巴隊伍的指揮官有多麼愚蠢，這是他的性格中很少顯露的。但當他講起自己無堅不摧的戰術時，又得意洋洋。他的戰術就是引誘荷蘭人到甘蔗田，由高度一致、井然一體、均勻茂密的甘蔗桿擾亂他們的方向感，讓他們猶如頭暈目眩的蟑螂，卡在鋒利的莖桿裡，一個又一個迷失其中，對擅長突襲的馬努及其手下來說，荷蘭人簡直是甕中之鱉。

泰阿歐巴對所見的一切十分不安，他決定請求與一名指揮官會面。經過漫長等待，他終於被上校接見，這位軍官在法蘭德斯戰爭[10]以及其他歐洲戰爭中服過役。沒人知道這次會面結束時，到底哪一個對另一個更加震怒、厭惡。

對於來自歐洲的優雅長官而言，這個印地安人領袖的野蠻模樣可怖不已，令人髮指。儘管馬努沒有大鬍子——他只要參加戰爭就會刮除鬍子，以便更好地化裝混入林間，但在這位貴族眼中，他薄如蟬翼的粗布棉衣實在不得體，他那雙赤裸的大腳猶如怪物，而他那嗓音更適合沉默而非開口說話，聽起來和動物哼鳴毫無區別。他的一切都讓軍官感到噁心，他只能隱藏自己的厭惡，而且他幾乎聽不懂泰阿歐巴說的話。泰阿歐巴講的是通用語，夾雜一些葡語詞彙，但是軍官甚至沒叫口譯員過來，因為他對理解這位老人的話毫無興趣。他的軍事觀念幾乎源於貴族思想，眼前這個野蠻人所講的伏擊戰無異否定了他被教育要珍視的價值。他認為，土著想打的「野猴大戰」之狡猾、奸詐，完全與個人的勇氣和忠誠相對立，兩者不可調和。伏擊——為暗殺而發明的戰術——是懦夫與盜賊使用的，而那怪物般的馬努似乎證實了他的理論，就算得知再多馬努・泰阿歐巴近乎傳奇的勝利事跡，他也不會追隨這樣一個男人，也永遠不會邀請泰阿歐巴和自己同坐一桌，哪怕只是一頓露營簡餐。

至於泰阿歐巴，他也無法掩飾面對這個蠢人的反感。這個古怪異常的歐洲人非要在環境如此惡劣的地區堅持遵循所謂的軍事正統；在所有人看來都顯而易見的事，他卻無法理解；還有他在眾目睽睽下的固執，甚至是這次再愚蠢不過的合作，全都開始令他難以接受。當他看見這位軍官保養得當的雙手，指甲乾淨得猶如剛擦拭完畢，鬍鬚和頭髮修邊精細得能和一頂頭盔媲美，這位叢林老人便明白自己所做的努力都是無用之功。這位花麗狐哨的男子更關心自己的衣裝與靴子是否潔淨，雙手無時無刻揮動一張潔白手巾，好甩乾淨臉上的汗水，這一切終於讓泰阿歐巴明白這場戰爭的荒謬，也就是在那一刻，他寧願回去照管牛群，也好過在這眼睜睜看著戰敗一天天逼近。

他就這樣想著並這麼做了。

當葡巴軍隊的指揮部在無數次戰敗被迫投降，一如馬努・泰阿歐巴之前預料的，他已在遙遠的腹

10法蘭德斯戰爭，又稱八十年戰爭，為一五六八至一六四八年，爆發於哈布斯堡尼德蘭（或西屬尼德蘭）與西班牙帝國間的戰爭；其中一六〇九至一六二一年間為十二年的和平時期（稱為「十二年休戰」）。法蘭德斯戰爭過後，尼德蘭七省獨立，成為「荷蘭共和國」，因此法蘭德斯戰爭也被認為是荷蘭獨立戰爭。

地荒野照看牛群。他得知葡萄牙人下令燒毀甘蔗田和耕地，為了只留給荷蘭人滿目瘡痍的土地，但他並不擔心，因為他很確信女婿和大部分蔗糖廠主一樣，不會屈服於這種自殺式的命令。和那些拋下自己的工廠，逃往巴伊亞或更南邊省分[11]的廠主恰恰相反，多數蔗糖廠主，包括杜阿爾特，都選擇中立，繼續照管自己的土地。

杜阿爾特的中立立場深植於他的頭腦。

無論如何，他都找不到為葡萄牙人與西班牙人戰鬥的理由，他們不僅不是土生土長的巴西人，還一直在海的另一邊沒收自己子民的財產與生命。另一方面，自從他來到這裡，早已將自己的身分與這個國家緊密相連，他打心底認為自己是一個真正的巴西人：他要在這片受福澤庇佑的大地塑造自己的生活，把他的家庭變成生於茲長於茲的真正的巴西家庭，他捍衛巴西而非外國人的利益，無論是哪一國的人。因此，在這場戰爭中，他的立場是經過深思熟慮、始終如一的：不和任何一方合作，但為所有受傷的士兵和撤退者提供庇護。面對近在咫尺的饑餓，他下令減少蔗糖的產量，種植更多木薯和玉米。

瑪麗亞・泰阿歐巴認同丈夫的立場。她認為不強迫自己在兩方外國人的統治陣營間做出抉擇才是對的。她也認為父親參戰是沒有問題的，因為他喜歡，而且那是他的本業。瑪麗亞的心一直很平靜，但當她深陷其中，目睹不計其數的磨難時，她的心也痛了起來。她和老婦人不知疲倦地為所有路過的人提供食物、水和安慰的言辭。她們還在蔗糖廠入口設立一間小型避難所，用藥草和藥水照料傷員。

當戰役發生在附近時，她們會攜帶裝滿藥草的籃子，前往照顧傷患。瑪麗亞還帶領奴隸用鋤頭挖墳，埋葬原本是敵人留給戰場上空盤旋的黑色鳥群啃噬的死屍。許多次她們來遲了，只剩下疫病的氣味瀰漫在濃重、悶熱且無風的空氣。那是腐爛的內臟散發出來的氣味，就連飽餐的禿鷲都會嫌惡，牠們遠遠地、近乎鄙夷地俯視那些器官。

§

隨著人群不斷途經或多次借宿杜阿爾特和瑪麗亞的蔗糖廠，兩方的戰爭消息也來來去去。

有些人看見的是不斷發生的悲劇、饑餓的摧殘、焚毀的景象，以及蔗糖廠主和奴隸們在夜裡手忙腳亂地埋藏煮糖工具及財寶後逃走。另一些人談論的則是爛醉如泥的荷蘭人，他們是名副其實的行屍走肉，穿著笨重的軍服，像一灘爛泥陷在紅樹林的沼澤裡，頭露在外邊，只要土著一到，咚！咚！腦袋挨上一棒，就沉下去了。還有一些人描述黑人奴隸是如何趁戰亂逃去巴利嘉山[12]，建起一座容納眾多房屋和人們的營地，並取名為棕櫚駐地[13]。他們還講起印歐混血多明古斯・費爾南德斯・卡拉巴爾

11 省分（Capitanias do Brasil）：葡萄牙殖民者對巴西土地的行政區域劃分，其土地劃分為貴族世襲式。
12 巴利嘉山（Serra da barriga）：位於今日巴西阿拉戈斯州的烏尼昂・杜斯帕爾瑪里斯市（União dos Palmares），在棕櫚駐地時期屬珀南布科州管轄。
13 棕櫚駐地（Quilombo dos Palmares）：由剛嘉・尊巴（Ganga Zumba）和其他逃跑黑奴創立。當時，逃跑黑奴可以前往棕櫚駐地尋得庇護。在十七世紀中

的遭遇，有人說他是一名嚮導，由於知道得太多被迅速處決了，他認識有錢有勢的通敵者，因為正是他在夜深人靜時引弗拉芒人的領袖前往和他們會面，也正是他們，畏懼他那條舌頭的通敵者，下令處決他的。

這樣的談話經常持續至漏夜時分，天亮時，遠方到處都攀起火把，將腹地的熱夜變成充斥傷痛與鮮血的燠熱之夜。

抵抗逐漸轉成一系列的撤退，這場戰爭漸漸平息下來。夜晚的火炬慢慢減少，撤退者的隊伍越來越稀疏，戰役的呼喊聽起來也越來越遙遠。直到一切都平靜下來，斑駁的大地只留下焚毀的痕跡、被遺棄的房屋與蔗糖廠、孤獨、悲傷，還有饑餓。現在路過他們工廠的只有成群結隊的荷蘭人，他們吵吵嚷嚷、情緒激昂，總是醉醺醺的。

慢慢地，開始有好消息傳至工廠，都是關於之前抵達巴西的荷蘭王子，他的魄力，以及他正在建設的工程。雷西費將要現代化，將要改頭換面，將要成為一座絕美之城。商貿也將獲得自由，不會再有葡萄牙人壟斷所帶來的難處。

幾個月過去，毛里茨・德・拿騷[14]成為頗受敬仰的統治者。

杜阿爾特去了一趟雷西費，回來時滿腔熱情。與葡萄牙人不同，荷蘭王子正在建造的工程並非是榮耀上帝的奢華殿堂，而是一系列改良城市、增加生產力的工程。他參觀了毛里茨城[15]規劃圖的展覽，這座城市將建在雷西費旁，位於開比巴利比河入海口和貝貝利比河入海口之間，規劃了街道、廣場和運河。他還去參觀建造中的宮殿及大植物園工程。

雷西費之行結束的當天晚上，備受啟發的杜阿爾特躺在床上，腦海裡充滿各種計畫。他溫柔地對妻子和女兒談起自己決定在這個國家孤注一擲是多麼正確，事情又如何正在發生巨大的變化。誰知道呢，或許他很快就可以派人去接年邁的父母，他已經很久沒有他們的消息了。

黎明時分，他的呻吟和焦躁吵醒了瑪麗亞。她心急如焚，幾乎無法觸碰他燒得滾燙的皮膚。老婦人甚至無需被叫醒，當貝爾米拉在母親的請求下驚恐地走到老婦人的房門時，她早已醒了，正在準備藥物。

然而這一次，她的智慧也是枉然：三天後，杜阿爾特死於致命的熱帶高燒，可能是瘧疾，可能是

葉，即荷蘭占領期間，駐地規模達到頂峰，成為殖民期間最具影響力的黑人駐地。棕櫚駐地抗爭了一個多世紀，是反對奴隸制度的黑人抵抗運動的重要象徵。

14 毛里茨·德·拿騷（Maurits van Nassau, 1567-1625）：巴西荷蘭屬地統治者。荷蘭與葡萄牙進行巴西爭奪戰（1624-1641）時期，一六三六年，受腓特烈·亨利提名，他被荷蘭西印度公司任命為巴西荷蘭屬地的統治者，並於一六三七年一月在珀南布科的港口暨荷蘭人的主要據點雷西費登陸。其一系列城市化及現代化改革政策，使殖民地逐漸繁榮，甚至成功讓葡萄牙人服從荷蘭律法。

15 毛里茨城（Cidade Maurícia）：荷蘭統治巴西期間，毛里茨·德·拿騷曾在雷西費進行城市改造工程。「毛里茨城」的稱謂一直沿用至一六五四年、葡萄牙人和巴西人將荷蘭人驅逐出境之時。

間日瘧[16]，也可能是任何其他疾病。他深愛這片大地，痴迷其魅力，最終卻在這片大地的疾病面前敗陣，再無轉機。

杜阿爾特臨死之際，貝爾米拉一直待在他的床畔。這個生長於戰爭的女孩沉默寡言、眼神憂傷，被父親的浪漫主義深深感染。八歲時，在父親的教導下，她已會背誦《盧濟塔尼亞人之歌》的段落。她用父親給的厚冊子收集乾燥花葉，都是她和老婦人以及母親在叢林漫步採擷的。她將葉子貼在紙頁上，並在下方用自己任性的孩童字體寫下老婦人教給她的植物名。與父親交談時，她說想學習為人治病。一直把她當作成年人對待的父親則回說這是非常美的想法，因為這個新國家有新的疾病，想要找到治癒的藥方，就要去老婦人找尋過的地方。

父親的死讓貝爾米拉悲痛欲絕，瑪麗亞不得不越過自己的痛苦，先撫慰女兒的痛楚，因為她過於蒼白脆弱。瑪麗亞清楚，纖弱的女兒就像東印度公司的瓷盤——丈夫在雷西費熱情地買下的最後一件禮物——會因為任何打擊而破碎。有些人經過逆境後會變得更強大，但大部分人並非如此，當他們發現自己不得不面對命運中的不幸時，會封閉自我，無力戰勝。

父親溘然長逝後，貝爾米拉開始覺得自己治病的夢想徒勞無用。然而，她為數不多的樂趣之一仍是和老婦人還有母親一起去幽暗叢林尋找草藥，瑪麗亞收集做甜點的果實和裝飾秀髮的鮮豔花朵，試圖用各種方式讓傷心女兒的面龐恢復一些色彩與光澤。

六月，某個輕柔的午後，在一次漫步的返途中，她們遇見一支由荷蘭藝術家及科學家組成的隊伍，他們與毛里茨王子一同抵達巴西。多年前曾令杜阿爾特著迷的景象也驚豔了年輕畫家阿爾貝特・厄克霍特。據說，他請求瑪麗亞允許自己將她如樣畫下，連同她的水果籃與鮮花。

可能是這樣，也可能不是，然而，即便厄克霍特那幅著名的《印歐混血女人》所描繪的女人就是瑪麗亞・泰阿歐巴，也不表示她和畫中的女人一模一樣：無論這位荷蘭畫家多麼寫實地將這片土地上的人們變成真實尺寸的肖像畫，沒有任何一個描繪出來的形象可以與畫家面前的模特兒完全一致。繪畫不是攝影，僅僅表達畫家眼中所見或能見的事物。

不過，有一點可以肯定：金褐色的皮膚、稜角分明的鼻子、輪廓柔和的嘴唇，以及杏仁眼——眼神微微透露出覺得自己正在做的事很有趣——這些的確屬於瑪麗亞。卷曲的頭髮並不是她，瑪麗亞的頭髮更直、更黑一些，但珠寶是她的，項鍊和耳環或許是用杜阿爾特送給她的珍珠與黃金墜子打造的，是他從葡萄牙帶來的傳家寶之一。白色緞面的便服也不是她的——瑪麗亞的確有絲綢、天鵝絨及緞面的裙子，都是自己縫製的，但她絕對不會穿著它們去叢林散步。畫家可能將白色的棉布換成閃亮的緞子，以達到他想要的質地和光澤。

16 間日瘧是瘧疾的一種，為間日瘧原蟲所引起，其特點為每四十八小時發作一次，主要症狀為先冷後熱，出汗後恢復正常，兩次發作期間皆無不適。

無論如何，這三個女人與荷蘭人之間的友誼是真確的。貝爾米拉厚重的植物冊以及老婦人的智慧驚豔了年輕醫生皮厄斯博士和自然科學家喬治・馬克格拉夫。

他們四人常常一同外出，在森林、河畔散步。她們向兩位男士展示雄木瓜樹、藥用鼠尾草、竺魯貝巴茄、胭脂樹等各色各樣的藥草和植物，還向他們展示陌生動物的標本，諸如美洲紅鸛、飾冠鷹雕與各種蛇類。在清澈見底的溪水邊，她們指出顏色形狀各異的魚兒，以及遠處不同類別的短吻鱷。她們採集菠蘿和龍眼等水果給他們品嚐。他們坐在溪澗旁的樹樁上，皮厄斯醫生和老婦人經常就毒藥、解藥以及藥用植物的療效長談好幾個鐘頭。

顯然，他們之前已做過許多調查，遊歷過珀南布科的海岸和內陸，甚至還越過聖・弗朗西斯科大河，也與許多土著交談過，收集到一手資料，豐富得令人難以置信，這批資料使他們能夠對這片土地的事物進行首次的系統性分類。儘管如此，一六四八年在荷蘭出版的《巴西自然史》與《巴西醫學》，這兩卷著作是關於熱帶動植物的最早的出版品，且毫無疑問地，包含了女孩和老婦人這一對土著女人所做的貢獻。

在貝爾米拉心中，不知為何，這兩位科學家的關注成功緩解缺失父親的悲痛。他們在一六四四年離開時，帶走了貝爾米拉贈予的植物冊和她的承諾：只要她發現新植物，就會寫信告訴他們。

守寡的瑪麗亞現在成為蔗糖廠唯一的負責人。曾備受杜阿爾特信任的工頭仍是她的得力助手，但如今，是她離家去和東印度公司的荷蘭人交易蔗糖，所有的決定也都是由她做的。瑪麗亞聰慧且擅於察言觀色，學起這些事來飛快，而且不會上當。很快她就發現自己喜歡做生意，也懂得如何做好。冒險的賭徒性格並非她的風格，她是謹慎穩妥之人。她不會一次性賺得盆滿缽滿，但總有盈利，短時間內賺到的比那些自以為聰明的老糖商所獲得的利潤多得多。腳踏實地的做生意方式、溫和的待人之道，以及直率坦誠的眼神使她名聲大噪。

農場裡的奴隸都認為她是善良、公正的女人，因此在混亂的戰爭期間，她的蔗糖廠是逃跑奴隸人數最少的糖廠之一。

然而，讓我們坦率地說，在城市裡，人們尊敬她更多是因為她的財富，而非認可她的才能。戰爭和侵略讓許多女人扮演起過去僅限男人的角色，但不是所有女人都有瑪麗亞的聰穎和理智，不是所有女人都有她天生的美貌，也不是所有女人都有這位年輕寡婦的青春活力。

總有狡詐悍妒的女人對瑪麗亞指指點點，認為她的女兒可能被餓到過於蒼白。至於老婦人，只要她們有需要時，就會毫不猶豫地去找她，但她們覺得老婦人根本就是一個女巫，一日女巫，終身女巫，這種人既會為做善事施法，也會為做壞事施法。而且，如何解釋瑪麗亞第一任丈夫的死因呢？那個迷人、風流的男人，沒有人能抵抗他的魅力；的確，無人不被他迷倒，他也很熟悉奧林達眾多床鋪，無論是單身女孩的還是為人妻的。

當然，也有許多男人想要占這年輕女人的便宜，要麼在床上，要麼在生意上。當他們發現寡婦的純真只存在他們腦海中時，便氣得牙癢癢。的確，連在性事方面，瑪麗亞・泰阿歐巴都是個特別的女人。她總是自然奔放，如果有人用言語燃起她的慾火，而她也願意，她甚至會允許那樣的事發生在灌叢中，但止步於此。當過兩次寡婦的她關心女兒甚過自己，不願意太快考慮再婚。

當戰火重燃時，起義的浪潮自巴伊亞襲來，葡巴部隊開始循路返回雷西費。

這些事情在瑪麗亞和貝爾米拉的生活來回震蕩。

首先，傳來馬努・泰阿歐巴死在森林中的消息，一如他所願。馬努年邁的心腹依他的指示，在埋葬瑪麗亞・卡夫薩之處埋葬了首領，然後將死亡的消息帶給女兒。

很快，就到了老婦人的時辰。她告訴她們，她身心疲倦，需要休息。她覺得自己已經完成使命：拉拔大三代人——母親、女兒和孫女，教導她們自己所知的一切，不想再次目睹戰爭。她請求她們原諒自己，她已經太老了，而且，她實在不想再次目睹戰爭。她仔細解釋埋葬事宜，幾天後，老婦人沒在早晨露面時，瑪麗亞便知道她死了。

那是一六四六年，戰爭仍在持續，生平第一次，只剩下瑪麗亞和貝爾米拉相依為命。

士兵威廉

威廉・維勒格拉夫出生黃金時代的歐洲商貿中心阿姆斯特丹。他的祖父是一名傑出的輪船工程師，是建造巡防艦的負責人之一，這是一種新型艦船，曾在為荷蘭人贏得盛名的那場十七世紀的戰爭中派上用場，幫助荷蘭人從葡萄牙人和西班牙人手中奪取海洋統治權。威廉出身信奉路德教派的權貴家庭，是家裡的么兒，父親是名出色的將領，曾參與反抗西班牙帝國的荷蘭獨立戰爭。

他的哥哥們都是大商人，他們載滿歐洲貨物的輪船從阿姆斯特丹出發，途徑非洲沿海地區收集奴隸，再前往安德烈斯群島或巴西沿海，交易歐洲貨物及黑人，然後將船裝滿蔗糖，返回歐洲，最後回到出發的港口，就這樣完成英國人所說的——「太陽底下最暴利生意」的航線。

威廉不想走兄長的路，他想效仿父親，開啟軍旅生涯。他的第一項使命就是應徵前往巴西。巴西，這塊熱帶陽光的磁鐵，歐洲年輕人似乎難以抗拒地被其吸引。

威廉於一六四六年抵達，彼時，荷蘭人幾乎再次在海岸線上被包圍。在第一次突破包圍的途中，他們在叢林進行數日的小規模戰鬥，之後，威廉和他的隊伍經過泰阿歐巴家的蔗糖廠，他便滯留在那裡，因為他發起高燒，身體虛弱，這在歐洲新兵身上屢見不鮮。考慮到他高貴的出身，他的長官認為最好不要勉強他，便把他留在那裡，讓寡婦和她的女兒照顧他。他知道她們是中立的，而且，她們因熟稔草藥而聞名，尤其是那個女孩，她似乎繼承了逝去的老婦人的學識。

就這樣，貝爾米拉負責照料並治療這位年輕士兵。只要是在蔗糖廠住宿或只是經過那裡的人，無論是當地或幾內亞的奴隸、蔗糖廠主人和蔗農、來自雷西費和奧林達的人、種植木薯的人和沿街叫賣的小販，還是士兵和長官、逃兵和戰士，一看到這位病人與他的護士，都知道接下來將要發生的無法避免之事。尤其是瑪麗亞・泰阿歐巴，她非常開心，相信女兒的悲傷將找到出口。自她的父親死後，一股未知的邪惡似乎一直侵噬她的心靈。

隨著戰勢席捲重來，蔗糖廠的財務狀況再度陷入混亂：阿姆斯特丹的糖價持續下跌，更甚的是，工廠的生產也遭遇嚴重打擊。瑪麗亞心腹們的參軍欲望越來越強烈，許多奴隸也想去打仗，其他奴隸則想逃往駐地；物資開始稀缺，所有人都倍感煎熬。

瑪麗亞的朋友中既有荷蘭人也有葡巴人，她一如既往地保持中立，心中很平靜。但她對戰爭的看法並不平靜。沒有了杜阿爾特，沒有了老婦人，沒有了父親，她感覺她的世界似乎承受太多痛苦。夜裡，當她看見遠處的天空又被焚燒的甘蔗田的火光填滿時，她想，或許最好還是離開這座死氣沉沉的蔗糖廠，像許多人那樣，往巴伊亞去。

但一想到貝爾米拉，她就放棄這個念頭，女兒的雙眼才剛燃起一星點光亮。那個年輕的荷蘭士兵，即使痊癒了，還是經常趁假期拜訪蔗糖廠。兩個年輕人待在一塊時總是忘了周遭。由於戰爭，他們無法離蔗糖廠太遠，即便如此，貝爾米拉仍會帶著他散步許久。起初她嘗試教他這個國家的語言，展示之前她給荷蘭科學家看的動植物，她以為威廉也會感興趣，沒多久，她就發現這名士兵的興趣壓根不在科學上，他唯一的願望是了解這纖弱的巴西女孩身上的小小叢林、她臉龐上嬌豔的笑靨，以及她的洞穴和隱蔽處裡的潮溼犬獸。

至於貝爾米拉，甜蜜的貝爾米拉，她沒有更多的憧憬，她只想為愛情暈眩在這位俊俏荷蘭人的溫柔臂彎中。

但在戰爭年代，這樣的「田園牧歌」本質上只能是短暫的休憩。隨著一六四八年四月而來的是第一場瓜拉拉佩斯戰役[17]——這場戰役標誌珀南布科人反擊的開端，不但將改變戰爭的歷史，也將改變威廉和貝爾米拉的故事。

17瓜拉拉佩斯戰役（Batalha dos Guararapes）：一六四〇至一六六八年，葡萄牙與西班牙之間的葡萄牙王政復辟戰爭（Guerra da Restauração），與此同時，葡萄牙決定收復此前由荷蘭占領的葡萄牙海外領地，例如巴西東北部地區和安哥拉沿海地區等。瓜拉拉佩斯戰役正是發生在此期間。瓜拉拉佩斯戰役發生於殖民統治期間的珀南布科省（今巴西珀南布科州）的瓜拉拉佩斯山，參與方為葡萄牙軍隊與荷蘭軍隊，主要有兩次大規模衝突：第一次是在一六四八年四月十八日至十九日，第二次是在一六四九年二月十九日。葡萄牙這兩次告捷被視作珀南布科起義（Insurreição Pernambucana），即聖光之戰（Guerra da Luz Divina）勝利的決定性因素，後者自一六四五年持續至一六五四年，終結荷蘭在巴西的統治。

這場戰役中，荷蘭軍隊共約五千人；復辟軍隊[18]，即如今所謂的葡巴部隊，有三千五百餘人，非常幸運的是，其中三分之二的士兵都來自本土——土著、印歐混血、印地安人。無論是人數還是軍事力量，荷蘭人都更為強大，但葡巴人占據了地理優勢，他們從紅樹林、叢林和小山坡衝出來，以迅雷不及掩耳之勢發起進攻，再以相同的方式跳躍、閃避，雖然在荷蘭人眼裡，這種戰術十分混亂，但實際上，卻能夠成功擾亂訓練有素且紀律嚴明的荷蘭步兵的射擊。在這場血腥的肉搏中，巴西人首先占了上風，在敵方戰場上留下五百多具屍體，年輕士兵威廉·維勒格拉夫也在其中。

由於遲遲沒有威廉的消息，貝爾米拉前往戰場所在地的山上找他。發現愛人年輕的身體再無生機時，她悲痛欲絕；這一次，她唯一的出路就是躲進自己的內心世界，在那裡，威廉還活著，她的父親還活著，老婦人也還活著；在那裡，從沒有人知道何謂戰爭。

甚至直到她的女兒出世，她都沒有從自己的世界走出來。她的奶水不足以餵養光禿禿的嬰孩——和貝爾米拉出生時一樣，她整夜哭個不停。但是，她的外婆從她哭泣的聲調中感受到希望的衝擊：那並非被母親深沉悲傷所感染的慟哭，而是憤懣、反叛的哭啼。瑪麗亞·泰阿歐巴覺得，應付這樣的反叛會更容易些。

不到一年，瓜拉拉佩斯山發生了第二場戰役。時至今日，仍流傳著一個傳說：在那場戰役中，人們看見一名蒼白美麗的藍衣長髮女子穿行在戰場的傷員之間，一個嬰孩躺在她的臂彎中，陽光環繞她的周身。很多人說那是光明聖母[19]顯靈。有些人則否認，他們說，實際上，聖母瑪利亞是在塔博卡斯之戰[20]中顯靈的，甚至有人在第一場瓜拉拉佩斯戰役中也目睹過，當時，她還將異敵的子彈收集到光華的聖袍中，分發給珀南布科人。但在第二場戰役中他們看到的不是顯靈，更別說是聖母瑪利亞了，那只是貝爾米拉的身影，她懷抱著女兒，想找一枚子彈，讓自己像威廉一樣在戰場上死去。

那是瑪麗亞・泰阿歐巴的最後一根稻草。她頓時明白不該讓孫女像女兒一樣在戰火中成長，並認為改變生活可以讓貝爾米拉反應過來，回到這個世界，也許她可以在另一個地方找到治癒悲傷的藥，反正她的藥草已經不管用了。於是，就像那些年裡的多數人，她也做了相同的事：埋藏所有煮糖的用具，把最需要的財物放在皮箱裡，挑選一些最忠誠的奴隸，解散沒有參戰的奴隸，然後動身前往巴伊亞。

瑪麗亞・泰阿歐巴為貝爾米拉與威廉的女兒取名吉赫爾米娜。這個女孩皮膚光滑，有著紅色頭髮和栗色大眼睛，彷彿吸收了外婆天生的活力及果敢的氣質。

---

18 即前文所提的隸屬於葡萄牙王政復辟軍的部隊。

19 光明聖母（Nossa Senhora da Luz）：天主教尊稱聖母瑪利亞為「光明聖母」。

20 塔博卡斯之戰（Batalha das Tabocas）：珀南布科起義的第一場戰役，發生於一六四五年八月三日，地點是原珀南布科省的塔博卡斯山，交戰雙方為荷蘭東印度公司部隊和葡巴部隊。

一到薩爾瓦多，瑪麗亞就在濯足坡上租了一間屋子。憑著她的商業頭腦和實幹精神，很快就發現重振財富的方法——租借黑人奴隸。葡萄牙人敗給荷蘭人，失去非洲殖民地後，難以從幾內亞弄到奴隸，導致勞動力價格大幅上漲，彼時有利可圖的生意之一就是出租黑人。其他異教徒奴隸則被瑪麗亞派去砍伐巴西紅木，儘管巴西紅木愈漸稀少，但仍然是這片土地上令人垂涎的商品之一。

一六五四年，珀南布科戰爭結束，葡萄牙人收復領地，戰時拋下糖廠的雇主們開始返鄉。然而，許多糖廠此前已被荷蘭人徵收並賣給樂意低價收購並在荷蘭人統治下繼續生產的巴西人。戰爭末期，糖廠廠主重疊的情況引發了著名的「糖廠之爭」。到底誰才擁有糖廠的所有權：是昔日拋下糖廠的舊雇主，他們當中許多人曾在戰爭的各個階段服從由葡巴指揮部下達，而後又撤銷的命令；還是那些在咆哮戰火中保障生產的新雇主？

瑪麗亞．泰阿歐巴的糖廠也被捲入這場紛爭，差別在於瑪麗亞幾乎是在戰爭快結束之際才拋下糖廠的，實際上她也沒想過回來。她擔心如果女兒回到傷心地，情況會變得更糟；瑪麗亞自己在薩爾瓦多過得也很好，事業正成功起步。不過，她當然不願意將父親的土地拱手讓人，而且，和其他人一樣，她很樂意收到一筆新的本金以便投資。又一次，憑著務實的精神，她完美地解決這個問題。還未等到復辟政府的決策下來——正如人們所預料的，這個政府不想讓兩邊都不愉快，因此會拖上個幾十年再下決策——瑪麗亞・泰阿歐巴迅速去了一趟雷西費，在那裡，她和侵占糖廠的前農人會面，和他達成一個特殊協定，儘管不是最佳方案，至少為瑪麗亞在巴伊亞開拓生意創造了一些條件。

趁著這趟旅程，她還翻出自己的東西，其中有一個結實的皮箱，裡面放著一件小小的珍珠母首飾盒，被菲利帕那捆腐爛的布片包裹著。

珀南布科戰爭讓薩爾瓦多成為逃難者首選的港口。這座矗立山嶺之上、可俯瞰諸聖灣的城市和奧林達一樣美麗，是整個國家發展最好的城市之一。人們說，在殖民初期，薩爾瓦多就頗受葡萄牙王室庇佑，他們向薩爾瓦多輸送殖民者和金錢，提供奴隸和貨品，用各種優越條件厚待薩爾瓦多，就是為了讓它發展得又快又好。

瑪麗亞回到薩爾瓦多，以行李裡賣掉糖廠的錢在真主坡買下一間酒館。她在酒館後頭建起自己的住房與一個大庭院。在那裡，貝爾米拉和她女兒可以在樹蔭下度日。

女兒的魂不守舍令她尤其心痛。她找醫生、找女巫、找神父，把該找的全找來了。一個神父告訴她，貝爾米拉生病的始作俑者是魔鬼：她經歷一場地獄之火，火焰吞噬她的身體，留在原地的則是悲痛。他為她祈禱，數次嘗試驅除女孩身上特殊的魔鬼，直到他承認自己的力量比惡靈弱得多。城中的醫生——一個葡萄牙老人——直接把水蛭放在她的皮膚上，施行放血療法，診斷結果是貝爾米拉的身體和靈魂被堵塞了，導致體液不通順，且漸漸沸騰，擾亂整體的和諧，所以才會出現漠然、疏離、食欲不振及失聲的症狀。

仍是徒勞。

瑪麗亞考慮當賣一切前往葡萄牙，在那兒或許可以找到丈夫的家族以及能夠治癒悲傷的更先進藥方。但是，她想到與杜阿爾特的談話，想到他過去總說無法在歐洲找到治療這片土地上的疾病的藥，此處的病痛必須用此處的解藥才能痊癒。貝爾米拉的病不正屬於此嗎？還是說，其實不是？她不知道惡靈到底來自何方，女兒變得越來越羸弱、蒼白，逐漸滑向內心的深淵。

瑪麗亞常常帶著她和吉赫爾米娜一起去海邊散步。吉赫爾米娜開始顯露出強硬的天性，她是一個易怒的女孩，任何事情都能讓她一屁股坐在地上，宛若一隻動物。她的外婆第一天意識到這個女孩的哭泣並非出於悲傷時，還覺得如釋重負，此時卻擔憂起來，覺得外孫女可能遺傳到她曾外祖母卡夫薩毀滅式的憤怒性情。她望著她倆，一個蒼白死寂，另一個頭髮幾乎像火焰般豎起，小臉布滿雀斑，尖叫著跑過沙灘，她自問該如何是好。

所幸，生活仍在繼續，瑪麗亞沒有太多時間去管這類問題。她的酒館漸漸成為城中最受歡迎的酒館之一。夜晚，知識分子、詩人和音樂家魚貫而入，相聚一堂，一起打牌、玩雙陸棋；白天，象棋棋盤上的廝殺則持續一整天。

瑪麗亞・泰阿歐巴從不信教，也從沒有人壓迫或強加她許多規定。在老婦人的陪伴與父親的保護之下，她學會以截然不同、比常人更加自由的方式生活。她相信的是自己與直覺。接觸糖廠和買賣蔗糖的經驗豐富了她對生活的瞭解。她那文質彬彬的丈夫杜阿爾特也教給她許多，也許在當時的薩爾瓦多，她是最有教養的女人之一。她身披葡萄牙王國的衣料，家中擁有最好、最舒適的家具，桌上擺滿美酒佳餚，有足夠的財富讓自己過得很滋潤。如果她想，甚至可以不工作，讓奴隸為她工作即可，但由於獨立與活躍的精神，她攬下了酒館的管理事務。她聰慧且自由的姿態令許多男人著迷。儘管她不再考慮結婚，但當她欲與吸引她的男人同床共枕時，也毫無顧慮或猶豫。

因此，巴伊亞的男人愛上她幾乎是不可避免的。不可避免的還有女人對她的厭惡。這並不是說那些女人是什麼聖人，因為她們的確不是。那時的旅行者不厭其煩地驚詫巴伊亞和整個巴西放浪形骸的男女作風；總的來講，他們折服於當時不受約束的性愛風俗，甚至修道院內也不例外。在當時的巴西，男人遠遠多過女人，女人們很享受人數比例失衡，那些欲火焚身的事也就自然而然地發生了。

但是，在奧林達，人們從瑪麗亞・泰阿歐巴小時候起就認識她，他們知道她非同一般的舉止的原因，在薩爾瓦多，無人知道她的來歷，她神祕的行為方式，便更加令人心煩意亂。

其實，這樣三個獨立、瀟灑的女人走在街上，是一幅讓人看了就心神不寧的景象：瑪麗亞正處於四十餘歲的成熟年華；神智混沌的貝爾米拉，有著空靈之美；吉赫爾米娜則擁有驕縱的童真之力——

她們在城市的巷道間穿梭，留下一條令人心生疑竇與迷戀的蹤跡。

人們旁觀她們，議論她們，有時候還會跟蹤她們直到海邊。

正如安東尼奧·德·薩暗地裡所做的。他是葡萄牙王國的子民，看管薩爾瓦多監獄，娶了一個熱血沸騰的西班牙女人，還是三個孩子的父親。

其實，正是因為他的妻子經常講到珀南布科女人的家庭，可憐的安東尼奧才開始注意起那三個女人，尤其留意到貝爾米拉的美，對他來說，她簡直是另一個世界的造物——但他不知道的是她果真如此。他開始光顧泰阿歐巴家的酒館，自詡為詩人的他還作起了詩，詩中的繆思不再是棕色肌膚、風姿綽約的安達盧西亞女人，而是珀南布科女人天使般的蒼白面容。西班牙女人不識字，但是，當她看見桌上的紙張胡亂寫下的詩歌時，耐不住好奇，想當然地認為那些詩歌都是為她所作，便請求一位識字的產婆大聲朗誦。

何必呢！

當聽見丈夫對繆思的描述——或許這位詩人最大的不足就在於過分的寫實主義——西班牙女人立即血脈賁張，腦中對競爭者身分毫無疑惑。她激動地衝到街上，因為她知道，太陽下山時，貝爾米拉和她女兒應該會待在那片偏僻的海灘上，她們經常去那兒，即便有時候瑪麗亞無法陪同前往，正如那天命運所安排的一樣。

她看見貝爾米拉像往常一樣沉默地坐著，她的紅髮女兒待在遠處的海灘上，看起來只有一個點大。西班牙女人毫不猶豫地用指甲和牙齒攻擊她，一邊嘶吼，一邊扯她的頭髮、咬她的胳膊，對她怒喊髒話。貝爾米拉沒有反抗，實際上，近看起來，她似乎太過病弱。見狀，西班牙女人冷靜下來，但惡果已經釀成。她離開時仍怒吼著威脅之詞，卻已經失去震懾之力，彷彿突然間她所有的狂熱和怒氣都消散了，變成一只乾癟的氣球。

貝爾米拉倒在地上好一會兒，動也不動。實際上，那樣的暴力於她已是最後一根稻草。

在吉赫爾米娜從遠處跑回來之前，貝爾米拉站了起來。非常緩慢地，走進碧藍的海水中，彷彿浸沒在她美麗的士兵威廉那潮溼而深邃的眼眸之中。

不知道媽媽在何處的吉赫爾米娜回到家中。瑪麗亞預感到可怕的事發生了，但直到第二天早晨，她們去找她時，才發現被沖回海灘的屍體。

葬禮上，瑪麗亞・泰阿歐巴不明白為什麼有一個從未見過的褐色皮膚的女人在她身旁嚎啕大哭，這個女人抱著她，不停地祈求原諒。

缺少母親安靜的互補，吉赫爾米娜愈發跋扈不馴。或許她只是一個被寵壞的孩子，過於活潑、不懂規矩、無法無天。不過，瑪麗亞費了很大的力氣與耐心，至少讓她學會識字、寫字和聽故事，卻無論如何也沒能教會她安靜地聽完一小節詩歌，除非是綽號為「地獄之口」的酒館常客那一、兩首野蠻的詩篇，總是逗得她和外婆捧腹大笑。還有一件她絕對非常喜愛的活動——奴隸在空地演奏的巴突克音樂[21]及合唱。她天生有一副美妙的嗓子，且活力四射，使她成為黑人聚會中最激情的女歌手之一。

不久後，這個小女孩還發現了教堂音樂，以及激烈得令她暈眩的管風琴旋律。她發現了教堂裡傾聽管風琴的最佳位置，便經常坐在那裡。那個位置離輔祭[22]非常近，輔祭是一個秀氣的黑人男孩，全城都知道他是神父的兒子。

私生子本圖・瓦斯柯

棕褐皮膚的本圖強健、英俊，是奧特茹教堂的葡萄牙神父和奴隸朵米蒂拉的兒子。朵米蒂拉是來自安哥拉的黑人，為神父生下兒子後就被准許解除奴隸身分，本圖也是。母子倆住在教堂的裡屋，負責幫神父照管房子和教堂，或是協助彌撒慶典。

生性平和的本圖從小學習聖像雕刻，在父親的祝禱下，他一直全身心專注於此。儘管他的風格不算完全成熟，但也開始積累聖像雕刻師的名聲，而接到遠方城市的教堂和家族的訂單。

他也擔任彌撒輔祭一職。當他跪在自己的位置上，首先聽到的聲音就是吉赫爾米娜的，她的嗓音在禮讚讚歌的眾聲中脫穎而出。不知不覺地，他開始注視這個有著火焰般頭髮的女孩。他的目光，彷佛被賦予自己的意志，過久地駐留在那秀髮、胸脯與臉龐上，於教堂或於輔祭而言都十分不合適。

當所有人按照當時的習俗，盛裝參加彌撒時，吉赫爾米娜也會穿上最花俏的裙子前往禮拜。她不信教，從未洗禮，對上帝、罪和聖人所知甚少。於她，週日去教堂如同參加一場音樂與歌唱的節慶，而且總是煞有其事的樣子，總是穿著絲絨綢緞裙子。本圖・瓦斯柯就這麼迷上她了。

女孩停頓了一下，開始回應那狂熱的目光，她把歌聲提高一分貝，彷彿這樣就可以離他更近，用溫暖的嗓音輕柔地撫摸男孩健壯的背。

不久，兩人開始在夜間的黑人巴突克音樂會相遇，一起跳龍都舞[23]。吉赫爾米娜的長髮閃耀著光芒，散落在本圖黝黑、結實的胸膛上，除了對方，他們眼中再無其他。隨著時間的推移，龍都舞將從窮人的場院移到富人的沙龍，它讓舞者的身體在感性而節奏鮮明的律動中靠近彼此。但當時，它仍是白人不應參與的黑人舞蹈。

21巴突克（Batuque）：為一種巴西非洲裔所跳、源自非洲的兩拍子舞蹈。舞者排成圓圈，以手打拍子，並由鼓及敲打鐵器或木頭伴奏。此種以任何手邊之物敲擊，產生複雜之節拍，乃非洲許多地方慣用方法。在葡萄牙屬之西非地區，巴突克舞極似查爾斯登舞（Charleston）。由一男一女在觀眾圈中表演。巴突克（Batique）名稱亦為一般舞蹈之通稱。十六世紀時，此舞傳入葡萄牙，據記載，在首都里斯本甚為流行，為一種雙人舞，類似葡國之龍都舞（Lundum）。至葡王曼紐艾爾一世（Manuel I）時，下令禁止巴突克、龍都姆及查瑞達舞（Charrada）在葡國表演。十八世紀時，巴突克舞已不似本來之粗獷而披上一層歐洲文明外衣，在西班牙此舞成為男女調情之舞，並加入彈指作響，男舞者圍繞其舞伴旋轉，最後以互相擁抱結束。

22輔祭在大公教會（包括羅馬天主教、聖公宗、信義宗、部分歸正宗及循道宗等）及東正教不同的崇拜禮儀，包括彌撒（聖餐）、早晚禱當中，協助主禮的司鐸（主教、神父或牧師）舉行聖祭。

23龍都舞（Lundu）：巴西一種以吉他伴奏的四分之二拍之歌舞。綜合非洲與葡萄牙特色，並有多種不同型式，由一對男女演出之雙人舞：有時以憂傷的曲調搭配優雅的舞步，有時則配上切分音樂展現較有活力的舞蹈。在受歐洲風格的主導下，仍可見非洲的影響。

啊！他人的幸福多麼令人反感！吉赫爾米娜和本圖之間的激情越來越昭然、張揚而自由，在眾目睽睽之下愈發蓬勃，卻不能輕易地被允許。有些事情，如果任其在光天化日之下發展，就會漸漸逾矩。女孩白皙的手慵懶地倚在男孩飽滿、黢黑的臂膀上，這極度反差猶如威脅般在城市上空盤旋。

彷彿巴伊亞和巴西並不是由黑人、白人以及最多元的混血人種所組成的。彷彿這兩個年輕人正在開創全新且未知的行為，而非僅僅重複自從非洲人乘著第一艘黑奴船抵達此處後，大多數人一貫的做法。彷彿這是一樁醜聞，讓所有人都看清楚自己暗地裡的所作所為。

神父禁止吉赫爾米娜踏入教堂，還將本圖趕下輔祭的位置。狂熱喜愛管風琴音樂的她認為自己是無法理解的事件的受害者，而且，就算她能理解，也永遠不會接受。

那個禮拜日的彌撒中，她在緊閉的教堂大門外所做的醜事被記載在殖民地的多份報告裡，並被視作這片領地上有史以來最嚴重的惡靈附身事件之一。她高聲的尖叫和發洩出來的野蠻仇恨如火炭鞭笞自己的雙眼；她數次將自己摔到地上，對著教堂大門不斷詛咒、踢踹；指甲深深陷進大門的實木，溫熱的鮮血流經手腕；頭髮變成一團漩渦狀的火焰；她瘋狂嘶吼，暴跳如雷——這一切，在那個禮拜日的早晨，在教堂門口的臺階上，組成了一小幅《啟示錄》般的景象。

之後，她被控訴惡靈附身霸占罪，別無他法，只能逃亡。若是由她決定，她是不會離開的，離開僅因為被瑪麗亞準備的藥水灌醉了，也是瑪麗亞把她的行李整理好放到馬車上。吉赫爾米娜、本圖、四個奴隸，五個本地人以及兩個黑人女傭（其中一個還是孕婦），乘著馬車動身前往遠方。

那一年，吉赫爾米娜十六歲。

直到幾年後，瑪麗亞·泰阿歐巴才收到她的消息。

那時瑪麗亞正和一個巴伊亞小夥子一起生活，他是巴西人的後代，思想開放、笑容燦爛，且比她年輕得多。朱文西奧時常流連酒館，漸漸地，他總是望著她，露出仰慕的神情。他棕色的肌膚、豪放的笑聲、渾圓的肌肉，以及彈奏吉他的樂聲，在瑪麗亞的床榻及心房辟開了一小方天地。他開始和她同居，還成為她管理酒館的幫手。他是個性情簡單、胸懷若谷的男孩，而且能逗瑪麗亞開心。

酒館是他們的生活中心。在那裡，她和朋友們、年輕的朱文西奧還有他的吉他在一起，瑪麗亞覺得很自在。夜晚在熱烈的政治討論、詩歌朗誦與歌唱中走向黎明。一切發生在城裡的重要事件都會在酒館激起反響，瑪麗亞·泰阿歐巴的房子自然而然、出乎意料地成為薩爾瓦多文化據點之一，就像珀南布科戰爭期間，她的蔗糖廠成為重要的中立空間及訊息據點那樣。在殖民時期死氣沉沉的生活中，一個人們可以相聚，談天論地、交流資訊的地方是至關重要的，而瑪麗亞就有這種天賦，能夠以自己為中心，將身邊各種開放的人聚集起來。

得知外孫女的消息後，瑪麗亞開始規劃去拜訪她。一天下午，在離家較遠的叢林中（她仍然喜歡到叢林採集花朵和水果來製作甜點），她想著不久就能去拜訪吉赫爾米娜了，將認識她的孩子們、瞭解她的生活——她還像從前一樣唱歌嗎？她會做我教她的點心嗎？她快樂嗎？——就在這時，天色閉合，一場傾盆大雨隨即而至。

她全身溼透回到家中，想喝一些藥水暖暖身心，她知道怎麼調製，但實在太疲憊了。還是明天再喝吧，她心想。

幾天後，肺炎奪去她的生命，享年六十六歲。

朱文西奧賣掉酒館、房子、家具和奴隸，動身去找吉赫爾米娜，因為這是瑪麗亞·泰阿歐巴的遺願。

吉赫爾米娜（一六四八—一六九三）

逃離薩爾瓦多城的那個下午，吉赫爾米娜靠在本圖的肩上睡著了。她的神智已經鎮靜下來，但因為外婆藥水的作用，仍感覺有些昏沉。她沿途數次情緒激動，並記起一些童年片段。她看見自己在牛群的推擠中到達曾屬於馬努・泰阿歐巴的農場，牲畜的腦袋組成一條攢動的河流，牠們的角相互撞擊，到處充斥嘈雜的蹄聲和哞叫，她還嗅到一股甜膩發酸的牛糞味。她聽見戴皮帽的老人，坐在門廊寬大的階梯上，講著牛群是如何抵達此處的旅行故事。

他講到馬努・泰阿歐巴在很多很多年前摸索出一種方法，教會膽怯的牛群渡過腹地凶猛泛濫的河流——他頭頂戴著一個帶角的牛首，然後縱身躍入河中游泳，假裝自己是一頭牛，向牛群展示可以跋涉的河流淺水處。「是妳外公發明了這個方法。」他對她講道，「今天全世界都這麼做。」

她在夢中笑了，為曾外祖父感到驕傲，但轉念一想，不，應該不是這樣的，我不認識馬努・泰阿歐巴、不認識農場、不認識那個戴皮帽的老人、不認識我父親，我只認識外婆，我只認識瑪麗亞・泰阿歐巴。

她在夢中一度激動且迷茫，但很快她就想，是的，當然了，是外婆告訴我這些的。她又平靜下來，看見自己在海灘上，正從母親身邊往遠方跑去，海浪翻湧，浸溼了她的雙腳；貝爾米拉相當安靜，沉默地望向無垠之地。就在此時，四下突然無人，海水湧來，先是母親的裙子沖上了岸，然後是披肩，媽媽！她喊道，媽媽——！……本圖緊緊抱住她，噓……噓……，冷靜點，一切都會好轉的，吉赫爾米娜，一切都會好轉的，我知道。

但本圖又怎麼會知道這一切呢？

本圖甚至不知道他們要去哪。他們在馬車上坐了好幾個鐘頭，路況越來越糟糕且狹窄，樹藤和枝條穿過黃土地上稀疏的林間空地，而更加難行。很快他們就得拋下馬車徒步前行了。但得等到休息完畢，吉赫爾米娜恢復力氣才行。

夜色降臨，他們停在樹林間一處空地，在那兒睡到次日早晨。本圖從沒想過自己會被困在這種處境，但在他和朋友們告別時，他們告訴他，他應該去一個無人認識他們的地方，一個可以開啟新生活的地方。他們還說，應該沿著深入腹地的路線走，而不是海岸線，海岸線的路更為人熟知，只要城裡的人起意，就可以命人順著海岸線追捕他們。

他們拋下馬車，把馬放走，徒步前行。他們的嚮導是一個印地安人，一個「大地的黑人」，他對這片區域瞭如指掌。只要情況允許，他們就試著沿河岸徒步，除了避免迷路，水和魚也觸手可及。

吉赫爾米娜已經完全恢復了，她走得很快，沒費什麼功夫就把本圖甩在後頭。她喜歡茂密幽暗叢林裡的寒冷與潮溼，樹木粗壯高大、樹冠濃密，一絲陽光都無法穿透。在這片奇異的黑暗中，緊跟著嚮導前行讓她覺得寧靜，黑暗似乎構成了一個戲劇場景，完全符合她的形象及天性。她彷彿看不見一團團濃重的蚊蟲之雲，嗡嗡地盤旋著，一刻也不停歇，使得她被叮咬的傷口在林間氤氳的溼熱中結痂得十分緩慢。

由於不斷穿行泥濘地，他們的衣服變得溼答答的。本圖和吉赫爾米娜的鞋只適合在城裡行走，沒多久就撐不住了；樹枝和荊條讓他們的腳受傷。印地安嚮導教他們如何在行走時一邊將腳掌在地面上攤開，一邊將腳趾向掌心內蜷曲，這樣可以減輕疲憊，讓徒步更輕鬆些。他們途經美洲豹出沒的地帶，看見凌亂的地上布滿爪印，以及像是用鋤頭挖出來的巨大窟窿。他們在皮膚塗上一種船油，這種油散發的氣味能驅離美洲豹。

至於食物，有什麼他們就捕什麼，魚、野棕櫚心和腰果。當找到一隻可以拿來烤的猴子時，他們高興極了。

走了幾天後，他們來到一片山嶺。嚮導警告他們，不要發出太大的響聲、不要用霰彈槍打獵，甚至不要生火，他們正位於塔普伊阿斯人[1]的領地，這是一群凶猛的戰士，頭髮和女人一樣長。恐懼令

1 塔普伊阿斯人（Tupias）：圖皮語，指的是葡萄牙在巴西的殖民統治初期，所有不講古圖皮語的原住民。葡萄牙殖民者在巴西遇見的原住民語言分屬於兩種語系，一種是圖皮語語系，另一種是馬克羅—傑語系。最初與葡萄牙殖民者建立聯繫的巴西原住民多居住在沿海地區，他們大多講圖皮語語系的語言，而這些原住民稱呼敵對部落的原住民為馬克羅—傑人，以及塔普伊阿斯人。在葡萄牙殖民者後逐漸與巴西東南部及東北部腹地地區的原住民建立聯繫後，沿用此一稱謂。

他們走得更快，休息得更少，吃得也更少了。當他們走到可通航的河流岸邊時，本圖與奴隸搭了些小木筏，就這樣，他們乘著木筏，任由自己漂流到未知之處。

他們漫無目的地前行，直到遇見一支畜牧人隊伍。與這些人的談話讓本圖和吉赫爾米娜產生了一個想法。

他們請求嚮導帶他們前往腹地畜群的必經之地，即位於多斯河流域，差不多是後來的米納斯・吉拉斯州和聖埃斯・皮里圖州的分界線。

當他們抵達某座山谷中的一片荒地時，吉赫爾米娜認為這就是他們應該留下來的地方。本圖也同意。他們建造一棟用稻草覆蓋、以黃土為地的木屋；安好吊床，挑選木材做桌子和矮凳；圈起一片畜欄，種植自己帶來的木薯枝葉。

在那片空曠土地上，本圖明白了，飼養牲畜有其優勢：牲畜是一種不用人力馱運的商品，牛群背負的是自身的重量，只需要為牠們指路的人。然而，在漫長的途行中，因為食物和水的匱乏，常常發生部分四腳動物精疲力竭、虛弱無比的現象。如果他們能在養牛這條路上站穩腳跟，就可以留下那些瀕死的四腳動物，照料牠們，然後組織一批小型畜群以食用或轉賣，還可以在家門口向路過的人販賣自己種植的糧食。

於是他們就這麼做了，生活也遵循著此一方向前行。

他們築了一條水渠，又從路過的旅人那兒獲得玉米種子，還種起了甘蔗。他們在路旁做著小買賣，出售他們擁有的東西，或交換他們所沒有的。不久後，他們開始製作蔗糖塊，這是腹地的寶藏之一，濃郁的甜味不僅能讓人的身體充滿能量，還可以在途行的寒冷黎明，給予胸口一些溫熱。

§

他們成功照料第一批瀕死的牲畜，同時吉赫爾米娜發現自己有蓄養的天賦。從一開始，就是由她與奴隸一起負責照管牲畜。她有一種特別的技巧，能讓羸弱的四腳動物重煥生機，她溫柔呵護著母牛和牛犢，彷彿牠們是她的孩子。她有時會有這種感覺：在通往新生活的漫長逃亡之路的最初，那個關於馬努・泰阿歐巴牛群的夢預示了她應該去做的事。

她高䠷、健壯，無所畏懼，工作時具有天然的威嚴，沒有人——無論是人還是動物——對她有絲毫質疑。為了在田裡工作時更有效率，她開始打扮得像個男人，放牛的長工對她畢恭畢敬，好像她是他們的一員，儘管他們非常清楚，她是雇主，而且是個女人。

在那片遼闊孤單之地，吉赫爾米娜覺得平靜。

正如她很難接受社會的生活規則，接受自然於她而言是很容易的。密林、野獸和暴雨都是她心愛之物。在電閃雷鳴的暴風雨之際，尤其舒心。她喜愛泛濫的河流及成群的風。本圖也覺得妻子彷彿是一股自然之力，是呼嘯風雨、龐大畜群與奔湧河水的姊妹。

他們過著日出而作，日落而息的生活：當第一束陽光穿過濃霧，灑下光芒時，他們起身；日上三竿，他們休憩；黃昏降臨，他們開始收拾；天剛黑不久，他們便已入眠。一如這個殖民世界的其他居住者，每當旅人與外國人出現，吉赫爾米娜和本圖為所有經過他們那兒的人提供住宿，這是他們與外部世界的唯一聯繫。那片區域較少有旅人，但只要有人經過，無論白天或黑夜，農場的門都會敞開，奴隸也會迅速為客人準備好熱騰騰的食物。他們向需要攜帶乾糧的旅人販售食物；對在此處落腳之人免費供應食物，則是必要的待客之道。這在山長水遠、人煙稀少的年代，是一種受人崇敬的習俗。

除牧人之外，有時會有一支班德拉人隊伍[2]經過，他們像是一座行走的小城，亂糟糟、人聲鼎沸，揚起一陣喧囂，這讓吉赫爾米娜十分不安，於是她帶著牛群躲了起來，留下本圖照看小攤生意，與人打交道。

吉赫爾米娜只想念瑪麗亞・泰阿歐巴和教堂的管風琴音樂，但是她知道，自己很難再度擁有其中一樣了。然而，她比以往更熱愛歌唱，為了替她伴奏，本圖跟一個放牛長工買了一把麗貝卡小提琴。所有經過那裡的人都被她的歌聲驚豔，於是開始流傳起這樣一個傳說：那個頭髮近乎火焰的女人，歌喉悅耳動聽，如主的造物，她能將號角吹得美妙動人，彷彿在蠱惑牛群。

本圖平靜地重拾聖像雕刻，他把自己刻的雕像賣給牧人，後者又到城市轉賣，漸漸地，他們開始送來訂單。除了小雕塑，他還雕刻祭壇背後的裝飾組架，然而，他的才華在雕刻聖女像上才真正大放異彩。他手中的小聖女身材結實，姿勢嚴謹端莊，體現當時聖像雕刻藝術的特徵；他的作品與這種藝術之間的差別十分細微，僅僅在於與巴洛克風格相比較，他的小聖女像傳遞出的感官氛圍更為真實，而且調色更為活潑，儘管仍不脫離紅、黃、黑的色調變化——這種特色是被迫的，因為他在周邊叢林中能夠找到的顏料十分有限。

這片區域盛產皂石，也稱鍋石，常被做成廚房裡的瓶瓶罐罐。這種石頭為青藍色及灰色，有兩個品種，地質構造相同，質地柔軟，組織均勻，可以用木工技術來加工。本圖開始用皂石雕刻微型尺寸的小物件，一個比一個精緻、和諧，宛如青藍與灰色混合的小巧寶石。

吉赫爾米娜和本圖過著與世隔絕、視野遼闊的生活，兩人對此都相當滿意。是的，吉赫爾米娜是幸福的。伴在本圖身旁，牛群、無垠的天地、號角之樂以及她的嗓音——她的歌聲充溢廣袤至極的田野中，不斷延展，遠遠超越視線可達之處——這一切，就是她的世界。

她懷過兩次孕，都以流產告終。等到熱羅尼莫和羅姆奧多這對雙胞胎出生時，她已經快二十歲

2 班德拉人隊伍（Bandeira）：殖民初期，聖保羅並非殖民地的經濟中心，農耕是當地重要的經濟支柱，同時，聖保羅人也缺乏條件購買黑奴，以幫助生產。匱乏的情況使得聖保羅人不斷深入腹地，捉捕印地安原住民充當奴隸。一五七〇年，葡萄牙王室下令禁止獵捕印地安人，儘管沒有廢除奴隸制，但王室仍加上了這樣一條規定：印地安人只能在王室宣布的正義戰爭中充當奴隸和士兵。此規定令聖保羅人憤慨不已，聯名上書給當時的省長熱羅尼莫・萊特昂（Jerônimo Leitão），請求向瓜拉尼印地安人開戰。迫於聖保羅人的施壓，同時無法忤逆王室規定，熱羅尼莫・萊特昂准許組建「班德拉人隊伍」，這支隊伍不能獵捕印地安人，但可以透過和平的方式說服印地安人自願成為奴隸。此荒唐的許可使得班德拉人隊伍能夠勸服自由群居在遙遠村落的印地安人，使他們成為奴隸，同時，若他們不願意為奴，班德拉人隊伍還可以採取其認為必要的方式「說服印地安人」。

了。

沒多久，她再次懷孕，但女孩生下來就死了。

吉赫爾米娜不知道該拿這對雙胞胎怎麼辦。她接受自己天生的角色——正如動物通常都會生育，人類也一樣——但是，除了餵養和提供適宜生長的環境，她不知道還需要做些什麼。雙胞胎彼此相當不同，但對他們母親來說，他們始終是道謎：她既不知道該做些什麼，也不知道該在他們任何一個身上期待些什麼。

雙胞胎的父親則讓他們按照上帝的意願成長。他也是一個與孩子有距離的人，但是，除了餵養他們，他認為自己的職責是要教導他們宗教觀念。為此，他開始在房子附近的小丘築造一座小禮拜堂，他對這項任務滿懷熱情，無時無刻不在雕刻聖像，修建祭壇及裝飾祭壇後面的組架，以至於幾乎忘了孩子們的宗教教育。

小禮拜堂落成後，經過農場的人又多了一個驚嘆的理由。禮拜堂不大，祭壇上方只有一個木十字架，其他則裝飾琳琅滿目的雕像，全是用皂石刻的小巧玲瓏的聖女像。直到本圖死前，他都一直在為小禮拜堂創造新的雕像，幾乎填滿所有牆面，他還創造出有趣的效果：將微型雕像置於青藍色和灰色的洞穴中，彷彿奇異的穹頂上密布著小小的聖女像。

一天下午，朱文西奧抵達農場，他帶來瑪麗亞·泰阿歐巴留給吉赫爾米娜的遺產，一筆數目不菲的金錢。這些金幣都存在一只皮箱中，裡頭還有杜阿爾特家族的珠寶，以及裝有菲利帕物品的珍珠母首飾盒。吉赫爾米娜和本圖不知該如何處理，於是決定將這些東西繼續放在皮箱裡，堆在房間一角。

雖然本圖邀請朱文西奧留下，但他並不想。現在，他完成對瑪麗亞·泰阿歐巴的承諾，決定往這片區域的邊緣地帶探險。他曾發誓，只要可以，就會動身前去那裡。

吉赫爾米娜和本圖的雙胞胎兒子中，第一個降生的是熱羅尼莫。他後來跟隨一隊路過的放牛人離家出走，這支隊伍的目的地是塞爾希培州。兩年多來，他一直都在盤算要尋找「腹地之藥」[3]。他的想法是，只要抵達塞爾希培州，就可以往帕拉州的西提歐·都·烏瑪方向走，從那兒一直走到普雷圖河畔的聖若澤。他隨身攜帶一張地圖，是一位曾在亞馬遜州傳教的神父手繪的。兩年前，一個垂死之人贈予他這張地圖，他的計畫就是前往地圖上的目的地。

雙胞胎十二歲出頭時，一個迷路的葡萄牙人經過他們家，看起來脫水、營養不良，正在死亡邊緣掙扎。他迷失方向，四處遊蕩好幾個月，他的探險隊裡有十五個人在途中喪生。他們從聖埃斯皮里圖州出發，往「巴伊亞畜圈之路」[4]走，但他們碰到太多挫折，嚮導也給了許多錯誤的指示，為了避開

3 內陸之藥（Drogas do sertão）：班德拉人隊伍在巴西內陸探險時期發現的本土香料，如香葉、藥植、可可、巴西堅果等。

4 巴伊亞畜圈之路（Caminho dos Currais da Bahia）：巴西殖民時期通往米納斯·吉拉斯腹地的道路，從當時的首府薩爾瓦多出發，途經巴伊亞，沿聖弗朗西斯科河，最後抵達終點，即米納斯·吉拉斯省的薩巴拉市。

塔普伊阿斯人的攻擊，他們選擇一個與目的地相反的方向。原先的目標是溯聖弗朗西斯科河而上，最後抵達珀南布科，許多人都說那裡有珍貴的金屬。然而，他們在路上遇到一個孤身的旅客，自稱曾在普雷圖河附近傳教的神父。他告訴他們，在他曾經待過的極北之地，有比金子還真切的財富，他有地圖。那些財富是和北部森林裡的印地安人一起發現的「腹地之藥」，包括可可、丁香、含油香料以及樹脂等各類植物。歐洲人認為，無論是在藥典上，還是在食品上，它們都可以替代東方的香料，因此他們揮擲千金以求「腹地之藥」。神父喋喋不休地說自己有了這張地圖將如何暴富，那些藥品比金銀要值錢得多，而且銷路四通八達，他早已全盤計畫好了。他越講越多，炫耀個不停，探險隊的人聽得頭都要炸了，有些人開始覺得，一個從事神職工作的人不該有此野心。他們其中一個人和這位無名小卒吵了起來，最後竟殺了他。他們很快發現這張地圖就在他的背包裡。地圖完全是手繪的，而且非常精美，儘管他們當中沒幾個人看得懂地圖。不知是出於懲罰還是巧合，探險隊中第一個死去的正是殺死神父的人，然後他們一個接一個地死去，只剩下他，這個迷路的葡萄牙人，而他現在也感覺自己將要死去了。但是在這之前，他想做點好事：把地圖送給一個不必害怕遭到報復的清白之人，他可以好好利用地圖，畢竟這張地圖是他獲得，而非搶來的。

就這樣，臨死前他把地圖送給雙胞胎兄弟，但只有一人，即熱羅尼莫，對這個故事印象深刻，羅姆奧多則毫無感覺。熱羅尼莫擁有夢幻浪漫的探險家性格，羅姆奧多則繼承了神父爺爺神祕的一面，雖然父親對他的教導不多，但他的理想似乎就是宗教生活。有段時間，他經常從路過的神父們那兒收集訊息，計畫進入皮拉蒂寧加的耶穌會學校。熱羅尼莫帶著地圖離開後不久，羅姆奧多認為自己也應該離開，於是動身了。

兩人各自帶走一部分曾外祖母的金幣。

他們的父母再也沒有任何一人的消息。

兩人也不知道自己還有一個妹妹，安娜・德・帕杜阿。她是幾個月後出生的，那時母親再一次有懷孕，情況同樣複雜。和之前一樣，對吉赫爾米娜而言，女兒也是難以理解的東西，她無法明白女兒的含義、意義或是意圖。和雙胞胎一樣，女兒被她交給家中的女傭，那個自逃亡以來一直陪伴她、懷過孩子的女傭。

由於教堂已落成，本圖可以將更多精力投注在女兒身上。像教導兩個男孩一樣，他教她讀書寫字，並向她傳授宗教的基本知識。

女孩不喜歡牛群，所以沒和母親一起外出工作。她留在父親身邊，當他的雕刻助手，但她仍對母親充滿愛意。

黃昏時，母親返家，滿身蒺藜草和灰塵，便前往河邊洗澡，那是女兒最鍾愛的時刻。她痴迷於幫母親梳洗如火的長髮。吉赫爾米娜為了工作，總是把長髮捲起來，在頭上繞好幾圈，束在皮帽裡面。

當她不急不緩地解開頭髮，安娜也像擁有全世界的時間般從容。為了能讓手在母親蓬鬆的髮絲間輕柔滑過，她在掌心擦了少許椰油，慢慢地、小心翼翼地將油塗抹在母親的秀髮上。她感受到卷曲如波浪的柔軟，以及在金黃暮色下折射出的美麗。她讓秀髮在梳齒間閃耀，看著色澤隨著光的移動而變化。在這樣的時刻，母親總會放聲歌唱，整個原野迴盪著天然動人的嘹亮歌聲。母女倆就這樣一直待在河邊，直到出現最初的繁星或月亮的光輝。

吉赫爾米娜從未剪過火焰般的頭髮，它們鬆散地垂在她的腳邊。一天，頭髮開始變白。毫無徵兆，無法解釋。忽然，某個下午，當她散開頭髮時，已經全部變成銀絲。

安娜和本圖吃驚地張著嘴，吉赫爾米娜也很訝異，但是沒有人真的覺得悲傷，因為她的白色長髮看起來和之前一樣美麗非凡。

本圖立馬為聖女像的頭髮賦予新的特徵：儘管沒有合適的顏料，他還是發現一種刮皂石的方法，可以讓人聯想到吉赫爾米娜的雪白髮色，同時他也開始讓這些「頭髮」呈波浪狀，落至雕像腳邊。

遺憾的是，本圖・瓦斯柯的作品所剩無幾。隨著他技藝的提升，他的雕像從具有些許輕佻的輕盈感，演變成莊嚴苦難的形象，而聖女像標誌性的灰白長髮使他的雕像呈現出誘惑的風格。

某天傍晚，一場猛烈的暴風雨剛要開始之際，一個放牛人趕來通知吉赫爾米娜，她最愛的且即將分娩的母牛逃出了畜欄。兩人立即騎馬出發，尋找逃逸的母牛。最近有一隻美洲豹在這片地帶不斷屠殺牛群，吉赫爾米娜不想失去那頭懷孕的母牛。他們備好武器，在狂風暴雨中出發。在一片熟悉的林中空地，他們聽見美洲豹的咆哮和一聲聲絕望的哞鳴。他們朝聲音靠近，只見那頭驚恐的母牛躺在地上產犢，而美洲豹在一旁不斷發動攻擊。

或許是因為電閃雷鳴的襯托，攻擊一頭束手無策的母牛，其中的殘暴和懦弱尤為鮮明，又或者上帝也不知道的原因，這血腥的場景似乎激怒了吉赫爾米娜，令她發狂。自從在教堂緊閉的大門前發生那一幕以來，她再也沒有如此癲狂的攻擊——她陷入盲目的瘋狂，瞬間從馬背一躍而下，赤手空拳地撲向美洲豹。

這場景可怕至極，人和豹扭打成一團，而不管暴怒的吉赫爾米娜有多大的力氣，美洲豹天生就比她強悍百倍，片刻間，豹子一掌撕開她的頸靜脈。

和她同行的放牛人終其一生都重複地說，他永遠不明白為什麼女主人要那樣做。豹子殺死吉赫爾米娜的幾秒後，嚇傻的他才對著豹扣動扳機。

死去的一人一豹並排躺在暴風雨中，閃電照亮誕生的牛犢。是的，小牛犢活了下來。小牛犢和牠的母親都活下來了。

那一夜，吉赫爾米娜的屍體橫陳在房裡的木頭長桌上。安娜仔細擦淨母親身上的血跡，解開白色的長髮，梳理每一綹髮絲，每一個波浪般的髮卷，直到它們從頭到腳地覆蓋她的全身。

第二天早上，他們將她葬在小禮拜堂的後方。

吉赫爾米娜（1648-1693）

不可思議的輝煌

III

安娜・德・帕杜阿（一六八三—一七三〇）

與母親相反，棕褐皮膚的安娜瘦瘦小小的，更像她的原住民父親。她外表看似脆弱，實則果決勇敢，雖尚未到母親的程度，至少也足以被視為一名堅強的女人。和哥哥們一樣，她的名字是由父親挑選的。當時母親的妊娠併發症發作，本圖向敬奉的聖女帕杜阿許下承諾，這便是名字的來由。

當放牛人談論母親的死亡，安娜是唯一聲稱理解的人。是的，她理解為什麼母親赤手空拳攻擊美洲豹，如果是她，她也會那樣做。儘管年紀還小，但在木頭長桌上整理吉赫爾米娜遺體的人是安娜；把遺體送往山丘的墓穴時，也是她用網袋裹住遺體。

妻子死後，本圖非常迷茫，他在農場的生活是圍繞著她而展開的。他是一個沒有野心的男人，一個為雕刻聖女像和吉赫爾米娜而活的藝術家，現在她去世了，他倍感空虛、孤獨。

照管牛群、作物和奴隸的都是吉赫爾米娜，本圖不知如何處理奴隸，便決定釋放他們，這帶來了意想不到的結果，對緩解孤獨的晚年大有益處。成為自由身的奴隸並未走遠，而是在周圍建起稻草頂的木板房，並像其他養牛人一樣，繼續為他工作，以換取牛犢。漸漸地，以他在住家旁的山丘上建造的小禮拜堂為中心，形成一片小小的居住地。本圖成為某種意義上的村落首領，他給這座村子取名為

「小禮拜堂村」。

關於金子的消息開始傳來，一條比一條更準確、更令人興奮。據說一個黑白混血兒為了汲水，把瓢放入河中撈水，竟看見瓢內出現幾塊鋼色花崗岩，所有人都覺得這東西很奇怪，因為沒人知道它們屬於哪種等級的金屬，這個混血兒最終把這些花崗岩賣給一個自己也不清楚在買什麼的商人，後者派人拿金屬塊去里約熱內盧檢定，消息就是從那裡傳回的：那些東西是純金。傳言說在礦區有很多這樣的河流，只需要把瓢沉進水中，就可以滿載而歸。

前往韋爾哈斯河和卡塔瓜斯礦區方向的旅人變得絡繹不絕，如今他們都是匆匆經過，除非需要小憩，否則不會停留。

安娜站在父親身旁，看著人流越來越多，心裡非常歡喜。

她總是第一個給外國人送水、攀談。和父母不同，她喜歡與這些人交流，並渴求新消息。

很快，有人在返回韋爾哈斯河流域時經過他們那兒，這個人就是朱文西奧，瑪麗亞・泰阿歐巴的伴侶。與他同行的還有一個受黃金熱鼓動、剛從王國來到這裡的葡萄牙人，巴爾塔匝爾。安娜・德・帕杜阿青春的風姿，誘人的黑髮，美麗的褐色肌膚，都讓四十歲左右的巴爾塔匝爾喜愛有加，他請求本圖將女孩嫁給他，讓她跟他一同前往薩巴拉，他們將在遇見第一個神父時成婚。

本圖找不到拒絕的理由。女兒快到了結婚年齡，而且在那片野地想要找到一個丈夫並不容易，除非像這樣，從過路的旅人中挑選。這個葡萄牙人一直有朱文西奧作陪，至少，後者幾乎算得上是家人。當本圖意識到安娜似乎喜歡這個能改變生活的想法時，便給予祝福。

對安娜而言，事情彷彿已經安排好了，順其自然，就像河流、季節以及天氣一樣。關於這個問題，沒有什麼理由，也沒有什麼需要思考的：如果說這個葡萄牙人經過此處，需要一個女人幫他定居在這個國家，而他希望是她的話，還有什麼好爭論的呢？跟他一起走對安娜來說再自然不過。唯一可能會讓這次遷移不順利的因素就是：她可能離不開父親和農場，或者她可能過分膽怯。但是，不，安娜完全不是個羞怯的人，儘管她深愛父親，她最想要的還是離開，去認識其他地方，看看世界將會通往何方。無論是在巴爾塔匝爾還是其他人的身邊，對於這個十五歲的女孩來說，她既不知道如何質疑，也不知道為何要質疑。她那年少的蠢蠢欲動與好奇心比任何畏懼都旺盛得多。

若不是有朱文西奧與他的土著奴隸，前往薩巴拉的旅程會是場災難。灌叢和小徑差點要了葡萄牙人的命，他想在此發財，卻對這片熱帶土地一無所知。抵達目的地時，巴爾塔匝爾發著高燒，羸弱不振，在新婚的頭幾個月，安娜・德・帕杜阿一直照料著身患瘧疾的丈夫。

等到葡萄牙人痊癒，本性就是商人的他對淘金的體力活提不起什麼興趣，但很快就發現了一條出路，能夠在這片萬物凋零的貧瘠之地快速致富。實際上，那裡只有金子是充裕的，由於沒人吃金子、喝金子、睡金子，營地缺少基本的生活物資。隨著大批人潮到來，這片營地很快變成數座小村莊。所有人都想全身心挖掘便捷的財富，沒人想到要浪費時間去耕種，或是保障生存所須的溫飽。在野心和需求之間的空白地帶，巴爾塔匝爾的供給碰上盛滿黃金的貪婪之手的要求，金子最終仍會流進他的手裡，而且他不需要和那些粗人、惡人站在一起，任憑河流磨噬自己的身體——在淘金這個領域，那些人的智慧可比他多得多，他並沒有傻到不承認這一點。

他開了一間客棧，房子就在客棧後面。他用安娜外婆的金幣和一些珠寶買了奴隸，讓他們種木薯、玉米和甘蔗，還建立起養牛人與牛商的人脈，而且，他以金子的重量來交易其所販賣的一切——食品、飲料、菸草、衣服與任何東西。

在安娜看來，熙熙攘攘的客棧就是夢想之地。最辛苦的工作都是奴隸們在做，丈夫起初對她還算貼心，沒有什麼無理要求。忙忙碌碌、吵吵鬧鬧，這樣的生活很適合她。

但是，在陰衰陽盛的地方，女人就像寶物一樣，尤其是年輕、較為白皙的混血女人，巴爾塔匝爾開始患上致命的嫉妒。大部分的冒險者如果有妻子的話，會選擇將她們拋在家鄉，所有礦區都是。這樣一來，爭奪一個黑女人、印地安女人或是任何女人，就成為歡樂淘金夜的一部分。白人女人和混血女人由於十分稀少，如同難以計量的珍寶而被瘋狂覬覦。

實際上，那個地方並不適合嫉妒心重的男人。在安娜第一次懷孕失敗，生下一個死去的男胎後，巴爾塔匝爾的心情更糟了。

禁令開始出現了：妻子不能在人多的時候去客棧；不能離開家，除非是和丈夫一起；若她要出門，必須戴上一條黑色長披肩，從頭到腳包裹起來。

但安娜年輕、開朗、外向，巴爾塔匝爾認為那些禁令還不夠。他開始對她暴力相向。他用皮帶重重抽打她，她的背被打得通紅腫脹。無論之前她是否為他的嫉妒找過理由，隨著時間的推移，也變得不再重要了，是的，與疼痛的背部和寬大的皮帶一起生活，安娜不可避免地開始尋找出路。她認識一個聖保羅人，比巴爾塔匝爾更年輕、更帥氣，也更富有。

聖保羅人若澤・加爾西亞

若澤・加爾西亞・伊・席爾瓦來自一個「班德拉人」家族。他父親年輕時加入了探險隊，那些聖保羅人偏愛攻擊、抓捕南方耶穌會傳教活動中的印第安人；他們在那兒碰見了數百名印地安人，這些人住在村裡，早已被馴服、同化，甚至可以說，他們幾乎已經做好準備，等著被囚禁，然後作為奴隸被出售。有的聖保羅人更願意為國王陛下服務，肩負「踏足者」[1]的職責，受雇平定殖民地的動亂區域，報酬則是一部分囚徒、土地、據點、補貼及表彰。馬努埃爾・加爾西亞・伊・席爾瓦並不願如此。他寧可獨立工作，遠離王室。

於他而言，腹地代表神祕與冒險，是河流的力量，是山峰的峻美，是大自然的猛烈衝擊。腹地或許有黃金和珍貴樹膠，但還有印地安奴隸以及強者的探險生涯。

馬努埃爾・加爾西亞・伊・席爾瓦曾二十二次深入腹地，有的旅程長達兩年，目的是抓捕印地安奴隸充當農耕勞力，聖保羅人將他們視作服務「工具」，是「治療貧窮的良藥」。這就是他的生活：不斷往返，抓捕、捆綁及販賣奴隸。

但腹地也是病弱的高燒，是癲狂，是毒液；是美洲豹和野獸的領地；是異教徒和陌生人的土壤；腹地還可能是死亡，最後一次深入腹地時，馬努埃爾・加爾西亞身中毒箭，享年六十九歲。

他，若澤・加爾西亞，孩童時期就加入了探險隊，那時他才剛滿十二歲。他並非和父親一起，而是和一個叫巴爾托洛梅烏・布厄諾・達・席爾瓦的叔叔一起，他是班德拉人隊伍的成員，負責戈亞斯州印地安人的領地。若澤・加爾西亞和歲數稍長的堂兄——這位堂兄與若澤的父親同名[2]——加入令

1踏足者（Entradas）：踏足者是班德拉人隊伍的前身。最早的踏足者隊伍是由葡萄牙王室組織和資助，負責在巴西東北部進行探險、定點測繪、建立畜牧業和農業據點等。後來目標更多元，演變為占領印地安人領地、抓捕印地安人充當農奴、開採礦石、收集腹地之藥等。隨著葡萄牙王室發布抓捕印地安人的禁令，內陸地區的踏足者逐漸減少。

2巴爾托洛梅烏・布厄諾・達・席爾瓦（Bartolomeu Bueno da Silva, 1672-1740），也被稱作「安南格二世」，一名班德拉人隊伍的探險家。十二歲時隨同父親參加戈亞斯州探險。在米納斯・吉拉斯發現黃金後，先後前往薩巴拉和皮拉蒂寧加定居。一七二二年，他從聖保羅出發，試圖重走四十年前和父親一起走過的腹地，然而此後三年，他的探險旅程都無比艱難，直到一七二六年，終於在戈亞斯州的紅河流域尋得黃金。

人難忘的安南格拉一世探險隊。老安南格拉，那個老惡魔，他的惡魔軍團曾用酒精在河中放火，令印地安人膽戰心驚。

後來，一七二二年，他的堂兄巴爾托洛梅烏・布厄諾・達・席爾瓦組織一支探險隊，想要返回遊歷過的區域去淘金，他知道那裡是有黃金的，他向若澤・加爾西亞傳去消息，邀請他一同前往。由於多年來都在米納斯・吉拉斯過著紙醉金迷的生活，加爾西亞早已遠離往日的生活方式，身體較為虛弱了，他覺得還是拒絕為佳。如果他去了，孩童時期一起走過那條路線的堂兄弟二人或許就能夠更清楚地回想起走過的路，從而避免後來發生的事：在找到戈亞斯州印地安人的金礦之前，安南格拉二世的探險隊在腹地迷路了三年。

班德拉人延承了曾為叢林總管的聖保羅人的傳統，在那個時期，他們不斷探索、征服整個國家。他們所擁有的基本裝備較多一些，譬如品質優良的皮靴、合身的衣服與訓練有素的戰馬。是他們發現了礦區裡的黃金，也是他們第一個抵達那片地區。他們自詡為此地的主人，用敵意的眼光看著外國人和「後來者」[3]入侵——由巴伊亞人、珀南布科人，特別是葡萄牙人組成的隊伍也陸續抵達此處。

若澤・加爾西亞是首批進入韋爾哈斯河流域的人，他越來越富裕，暴富速度令人驚詫，即使在他自己看來也是。他剛過三十歲，內心開始感到一陣騷動，他想讓自己平靜一些。這股騷動是在某個下午，一場夏日陣雨剛過，他看見一名搭著黑色披肩的女孩從泥濘路經過時，才開始感受到的。那一刻正無事可做的他，或許是被黑色披肩所昭示的禁令刺激到了，或許是想挑釁客棧的那個「後來者」——是的，當然，所有人都知道女孩是那個葡萄牙人的妻子——澤・加爾西亞[4]跳下馬，畢恭畢敬地將女孩抱在臂彎，穿過泥水。

女孩將臉上的披肩扯下，露出感激的微笑。就在那一刻，澤・加爾西亞決定：他要躲開她的視線，跟蹤她到大河遠處，藏在古賓樹下，目睹她脫衣沐浴。或許是因為他太久沒見到女人如此優雅地褪下衣衫，或許是因為在這之後，他更想要挑釁那個「後來者」，又或許僅僅是因為某種古老的化學物質起了作用，讓他的世界天旋地轉——安娜・德・帕杜阿在澤・加爾西亞的腦海中揮之不去。然後，在這個鳥窩般狹小的地方，他很快就知道「後來者」常對他的妻子施暴。

安娜早就注意到這個聖保羅人，他是礦區裡最富裕的人之一，名聲在外，擁有數百「件」印地安人和黑人奴隸「工具」，還喜歡大手大腳地揮霍奴隸淘來的財富。澤・加爾西亞秉承聖保羅人桀驁不馴的作風，總愛乘著俊美且擅馳的巴伊亞母馬，在街道疾行，揚起灰塵，引人注目。安娜知道關於他

3後來者（Emboabas）：在米納斯・吉拉斯淘金潮中，首批抵達的是來自聖保羅的班德拉人隊伍，因此宣告對這片地區享有絕對擁有權。此後，由來自歐洲的葡萄牙人和主要來自巴西東北部沿海地區的人所組成的隊伍也陸續抵達，聖保羅人稱他們為「後來者」。一七〇七到一七〇九年，在這兩支先後到來的隊伍之間發生一次大規模的「後來者之戰」（Guerra dos Emboabas），爭奪金礦的開採權。

4若澤・加爾西亞的暱稱。

的所有消息：據說，他曾下令建造全區第一棟帶陽臺的二層小樓；他的馬匹都配有鑲嵌珍稀寶石的金鞍；除此之外，他用雞肉、烤乳豬、鴕鼠、辣醬煮鹿肉、玉米麵粉蛋糕、海綿蛋糕以及進口酒飲招待賓客，宴席時常持續至第二天東方既白之時。

澤．加爾西亞透過奴隸傳口信給她；安娜．德．帕杜阿回覆他，哀求他不要想著她了，因為她的丈夫什麼事都做得出來。澤．加爾西亞則回說他也能為她做出任何事情，並訂下前去接她的日期與具體時間。安娜．德．帕杜阿在甜蜜的訝異中請求他別來，一旦她的丈夫起了疑心，就會殺了她。

與此同時，在爭奪河流的兩派之間，敵意也愈演愈烈。他們頻繁聚在一起談論時事，再微不足道的爭鬥都會引來難以寬恕的巨大侮辱。一邊是強悍的聖保羅人，自認為是這塊地區天生的領主；另一邊是貪婪果敢的探險家們——那些「後來者」，他們做好一切準備來到此處。兩方之間氛圍越來越緊張，各種各樣的意外也開始發生。其中，最早也最嚴重的意外之一，即是澤．加爾西亞謀殺巴爾塔匝爾。

某個下午，安娜和加爾西亞迅速地在離小溪很遠的堤岸會了一面。聖保羅人請她留在他的身邊，請她不要害怕巴爾塔匝爾的復仇。安娜既沒答應也沒有拒絕。她遲疑著，並非因為她想繼續被巴爾塔匝爾困住，而是因為她感覺命運溜出了自己的掌控，她的生命之河遇上了急流，似乎要將她挾往無法估量的深處。安娜並非喜愛悲劇的女人，她享受日常的小插曲，都是些尋常事物，時而在這兒，時而在那兒發生些變化，然後，在不知不覺中交織成全新的場景，但並未改變過多，也不戲劇化，甚至毫無驚喜可言。安娜勇敢、果決，但僅在小事上、在她熟悉的世界範圍內。當她被捲入大事件或直面意外時，她就會怔怔不知如何是好，也不知要往哪去。母親去世時，她沒有這樣，那時她之所以能反應過來，是因為巨大的事件已然發生，母親死了，事情又重回常軌。因此，彼時她可以說，是的，她理解母親的做法，換作是她，也會這麼做，甚至能在事後，超出眾望地充滿決心與勇氣行事。然而，在天旋地轉的時刻、在漩渦中心，她猶豫不決、感到困惑。

因此，當事態越來越激烈時，面對生命中難以預料的種種方向，安娜停下了腳步。

那天夜裡，醉醺醺的巴爾塔匝爾沒來由地抽出皮帶，對她說：「今天就讓妳見識皮帶扣環，看能不能讓妳這賤女人安靜些。」接著，他以前所未有的力度鞭打她，彷彿已經猜到以後都不能再打她了。加爾西亞的眼線們聽見安娜淒厲的喊叫，立馬去通知他。

巴爾塔匝爾還沒來得及起身，澤．加爾西亞的人馬已經像遊民般猛地衝進客棧。他腦袋中了一槍，死了。至少他知道自己為何而死，他聽見澤．加爾西亞在開槍前對他說：「打女人的懦夫根本不值得站著死。」

加爾西亞甚至不等那具新鮮屍體死透，迫不及待搗毀整間客棧，他也沒給安娜時間確認丈夫是否真的斷氣了，他命人拿上她的東西，把她帶往那棟兩層小樓。

但巴爾塔匝爾是「後來者」中名望頗高的貴族，他們因他的死憤懣不已，或許更多是因為那些數量眾多、被毀壞的好貨。他們認為這次事件是聖保羅人為彰顯自身強悍的又一次行動。占有葡萄牙人的妻子是一回事；殺了葡萄牙人，則是相當不同的另一回事。作為堂堂正正的男人，向葡萄牙人發出決鬥挑戰或許可以好好地解決此事，但是帶著一群罪犯入侵他的客棧、摧毀一切，還冷血地殺了他，這是侮辱。鑒於兩派陣營早已劍拔弩張，巴爾塔匝爾的死成為一條導火線，讓事情更加白熱化。

隨著緊張局勢的蔓延，越來越多的衝突不斷發生，到處散布著這樣的流言：聖保羅人想要摧毀這片區域所有的「後來者」，巴爾塔匝爾和他的客棧只是開端。還有一個說法開始流傳：他們正謀劃一場針對外國人的大屠殺，誓要碾死所有「後來者」及其後代。聽到這些「魔鬼般的意圖」——正如此後聖保羅人聲稱的——那些外國人感覺自己正處於威脅重重的境地，他們立刻聚集起來，決定不再紙上談兵地等候，而是主動出擊。他們比聖保羅人擁有更多的武器與裝備，而且，當時他們的人數也比對方更多。

他們先是進攻薩巴拉的村莊。和「後來者」聯合的印地安人投射出燃燒的箭矢，幾乎所有覆蓋著稻草的房子，甚至連澤・加爾西亞的兩層小樓，都變成劈啪作響的火堆，居民被迫逃離。安娜・德・帕杜阿騎在一匹比她還要驚恐的馬上飛馳，她心想，最好去找朱文西奧，求他把自己帶回小禮拜堂村的父親家中。但是，澤・加爾西亞另有計畫，他決定把她送到他在聖保羅的親戚那裡。一場戰爭正在爆發，他不想讓自己的妻子受到傷害。

安娜和新丈夫的心腹及奴隸經歷三個多月的旅途後，抵達了皮拉蒂寧加的維拉・德・聖保羅。她覺得最近發生在生活中的漩渦糟透了，而澤・加爾西亞的親戚們——他的妹妹、姪女還有堂妹們——充滿敵意與懷疑地盯著她，彷彿要讓她的糟糕感受更完整些。她覺得很孤單。他們住在一棟木牆陶瓦的大房子，房子坐落在聖弗朗西斯科教堂路，也是一棟帶陽臺的兩層樓。她認為這座城市很悲傷，是一座充滿空屋的城市，那些屋子的主人情願定居在農場，或是參加抵抗「後來者」的戰役。

澤・加爾西亞的妹妹伊納西婭・本塔的丈夫因腹地的高熱而撒手人寰。但作為班德拉人的女兒、妻子和妹妹，她仍然以販賣印地安奴隸來維持生計。她的生意就是向「踏足者」的組織放小額借款，然後收取他們在旅程中捕獲的一半奴隸。這是樁不錯的生意，無需兄長的幫助，她也富裕了起來。因此，她一開始對安娜・德・帕杜阿並不友善。她認為安娜不夠高貴，攀不上他們家族。她問她的父母是哪裡人，安娜談起曾外祖母的皮箱和她的荷蘭外公，但絲毫沒有打動小姑。她認為安娜的棕褐色皮膚是種恥辱。她對安娜說，加爾西亞・伊・席爾瓦家族是古老的基督教家族，從不摻雜一丁點摩爾人或猶太人的血統，她希望能繼續維持。安娜總是坐在窗邊獨自消磨時間，等待從礦區傳來的消息。

消息到了，卻是壞消息：有村裡情勢緊張，血腥戰鬥四處蔓延；「後來者」向中央政府求援，政府已從里約熱內盧遣調軍隊前去平息衝突，是的，但都是支援外國人的軍隊。消息還說聖保羅人寡不敵眾、裝備較少，逐漸迫於無奈，步步撤退。

只要信使來到，家族裡的人——大多是女人——就會聚集到廳室聆聽。安娜總是站在最後面，但聽得一清二楚，包括他們講的所有事情，以及沸騰不已的憤怒的嘈雜聲，幾乎每次都一樣，因為傳來的總是戰敗的消息。

這極其不公平的意外反轉令聖保羅女人蒙羞，她們從前慣於收到班德拉人丈夫及親戚們探索腹地的捷報。「黃金是我們的，只能是我們的！」她們沮喪道，「是我們發現那些礦石，理應屬我們。」「要教訓教訓那些『後來者』。」她們發狂道。「萬能的神啊，怎麼會發生這種事？」她們自問。「那些外國人居然得到里約政府的幫助？那個想擄走我們財富的葡萄牙人政府？」她們叫囂著。

在森林中的失守之地——此後被稱作「背叛之林」[5]——發生了一場真正的大屠殺。當消息傳來，不甘且憤怒的女人湧上街頭。她們向所有人呼籲：不要讓同胞就這樣恐怖地白白死去，他們信任那些罪惡的「後來者」並放下武器，隨後卻全被屠殺，殘忍程度在此地前所未見，從今往後，將永遠銘刻在我們的記憶之中。

恐怖！恥辱！復仇！

安娜・德・帕杜阿也被女人們拉上街，在那次騷亂中，她猛地撞見，在自己生命之河的寂寞水流間，漂浮著一塊救生板。從那天起，她成為維護聖保羅人榮譽最狂熱的女人之一，這讓小姑和姪女們開始敬佩她在維護澤・加爾西亞的利益上所表現出來的熾熱激情。終於，她被這個家族接納了。

屢戰屢敗後，聖保羅人返回了聖保羅。然而，更不幸的是，城中迎接他們的是蔑視與排斥。澤・加爾西亞沒有回來，他在戰役中受了傷，留在聯盟者家中休養。

對無數死去的生命和財富損失，心有不甘的女人要求復仇及賠償。她們輪流在各自家中開會，組隊上街，群情激憤地抗議、吶喊：「我們不能讓那些『後來者』以為他們是這個國家的主人！我們要奪回自己的東西！為死去的人報仇！」

安娜和小姑打頭陣，她們挨家挨戶地動員女人上街，整座小村莊都被這場史無前例的運動點燃了，其震動之大，無人敢說這些女人越界了、她們應該回家去之類的話。恰恰相反。聖保羅的男人被她們刺痛，為戰敗感到恥辱，為損失礦區感到憤怒，他們聚在大門為人民敞開的聖保羅市政廳，決定組織遠征隊，出發前往米納斯，逼迫外國人歸還農場、礦區以及奴隸。

5 背叛之林（Capão da Traição）：指「後來者之戰」期間的一場大規模衝突。在這場衝突中，聖保羅人隊伍被後來者隊伍窮追不捨，直到米納斯・吉拉斯的達斯・默爾特斯河流域（也稱死亡之河）。聖保羅人無處可退，於是爬上樹，在樹上發起數次奇襲，均以失敗告終。後來者隊伍決定就地圍困他們。兩天兩夜後，後來者隊伍首領承諾，只要聖保羅人放下武器，就饒他們一命，聖保羅人投降了，但接下來發生的卻是對聖保羅人的大屠殺。因此，這片樹林亦稱為「背叛之林」。

一七〇九年八月，一個風和日麗的早晨，一千三百餘名遠征軍從經院庭院[6]出發。將領騎馬，其餘戰士徒步。旅途中，每當路過一座村落，就有來自伊圖、帕拉納伊巴、索羅卡巴、容迪亞伊、莫吉、陶巴特和瓜拉廷格塔[7]的各色隊伍加入。

只是，命運又一次與他們作對。

歷經四個多月的艱辛跋涉，他們抵達今日聖若昂・德雷所在之處。他們發現此地遍布堡壘，早已做好反擊的準備。兩軍也嘗試過協定，但戰火仍未消停，絲毫不減，如此持續了八天八夜，造成兩邊不計其數的死傷，卻未分出勝負。直到中央政府從里約熱內盧派軍支援「後來者」，軍隊即將抵達的消息傳出，聖保羅人才決定再次返鄉。

就這樣，這場因金礦而起的戰爭悲哀地落下帷幕。那些礦產足足等待了兩個世紀，才在這片葡萄牙殖民地上被發掘。

尚未痊癒的若澤・加爾西亞沒有參加復仇遠征。直到所有勝利塵埃落定，他終於可以回聖保羅後，安娜才和他重逢。

他再次見到的是對家庭生活如魚得水的安娜。她早已學會縫紉、刺繡及做點心。她還在家中的皮箱翻到兩本令她痴迷的書，《耶穌受難奧蹟》和米格爾・德・塞萬提斯[8]的《訓誡小說集》。雖然她早跟著本圖・瓦斯柯學會認字，但這是她生平第一次看到一本完整的書，並且能夠閱讀它。她還喜歡和姪女們一起散步至阿貢戛柏小溪畔，她待在樹蔭下欣賞對岸金黃色麥田，女孩們則在草地玩耍。

安娜開始頻繁地去教堂。在山丘小禮拜堂裡，父親曾傳授她宗教知識，雖然極其淺薄。她走進聖保羅的教堂，驚豔於那些建築，儘管在那個時代，還遠稱不上精緻，畢竟皮拉蒂寧加的鄉下村莊並不富裕，但無論如何，都比她見過的所有教堂還要大。她觀賞並深愛此後在薩巴拉建起的教堂，皆始於她對聖保羅教堂的印象。她醉心於彌撒儀式中的鴿子、神父華美的飾物、一切事物所包含的極致的形式感，以及衝鼻的焚香氣味，最最主要的，是她陷入了令人陶醉的管風琴音樂的痴迷。

安娜生平第一次理解為何母親當時會那樣說。當母親充滿生機的聲音不再迴盪於河岸荒野時，一切似乎都沉寂下來，在那寂靜時分，彷彿出於對剛剛聆聽的曼妙歌聲的崇敬，樹木、鳥兒、流水和風一齊沉默了。或許是為了不讓女兒看見刻在自己臉龐上的哀愁，吉赫爾米娜沒有轉過身來，她對女兒說：「孩子，若妳沒有聽過管風琴發出的聲音，妳將永遠都不會知道什麼是音樂，什麼是音樂的潛

6經院庭院（Pátio do Colégio）：指巴西聖保羅歷史悠久的耶穌會教堂和學校（聖保羅經院），也指稱教堂前的廣場。經院庭院標誌著聖保羅市建於一五五四年的創建地點。

7伊圖（Itu）、索羅卡巴（Sorocaba）、容迪亞伊（Jundiaí）、莫吉（Moji）、陶巴特（Taubaté）和瓜拉廷格塔（Guaratinguetá）皆為巴西東南部聖保羅州的城市；帕拉納伊巴（Paranaíba）是地處巴西西部內陸的南馬托格羅索州的城市。

8米格爾・德・塞萬提斯・薩韋德拉（Miguel de Cervantes Saavedra, 1547-1616），西班牙小說家、劇作家、詩人，被譽為西班牙語文學世界裡偉大的作家。評論家們稱他的小說《唐吉訶德》是文學史上第一部現代小說，也是世界文學的瑰寶之一。

能。」

現在，當安娜聽到管風琴的聲音，腦海中融合了樂聲與母親的聲音，她哭了，並不完全出於悲傷，而是出於對美的動容；那份美，就在那日、那座教堂、那個城市，在她面前顯現。對美學的追逐，使安娜成為熱衷宗教與神祕主義的人。

澤・加爾西亞在戰場上負傷，瘸了一條腿，但他保住了自己大部分的礦區，因為他是個重要人物，中央政府認為最好的辦法是安撫他，而非讓他在忍受戰敗恥辱之餘，因財產損失而起義。不能這樣。政府必須努力平定那塊地區，自然包括不惹怒舉足輕重的加爾西亞家族的人。

一抵達聖保羅，他就叫安娜收拾行裝，立馬跟著他返回薩巴拉，收回礦地。兩人就這麼出發了。

與安娜逃離燃燒的村莊相比，這趟旅程平靜舒適得多。當時正值旱季，氣候溫和。班德拉人對路程熟稔於心，懂得避開危險的路段與風險，他們毫不急躁、無驚無險地度過長達三個月的旅途。換作之前，出於壓力和對戰爭的擔憂，安娜肯定無法欣賞沿途美景；現在她可以平靜地仰慕峰嶺、被濃密原始森林覆蓋的層層疊障，還有一望無際、綿延遼闊的田野；夜裡，在裝備齊全、安全無虞的營地，她可以坐在吊床上，聆聽故事大王澤・加爾西亞的探險經歷，還有隊伍裡奴隸的合唱；午休時，她可以在平靜的大河附近久久徘徊，一邊等待奴隸準備鮮魚木薯粥作午餐，一邊在寧靜的水域邊恢復精力。

安娜喜歡將自己的人生比作一條河流，而且難以自拔地迷戀河流。而澤・加爾西亞，作為一個班德拉人，則視河流為一條價值難以估量的自然之路。他深知，沒有河流，聖保羅人永遠都無法探索腹地並征服新的土地。

河谷之畔，低矮的林冠相互交織，他們坐在涼爽的密蔭中，加爾西亞告訴安娜，他們總是沿河行進，進入腹地，這是最保險的辦法，既不會迷路，也不會死於饑渴，而且置身於兩岸的其中一側，還可以避開突襲。他還說，聖保羅州的河流具有龐大的價值，它們源自高原，無甚險灘，通航無阻，為進軍未知土地提供許多便利。

但河流亦有區分，他說。河流有好有壞。有些河流適合航行，清澈平穩，未暗藏玄機，值得信賴。有些則否。後者極具野性，勁風藏於其中，還有漩渦與激流暗中等待，隨處可遇飛泉、陷阱、危險的樹幹、穢物，甚至某些河段會引發黑死病等疾病。有些河流被敵人的部落馴服，這些人已做好玉石俱焚的準備；還有一些河流泛濫成災，陰晴不定，在天氣或憤怒或柔弱的攻擊下俯首稱臣。

他說，鐵特河[9]是一條友善的河流，儘管在其中航行也會發生意外，人們還是能夠信賴它。印地

9 鐵特河（Rio Tietê）：位於巴西聖保羅州，雖然發源地離海岸只有二十二公里，但高山地勢使河道往西北方向流向內陸，經聖保羅州，最後進入巴拉那河。

安人絕不認同此評論，對他們來說，鐵特河曾是一條奴役之河，河畔曾是一排排被套上鎖鏈的村莊。

而巴拉那河[10]，澤・加爾西亞繼續道，就是一條糟糕的河流。它沒有飛流，但有危險的漩渦和逆風，水域充滿敵意。在那裡，必須提起萬分的警惕。

就這樣，聽著澤・加爾西亞暢聊河流，安娜開始喜歡上他。之前，他就是一個陌生人，一個改變了她的人生之流、但她依舊不太瞭解的男人。而現在，在這趟長途旅行中，她任由自己被他的安全感及充滿男子氣概的老練所吸引，這種男人知道自己的價值所在，也知道他在路上遇見的事物的價值。

至於死去的巴爾塔匝爾，作為一個外國人，他壓根不懂這片土地上的事物，而且總是用攻擊與強勢掩蓋自己的無知。甚至一開始，安娜和他在一起時也不快樂，因為她不崇拜他，目睹他的失敗後，她明白他是一個狂妄無知的人。從小禮拜堂村到韋爾哈斯河流域的那趟旅行的最初幾天，快餓死的他對酸掉牙卻可食的酸豆表示不屑，情願吃甜津津的金山葵，儘管其膠質會引發腹瀉，他完全不在意印地安奴隸的提醒。她當時幾乎只是個少女，心想，他年紀更大、更有經驗，而且想像一下吧，他可是從葡萄牙王國來的！他一定比在場所有人知道得更多，應當有他自己的道理；然而，到了晚上，當她看見這個男人不斷呻吟、滿頭大汗，快要把他撕裂的腹瀉而蜷起身體時，安娜明白了，恰恰相反，他不比其他人更強。丈夫的愚昧讓她漸漸心起鄙夷，這無疑促成了兩人婚姻悲劇性的結局。

現在，在澤・加爾西亞的身邊，她瞭解到世界的另一面。這個經驗豐富的班德拉人知識淵博，能給人安全感，讓她著迷，她也為有這樣一個男人在自己身邊感到快樂。此外，他不像巴爾塔叵爾那麼老；他不年輕，但具有紳士風度，十分優雅，留著一撮精心修理的麥褐色山羊鬍，眉心攏聚在一對如茂密原始森林般的棕色眼眸之上。

安娜・德・帕杜阿十分幸福。

到達薩巴拉後，他們在重建的兩層小樓裡重新開始了生活。礦區的黃金如流水般向外湧出。兩人的第一個孩子格勒古里奧・安托尼奧出生時，正值他們共同生活的第一年，澤・加爾西亞已經是個腰纏萬貫之人。不只他，那片區域的絕大多數居民都是。

礦區的富裕與奢華開始影響其他地區。中央政府成功説服一個聖保羅人——既然他們是那時唯一對這片區域瞭如指掌的人——開闢一條「米納斯新大路」[11]，直接將礦產與里約熱內盧連接起來。雖

10巴拉那河（Rio Paraná）：南美洲第二大河，自東北向西南，流經巴西東南部、巴拉圭、阿根廷東北部；至巴拉那折向東南，注入拉普拉塔河。約一半面積位於巴西。

11米納斯新大路（Caminho Novo das Minas）：在葡萄牙殖民統治時期的巴西，曾有一條通往米納斯・吉拉斯地區的路，之後被稱為「舊大路」。此路路況惡劣難行，且其中位於帕拉蒂市和里約熱內盧市之間的那一段為海路，頻繁受到海盜侵擾，因此，一六九八年，里約熱內盧省省長阿爾圖爾・德・薩・梅內澤斯向葡萄牙王室申請開闢一條通往內陸的新路。這項新工程被交付給班德拉人加爾西亞・羅德里格斯・帕厄斯。一七〇七年，新大路正式啟用，因此也被稱作加爾西亞・羅德里格斯・帕厄斯之路。

然那條路破爛不堪，但能讓人和動物通行，不僅把越來越多的「後來者」帶到這片區域，還帶來越來越多的貨物，用以滿足早已富裕的人的新需求。運輸上，為供給增長的市場，帶著應有盡有的商品的騾隊開始取代印地安人和黑人奴隸的背脊。這些騾隊從聖保羅、里約、巴伊亞而來，給村莊和農場帶來不小的騷動及混亂。此外，騾隊還帶來一群非洲男奴、女奴，前者將到礦區工作，後者將專門為女士們服務。

這些富人的生活著實可笑至極。奴隸們在近乎慘無人道的環境下淘金，「有福之人」卻在晶瑩清澈的河邊、濃密陰涼的樹蔭下，齊享盛宴：桌上擺著滿滿的蔬菜、雞肉、烤乳豬、燉雞、多汁的本土水果，加了許多糖、烘烤數小時的精緻甜點，還有從葡萄牙王國進口的酒。他們也從不缺席彌撒與九日祝禱[12]活動，為了凸顯自己的信仰，他們拚命將教堂打造得富麗堂皇，如同宗主國的教堂般：純金的祭臺、精緻的繪畫、奢華的建築。他們想方設法模仿葡萄牙貴族：穿戴進口布料、訂製在熱帶氣候下顯得十分怪異的衣裝、築造令人賞心悅目的樓宇、雇傭手工匠人、購置珠寶。有些人招搖過市，奴隸在旁敲鑼打鼓；有些人則把坐騎裝點成奢華的小藝術品。

一股喜不自勝的狂熱盤旋在城市上空。

安娜在家中統治著自己的女奴殿堂。無論是在房間、廳室，還是街道上，黑人女奴簇擁在她四周。她們搖晃著她、為她穿戴、為她服務，還為她稍來或帶去各種資訊與消息。

這群女人坐在陽臺上，談笑風生，小口小口地咬著熱帶水果，當然，得忽略她們那個時代的衣著。如果今天有誰見到她們，定會以為是一群正在玩耍的閨蜜。顯然，這僅僅只是表象。在她們之間，等級制度十分清晰，不容僭越，每一個女人都無比清楚自己的位置。

憑藉著對八卦的渴求精神，安娜很快在村裡組織起一張強大的訊息網。奴隸們來來往往，房門大敞，眼與耳不斷侵占各家各戶。無論是政治陰謀還是閨房祕事，爭鬥還是敵對，她都知道。她還獲悉神父們的性事，知道教會被高額勒索、嘉布遣會修士[13]將黃金藏在法衣[14]或空心聖像中、黑人女奴的羊毛卷髮內也藏有黃金。她知道有些騎士對黑女人俯首帖耳，她們全身赤裸，僅用金銀項鍊點綴胴體。她還瞭解中央政府頒布的法令，以及政府官員來訪的時間。

安娜什麼都知道。

有時候她會和加爾西亞談起一些訊息，但其他的，她閉口不談。她的女奴訊息網是只屬她個人的快樂，是她特殊的小權力。安娜成為頗具現代性的重度訊息成癮症先驅。因獲取資訊而感到純粹的欣喜發展到難以想像的地步，現今仍持續擴散，於是出現了和彼時的安娜一樣的人，這些人僅僅因為比別人先知道點什麼，或比別人多知道點什麼，就感覺腦內啡分泌得更多了，彷彿賦予他們一種難以形

12 九日祝禱：天主教傳統祈禱敬禮，祈禱者連續九天為特別的願望或需求祈禱，也可以為慶祝特殊節日的來臨而祈禱，例如聖誕節、聖神降臨節、救主慈悲主日。

13 方濟嘉布遣會（拉丁語：Ordo Fratrum Minorum Capuccinorum），或稱嘉布遣兄弟會，為方濟會之分支修會，成立於一五二〇年。

14 法衣是一種基督教神職人員所著的衣物，採用法衣的教會主要包括羅馬天主教和東正教以及部分新教教派，如聖公會和路德宗。

容的特別權力。

當澤・加爾西亞的朋友來訪時，安娜就坐在客廳一把高背座椅上，手握一塊難掩其精美工藝的漂亮刺繡，當她覺得合宜時，就會對談話發表評論，那些關於礦區的交談往往持續到深夜。

戰爭早已結束，但針對中央政府和葡萄牙人的怨恨並未停止。黃金的確十分充裕，但都是這片土地的黃金，葡萄牙王室卻要求進貢全部開採量的五分之一。由於有了從礦區直達里約熱內盧的新道路，中央政府不再依賴聖保羅人，同時大大增加對此區的管控，尤其是黃金開採稅的審查。

我們不要稱那些會面為密謀，因為並非如此，那僅僅是朋友間的對談，夾雜著自政府存在以來就一直出現的批評之聲。但最好也別忘記，那些人是米納斯省的首批定居者。儘管他們自己不知道，但毫無疑問，他們正在孕育巴西獨立的念頭，此後，獨立大業的星火將在此區燎原；並非出於偶然，這片地區也是爆發「後來者之戰」的舞臺，這場戰爭是巴西最初幾次反抗葡萄牙霸權戰爭的其中之一。

置身此區流言蜚語中的安娜，沒過多久就發現若澤・加爾西亞是個不忠的丈夫。他的情人不止一個，其中既有奴隸也有自由身的女人，而且還有許多私生子。安娜知道，在這片以富饒與探險著稱的地區，男女關係就是如此，但她仍嚥不下這口氣，快要被嫉恨折磨至死。有時候，作為一個遭到背叛的女人，她會讓自己的情緒在絕望中稍稍喘息，她自我嘲諷，是死去的巴爾塔匝爾的詛咒、懲罰，連同他那不祥的病態氣息感染了她。

為了讓加爾西亞不再看其他女人，她做遍她所知道的和別人教給她的事。她在性交時對著丈夫的嘴，唸出聖餐禮文，「這是我的身體」[15]，以此為其祝聖，就像神父在彌撒上稱頌神的身體一樣，他們向她保證，這魔法非常有效，能讓她的丈夫不再尋求她之外的身體。通過從巴伊亞來的外國人口耳相傳，一個來自諾布勒嘉家族[16]，名叫安托尼婭的巴伊亞女巫的名氣也傳到米納斯，安娜對丈夫說出這名女巫的咒語：「若澤・加爾西亞，我用真十字架[17]的聖木，三十六位哲學天使和誘人的摩爾人一再迷惑你，讓你我不再分離，把你知道的一切都告訴我，把你擁有的一切都給我，並且愛我勝過所有女人。」她還用酒上施黑魔法，性交結束後，她從自己的陰道取出加爾西亞的精液，倒進丈夫的酒杯裡，這只銀酒杯是加爾西亞命人從葡萄牙運回來的，而非他早已不用的普通錫酒杯。

由於未見成效，她決定，至少不要再在家中目睹丈夫偷情，於是下令賣掉所有十到四十歲的女奴，只留下年邁的黑女人和男奴做家務。如此一來，被一大群女人圍繞的快樂也大大削弱了。上了年紀的黑女人缺乏年輕女人略為輕浮的歡樂，曾經簇擁在她身邊的歡笑聲、俏皮話和玩笑全沒了，安娜不再如從前般快樂。

15原文為拉丁語：「hoc est enim corpos meum」。

16諾布勒嘉（Nobrega）：指葡萄牙舊司法管轄區「諾布勒嘉地」（Terra da Nóbrega）之居民。定居巴西的兩大諾布勒嘉家族來源不同，一個被稱作「諾布勒嘉的人」，來自珀南布科州；另一個被稱為「諾布勒嘉人」，來自帕拉伊巴州。

17真十字架，是基督教聖物之一，據信是釘死耶穌基督的十字架。

安娜有三個孩子。格勒古里奧・安托尼奧出生後第二年，克拉拉・若阿奇娜也出生了，兩年後，貝爾娜爾達・芭芭拉出生，但三個月大時就夭折，埋葬在主教堂，薩巴拉的富人都出席了她的葬禮。她的小棺材是純金的，下葬時，小小的身體覆滿珠寶。此後，安娜再也沒有懷孕。

克拉拉・若阿奇娜自小體弱多病，古怪異常。她老是哭，什麼都想要，認為自己是她所認知的世界的中心。她總是惡意捉弄人、和所有人打架、掐女奴，還討厭父親更偏愛的哥哥。格勒古里奧・安托尼奧恰恰相反，他是個文靜的男孩，常常躲著妹妹。他們兩人是由不同奶媽養大的，各有各的生活圈。即便如此，克拉拉・若阿奇娜也不讓哥哥安定生活，她總是跟在他後頭、激怒他或編造關於他的謊言。她總想打著父母的幌子陷害他，用一切指責他、阻撓他，還扯他的頭髮。

格勒古里奧・安托尼奧滿十二歲時，若澤・加爾西亞把他送去里斯本學習。正如伊納西婭・本塔所說，他在葡萄牙王國有親戚，都是純正的基督徒，可以引導這個男孩。

彷彿是從母親吉赫爾米娜那裡遺傳的，面對自己抱有期待的事物時，安娜和母親一樣感到束手無策。無論是克拉拉・若阿奇娜，還是格勒古里奧・安托尼奧，他們在成長過程中，和女奴在一起的時間遠比和父母的多得多。安娜和孩子們之間有一段難以逾越的距離，一種未知，一片空白，一塊填滿了親密關係的缺失、害怕與猶疑的地帶，或許正因如此，當中還存在著漠然。

安娜十分瞭解女兒的個性，但她不知道對此能做些什麼。她親眼看見女兒對女奴、村裡的窮人以及動物流露出惡意及小小的殘忍。她目睹女兒在父親面前的偽裝，以及她的自私和詭計。是的，安娜都知道。她唯獨不知道的是能做些什麼，除了回到過去，摧毀女兒的壞習性。

如果克拉拉・若阿奇娜打了某個奴隸，安娜就會想辦法補償她的惡劣態度。有一次，她說服澤・加爾西亞放了一對黑人母女。克拉拉・若阿奇娜相當殘忍地捉弄她們，甚至要抽女孩兩鞭，在她的臉上留下印記。

如果克拉拉對父親說，格爾特魯德斯女士的兒子也在葡萄牙學習，他給他的母親寫了一封信，說格勒古里奧・安托尼奧整夜都在科英布拉的客棧裡喝得爛醉如泥，安娜就會叫走澤・加爾西亞，告訴他別把女兒說的話當真，因為那都不是真的，那則消息指的不是他的兒子，而是格爾特魯德斯女士自己的姪子。

如果女兒對薩巴拉某位富人之妻說，她的丈夫之所以去那麼多次維拉・里卡，是為了探望他眾多的情人，這種情況下，安娜甚至不會試著去做些什麼，因為她知道錯已釀成，無法挽救了。

就這樣，當女兒嫁給迪歐古・安布羅西歐，來自里約熱內盧、富有的趕騾人時，安娜以為自己或許得救了。克拉拉・若阿奇娜時年十八歲，這場婚姻是父親和她未來丈夫之間的約定。迪歐古・安布羅西歐比她年長許多，但新娘依然接受他，因為她認為如此一來，自己會變得更富裕、更有聲望，還可以實現搬去殖民地最重要城市生活的願望。

安娜・德・帕杜阿失蹤了。當時女兒結婚不到一年，離兒子從科英布拉法學院畢業回來還有數年。很長一段時間內，所有人都對此議論紛紛。但實際上，那是一次意外，甚至是非常簡單的意外。

自從發現加爾西亞背叛她之後，安娜幾乎將生活與思想的重心都放在丈夫偷情這件事。某種程度上，這件事消耗了她所有光陰：只要一知曉新消息，就立即突襲行動，前去認識情敵，向對方透露一點真相，再向對方說明她即將遇到的情況。她似乎堅信只要掌握大量訊息，就可以從村子裡驅走危險。很多次她都成功了：她給情敵帶來的恐懼——對方通常都是少女——以及糅雜了譴責、威脅和簡略描述的話語——主要是成為有權有勢的安娜・德・帕杜阿的丈夫的情人後所要面對的生活——就足以把那位紳士的誘惑碾得一乾二淨。至於那位紳士的魅力，讓我們誠實點說，早已肉眼可見的衰退了，他的財富也從不是這片地區最多的。

某次突襲中，遭到背叛的安娜帶著兩個女奴和一個信任的男奴，埋伏在河堤，她知道那臭名昭著的新情人時常經過那裡。

安娜躲藏著，思考起自己的人生。她想到自己再也沒找過的父親，只有耳聞一些消息，是由旅行者捎來的，說小禮拜堂村如何擴建、和藹的老本圖如何成為備受尊敬的長老般人物。父親曾寄給她一些聖女像，那些雕像讓她潸然淚下——它們如此美麗，和母親那麼相像。

她想到遠方的兒子，生命中的陌客。此刻他定居在海外城市，做著她完全無法想像的事。她想到同樣知之甚少的女兒，儘管女兒一直在她身邊，但她的性格令人捉摸不透，還有傷害他人的強烈傾向。

她想，最終，自己這條生命之河早已成為一灣湍流，它所做的，僅僅是馬不停蹄地把每一個人從她身邊捲離，正如它也在將她的丈夫帶走。它讓她的歲月變成細碎的重複，那些瑣事於她而言毫無意義，毫不真實，亦無終點。

她想到了神。神對她來說也是遙遠的，她參透不了神的意義。

自從環繞在她周圍的不再是年輕黑女人的狡黠歡笑，而是年邁黑女人的憂愁與智慧之後，從前深深吸引她的八卦和迭起的小事，再也不能讓她感到快樂了。她被抓緊丈夫、占有丈夫的執念感染，彷彿要從他的體內為自己的傷痛攫出答案，讓她的生命之河的全部意義與美麗重返。自此以後，她不像從前沉醉在自己這條波瀾起伏的河流中。

一場毫無預兆的暴風雨忽至。閃電、雷暴和雨點肆意抽打，彷彿要在降落時穿透一切遇見的東西。安娜命令那三個陪同她的奴隸撤離埋伏地點，從野外快馬加鞭返回村莊。而她卻繼續沿著河流的方向獨行，思緒亦沉浸在孤獨的生命之河中。令她昏昏沉沉的豆大雨點，彷若純金屬般，迅疾凶猛地擊打咆哮的河水。霎時間，一道閃電從天而降，精準地擊中形單影隻的她。

她和馬死在那裡，死在電閃雷鳴的那一刻。

閃電的笞打一落下，她連人帶馬從堤岸摔了下來，她的身體，或者說她身體的殘塊，消失在河流裡。

屍骨蕩存，無法下葬。

服喪期持續了七週又七天，加爾西亞命人用黑布覆蓋整間屋子。他還在安娜贊助建造的受難聖母堂中舉辦了五百場彌撒，其中一百場的合唱，都由她深愛的管風琴伴奏，那些彌撒是要價最高的。此外，澤・加爾西亞還準時向堂區神父支付純金條。

克拉拉．若阿奇娜（一七二一—一七四〇）

一列騾隊馱著貨物，即將抵達城市。

隊伍裡的領頭騾身上掛著一顆鈴鐺，大老遠就傳來喜慶的叮噹聲響。遠遠地，人們就看見那群載重的騾子熱熱鬧鬧地走來，兩側是邁著優雅快步的駿馬。

騾隊喜氣洋洋地前進著，牠們很清楚自己將受到多好的待遇。

領頭騾站在最前方，是一頭姿態優美的栗色母騾，全身綴滿奢華的裝飾，典雅的氣質彷彿與生俱來。人們訓練領頭騾的目的是讓牠引導其他拉貨的牲畜。緊接著是排列整齊的人馬隊伍，所有人手持馬鞭，井井有條，彼此保持一段計算過的距離，以免途中發生意外時相互衝撞或擾亂秩序。

隊伍的末端，坐在一匹裝有精緻銀馬鞍的高傲黑馬上的，即是騾隊主人迪歐古．安布羅西歐。他氣宇軒昂地跨坐在馬背上，紅色的羊毛披風垂在兩肩，背上優雅地懸著一頂帽子，腳蹬白色皮革高靴，靴筒裡還插著一把銀柄尖刀。他深知自己有多麼尊貴。在他的一側，馴騾的手下也騎在馬上，帶著自認是最勇猛、陽剛之人的傲慢姿態，不僅因為腹地的祕密掌握在這夥人手中，就連村民的福祉也都仰仗他們。

一進入城市，經過廣場，迪歐古・安布羅西歐就側頭問候克拉拉・若阿奇娜，她正趴在兩層樓家中的窗臺上。當他第一次經過這條街時，他的頭是側向另一扇窗的，那是格爾特魯德斯女士的女兒伊達麗娜的窗。但那只發生在第一次。就在同一天，克拉拉・若阿奇娜派人傳給他一個消息：伊達麗娜已經和科英布拉的一名學生訂婚了，村裡唯一品行端正、沒有婚約的好女孩就是坐擁大片礦區和農場的澤・加爾西亞的女兒——那個美麗的姑娘就住在廣場角落那棟帶陽臺的兩層大房子裡。

富裕的趕騾人完全明白這則消息的意思。只是幻想破滅又倍感恥辱的伊達麗娜永遠不會明白，為什麼他在離開城市時，不再側向她的窗，而是偏向那個讓人無法忍受的女鄰居克拉拉・若阿奇娜。

他在下一次旅行時給她帶來了里約熱內盧的禮物：一對黃寶石耳環、一條藍綢緞雙袖的黑絲絨教堂裙、一塊西班牙絲綢頭巾，以及幾雙來自瓦倫薩的平底鞋。這些鞋子都用薄銀片裝飾，且因軟木鞋底而備受喜愛。他和澤・加爾西亞一起做了些必要的規劃。

第三次旅行時，他帶來一件漂亮的白色絲綢婚紗，裝飾著葡萄牙裁縫特製的刺繡。

依照過慣浪遊生活的新郎的要求，婚禮十分樸素，但按照新娘的要求，婚禮舉行了隆重的彌撒，歌聲飛揚、香燭搖曳。隨後，他們還在若澤・加爾西亞和安娜・德・帕杜阿的農場裡辦了場筵席。

迪歐古・安布羅西歐

這位富裕的趕騾人來自里約熱內盧，他十分重視與騾隊同行，在礦區享有盛譽。

他的家族擁有一片荒地，勉強稱得上是貴族，他父親是里約熱內盧省省長的行政員。一六〇〇年中葉，省長突發奇想，想要只憑巴西木打造一艘世界最大的船。這位省長名叫堂・薩爾瓦多・德・薩，他懷著對新大陸財富的滿腔熱情，想要以此證明熱帶木材的厲害以及這片殖民地的優秀潛力。迪歐古的父親負責監督木材的揀選、砍伐，以及運往古維納多爾島[1]。古維納多爾島上有一座船廠，在歐洲技師的指導下，印地安木匠們花費近四年的功夫，建造出一艘龐大的戰船，並在充滿驕傲與喜悅的氣氛中，命名為「永恆神父號」。當這艘戰船駛入里斯本港口時，其操作方便的輕盈特點、承受力以及巨大的艙儲空間，在人群中激起陣陣讚嘆。

由於輪船取得巨大成功，省長慷慨嘉獎所有對此作出貢獻的人。迪歐古的父親得到里約熱內盧市邊上、靠近坎普斯市的一塊荒地。他的孩子們就在那裡長大，陪伴他們的是大片甘蔗田、家養的牛群以及三百多名圍居在村落裡的印地安奴隸，他們是用迪歐古母親的嫁妝買來的，她出身於西班牙貴族家庭。迪歐古是九個孩子中的老四，從小迷戀漫無邊際的腹地。從銷往富饒礦區的貿易中，他發現一個能夠獨立於兄弟、創造財富的好方法。

他的野心是成為比父親更富裕、更有地位的人。他堅信由自己一人包攬一切是絕對必要的。和

1古維納多爾島（Ilha do Governador）：位於里約熱內盧州的瓜納巴拉灣西側。

騾子及左膀右臂一起旅行，同吃同睡，以及腹地本身所構成的生活風格更適合他探險家與實踐者的天性。再者，富有的趕騾人這個角色所帶來的聲望也令他相當滿意。

迪歐古・安布羅西歐帶來的商品，無論是什麼種類，都能賣到非常好的價錢。憑藉自己的眼光與需求，他漸漸在沿途某些地方組織起生產線，自己則成為重要的買家。如果上波蘇市的人培育木薯，生產出他需要的麵粉，緊接著，馬托阿貝爾托市的人就應該準備玉米，另一個地方的人便應該種植大麻，坐落在山另一邊的卡拉皮納市的人便應該製作蔗糖塊。他也運送外面世界的藥品、信件和訊息，讓他顯得至關重要，因而他打量小鎮居民的目光也愈發居高臨下。

對他而言，和即將繼承大片礦區的克拉拉聯姻是一樁絕佳的生意，不僅能帶來許多純金條，還能為他原本就很高的聲望錦上添花。

他完全沒有想到克拉拉・若阿奇娜的蠻橫性情將為他帶來許多「驚喜」！而她，也壓根未能想像，婚姻生活才剛起步，自己就將面臨一系列令人失望的事。

§

那趟前往他們未來之家的腹地旅行就是首件令人失望的事。像她這樣一個農村女孩，熟悉的只有騾隊抵達時歡騰的場面，加上她甚少出遠門，頂多去一趟隔壁市鎮，例如維拉里卡和孔戈尼亞斯，因此旅程剛開始幾個小時，她就對騾群和馬群的節奏感到不適。她的身體發疼，胃因饑餓而縮緊，此外，禍不單行的是，騾隊在第一天下午就遭遇一大片令人噁心的蚊蟲。密密麻麻、如陰雲般嗡嗚的蚊蟲突然撞進騾隊之中，圍著馬頭打轉，馬群驚慌失措，在野地飛快亂奔，極力想掙脫叮咬、嘈鳴和瘧疾。克拉拉・若阿奇娜的馬暈頭轉向，她沒有被甩到地上，完全是因為迪歐古・安布羅西歐抓緊她的腰帶，讓她從坐騎的絕望之中逃脫。就這樣，一系列幾乎無休無止的尖利哀嚎、哭泣與抱怨開始了。

那些黏在她裙襬上的卷耳讓她煩躁不安；經過碎玻璃般鋒利的高聳莎草林時，她毫無顧忌地放聲尖叫；她害怕橫渡滿溢的河水、厭惡遇見數次的泥潭，動物們會陷進去，泥水蔓延到牠們的腹部，好幾里外都能聽見她恐懼的呼喊：「快帶我離開！」

作為一個毫無經驗、穿著城裡的衣服和鞋子，認為大自然毫無魅力可言的少女，她彷彿嚥下魔鬼揉的麵包[2]，落入絕望的深淵。

夜晚，迪歐古會在林間空地中鋪好年輕妻子的吊床——她還要求盡量用最乾淨的方法清洗她的床——他細緻無虞地綁好遮蓋吊床的蚊帳，讓它垂到地上，像一道屏障將她隔絕。即便如此，克拉拉・若阿奇娜仍然無法入睡。各種各樣的蚊蟲侵擾她，毛蟲沿著吊床匍匐，蜘蛛像被施了魔法般在空氣中向下爬行。入睡前，那位一直陪伴著她，作為她嫁妝一部分的黑人侍女用菸草湯擦淨她的身體，拭去牢牢黏在她柔軟肌膚上的蟎蟲。睡覺時，她不讓女奴離開半步，命她睡在自己的吊床腳下，以嚇走

2 嚥下魔鬼揉的麵包（Comer o pão que o diabo amassou）：形容困境中的絕望之情。

動物。她許多次在夜間醒來尖叫，驚醒整個營隊。

她會在夜晚驚叫，因為一隻毛蟲正順著她的胳膊爬行，或是目睹蝙蝠貼在女奴的皮膚上；她會在清晨驚叫，因為她發現切葉蟻噬毀她的鞋子；她會在午後驚叫，因為他們必須穿越的河流中央有座小島，她看見一條巨大的蟒蛇趴在小島邊緣晒太陽，或是一群被其恐懼氣味所吸引的黃蜂叮咬她，而感到一陣銳利且難以忍受的疼痛。當一陣暴雨落下，把她淋溼，讓她因寒冷而瑟瑟發抖時，她也會陷入恐慌。丈夫命女奴把鹽燒酒敷在她的傷口上，還讓人為她準備滾燙的酸檸檬汁，用來緩解虛弱。

迪歐古・安布羅西歐起初試著保持耐心，他向她解釋腹地的生活就是如此，他不會讓這一切對她造成真正的，但對叢林懷有恐懼的克拉拉・若阿奇娜看起來已經失去理智了。

迪歐古試著精準還原一些小習慣，正是它們組織起腹地生活的日常，是腹地人的習俗。已知的重複活動彷彿能夠賦予未知生活可預見性，能夠在平穩的時日流逝中，創造一些必要的單調，彌補旅途中的意外。他們按表啟程、趕路和停腳，在用餐時間履行簡單的儀式，營造最基本的環境，為夜晚的睡眠帶來一絲安寧。

無論是友人的農莊，還是之前為了返程建好的農地木屋，只要他們一抵達熟悉的據點，迪歐古・安布羅西歐都會盡力讓妻子振作起來。他組織鄉野筵席，用的都是之前種下的食材：新木薯、綠玉米、菜豆、棕櫚心。他命人準備好獵物，用各種方式烹飪猴肉、鴕鼠肉、鹿肉和鷓鴣肉。他為她獻上熟透的香蕉、汁水豐滿的香橙，還有甜潤的西瓜。甜點則是烹煮過的木薯，澆上糖漿，入口即化。

迪歐古嘗試他能做的一切，但他對妻子「玉米蛋糕般的軟弱」越來越氣憤。

第二件令克拉拉・若阿奇娜失望的即是他們居住的村莊。她想和這個趕騾人結婚的原因之一，或者更準確地說，真正的原因，是她相信他是從里約熱內盧來的，因此她婚姻的歸宿應該是生活在那座鼎鼎有名的城市，讓金礦村莊的年輕女孩們充滿幻想的城市。但並非如此。迪歐古・安布羅西歐的家族在里約擁有一棟房子，他的家人去那兒主要是為了參加宗教聚會，但那棟房子自從一七一〇和一七一一年，法國海盜侵略、洗劫這座城市之後，幾乎就被遺棄了。正是在海盜侵略期間，迪歐古年邁的母親出席朋友孫子的洗禮儀式，而目睹了襲擊，且不得不帶著隨行的兩個女兒逃亡。這一切讓她心有餘悸，她發誓，餘生只穿黑色衣裝，並且永遠不再回到那座被掠劫過的城市、回到那棟房子。

她的兒子迪歐古在農莊長大，一點城市人的樣子都沒有，而且他不喜歡城市。他計畫和新妻子居住的房子就矗立在父親那片荒地上，在屬於他的那部分土地，離聖・若澤・都・馬托西紐什最小的村莊七里遠。此外，那裡貧窮至極，絲毫沒有澤・加爾西亞在薩巴拉的房子舒適，作為一個大部分時間都生活在旅途中的男人，迪歐古對居家的舒適毫不在意。

緊接著讓克拉拉・若阿奇娜失望的第三件事，也是最重要的，就是她的丈夫。迪歐古的高貴優雅只有他騎在高傲馬匹上的時候。當他征服女人時，優雅和勇猛就煙消雲散了。只要突然有慾望，便隨意地將克拉拉・若阿奇娜扯過來，把她推到牆上，拉開她裙子的小小一片，連看一眼她身體的那道裂縫都懶，直接把那根東西插進她體內，重重地喘息著、喘息著，然後就完事了。一切結束得飛快，他壓根都沒想瞟一眼她，只是重新提上褲子，拉好襯衫，走出房間，留她一人稍顯凌亂地靠著牆。

就這樣？第一次的時候，克拉拉・若阿奇娜自問。就這樣？

可憐的克拉拉・若阿奇娜！

可憐的迪歐古・安布羅西歐！

自從第一次不祥的旅程開始，迪歐古就發現自己的婚姻是個錯誤。經歷妻子持續不斷的尖叫後，他知道自己無法忍受她。他甚至考慮過把她退還給她的家族，但他也想到了那些礦區，於是決定不這麼做。無論如何，他都是因為那些純金條以及想要孩子才結婚的。正是為此，他才需要一個妻子，她雖然柔弱得讓人憤怒，至少看起來還算健康。他決定讓她待在農莊房子裡為他生兒育女。這將是這個玉米蛋糕般的女人的一生，也就如此了。

當克拉拉哀求他帶她去認識里約時，他斬釘截鐵地拒絕，甚至沒向她解釋原因。實際上，他幾乎不怎麼和妻子講話。在她堅持多次後，他索性告訴她，別再拿這件事惹怒他，他根本不會帶她去，不僅是她顯然承受不了遠行，更因為，就算她吃得消，他也無法忍受和她一起旅行。

然後他騎上馬離開了。

克拉拉・若阿奇娜真真切切成了囚徒，她的生活，則變成與世隔絕的農莊裡一座小小的地獄。

迪歐古想要避免更多的紛爭和麻煩，因而不會為她捎來家族的消息。當他告訴她母親過世的時候，早已過了多年。等到他告訴她，她的哥哥早就從科英布拉回家，正接管父親的生意，他很快就後悔了，因為他看見克拉拉的眼裡迸發出仇恨之火。

只要可以，迪歐古一回家，就會在次日再次出發。克拉拉・若阿奇娜早已不清楚究竟是出於什麼原因——原因實在太多了——在那些黑暗的清晨，當她聽見喧囂的騾隊再次啟程，以及迪歐古・安布羅西歐粗獷的聲音時，強烈的厭恨就會充斥著她，進而蜷起身子。迪歐古面朝即將出發的方向，半握的雙手在空中劃出一個十字，他的聲音淩駕在嘈雜的馬啼、坐騎配件的叮噹聲和狗吠之上，講出啟程的祝禱：

「以聖父之名，以聖子之名，以聖靈之名，活的空氣、死的空氣、昏迷的空氣、無力的空氣、邪惡的空氣、被詛咒的空氣，我以神聖三位一體的名義拒斥你們。」

每一個昏暗的清晨時分，克拉拉・若阿奇娜都盼著丈夫死去。她希望他被響尾蛇咬死，這種蛇的能讓人死得最難看；或是被她某天在小島上看見的那條巨大的蟒蛇撕碎，骨頭由內向外地穿破皮膚；

或是被圖皮阿斯人的箭射中，在夜晚的溼氣中淌血而死，徒留一具被螞蟻和毛蟲啃噬的腐爛屍體。

每一天，一整天，克拉拉・若阿奇娜都在絞盡腦汁要如何離開。她和世界唯一的聯繫就是那些奴隸以及迪歐古・安布羅西歐的心腹。隔壁的小村莊住著少數居民，還會有一些罕見的旅人路過農莊，請求過夜。

「我得想想，肯定有逃離這個地獄的辦法。我得想想如何復仇以及離開這裡。」她對自己說道。

她想求某個旅人幫她逃跑，但她知道沒人敢這樣做，因為所有人都知道，農莊裡配帶武器的男人一定會跟著她。

她想求他們捎個訊息給父親，她甚至不知道他是否還活著。給哥哥的話就算了，她情願他死了。但是，和母親恰恰相反，她不會正確地讀寫，基本上只會簽自己的名字。從前母親送她去上卡塔利娜老師的課，她本應在那兒學會刺繡、縫紉、彈鋼琴和讀寫，但她總喜歡待在窗邊看街上的事物，或是一直畫畫。她喜歡畫穿著精緻衣鞋、戴著珠寶的女人。

現在她有時還會畫畫，但曾經和諧的人物形象變成了矮小的黑色怪物和畸形侏儒。她主要用煤炭作畫，因為迪歐古・安布羅西歐在旅途中時常忘記給她帶鉛筆和白紙，他知道她喜歡這些工具，但他完全不覺得這很重要。

她結婚時，母親曾把家族那個小小的珍珠母首飾盒傳給她。她認為那是一件非常醜、非常舊，沒什麼意思的首飾盒，出於難以講清的原因，她沒有把它丟掉，現在盒子保管著她珍貴的鉛筆頭。安娜告訴她，盒子裡頭的東西曾屬於外婆和曾外祖母，她只保留了珠寶，綁著紅帶子的舊布和乾花這類東西，則命人丟掉，清理乾淨。

農場裡的奴隸對男主人都很忠誠，對她和她從未改過、高高在上的性格卻很不客氣，他們會貶低她周遭的一切人事。沒有這些人的支持，她就只有從薩巴拉帶來的五個女奴，但可想而知，這幾個人儘管侍奉她，對她也不怎麼喜愛、用心。

克拉拉・若阿奇娜處於澈底的孤獨之中，猶如乾涸、冰冷、無法逾越的孤獨，沒人向她獻出一絲關愛。

後來，她畫的人物越來越可怖，這些翻卷成一團、在樹上攀行，或隱匿在箱子後頭的怪物，都有一張迪歐古・安布羅西歐的臉。

很難知道具體是從何時開始的：他們倆的生活變成一場沒有聲音也沒有硝煙的戰爭，置身於氤氳瘴氣中，一次次原地打轉，這裡的空氣比腹地更具毀滅性。

對迪歐古而言，實際上，這場戰爭或許始於他發現妻子避孕的時候，而他認為婚姻的合理性全在於孩子。發現這件事比知道妻子企圖用拙劣手段謀害他重要得多。「看來是這樣了，玉米蛋糕女士不想要孩子？那我們走著瞧吧。」在農場的日子裡，他開始多次一言不發地直接把她推到牆上。對他來講，這場和克拉拉・若阿奇娜之間的特殊小戰爭漸漸成為從一開始就注定失敗婚姻的替代品，或許也是唯一可能的替代品。不知怎麼地，他開始享受猜測妻子的下一步、她打算為他準備的陷阱是什麼，她下一次要如何進攻，以及意外的「驚喜」。

對克拉拉・若阿奇娜而言，厭恨丈夫已成為她唯一且最重要的習慣。她給他下毒，他卻不碰她給的食物和飲料；當他罕見地在農場過夜時，情願到木棚和手下同吃同住。她把毒蛇和捕鳥蛛藏在他衣服裡，還調鬆他那匹駿馬背上的鞍器。然而，沒有迪歐古・安布羅西歐某些手下的支持，她一切的嘗試都失敗了。

她因為一次又一次被推到牆上而感到疼痛。由於她簡陋的避孕方法完全不科學，造成又一場敗北的戰役。她懷孕了，她覺得自己實在太過虛弱，完全沒有力氣決定是否要在薩巴拉女僕的幫助下流產。

第一個兒子阿棱卡爾出生後，他的父親願意與克拉拉・若阿奇娜休戰，但她卻不。她絲毫不肯鬆懈，仍然執著要如何復仇並離開。

§

五月到八月之間，索羅卡巴市會舉行盛大節慶。這片地區擁有遼闊的牧草綠地，騾隊和牛隊從南大河州去往米納斯途中也會在此落腳休憩。

像迪歐古・安布羅西歐這樣的趕騾人會前往那裡買更多牲畜、雇傭新的馴騾人，也會前去遊玩，因為那兒的村莊有各式人物——馴騾人、馴獸師、玩具小販、馬戲團藝術家，還有賭徒。那是一段聚會無限、遊戲盡情的時光，是趕騾人的盛宴。

許多交易都大功告成，人們在酒館、賭場和馬戲團揮金如土，那也是迪歐古・安布羅西歐的天堂。

然而，那一年的索羅卡巴節慶還有另一位參加者：天花。運氣糟糕的迪歐古・安布羅西歐就是這場凶惡之病的眾多患者之一。多虧他的身體抵禦住危害而活了下來。一名南部醫生對他施以大量放血療法後，他得以返家，並在家中長期休養，對他來說前所未有。

他沒有和克拉拉・若阿奇娜一起待在大房子裡，而是睡在趕騾人木棚的行軍床上，照顧他的是他的奶娘，一個年老的女奴。

某天下午，馴騾人之間爆發了一場巨大的騷亂。迪歐古・安布羅西歐聽見一陣嘈雜的叫喊聲，從行軍床上爬了起來，用鞭子瘋狂抽打其中一個馴騾人，把他永遠趕出了農場。一切又歸於死寂。

之後，克拉拉從傳言中驚訝地得知，發生這一切的原因是那個馴騾人在她，克拉拉・若阿奇娜的房間窗邊東張西望時被逮到，真令人難以置信。克拉拉對丈夫這種榮譽受辱之情頗感意外，她認為自己終於找到丈夫的軟肋了。

「所以他會介意！啊，他是介意的！那就可以這樣做了！」

她幾乎難以控制自己的狂喜，那沸騰而龐然的激情不斷增漲，不斷蔓延，充斥了她的胸膛，並且不斷攀升，想要衝破她的身體，令她無法平靜；她無法抗拒地想要活動全身，揉搓雙手，來來回回地走到窗邊，打開，關上，打開，又關上，好讓這份狂喜不會令她窒息，不會從她悲慘的空洞漫溢而出——那空洞曾被許多渴求所填滿。

「那就簡單了！啊，那就簡單了！現在你等著瞧吧！」

她緊攥著未知的興奮度日，同時，全力以赴地準備終於觸手可及、渴望已久的復仇計畫。

當然，找一個奴隸和她靠在牆上是不可能的。必須是個旅人，或者最好且更容易的，就是再找一個馴騾人。如果說，在她從未有過任何預感，甚至不知道是誰的情況下，那個被鞭打並被趕走的人就已試著做些什麼的話，那麼他肯定不是唯一一個，其他人應該也有相同的膽量和慾望。

克拉拉・若阿奇娜漂亮與否並不重要，令人賞心悅目與否也不重要，她到底是什麼樣都不重要。重要的是，她是一個待在眾多單身漢中間的女人。而且她不是女奴，不是印歐混血，不是印地安人，不是黑人，她是皮膚白淨，穿著裙撐連衣裙，踏著精緻鞋子的女人。是的，無論迪歐古・安布羅西歐看起來多麼冷淡，他從不會少帶給她城裡的裙子、葡萄牙的毯子以及瓦倫薩的鞋子。人們幾乎可以談論關於他的一切，就是不能說他孩子們的母親穿得不好。

是的，孩子們，因為在阿棱卡爾出生後，他們休戰了一段時間，然後迪歐古·安布羅西歐又開始用陽具的征討來對抗當時的避孕方法，接著，女兒佳茜拉·安托尼婭出生了。這個女孩有著一對烏黑的眼睛，雙眼反射出深思的光芒，若有所思地凝視一切。阿棱卡爾像父親的地方，女兒就在這些地方像母親，除了這雙深邃的黑瞳，以及她脖頸上端一枚頂點向左的黑色三角胎記。

和阿棱卡爾一樣，佳茜拉也是被女奴帶大的，而且她和溺愛她的父親關係非常親密。如果說，母親蔑視她的兒子是因為他長得像父親，那麼她也蔑視佳茜拉，因為她是她父親的女兒。然而，與克拉拉·若阿奇娜和她哥哥之間的關係相反，阿棱卡爾和佳茜拉彼此愛護，尤其是年長的阿棱卡爾，他自認為是妹妹天生的守護者。

克拉拉·若阿奇娜開始品味起復仇的滋味。她鎮定地準備，留意起丈夫的馴騾人，在她眼裡，這些人噁心、骯髒，和禽獸沒有區別。但她必須要在他們當中選擇一個，誰知道呢，如果她仔細看看的話，如果她可以揭開那層淤泥、泥漿和勞動的外衣好好看看的話；他們披著這些東西彷彿第二層皮，那是一層被白日和夜晚、日照和月光、雨水和腹地的惡臭瘴氣所燒焦的皮。或者她什麼都看不出來，什麼都感受不到，連臉龐都察覺不到那些蠢貨呼出的熱氣。

但還有什麼會比跟著可悲的迪歐古・安布羅西歐更糟糕的嗎？

這次她至少不再體會到仇恨的苦味，只有令人作嘔的噁心和復仇的快感。因此，沒必要繼續在選擇上拖延時間了。隨便是誰都可以，無所謂。隨便是誰，除了丈夫的心腹，那些最具奴性的人，那些她很清楚他們會為主人赴死的人。

除了這些人，隨便誰都行。隨便。

那個人是新來的，在索羅卡巴節慶上受雇。當時，他在那裡百無聊賴，等待主人整裝出發，繼續行程。

的確很簡單。只是他們沒有靠著牆，他們去的森林沒有牆。索羅卡巴人的方式與主人的相比，讓她感覺不那麼羞恥。他更慢一些，更謹慎些，儘管克拉拉・若阿奇娜沒有注意到這些差別，她只想快點結束。

結束了。

我不知道是否是因為她對能夠傷害丈夫的這個發現過於興奮，以至於就這樣完全搞錯了這個「結束」，她以為這個「結束」會是令丈夫蒙羞的悲劇。或許她只是單純忘記在這次「結束」後去思考真正的「結束」。或許她以為，丈夫會再次趕人甚至可能殺人，但只會是那個馴騾人，她以為他的榮譽只需要用那個男人的鮮血洗淨即可，而非用侮辱他的妻子的鮮血。

可憐的克拉拉・若阿奇娜！

只能用她少不經事——儘管二十九歲了，不再年輕——或是不諳世事——這麼多年她一直都與世隔絕、孤單地活著——才解釋得通為什麼她不明白，這件事的結局只可能是由她自己而不是別人，為丈夫的榮譽受汙付出代價。

當迪歐古・安布羅西歐殺死克拉拉的露水情人，再將刀刺進她的胸口時，是的，她很驚訝。但隨後，因鮮血染紅了她藍色絲絨裙而不安的感覺過去了，在內心最深處，她真的不在意了。她感覺自己勝利了，此前從未有過如此感受。她已經得到心心念念的東西，事實上，這就是她在意的全部。

最荒謬的是，在最後一刻的愉悅中，當看見女兒的小臉出現在門邊、睜著困惑的眼睛，躺在黑色血泊裡的克拉拉・若阿奇娜剎那間變得極度殘忍，她絲毫沒想過也壓根不在意是否在說出這些話時，改變了女兒的軌跡。她對丈夫說：「您有想過為什麼這個女孩長得一點都不像您，只像我？我現在就告訴您吧，她是私生女，不是您的女兒。」

然後她就死了，嘴邊殘留著一絲冰冷的微笑。毫無疑問，是的，在最後一刻，她完成了自己卓越的復仇。

迪歐古・安布羅西歐的第一反應就是乾脆也結束門邊那個小女孩的生命。但或許他愛她太深，或許他覺得單單為了榮譽所流的血已經太多，又或許他發現自己舉刀的姿勢是多麼懦弱愚蠢，總之，他放下刀，轉而帶著無聲的怒火，瘋狂地錘牆——那堵可憐的牆，他曾多少次倚著它做出努力，就是為了想要自己的孩子。

他回過神，幾乎不受控地緊緊抓起女孩，像個瞎子一樣騎上馬，失去理智般把她放在馬屁股上，飛快地出發，不是去最近的那座村莊，而是去另一座距離很遠的村莊，而且還不是他常走的那條路。那座村莊住著一名下士，熱祖伊諾，他是個窮鬼，還欠迪歐古・安布羅西歐一筆貨款。黎明時分，他抵達熟悉的小木屋門口，迅速把正在打盹的女孩放在地上。

他用沙啞且平靜的嗓音對聽見馬蹄聲而走出來的訝異的下士說：從今往後，他可以忘記之前的債務，也必須忘記是他——迪歐古・安布羅西歐——把這個女孩拋在這裡。

然後，他不再多言，轉過身去，在馬匹依舊瘋狂的疾馳中離開了。

佳茜拉・安托尼婭（一七三七—一八一二）和瑪麗亞・芭芭拉（一七七三—一七九〇）

佝僂的窮下士熱祖伊諾唯一一次走運，就是某天他殺死了一條躲在指揮官軍帽裡的響尾蛇，救了指揮官一命。作為獎賞，他得到一個女奴。這個女奴經常逃跑，她的主人揍碎她的骨盆，讓她幾乎殘廢，最後決定把她隨便賣掉。

殺死一條毒蛇在當時並不值得贏來那麼多尊重。在他人眼中，下士所做的不過是分內之事，而且，殺死一條響尾蛇是一件再平常不過的事了，因為那個座落在世界盡頭的村莊裡，除了叢林還是叢林，蛇是最常出沒的動物。這件事也絲毫不值得紀念，還不是因為指揮官在前夜夢見一條響尾蛇鑽入他一隻耳朵的洞隙，在牠從另一隻耳朵鑽出之前，蛇在他那比球還腫脹受驚的腦袋裡亂咬一通。當指揮官從這個焦躁的噩夢中醒來時，他的腦袋還一抽一抽地疼著，他喊醒頗懂算命和巫術的妻子。她聚精會神地為他調配兩樣東西，好在天剛亮的時候就準備好：第一樣，用她的特別藥典中的原料做出一種特殊混合物，敷在頭上，她已在著手準備；第二樣，試以聖本篤的名義，即代表入口與出口的雙重聖人的名義，同時做兩件好事，如果一次只做一件好事的話這個辦法就不靈，必須要同時做兩件。

早晨快要結束的時候，在那個被小村落環繞的小小邊疆據點裡，絕望的指揮官頭痛欲裂，他根本無法好好思考，以便完成這個雙重任務，他決定出去透透氣。一切就發生在一瞬間：指揮官的手伸向軍帽，響尾蛇準備進攻；那名平時只是睜著眼睛，和瞎子沒兩樣的可憐下士，就在那一瞬間，奇跡般地睜開眼睛，也看得分明，而且他手中還握著一把短槍；緊接著他開槍了，他不僅開槍，還射中蛇的腦袋。整件事實在難以解釋，是一次真正的奇跡。指揮官的手還僵在半空中，保持著未完成的姿勢。

就在那時，經常逃跑而被打得半死不活的女奴的主人走了進來，打算把她隨便賣給哪個願意收留殘疾女孩的好心人，換一點錢，或是他繼續揍她，把她弄死，反正這也是她應得的。

指揮官在其中看見能夠完成兩件好事的明確信號。第一件好事就是幫助下士，後者如此出色地挽救他的生命，另一件就是幫助女奴的主人，減輕他手中的負擔，不僅如此，還保證道，萬一某天女奴的主人用得著她，他依然會熱心幫助。如此，他以一小筆錢買下黑人女孩，把她當作禮物送給下士。

他覺得這一日十分完滿，他的頭開始消腫了，終於可以休息，他心滿意足地回家，留下瞠目結舌的下士——他剛成為一個走路都有困難的黑女人的主人。

新奴隸主顯然沒有其他選擇，只好把殘缺的女人帶回木屋。他用一截芒果樹枝為她做一根拐杖，憑著這根拐杖，她活了下來，還和他生下五個孩子，並成為佳茜拉·安托尼婭的養母。

那個清晨早已消失在時間之中。當時，她坐在父親的馬屁股上，在慌亂的疾奔中到達此處。自那以後，佳茜拉就是一個很少笑的嚴肅孩子。在她看來，看待世界的方式應該是嚴肅的、不信任的，正是這樣的態度造就了她幽暗的大眼睛。

她已記不清是哪一天——在父母房門口的那天，她並沒有看見被刺傷的母親身上的鮮血。從她站的角度，只能看見父親的背。但是她很清楚，發生了非常不對勁的事。當父親用力地把她從地上拉起來，讓她坐在馬屁股上時——父親總是慈愛地望著她、溫柔地對待她——她感覺不對勁的事也發生在她身上了。

她從不知道當時發生了什麼，也沒思考過自己所目睹的一切。然而，這個三歲小女孩寄放在父親身上的信任讓她即使不理解也不想去理解，她仍然以某種方式相信自己的新生活。一開始，她確信父親會突然出現，緊緊抓住她，把她再次放在馬屁股上，然後飛速離開。隨著時間的推移，她漸漸有意識地忘記這份期望，然而，直到她死的那天，內心深處都燃著一簇小小的火苗，那是困擾著她同時也始終不渝的願望：某一時刻，聽見馬奔跑的聲音，父親趕到了，他用力把她拉上馬，帶她回家。

十四歲的佳茜拉很纖弱，毫無吸引力。然而，總管達古貝爾托在組隊前往腹地，尋找能帶給他財富和地位的土地之前，將這座村莊作為最後的據點，而他計畫帶走並組建家庭的女孩正是下士的養女佳茜拉。總管其實也沒太多選擇，但他也可以自己一人離開。然而，再說一次，讓我們不要浪漫化一個務實男人所做的簡單算計。他在佳茜拉身上看見的——他非常篤定自己看見了——是內在的力量，一種在此地其他女孩身上絕對難以找到的能量。這個小女孩步伐果斷，烏黑的大眼睛閃著沉思的光芒，放射出智慧與經驗結合的信號。人們總是看見她在工作：清掃房子和院子、在河中取水、生爐子裡的火、在小溪邊洗衣服、照料母雞與母豬、剝玉米、準備食物——正是有賴她的勞動，雖然吃的都是窮人食物，但能撐飽肚子。她幾乎在一切事務上替代了殘廢的母親。達古貝爾托本能知道，這個女孩可以幫助他完成宏願，他去找下士商量自己的決定，無疑，下士的積極反應也在意料中，他只能一個勁地說：「我感到非常光榮，我的總管大人。」

對佳茜拉而言，和總管結婚或是與其他人結婚都是一樣的，因為在當時，在那個地方，這些事相當稀鬆平常，就像發生在她母親和外祖母身上那樣，如同人們接受晴雨交替、日夜輪迴一樣。但是，的確，和探險隊一起離開對她來說是意料之外的新鮮事，讓她有些激動，這種情感和她之前體驗過的一切都不同，是一種她無法定義的內心的不安。生平第一次，她在夜裡長久輾轉反側，她失眠了。她躺在小屋一角，在黑暗中睜著雙眼。但她並不覺得糟糕，恰恰相反，好奇心輕柔地擦碰讓她感覺很好，雖然她認為那陣勾起微笑的莫名興奮有些愚蠢，但仍難以抑制地堆起笑容。在她的胸口，期待展開了它小小的羽翼。

總管達古貝爾托

達古貝爾托・達・瑪塔來自遙遠的希亞拉省，他的父親曾沿聖弗朗西斯科河抵達那裡並成為富裕的牧場主。作為多子家庭裡的老五，他決定靠自己謀生。他前往里約熱內盧，想去國王軍隊服役，開拓腹地。然而，對賭博的熱愛導致他被辭退，告別了軍旅生涯，留給他的只有「總管」這個稱號。

他出身貴族，是個正直開明的男人，擁有令人豔羨的察言觀色的能力。顯然，這能力植根於他令人嘆服的賭博天賦，也正是此能力讓他在那個村子裡選擇佳茜拉做妻子。

儘管賭博是他的愛好，但既不是他唯一也不是最強烈的激情：這名來自希亞拉的小夥子對征服新土地躊躇滿志。探索和征服未知腹地，才是他最難以抵擋的誘惑。起初，他想以國王的名義完成征服之旅，但是，他從希亞拉旅行到里約的數個月裡，途中的遷移及談話讓他開始相信能以自己的名義做任何想做的事情。

在里約熱內盧的賭博，為父親預支給他的遺產增添不少金錢，最終成了一筆足以買奴隸、動物、武器和乾糧的資金。準備工作持續近一年，實際上，他正是在那座村子完成所有工作的。當時，他正在那裡準備最後的預防措施，認識了佳茜拉，然後向下士熱祖伊諾提親。

為了實現自己的願望——深入並扎根腹地，達古貝爾托・達・瑪塔總管出發了。那天正好是他滿二十五歲的日子。

那一天，晨霧微冷低垂，佳茜拉和她的總管丈夫一起出發。他們各乘一匹馬，隨行的有二十匹母騾，載著乾糧、器具和軍火，四個混血工頭，以及三十個奴隸（二十五個男人，五個女人，全是黑人）。他們裝備齊全，武器精良，準備充分，打算往戈亞斯省走，那裡甚少開拓，聽說有數不勝數的黃金與廣袤的沃土。

經過八個月的旅程，他們抵達一片濱河荒地。河水呈淺灰色，樹木枝繁葉茂，腐殖質土壤十分肥美。他們位於全省海拔較高的腹地上；一棵挺拔的叉葉樹向高處伸展著枝條，執拗地想要和無雲蔚空的光芒交融。

在此駐紮幾天後，總管對她說，他們將會在這裡蓋房耕地。這附近可能有黃金，也可能沒有，但這片土地很適合耕種，這就是他最具體的目標。那些印地安人離他們有段距離，而且並不暴力，似乎不會構成威脅。他們將要在此安居。為了建房和耕種，他們明天就要開墾土地。

佳茜拉平靜地聽著。她也喜歡這個地方。深色的河流向前方張開一條臂膀，匯入一潭靜水，她覺得這汪水潭很有用處。土質很好，莊稼會長得不錯。她可以種水稻、豆苗、木薯和玉米，可以種許多玉米。達古貝爾托聽取在路上碰見的聖保羅人的建議，帶來很多玉米，因為在長途旅行中，玉米種子比木薯枝更方便攜帶。他們將會養牛。她知道總管還計畫種一片甘蔗。他們將從河流引出一條溪渠，還要建造石磨水車。她會在這兒養育孩子，她的肚皮已經有動靜了。是的，這將會是她的土地、她的家。她感覺很好。

時光飛逝，四年過去了，這座建在黃土地上，擁有五間房的堅實房屋已成為小農場的中心。甘蔗田收成很好。奴隸們在此區的河流找到黃金——雖然不多，但也不少——都放在牛皮中晒乾，然後存在佳茜拉縫製的皮革小袋子內，總管再把袋子藏在只有他倆知道的地方。

佳茜拉成為丈夫的得力助手。他很尊敬她，悉心待她，仰慕她不知疲倦的個性及冷靜、從不動搖的威嚴。在腹地寒冷的夜晚，他們會圍坐在燒火的銅盆旁，總管不急不緩地把玉米棒芯丟進去，它們被生猛的火紅吞噬，變成更旺盛的焰苗。總管會在深思熟慮後，緩慢地對她傾訴自己的計畫與想法，希望聽到她的建議，這於他而言早已不可或缺，儘管他自己並未完全意識到。他凝望著火焰，彷彿要看穿熊熊火光，佳茜拉則需要沉思一段時間。她只在她認為須要告知重要事時才開口提一些想法，沒有的話，她會表示認可：「您的想法很好，我的總管大人。」

迄今為止還算平和的印地安人開始表現出越來越強的敵意，但他們兩人都認為這還不嚴重。自從他們在這兒生活，異教徒向來都是不穩定的因子。他們有時候會連續多日從遠處觀望，有時候又會消失好幾個月；有時候會有一兩個異教徒靠近，拿走一件晾晒的衣服、一把彈藥庫的武器，或是其他東西。可能是出於好奇或有趣吧，佳茜拉猜想著，因為他們總是在光天化日之下，大搖大擺，惹人注目地做這些事。

那些和他們差不多時間來到這片地區定居的農場主，幾乎都以暴力對待印地安人，想要把印地安人從如今他們認為屬於自己的領地趕得遠遠的。總管是少數命令自己的奴隸及雇員什麼都別做的人，並非出於特殊的美德——是的，和其他人一樣，他也認為印地安人與禽獸無異——而是個人風格使然：總管更習慣以德服人，而非以力服人。對於印地安人更接近動物而非人類的說法，佳茜拉也認同。兩個世紀還未過完，這代巴西人已經澈底忘記自己的祖先了。除了不被承認有親緣關係外，印地安人被當作怪物，更糟的是，還被歧視。如果人們告訴佳茜拉，她的身體流淌著印地安人的血；如果人們向她講起伊奈阿、特貝熱特和薩伊，她深邃的黑色眼眸將難掩詫異。

那時所有人都認為世界就是如此：白人命令，奴隸工作，印地安人和動物在森林裡。佳茜拉從未在微寒夜晚的火邊細細思考這些問題。這不是值得思考的主題。不過，就像他們不會虐待動物一樣，她也認為不應該虐待異教徒。此外，有許多關於印地安人復仇靈魂的說法，有時這一點的確會成為銅盆火邊的談話主題：復仇、殘暴、野蠻，相關事件都在警告人們不要愚蠢地挑釁印地安人。

危險的端倪漸漸顯露。起初，甚至像是頑劣孩童的不敬花招。他們會在午夜驚醒，聽見馬兒焦躁的嘶鳴，家豬驚懼的低吼，牠們的尾巴成雙地綁在一起，四下亂跑。又或是第二天早上，石臼裡布滿糞便；溪渠乾涸了，水流被引向上方；石磨水車停了；小動物消失了。

很快，有人告知達古貝爾托總管：距離此處十五里、他朋友扎胡德赫爾的農場被侵占了。他與妻子、兩個工頭以及五個黑奴的腦袋被釘在樹樁和籬笆上。當丈夫晚上回家時，佳茜拉聽聞這個消息，陷入了沉默。

扎胡德赫爾向來無法與人好好共處。他對待印地安人的暴力行徑遠近聞名：燒毀印地安人的村莊和田地，迫切想把他們趕去世界盡頭。這塊地區的部落並不殘暴，卻不得不反擊扎胡德赫爾與手下的進攻，但侵占農場、殺人滅口這類事情，此前從未發生。而且，關於這個貪婪的鄰居，總管聽到的最後一則消息是：他命人在印地安人飲水的井裡投放番木鱉鹼[1]。

達古貝爾托總管宣布，黎明時，他會帶五個人去其他鄰居那兒打探消息，獲取更多彈藥。他告誡佳茜拉謹慎行事，讓奴隸們靠近房子，命令所有人不要離得太遠，即便只是去井邊或溪渠取水，也應該隨身攜帶武器，結伴而行。他會儘快回來。

§

在危機四伏的緊張肅靜中，天亮了。空氣的密度變了，溫熱的人群聚集在一起，在他們上空，危險

1番木鱉鹼（Strychnine）：一種劇毒化學物質，一般用來毒殺老鼠等嚙齒類動物。對人類亦有劇毒。

和邪惡靜靜地、沉重地盤旋。動物也異常安靜，牠們僵硬地站著，全神貫注地警惕著。

佳茜拉命一批奴隸用木鎖加固門窗，另一批奴隸照管動物，不讓牠們走散，第三批奴隸去尋找木棍、石頭和一切可以用來做成武器的東西並帶回家。女奴則繼續在廚房做家務。

中午剛過，照管動物的那批奴隸慌張地跑來報告。他們看見印地安人帶著箭從竹林靠近。佳茜拉命令他們迅速拉鈴，召集所有人回到房子裡。幾分鐘後，奴隸們從院子的四面八方跑進屋內，箭開始射入陽臺，彷彿為這場逃奔伴舞。門窗迅速鎖上，佳茜拉命人從前門的兩個槍洞和後院瞄準開槍，畢竟彈藥不多，不能浪費。

她很清楚，印地安人在人數上並無優勢。她知道這片地區的印地安村落裡，女人和孩子比男人多。顯然，那些女人是不會上前線的。佳茜拉關在房子裡，無法準確計算，但當他們鎖上最後一扇窗時，她看見那隻印地安人隊伍正在逼近，通過叫喊聲以及迅速一瞥，她敢保證對方不超過二十四人，而她身邊就有二十個男奴和五個女奴——抵禦的話，這些女人也是可以算上的。她派一個女奴去房子中間無窗的大臥室裡與孩子們待在一起，其他女奴則留下來幫忙。總管不會太晚到的，她需要做的就是在他帶更多男人和武器回來之前負隅抵抗。

野蠻人尖利叫喊，木槍不斷敲擊門窗，奴隸們眼中的恐慌與絕望只有在槍洞傳來槍響時才稍稍平息——實際上，槍擊並無太大用處，僅僅恐嚇對方罷了。現在，進攻者已經緊靠牆壁，離開射擊範圍了，除非他們直接從子彈射出的門洞下經過。

佳茜拉的冷靜令人欽佩，雖然她很清楚這樣下去堅持不了多久。就在這時，她掃了一眼爐子，看見那口被遺忘在臺架上的巨大銅盆，一個簡單的想法浮現了。

「點火燒肥皂水。」她對兩個最敏捷的女奴發令。幾分鐘後，火就劈啪作響，肥皂泡泡四處迸濺，彷彿一座爆發的小火山山口。

「現在，開始吧。」她說道，「小心點把大勺子裝滿，然後打開門窗扔到印地安人身上。」她繼續道：「你們兩個男的，萬分留意，如果覺得他們快靠近時，就趕緊把小門打開，同時妳們兩個女的，一人一邊，直接把兩個裝滿皂漿的鍋往他們臉上砸。」

依照佳茜拉的指示，女奴們拿著勺子和鍋，將沸騰的皂漿丟向靠近門窗的印地安人身上。「盯著他們的眼睛和手。不要把皂漿浪費在身體其他部位。」

又疼又驚的喊叫開始從外傳入，屋內的人全振奮起來。所有人立刻明白，在總管帶著武器和彈藥回來之前，這劍走偏鋒的戰術能保護房子不被侵占。

於是，帶著不同凡響的沉著，佳茜拉浮起一絲勝利的微笑，她坐在屋子中央的椅子上，回味這場驚人的勝仗。

那一天，佳茜拉發現自己的才能，覺得相當優越，從此，她身上發生了變化——十分細微、深藏在她內心的，即便是閱人無數的老練的達古貝爾托總管也無法立刻明白，可以解釋為對權力近乎與生俱來的熱情。可以肯定的是，為了抵達權力，她將要找到正確的路，無論是通過計謀還是力量。

憑藉達古貝爾托和佳茜拉的活力與幹勁，農場飛速地繁榮起來。奴隸和放牛人的人數不斷增加，後者用工作換取金錢、商品或牛犢，每日都有許多繁重的事務。牛群畜養已深入腹地內部；由於土地遼闊肥沃，玉米、甘蔗和棉花的種植面積也日益擴大，達古貝爾托總管正在將他的產業向無人居住的空地拓展。他去了幾次里約熱內盧，成功將他一開始向國王求得的荒地面積翻了兩倍。至於印地安人，幾乎無人在談論他們了。

佳茜拉監管麵粉和純度不一的火藥生產，以及柑橘醬與番石榴膏的製作。後兩者是由奴隸在外觀黑得像煤炭、裡頭亮得如黃金的銅鍋裡一刻不停地攪拌大量水果與糖，在爐灶上耗費多時做成的。院子的穀倉裡，奴隸在巨大的陶灶腳下費力地攪拌，直到漸漸變得濃稠，緩緩冒出噗嚕作響的巨大水泡。這些冒著熱氣的甜品被裝進小木盒，應訂單要求，很快就會被發往里約熱內盧和巴伊亞。這些甜點聲名遠揚，被稱作「叉葉樹農場甜品」。

佳茜拉還命人蓋了一座縫紉機廠棚，提高棉花種植量，安排奴隸紡織白色棉衣給農場所有人穿。當貨物囤積太多時，達古貝爾托就會派工頭帶領騾隊前去里約熱內盧做買賣。

隨著時間推移，他們也擴建並整理老舊的黃土地木屋，屋子裡的家具只有吊床、木箱和皮箱，以及剛抵達時打造的一張長桌與兩把長木凳。

達古貝爾托從省會維拉博阿德戈亞斯[2]帶來一名陶工和一名木工，建起一棟巨大的磚瓦房，裡頭有許多房間和一個大陽臺，層高四米多，確保空氣流通。地板不再是黃土地，而是寬大的木地板。他還命人去里約熱內盧帶回兩張有靠背的圓形折疊床、掛在廳室的刺繡窗簾，以及掛在臥室裡、綴有紅黃絲線流蘇的藍絲絨窗簾。他也命人帶回特殊日子使用的銀器。

達古貝爾托總管是一名品味高雅、思想超前的男人。

在他們帶來的皮箱中，有兩副牌、一盤雙陸棋和一隻帶花押字的銀杯，上面交織著字母D和M。達古貝爾托第一次去里約旅行時，帶給佳茜拉一個銀製的鼻煙盒與兩隻銀杯，上面是他命人為他們兩人新做的花押字——字母J在字母D與M之間。此後，他就命人在皮箱和一切與農場相關的東西上印這款新的花押字。他從其他旅行中帶回了一根一米半的金帶、一塊象牙浮雕、一只銀盆，以及藍絲綢頭紗——她餘生未脫下這塊頭紗，甚至下葬時也戴著。

佳茜拉從一開始就跟著丈夫學到許多事。

達古貝爾托教會她三種快樂：床、鼻煙，以及濯足。這些於她而言全是驚喜。他也教會她許多

2維拉博阿德戈亞斯（Vila Boa de Goiás）：位於巴西戈亞斯州，現稱戈亞斯市。

有用之事。達古貝爾托把知識、想法、野心和慾望，通過平時在農場的處世方式及銅盆邊的平靜對話——他們在新家也保持這個習慣——全都傳授給佳茜拉。夜幕降臨，在拔地而起的高懸陽臺上，女奴會拿來一個大盆和一籃玉米棒，放在達古貝爾托的長背椅旁。他們常坐在那兒，欣賞夕陽落入廣闊的大地，編織著計畫和夢想。佳茜拉靜靜看著達古貝爾托潔白的雙腳沒入清澈水中，暗自讚嘆。

他還教會佳茜拉讀寫。實際上，這並非他的本意。他從不覺得這項技對女人會有用處，但他認為對孩子是有用的，教他們讀書是必要的。佳茜拉試著旁聽，她一邊看著孩子們學習，一邊飛快學習。當達古貝爾托發現妻子會認字時，他晃了晃頭，讚嘆道：「不錯啊，夫人！」他開始讓工頭去里約時帶回書籍。

達古貝爾托和佳茜拉都沒受過宗教教育。但他們自認是天主教徒，隨著時間流逝，兩人愈發虔誠。經過分散但有效的傳教，殖民地社會彌漫著天主教的氣息；旅行的神父經常路過農場布道，許多奴隸和雇工都受洗了。漸漸地，鄰村神父頻繁的造訪——有時候甚至停留好幾天——促使夫妻倆蓋了一座「聖人室」。這個房間擺放著聖像，其中有兩尊小巧的碧藍色皂石聖女像，它們潔白的卷髮鬆散地垂至腳畔。當時，一個行經農場的趕騾人正在賣這兩尊聖女像，不知為何，佳茜拉一看見它們，心中出現一股陌生的感情，並立馬買下它們。自此以後，她認為小祭臺上最美的物件，就是這兩尊迷你聖女像。趕騾人告訴她，它們是由一位已經過世的老人所做，來自一座人稱「小禮拜堂村」的小鎮。

她在兩尊聖女腳前放了一束棕枝[3]，那是神父經常帶來給她的，保佑她免受雷電和暴風雨的侵襲。

他們的婚姻很幸福。正如那個時代所要求的，是一段含蓄的婚姻，但也充滿投合的情意、細微的關照，以及執子之手的安寧快樂。他們有過九個孩子，只有五個存活，四男一女。

存活下來的女兒叫瑪麗亞・芭芭拉，出生於母親三十六歲那年。但，我們真的可以稱一個沒有活到十八歲的人為存活者嗎？

瑪麗亞・芭芭拉是個脆弱的女孩，幾乎和佳茜拉一樣纖瘦，但她甜美活潑。因為她婉轉的嗓音與樂天的個性，幫助撫育她的女奴都喊她為小鳥兒。然而，她的故事卻十分悲傷，儘管對於那個時代和環境來說仍稍顯平庸。

她青春期時，愛上了達古貝爾托總管的工頭加辛圖。實際上，他應該是佳茜拉夫人的工頭，因為那時達古貝爾托已經去世十二年了，儘管佳茜拉認為在任何事情都必須提及他，彷彿總管仍然活著——她一輩子都是這樣做的。

是的，總管讓佳茜拉在三十六歲時成了寡婦，留給她永遠無法填補的空白。直到某天寒冷的清

3 據《福音書》記載，主耶穌基督於此日騎驢入耶路撒冷，受到民眾手持棕櫚樹枝、歡呼和散那，這是如迎君王般的禮遇。因此，各派教會對此日的慶祝，往往以主耶穌基督的榮耀為主題，多以棕枝裝飾教堂。

晨，經過又一個無盡長夜——夜裡，她反反覆覆將臥室窗戶打開，久久痴望黑暗深處——她做出一個決定，即她餘生的事業就是讓丈夫的姓名成為此區最重要的名字。四週前，她和丈夫一起在甘蔗田巡邏，他忽然倒在她腳邊，溘然離世。自那天早晨起，她再也沒出過房門，直到她做決定的早晨。出乎所有人的意料，她打開木門，再次走出來，臉上是她一慣莊嚴的神情，頭髮綁在頭頂，一襲寡婦黑衫，餘生從未脫下。

那天早上，她聚集農場所有男女，佃戶、雇工和奴隸，讓他們在大院分隊站好，而她，站在高懸的陽臺上，就像達古貝爾托對他們講話那樣，說道：「你們所有人都知道總管死了，這是我想用生命去否定的事實，但我不能。然而，在這裡，在這個由他建立的、屬於他的農場裡，他沒有死，也不會死，只要我還活著。一切將完全按照他想要的以及他命令的方式繼續。一切都不准變動，一根稻草也不行。而你們所有人仍是達古貝爾托總管農場裡的人，是達古貝爾托總管的男人和女人，直到我死為止。」

於是，農場一切照舊。這座農場仍是達古貝爾托總管的，牛群是總管的，蔗糖廠、棉花田，都是總管的，貨物和人也是總管的，她從未讓他人坐過的長桌上座還是總管的位置，陽臺上銅盆邊的椅子，她雙人床的左側，所有這些再無人填補的空位，都永遠屬於他，屬於她的達古貝爾托總管。

佳茜拉努力確保一切按照原樣進行。她重複丈夫的姿勢和態度；與其說是重複，不如說她吸收了他的姿勢和態度，並轉化成自己的。和總管從前一樣，天濛濛亮她就出發巡邏農場，完成無數工作。她曾多次目睹並學習他做事的樣子，照著他的方式打點一切。她戴上丈夫的帽子，藉由特殊手藝，這頂帽子能穩穩地扣住更小的頭顱。她就這樣，穿著用輕量布料製成、不妨礙騎馬的黑色遺孀便裝，一整天被總管的人包圍著。

你們對一個女人在那個年代發號施令感到驚訝？根本不應該。歷史的任何一個時期、任何一個地方，總有女人擁有和男人一樣的權力。總是存在這樣的女人，而且還不少。很早以前，人們就已經明白，那些在最初兩、三個世紀就定居在這片土地的女人，其步伐深入至遙遠的腹地，她們生活在這個新國家的森林之中，並不如許多人想要把她們描繪成的那般柔弱溫馴，她們必須自立，否則就無法在艱難的環境中生存；她們的丈夫常常好幾個月不在家，她們在許多情況下都必須自衛，創造生存條件。當然，總是存在各種各樣的男人和女人：柔弱的和堅強的、機敏的和愚鈍的、聰明的和狹隘的、好的和壞的、強大的和無能的。可以確定的是，這個國家最初的幾百年裡，那些在遼闊、可怖和美麗的腹地中生活的女人，可以是任何一種人，但絕不是天真與脆弱之人。

如今，是佳茜拉領著她的工班在領地附近等待訪客的到來，以便引領他們走到農場的房子，這也是從前達古貝爾托訂下的必不可少的好客禮儀。如果是重要訪客，為他們提供的餐飲——一如總管曾提供的——可以媲美真正的盛宴。訪客要離開時，又是由她指揮陪同隊伍，陪他們一直走到領地出口。鄰居前來拜訪時，她會像過去達古貝爾托接待他們那樣，一邊抽著鼻煙，一邊坐在陽臺的吊床上，行著丈夫通常會省去的禮節，並就正在談論的話題發表意見。

日理萬機的她，幾年後成為這片地區權勢最大的農場主。她無法通過勸說得到的東西，都用謀略或權力得到了，這就是她的祕密格言。黃昏時分，她坐在陽臺的椅子上，雙腳浸在熱水裡，女奴不斷上前更換濯足的水。在這樣的時刻，她的格言總能讓她臉上浮現勝利的微笑。她坐在已故卻永存的總管的空椅子旁，一邊把玉米棒芯扔進銅盆裡燃燒，一邊無語地對他講述總管名下的豐功偉績。

佳茜拉夫人的作風和地位，以及達古貝爾托總管農場的財富名揚千里，引起議論，甚至在省會維拉博阿德戈亞斯都有人在談論。

所有人都知道她手下對她忠貞不渝，他們也知道，一有必要，她會毫不猶豫地站在手下那邊。發生在她一個放牛人身上的事幾乎成了一則傳奇。放牛人馬努埃爾·達瑪斯策諾因賭博衝突殺死了一個男人，警衛隊隊長立馬逮捕他。佳茜拉一得知消息，立刻率領整批騾隊，快馬加鞭趕去聖弗朗西斯科村；那是最靠近她領地的村莊，雖然小，但擁有自己的教堂和監獄。

人、馬、狗，連同馬刺和馬鞭，浩浩蕩蕩地湧進村莊，揚起一陣喧鬧和灰塵。一秒鐘不到，他們便擠滿了村莊充當廣場的小空地。佳茜拉命一人下馬去監獄門口喊警衛隊隊長過來。警衛隊隊長是個正直、沉著且冷靜的男人。

「下午好，長官。」佳茜拉說。

「下午好，佳茜拉夫人。」他回道。

「我已經知道了，長官，您無意間關押了一名達古貝爾托的手下。」

「沒錯，佳茜拉夫人，但那並非無意，而是有意的。」

「啊，是這樣嗎，長官？那我可以知道理由嗎？」

「佳茜拉夫人，馬努埃爾・達瑪斯策諾因賭博糾紛殺死一個男人，我不允許這種事發生在這座村子裡。」

「長官，如果他殺了人，那對方也已經死了，並不是抓了一個人，就能讓另一個活過來的。」

「當然不能，佳茜拉夫人。但我能主持正義。」

「只有上帝才能主持正義，長官。也只有我和我丈夫才能管理我們的人與物。長話短說，您應該知道我是來接馬努埃爾的，他是達古貝爾托總管的人，現在我們需要他。」

「佳茜拉夫人，我無法准許。請您原諒，況且您帶著這麼多人，將村子都擠滿了，還有必要再多一個人嗎？」

「非常有必要，長官。這些人跟著我來此，都是為了帶他回去。」

「那您得先殺了我，佳茜拉夫人。」

「天啊，您為什麼這麼固執？」

「這不是固執，佳茜拉夫人。這是權威，我在這兒是為了逮捕擾亂秩序的人，把他們送到首都接受審判。這就是我現在正在做的事。」

「我看出來了，長官，您是一個有權威之人，但您可能不知道，這片地區的最高權威屬於達古貝爾托總管。」

「我確實不知道，佳茜拉夫人。」

「那麼別因為您的無知壞了事，長官。如果您還不知道權威屬於何人，只需等一段時間，您就知道了。」

佳茜拉優雅地騎著馬轉了半圈，命令手下撤退。警衛隊隊長知道自己的命運已定。他苦惱地想著要怎麼做才能與她抗衡。打從和佳茜拉夫人對話一開始，他就知道自己陷入了無解的處境。他呆站著，飄散的思緒只在原地留下一片空白。某一刻他感覺自己也離開身體了，正從屋頂高處遠遠地回望，看見自己孤零零一人站在監獄門口目送遺孀與她的人騎馬離開，他們留下的厚厚灰塵彷彿一團正在吞噬村子的漩渦。

警衛隊隊長還未結婚，也沒有孩子，到這兒才兩年多，首都警衛隊派他帶著五個士兵前來管理此地。想像一下：五個士兵對抗總管的衛兵隊！他陷入的是何種困境啊！一滴冷汗從他臉上滑過，他和總管遺孀對話時的勇猛也逐漸消散。

當他的思緒漸漸回到腦海裡，他說服自己除了釋放馬努埃爾・達瑪斯策諾外沒有其他選擇了。他做了決定，走到監獄，打開門鎖，嘟囔道：「趕緊走吧，可憐蟲，我警告你，別出現在這兒了。」

那天晚些時候，佳茜拉毫不意外地看見馬努埃爾・達瑪斯策諾回到農場，他跪在她的腳邊，親吻她的手，感激她，替她向所有聖人禱告。但佳茜拉並不高興。

當天夜裡，一支十人衛兵隊潛進村子，每個人的馬屁股上都綁著一大捆乾甘蔗渣；這一次，他們沒有激起任何灰塵或吵鬧聲，甚至沒發出行動的聲響——他們訓練有素，能夠在埋伏時輕盈如涼爽夜風。他們用甘蔗渣包圍監獄，闖入裡頭查看是否有犯人，沒有。正因為沒有犯人，連夜巡的士兵都回家睡覺了。士兵可真走運！總管的人把甘蔗渣扔進牢房，放了把火，然後就像來時那般，在夜風中無聲無息地離開了。

火光和濃煙驚醒了村民，為了躲避蔓延的火勢，他們不得不逃到其他房子裡。一簇簇火苗舔舐著監獄，火勢凶猛，彷彿因為在如這所監獄般寧靜的夜晚被召來工作而憤怒。

離大火數里遠之處，佳茜拉坐在陽臺的椅子上，嘴邊終於露出勝利的微笑。「沒錯，現在那個警衛隊隊長終於認識到這兒的權威是您，達古貝爾托。」

這就是丈夫去世後佳茜拉夫人的生活：下令，謀略，勝利。但這並未減少她給予孩子們的關切與愛。她想將兒子們培養成總管的翻版，想將瑪麗亞・芭芭拉培養成小王后。

因此，此後的事情之所以會發生，並非出於惡意，而是出於許多母親都會犯下的普遍錯誤：認為自己比孩子更瞭解什麼對他們才是最好的。這是一個讓她餘生都沉浸在苦澀悔意中的慘痛錯誤。

工頭加辛圖

加辛圖俊美、健壯、聰慧，在那個年代，他被稱作帕爾多混血，即生來就是自由人的混血。他非常能幹，也很喜歡總管一家，因此年紀輕輕就爬到工頭助手一職。他的父親是巴伊亞趕騾人，雖不闊綽，但賺了也不少，他的房子就安在通往戈亞斯的路上。加辛圖小的時候，每次和父親一起路過叉葉樹農場時，都很樂意待在那裡，父親把他留在那兒許多次，返程時再來接他。他成為總管兒子們的至交，也成為瑪麗亞・芭芭拉的戀人。

從青春期開始，他們就常常結伴長遊、騎馬或步行；歸來時，興高采烈的兩人總是目光炯炯、臉頰緋紅，散發出渾然天成的活力。

但是，佳茜拉為女兒制定了其他計畫。她想讓她嫁給像達古貝爾托一樣舉足輕重的好男人。我們應該公正地看待這一點：她並非以物質利益為女兒挑選丈夫的，而是因為她想看見女兒和她以前一樣幸福。她生命中的愛發生得如此自然、穩當，以至於她以為所有人都應該如此，尤其是她的女兒。這一定會發生，只要她為女兒找到一個如達古貝爾托開明、有修養、溫柔的好男人。不知為何，或許是加辛圖教養不足，或許是窮困，甚至或許是他的混血膚色，她不覺得他擁有這些內在品質。

很快，她就發現兩人的友誼已經轉成另一種情誼，她果斷地趕走工頭加辛圖，先是派他去照管最遙遠的牧場，這樣他來農場的次數就寥寥無幾了。當她發現由於距離變得遙遠，女兒看見他時似乎更加興奮、快樂，她便喊來工頭，告訴他，已經不需要他了，她十分坦誠地對他說，多虧了達古貝爾托的幫助，他小時候才被農場收留，現在請他永遠離開農場，忘掉瑪麗亞・芭芭拉。

加辛圖履行了第一條命令，第二條和第三條則沒有。他輕易地在隔壁農場主那兒找到工作。既然白天可能會被看見，他開始在夜晚和瑪麗亞・芭芭拉祕密會面。她等不及聽見臥室藍色窗戶響起微弱的敲擊聲，接著她會打開窗放他進來。

這舉動最終仍引起注意。佳茜拉得知有人在深夜溜進農場，便命令手下等待不速之客的偷襲，然後無情射殺他，因為無論來者是誰，這樣進來的人只可能是小偷或罪犯。

沒人能確定佳茜拉是否對不速之客的身分有所懷疑。也沒人能質疑她的命令，因為一個偷偷潛入領地的人，無論是誰，都很有可能不懷好意。或許——總是或許——如果加辛圖沒有戴著帽兜，在聽見「站住！」時沒有像賊一樣飛奔的話，他可能會被認出來，結局也就不一樣了。

但結局永遠都注定好了。

命令下達了。他戴著帽兜，沒人認出他，他們真的以為他是小偷，就這樣，他胸口中了一槍，死在藍色窗戶下。

結局有時就是如此不受控制，那一槍彷彿也打在瑪麗亞・芭芭拉的心上。

七個月後，她一直期待的孩子出生了。即使這樣也沒讓她的面容重煥光彩和快樂。

不到一年，她因肺炎去世，直到死前都沒原諒母親，也從未對她多說一個字。

日復一日，佳茜拉沉浸在悼念與痛苦中。她坐在陽臺上，久久凝望這片如今於她而言再次成為無比虛空的土地。她盡全力嘗試回憶瑪麗亞・芭芭拉和瑪利阿諾，這對漂亮的龍鳳胎出生時的快樂，還有那時達古貝爾托的喜悅，因為他認為雙胞胎象徵豐裕，而且他們終於有了一個女孩。他在龍鳳胎出生後的第一趟里約旅途中為女兒買下一臺鋼琴，那是一臺小巧的鋼琴，但十分堅固，琴音悅耳，非常適合初學者，就像店家告訴他的。他想等她再長大一點，小手指有足夠駕馭八十八個烏木象牙琴鍵的時候，就可以開始學習彈鋼琴。

達古貝爾托熱愛音樂擁有男中音的音度。他說自己的音樂天賦是從母親那兒得來的，而他將把這項天賦傳給所有孩子。佳茜拉的血液裡也流淌著音樂才能，但她對此一無所知，因為在她關於家族的記憶裡，只記得父母全名中的第一個名字。因此，她至少有三個孩子擁有音樂才華，也就不奇怪了。尤其是長子安托尼奧和瑪麗亞・芭芭拉，兩人都擁有絕對音準。

安托尼奧和父親一樣，有著男中音的嗓子，但他的音色更加深沉、美麗，夾雜著令人動容、難以轉圜的悲傷。他青春期時，一匹野馬的後踢，幾乎致他於死地，他昏迷數日，右耳完全失聰。或許是因為此缺陷，又或許是因為他無比溫順的性格，安托尼奧永遠是父母心中的一塊陰影。事故發生以前，他經常在二重唱中與父親一起展現歌喉，在意外之後，他幾乎成了一個啞巴。後來，左耳朝向鋼琴，坐著聽妹妹彈琴成為他的快樂源泉。聽琴的時刻，安托尼奧的臉總是異常柔軟地發亮，他會閉上雙眼，彷彿正做著輕盈的好夢。

看管鋼琴的正是安托尼奧，他對鋼琴的結構摸索了好一陣子，琴音變得極其純淨、準確。達古貝爾托去世時，沒人認為他的長子可以肩負起指揮農場的責任。他總是處於次要地位，搖搖欲墜，還缺乏行動力，使得他在農場事務中毫無一席之地。三十歲時，他與家中的佃戶瑪麗亞・安布羅西婭結婚了，她同他一樣羞怯。佳茜拉命人在靠近牧場的農場土地，為這對新婚夫妻蓋了一幢房子，讓他們住在裡面。瑪麗亞・芭芭拉去世後，安托尼奧就在那幢房子裡打和鋼琴相似的樂器。然而，由於缺乏合適的材料，他造出的樂器都發出十分陌生的聲音：有一些優美至極，另一些聽來令人心煩意亂。其中許多樂器今天都被收藏在戈亞斯州地理歷史研究院的古音樂博物館。

瑪麗亞・芭芭拉自學彈奏鋼琴。有時，一些會彈琴的旅行者路過，會教她認識這門樂器的特點，而她的夢想就是有一天能去維拉博阿[4]，或是去附屬國[5]巴西的首都認真學習鋼琴。哥哥費里西阿諾十六歲起就住在里約熱內盧，並投身貿易事業。他寫信鼓勵她，說自己在這兒看過許多鋼琴彈得很好的大家閨秀，但他認識的女孩裡沒人能與她相提並論。她和加辛圖本來計畫逃往里約，在那裡的哥哥一定會幫助他們。

她的另一位胞兄，雙生胎裡的瑪利阿諾，是她的密友，也是加辛圖的朋友，他曾向他們許諾會盡一切可能幫助他們。他們倆過世後，瑪利阿諾無法原諒母親，認為母親顯然犯下無法彌補的大錯，他離開農場，前去里約和哥哥同住。

農場只剩下朱斯蒂諾和佳茜拉，他是她最小的兒子，出生於達古貝爾托去世的兩年前。

佳茜拉努力回憶昔日的農場：瑪麗亞・芭芭拉彈奏鋼琴，安托尼奧坐在她身旁，閉著眼，做著夢，瑪利阿諾撐在鋼琴上，出神地傾聽。鋼琴上方有一副壁畫，是達古貝爾托特意從里約請來的年輕畫家所繪，畫的正是他們一家：她端坐中央，披掛藍絲綢頭紗，佩戴著雙色玉石墜子的金項鏈，懷裡抱著龍鳳胎；達古貝爾托站在她身後，一襲深色便服，姿態優雅，頭髮從中間分開，一隻胳膊支在椅背上，另一隻則放在安托尼奧和費里西阿諾的肩上，費里西阿諾跪在他身邊；兩個男孩都穿著節日衣裝。朱斯蒂諾那時還未出生。曾經明亮多彩的壁畫，如今彷彿蒙上了一片霧靄，永久地剝褪清淨與光輝。

佳茜拉記得兒子們孩童時期吵吵鬧鬧的歡快，也記得女兒愉悅的眼睛，自那天後再未看向她的雙眼。那天的記憶就像一個從未痊癒的永恆傷口撕扯著她——女兒眼中充滿淚水，對她說：「我恨妳，我永遠不會原諒妳。」她記得女兒房中的藍色窗戶，朝向一座茉莉涼亭，清甜撲鼻的花香總是溢滿整間房。加辛圖就是倒在那扇窗下。幾天後，瑪麗亞·芭芭拉再也受不了她親手種下的茉莉香氣。黃昏時分，正是花朵香味最濃郁的時刻，她走到涼亭，將花兒一朵朵連根拔起。就在同一天晚上，可能也不是，佳茜拉無法準確記起女兒跑到壯麗的叉葉樹腳——一棵種在家中院落的漿果樹——手指插進堅硬的樹皮，也想將它拔起來。佳茜拉不想看見女兒絕望透頂，令人憂慮的模樣，她情願自己代替加辛圖死去。瑪麗亞·芭芭拉不得不被拉出來，血跡覆滿雙手，深重的傷口再也沒能結痂，或者說再也沒有足夠的時間癒合。

4 指前文出現的戈亞斯省省會維拉博阿戈亞斯市。

5 自一七二〇年起，每一屆巴西總督都會使用「副國王」這個頭銜；曾經有巴西總督被賦予過這個頭銜，但這只是偶爾發生的情況。因此，某些作者稱呼這個時期的巴西為「附屬國巴西」。但是，總督頭銜的改變並未使巴西官方稱謂發生變化，當時官方仍稱呼巴西為「海外省巴西」。

佳茜拉還想起瑪利阿諾，他從小就一直待在妹妹身邊，兩人親密得像一個人。妹妹下葬那天，瑪利阿諾收拾行囊，騎上馬。看到佳茜拉像一尊不會說話的雕塑站在陽臺上，他走到她站著的地方，就在她內心深處期待聽到寬慰人心的道別之語時，他一動不動地盯著她，吐出一口唾沫。

回憶組成她今日生活的絕大部分。她知道，就算到了黃土灑上她棺材的那天，內心的痛楚都不會消失。她永遠無法抹除無可救藥的時間，但她可以阻止悲劇不再發生。阻止悲劇不再達彌阿娜身上發生——她是瑪麗亞・芭芭拉和加辛圖留給她的珍貴結晶，她曾用愚蠢的方式阻攔他們的結合。

現在，比起回憶達古貝爾托，外孫女成為佳茜拉活下去的理由。

國內的消息，儘管會延遲些，也總能傳到農場。路過的旅行者帶來其他省分的消息。除了帶回預訂的書籍，去往里約和巴伊亞的趕騾人也是重要的消息來源。後來，兒子費里西阿諾的長信將農場、首都以及首都的緊張新聞直接聯繫起來。

如此，佳茜拉得知某些規定，例如禁止在殖民地開辦工坊和工廠，以及徵收所有遲交的稅款。她也知道米納斯吉拉斯的人們激憤地在各處高談闊論，街道上、旅館裡，或是路旁的木棚。後來，她還得知這一切的結局，知道米納斯獨立戰爭[6]，以及他們是如何絞死其中一位領導人——少尉蒂拉登特斯，並逮捕了許多人，才結束整起事件的。她的兒子費里西阿諾，一個有著現代思想，關注大獨立相關討論的男人，在一封長信中向她描述起義者設計的旗幟，上面寫著幾句拉丁語，並且已經在國內某些地方流傳。

費里西亞諾寫及一七八九年發生在法國的事情，以及在里約的人們是如何談論著所有人都應該擁有自由、平等、博愛的權利，「這也是我們人民的權利，巴西人的權利，母親大人。」他還談到許多人甚至在公共廣場上發言，說法國人把國王和瑪麗・安東妮王后殺死做得很好。

佳茜拉仔細閱讀這些消息，但她認為這一切都和他們關係不大。她遠離一切，與國家其他地區隔絕，靠著土地與貨物生活，那些大問題到達她這兒時早已稀釋了。她和趕騾人的關係是祖輩傳承下來的，建立在經濟權力與傳統之上，而非暴力。說到那些奴隸，她相信他們對她的依賴遠多於她對他們的。如果沒有人像她一樣，提供他們吃穿，大家該如何活下去呢？

嚴格來說，她認為自己是所有人偉大的母親，一個為他們提供生存條件的母親，如果她懲罰他們，那也是來自母親的懲罰，是為了他們好的正當懲罰。在農場，她和達古貝爾托總管一樣，從不允許像別的地方那樣用暴力對待奴隸。當其他農場主鄰居警告他們當心奴隸逃跑的危險時，她回應，若

6米納斯獨立戰爭：發生於一七八九年的巴西米納斯吉拉斯地區，代表人物是蒂拉登特斯。這場戰爭的主要目的是反對葡萄牙王室對米納斯・吉拉斯的黃金礦產進行徵稅。最終，起義在同年被葡萄牙王室所派遣的軍隊鎮壓。

一個奴隸真的不想為他們工作，就算逃跑了，也不會有多大損失。

近十年後，陸續傳來巴伊亞起義、裁縫之亂[7]，以及饑荒導致的城市動亂的消息。人們談論著在復活節前夕，替薩爾瓦多大將軍運送大批肉類的奴隸如何被民眾襲擊。頭一次，她聽到的不再是葡萄牙獨立，而是宣布成立巴西共和國、結束奴隸制，以及推行自由貿易的消息。

當若昂六世[8]與他的母親——瘋狂的瑪麗亞一世女王——為了躲避拿破崙，率領王室遷至里約時，費里西阿諾的信件將占據整座城市的狂歡氛圍傳到農場，儘管隨王室而來的一萬五千個葡萄牙人導致國家人口激增，造成巨大的混亂。對費里西阿諾這樣一個販賣食品和小玩意的商人而言，這場混亂簡直有如神助。他事無巨細地描述國王正下令完成一系列驚人的工程，還有人民的生活變得如何之好，彷彿全城發生了一場美妙之事的地震。

費里西阿諾的長信絕口不提的只有一件事——瑪利阿諾。弟弟一抵達里約，費里西阿諾就寫信給佳茜拉說瑪利阿諾到了，將和他同住，但瑪利阿諾有個條件：永遠不要把他的消息告訴母親。他認為，就像瑪麗亞·芭芭拉一樣，對母親而言他已經死了。費里西阿諾告訴她，自己向弟弟保證過，所以這會是他第一次也是最後一次談起他。直到最後，他都遵守諾言。

隨著時間流逝，農場的財務自然也有所變化，儘管佳茜拉還是那套老話，嘴邊總掛著達古貝爾托總管的名字。然而，她自己並未意識到，這個不斷重複的名字彷彿成了她舌頭上一枚罕見的甜美子彈，它並非從外到裡，而是從內向外地磨損，其核心被最堅不可摧、最強大的存在——時間——所緩緩舔舐，讓一切煙消雲散，無法挽回，它在子彈核心的位置留下一層近乎空心的薄殼，上面刻著達古貝爾托的名字。佳茜拉並未意識到這一切，繼續任由自己的喜好和其他變化之風漸漸穿過她的土地。

由於她養牛的技巧與經驗愈來愈豐富，牛群開始成為重心，其次才是蔗糖廠、棉花田及種植園，它們仍然存在，但負責的奴隸、工人，甚至發展潛力都減少了。從內部看，人們或許注意不到這些變化，但從外頭看，相對於蔗糖廠和種植園主，佳茜拉更多是以該區最大的牛群飼養主的名號被熟知與討論的。白日將近，她帶著莫名的樂趣，從陽臺上俯瞰她的白色牛角之河湧入寬廣的畜圈。

與阿棱卡爾・安布羅西歐重逢

在那個遙遠、失落而模糊的早晨，迪歐古・安布羅西歐殺死了妻子，將佳茜拉留在下士熱祖伊

7即巴伊亞起義，因部分參與者從事裁縫業，故也被稱作「裁縫之亂」。這場起義發生在十八世紀末的巴伊亞地區，是一場群眾運動，其目的包括擁護獨立，推動種族平等，建立民主共和制政府，開放港口，自由通商等。這場運動的參與者多為底層工作者，如擦鞋匠、裁縫和奴隸，他們大部分都受到法國大革命和啟蒙思想的影響。

8 一八〇七年，法國入侵葡萄牙，時為攝政王的若昂六世（João VI, 1765-1826）率王室遷至巴西，一八一六年葡萄牙女王瑪麗亞一世去世後，即位為葡萄牙國王若昂六世。駐巴西期間，若昂六世推行改革，加強中央集權，發展對外貿易。一八一七年，若昂六世派軍隊扼殺珀南布科起義。一八二一年，若昂六世應葡萄牙議會要求，返回葡萄牙，其子葡萄牙王儲佩德羅駐守巴西。一八二五年，若昂六世根據里約熱內盧條約，承認巴西獨立。

諾的木屋門前，彼時，他九歲的兒子阿棱卡爾在爺爺的堅持下，剛剛動身前往里約熱內盧的耶穌會學院。後來，父親去看他，只跟他說母親死了，他應該忘了妹妹，因為以後再也見不到她了。那時男孩沒有什麼資格質問父親或是向他要求任何解釋，但直覺告訴他，妹妹還活著，而且他明白，等到他有能力時，會有辦法找到她的。

憑著母親的遺產、父親的錢，以及爺爺的人脈，二十歲出頭的阿棱卡爾・安布羅西歐加入了非奴貿易。金礦開採需要相當龐大的勞動力，奴隸這種「物件」的買賣成為那個時代令人暴富的生意。

來自里約熱內盧港口和巴伊亞的富商組織起利潤豐厚的商貿體系：輪船將菸草、甘蔗酒和其他巴西生產的貨物帶往非洲，並從那兒運回奴隸。未經葡萄牙許可，也沒有海軍護航的輪船很容易成為海盜與其他國家船隻的獵物。但航海帶來的利潤如此巨大，巴西最龐大的財富開始由此累積，甚至比金礦主的資產還多。安布羅西歐家族便是如此在短時間內成為里約最富裕的家族之一，而阿棱卡爾正是發家的老族長。

一八〇八年之後，英國開始向葡萄牙施壓，要求結束大西洋海域的奴隸貿易，直到一八五〇年，才真正禁止並永久結束黑奴貿易。在此期間，奴隸主菁英階層的財富已膨脹了好幾十年。阿棱卡爾・安布羅西歐的兒孫將祖父的輪船改造成真正的戰艦，能夠對抗海盜與英國海軍的攻擊。他們像爺爺早就在做的那樣，讓家族生意開枝散葉，成為咖啡種植園主、銀行家與船主。

這位老族長阿棱卡爾・安布羅西歐從未忘記妹妹。

他不想在父親活著的時候觸碰這道傷口，但父親去世後，他就開啟了漫長的尋找。他派一個雇員去調查佳茜拉・安托尼婭當年之事，但舊農場裡沒人知道那個遙遠且可怖的清晨，騎著快馬，後面載著三歲女兒的迪歐古・安布羅西歐到底去了哪兒。沒有人，甚至連女奴都沒聽見克拉拉・若阿奇娜臨死前說的厄運謊言。幾乎所有人都相信嫉妒得幾近癲狂的父親也殺害了自己的女兒，把她的屍體埋在森林裡。

於是阿棱卡爾派雇員繼續調查，去父親完全不讓他接近的外祖父家族尋找。然而，若澤・加爾西亞家族的後代從未聽說過安娜・德・帕杜阿女兒的兒子，更別說她的孫女了。

雇員兩手空空地回來，直到幾年後，阿棱卡爾才決定從另一個角度重新調查：他命雇員從舊農場出發，排查所有可以一日內來回的村莊。這是一次漫長的找尋，充滿錯誤的線索，但最終他們還是發現佳茜拉和誰度過童年，以及她的結婚對象。

自此，剩下的都只是時間的問題了。

一日下午，已經八十歲，但仍和腹地森林一樣強壯的阿棱卡爾宣稱他和一個兒子此刻正在妹妹的農場裡。

陽臺上，這位同樣年邁但仍強健的女士坐在吊床上接待她的客人。她七十四歲了，身邊是她的么兒朱斯蒂諾以及二十二歲的孫女達彌阿娜。

聽見這位髮鬚花白、莊重的先生告訴她的話，佳茜拉無法掩飾內心的顫抖，也不知道該如何看待這位從城裡來的人，他和她相當不同，有著大家長的風範。她的記憶中有父親快馬的聲音，有迪歐古・安布羅西歐和克拉拉・若阿奇娜的名字。有一間昏暗的房間、一片迷霧，再無其他。沒有什麼哥哥，沒有什麼親情，沒有充滿愛的記憶，沒有好的或糟的回憶。什麼都沒有。

而現在，在她自己房子的陽臺上，她的黑色大眼睛變得更加深沉，面對這些以她為靶心的關注和情感，她試圖在內心深處找到共鳴。

阿棱卡爾告訴她，她的父母是誰，還說從小他就發誓終有一天會與她重逢。但他無法解釋佳茜拉有興趣重返神祕過去的唯一動機，即是搞清楚為何自己慘遭遺棄，父親為何將如此弱小、顫抖的女兒留在完全陌生的人手中。阿棱卡爾對此一無所知，甚至不太清楚母親是怎麼死的，父親告訴他是自然死亡。然而，隨著時間流逝，他聽到一些微弱且模糊不清的流言：一樁因榮譽而犯的罪。但他不想調查，他對打探這個謎團不感興趣。他相信，過去的事已經過去了，那段歷史沒有可以改變的。

遺憾的是，他不知道，不僅那段歷史無從改變，其他亦然。

她還活著，安然無恙。往事早已隨風而逝。

是的，如果在這世上存在完全無法改變的事物，那麼比移動最巋然高山更不可能的，就是過往。

佳茜拉瞇起眼睛，突然覺得非常無助，和父親將她留在下士熱祖伊諾門前時的感受一樣，甚至比三十四年前丈夫去世時還要無助。佳茜拉在心中自問——幾乎一生從未如此——：「達古貝爾托，我該怎麼辦？這位先生到底想要什麼？」

不，到底是什麼鎖在她生命最初的三年裡，到底是什麼依然鎖在那密不透風的漆黑之中，佳茜拉不想知道。

她不願知道除了父親、母親和一部分的人生，她還失去了一個哥哥。她不願知道也不想去思考。她想要那位威嚴的白髮先生離開。她不想知道另一種可能，不想知道另一種從未有過、許久以前就結束的人生。七十年是一座無法修復的時間之山，跨越它是不可能的，永遠都不可能。她不想嘗試重溫從沒發生過的事，她不想回憶一件不可能的事。

她想要那位先生儘快離開，這樣對大家都好。

朱斯蒂諾和達彌阿娜完全理解佳茜拉的理由。此外，受費里西阿諾和瑪利阿諾的影響，這兩個年輕人都很厭惡黑奴船商販，這些人早在全國臭名昭著。尤其是達彌阿娜，她一直和瑪利阿諾保持密切通信，自詡為若澤・巴蒂斯塔的遺孀——這位博學的小夥子死於兩年前——他們都是激情澎湃的廢奴主義者。

他們不喜歡眼前這名親戚，也不喜歡他舉手投足流露的氣派，彷彿自己是世界的主宰。

阿棱卡爾和兒子留下寫有住址的名片後便悻悻離開了，他們對這枯燥的接待感到失望，對那堵冰冷的牆和不可能修復過去的事實感到挫敗。但他並非在願望面前退縮之人，更不消說，這個願望是他一生執著所在。阿棱卡爾離開時堅信，隨著時間過去，他是有可能戰勝妹妹及其子孫的冷淡，重繫他向來視為珍寶的血緣紐帶。

但對佳茜拉來說，這次重逢對她造成了難以痊癒的惡果，使她重溫了曾以為永遠深埋的痛苦。兄長的出現所激起的回憶過於洶湧，似乎耗盡了她的能量。更糟的是，這一切彷彿再次把她孤身遺留在那扇門前，過了這麼多年，過了整整一生，遭到遺棄的恐慌又漫上她的心頭。

我的上帝啊，七十年了，這些事永遠不會消失嗎？

哥哥的來訪讓她又一次聽見馬兒離開的蹄聲，那單調的馬蹄聲，在她腦中震耳欲聾，穿透漆黑的黎明。她蜷著身子，孤身驚醒。

就這樣，佳茜拉的力氣漸漸消耗殆盡。在那些驚懼的夜晚，她再次變回了在黑暗門前顫抖，眼睜睜看著父親離開的小女孩。

驚慌。

孤獨一人。

沒幾天後，在那個注定的早晨，女奴發現她冰冷僵硬地躺在雙人床上。在死亡空洞的寂靜中，她嘴角的肌肉完全鬆弛，身體朝向床的左側，那個永遠屬於她的達古貝爾托總管的位置。

達彌阿娜（一七八九—一八二二）

陰暗潮溼的小囚室裡，達彌阿娜呼吸著沉重的空氣，全身裹在腐爛的溼氣中，那氣味聞起來像疫病似令人作嘔，她的耳朵被木樁撞擊另一個洞穴的咚咚聲填滿。達彌阿娜自問道：為什麼？為什麼她的生活充滿了不幸？為什麼她沒有從一開始就意識到結局是不會改變的？早在她出生前，她的命運就伴隨著一系列悲劇展開，這當中有過停歇，一些短暫的快樂，但都只是暫時的，隨之而來的是更多的悲傷與痛苦。

她總是被愛著，這一點毋庸置疑。從童年起，外婆溺愛她、悉心照料她，始終避免讓她受到任何傷痛。舅舅們待她如一件小小的珍寶，所有人都盡力保護她，尤其是瑪利阿諾舅舅，他早已不僅是舅舅，而是她從未擁有過的父親。

但他們給她的愛和保護又能如何呢？

能阻止她那甚至尚未認識的父親被殺害嗎？

能阻止她那幾乎不認識的母親因悲痛的絕望，年紀輕輕就死去嗎？

能阻止她生命中的不幸嗎？

不。什麼也阻止不了。

在充滿疫病氣味的小囚室裡，達彌阿娜無法解釋也無法理解，到底是以何種方式，又是出於何種緣由，和她有關的一切似乎都是在巨大痛苦中結束的。

看看父親和母親。

看看若昂・巴蒂斯塔。

她認識他的時候還未滿十六歲。他是個博學的青年，教數學和文學，是瑪利阿諾舅舅的朋友。他來到農場，給她帶來一封信。除了那封信，還有他綁在腦後的長髮，深邃的黑眼睛，因自由的念頭、激情與期望而不斷沸騰的思想，以及青春洋溢的強烈情感。他應瑪利阿諾的請求，來農場消磨一段時間，瑪利阿諾想巨細無遺地瞭解外甥女的新消息。

達彌阿娜相信自己對他一見鍾情，也相信他第一眼就愛上她。他帶來不少新消息，口才流利，熱情澎湃，她有著好奇的靈魂，總是聚精會神地聆聽；他的行李裝滿書籍，內心活躍著知識，她滿懷學習和認識世界的願望；二十二歲的他兼具魅力與膽識，芳齡十六的她彷彿一朵沁人心脾的棕色野花。

若昂・巴蒂斯塔在農場受到最尊貴的接待，他在那兒逗留了整整兩個月。在碧空萬里的早晨或暮色燦爛的下午，他們一起沿田野騎馬，在灌木林間散步，在瀑布旁相依而坐，辨認水、樹葉、鳥和小動物的聲響。若昂・巴蒂斯塔從口袋掏出紙筆寫作。他寫的短文都是關於自由、平等和公正的。這些文章談論巴西、獨立和人權——所有生而為人者，包括奴隸，都擁有此權利。若昂・巴蒂斯塔讀法國人寫的書，翻譯啟蒙時代的文章，是一名廢奴主義者。在里約熱內盧，他和瑪利阿諾一起參加閱讀禁書、討論王室暴行的組織，還參加了飲酒奏樂的夜會，在瑪利阿諾這名澈底的波西米亞主義者的身邊，他歌唱、彈奏、譜曲，成為里約夜晚的一顆明星。

這名年輕人從未有過像達彌阿娜這般狂熱的聽眾。她心懷愛慕，對一切感興趣，她想理解，想知道更多。若昂・巴蒂斯塔向她求婚，內心歉疚的外婆佳茜拉平靜地為兩人獻上祝福。他們計畫在首都生活，那兒的生活似乎十分精彩，充滿機遇。他先出發去整理東西，等一切妥當後回來接她。

但是，兩個月後，回來的卻是瑪利阿諾。他陰鬱、憤懣且哀怨。他沒有踏進農場——他曾發誓只要母親還活著，便不再踏入此地。他派人叫達彌阿娜到隔壁村子，告訴她若昂・巴蒂斯塔在一場街頭鬥毆中死去。那是一場由賭博債務的口角引起的愚蠢鬥毆，純粹失去了理智，空氣中瀰漫著過剩的精力，粗魯且毫無方向。若昂的身體倒下了，與此同時，還沒來得及意識到這是多麼不體面的事，他的心臟就猛然停止了跳動。

達彌阿娜的人生又一次經歷死亡。

在農場裡，她翻閱若昂・巴蒂斯塔的信，努力直面自己的命運而不被擊倒。這份既來之，則安之的能力是她的存在方式。她不會把自己的過去變成一件包袱，她的天賦是將其變作一個鎖住的櫃子，其中永遠保存著她永恆閃亮的財富。她知道自己曾經被愛環繞是多麼幸運，她承擔起若昂・巴蒂斯塔的理想，試圖像他一樣寫作。如今她對現代思想的興趣彷彿成倍增加了。她請求在東部的瑪利阿諾舅舅為她寄來若昂・巴蒂斯塔讀過的書，告訴她首都發生的事，幫助她成為一個人生有意義的人。她的體內似乎有一座倒不了的活力源泉。

自從胞妹和加辛圖死後，瑪利阿諾總覺得自己對外甥女有責任：她是悲劇放到他手心的女兒。他一直計畫讓她脫離佳茜拉的影響，但他清楚不能只是簡單地派人去接她。他和長兄費里西阿諾都未婚——出於不同的原因，他們都選擇在首都過著單身漢的生活。如果他之前結婚了，或是如果費里西阿諾沒在那麼年輕時就和父親一樣死於心臟病，或許他們兩人還能在首都照料外甥女。但獨身的他放浪形骸，四處留情，認為自己不適合照顧一個年輕女孩。他遊歷四海，漂泊不定，想認識這個遼闊大國的各個地區，和各地的女人相愛，在運氣對他綻放笑容的地方駐留。

佳茜拉死後，瑪利阿諾重返農場，但他對鄉村生活毫無興趣。他認為那種生活對思想活躍的外甥女而言也是過分狹隘的，他開始執迷於帶她離開的計畫。對此，他認為唯一的辦法就是為達爾阿娜找到另一個新郎，一個能夠愛護她、讓她成為成熟已婚女性的朋友，帶著她一起前往里約。

因此，瑪利阿諾再次派了一個朋友去農場，伊納西歐・貝爾奇歐，出生在波爾圖的葡萄牙商人。奇怪的是，如此老練的城市人瑪利阿諾竟然就這樣被愚弄、欺騙了。再者，他不喜歡葡萄牙人，也深知外甥女的民族主義思想。

但人類就是這樣，在踉蹌、誤會和錯路中前行。伊納西歐是一個多話且諂媚的虛偽小人，擅長第一眼就知道如何討對方歡心。從一開始他就一再向瑪利阿諾表明，自己其實是一個誤打誤撞出生在葡萄牙的合法巴西人。他熱愛這片土地，打心眼認為這裡是自己的祖國，並且講出一切瑪利阿諾樂意聽的話。當他意識到這位朋友的來頭，知道佳茜拉夫人有權有勢的農場故事，以及她唯一的年輕外孫女就是廣袤土地的主要繼承人，他便更加熱情，因為那片遼闊壯美的土地能夠憑藉自身的威望和出眾的能力，賦予產權人在附屬國內舉足輕重的地位。這個葡萄牙人的祕密野心就是這片土地，也幾乎只有這片土地。

達彌阿娜好奇地迎接瑪利阿諾的朋友，頗感興趣但毫無熱情地接待陪同隊伍，可以說她是出於好意才表現友善，但沒有一絲曾經在若昂・巴蒂斯塔身上感受到的顫抖、焦灼和強烈的情意。她有一個幾乎人盡皆知的願望，就是去首都生活，目睹壯觀的大城市、廣交朋友、參加讀書會、瞭解戲劇，還有寫作。

很快他們就結婚了，達彌阿娜的嫁妝豐厚、慷慨——正是貝爾奇歐日思夜想的那片廣袤土地。根據他們詳細制定的協議，最小的舅舅朱斯蒂諾將繼續管理這對夫婦的土地，就像他正在做的那樣，畢竟伊納西歐之所以想要那些土地，是因為它們會賦予他威望，而不是因為嚮往必然會令他無聊透頂的農場生活。

二十六歲的達彌阿娜來到里約熱內盧。如她所想，她愛上了這座城市：車水馬龍，甚囂塵上，女人打扮得無可挑剔，社會風尚高雅，城市生活較死氣沉沉的農場是多麼不同。瑪利阿諾舅舅是她的嚮導兼導師，他把她介紹給這座城市以及他的朋友，帶她去戲院，欣賞卡洛塔・若阿金娜[1]命人從歐洲引進的歌劇。他的直覺是對的，達彌阿娜應該待在城市，而不是農場。在里約度過的第一年裡，她彷彿發現新世界，被深深迷住了，又綻放笑顏，待在舅舅身邊讓她相當快樂。

首都美麗而狂熱。港口常年開放，行人絡繹不絕，人聲鼎沸，海港總是停泊著數十艘輪船。貨物不斷送達、出發。里約遊客如織，外國科學家和藝術家前來見識在歐洲屢被談論的熱帶的奧妙。

在流水般的聚會上，人們愉快、優雅地接待彼此，享受活躍的社交生活。

達彌阿娜的朋友就是瑪利阿諾的朋友：年輕的巴西藝術家和學者，他們都嘗試思考國家的出路，

1 卡洛塔・若阿金娜（Carlota Joaquina, 1775-1830），葡萄牙國王若昂六世的妻子。

巴西開始被視作一個民族。達彌阿娜和貝爾奇歐的大房子裡，經常通宵舉辦關於文學、政治和音樂的聚會。他們朗讀詩歌、討論哲學，思考如何獲得資金以繼續維持一份報紙，該報紙為巴西獨立之必要性辯護，如同早先的《巴西郵報》，後者在倫敦刊印，然後走私回國，最後卻因資金匱乏而停辦。他們談論在雷西費發生的事情、巴西製造商和葡萄牙商販之間的衝突、主張脱離葡萄牙的獨立運動，以及開始爆發的抗爭。他們緊跟事件進展，聽消息傳來，一支共和黨隊伍在珀南布科建立時，他們振奮不已；得知若昂六世調遣全部軍隊前去鎮壓反抗時，他們又惴惴不安。當珀南布科的領導者像少尉蒂拉登特斯那樣在公共廣場上被絞死，並被極度殘忍地分屍，他們會戴上悼念袖章。他們還幫助派發一份反暴政的祕密宣言。

在這些聚會中，伊納西歐・貝爾奇歐維持了好一段時間的風度以及和藹可親，但他漸漸感到疲乏。更糟糕的是，他開始擔心，妻子與這些人的友誼會讓他想為王室工作的雄心壯志帶來負面影響。

達彌阿娜不知道事情到底從何時變糟糕的，不過，關於女兒姓名的爭論或許是她能清晰記起的第一件事。她在結婚之前就和未婚夫約定好，有孩子的話，如果是男孩就由他來選名字，如果是女孩就由她決定。知道自己懷孕後，達彌阿娜確信會是個女孩，她告訴丈夫要給女兒取名為阿蘇策娜・巴西利亞，這是花朵的名字[2]，巴西的名字，一個真正出生於這個國家的女兒的名字。這也是她之前和若昂・巴蒂斯塔選好的，他們本想生養許多孩子，第一個女兒就要叫這個名字。但她沒把這些告訴丈夫，並非她習慣隱瞞，這不是她的性格，而是因為她想要保密，她認為和老師的故事是只屬於她，不想和其他人分享。

伊納西歐沒有反駁這個不常見的名字，要麼是因為他不相信會是個女孩，要麼是出於諂媚虛偽的習慣，他假裝自己喜歡這個名字。每當達彌阿娜激動地用這個名字談起女兒，他都假裝微笑和贊同。因此，達彌阿娜生下孩子，確認是女孩後，他告訴她，女兒將叫作安托尼婭・卡洛塔，讓她大吃一驚。憤怒的達彌阿娜與他爭辯：他們之前說好了，由她來選擇女兒的名字，他這整整九個月從未反對過，他很清楚她不想要葡萄牙人的名字，他們的女兒出生在一個富足、年輕、壯麗的國家，應該有一個道地的巴西名字。貝爾奇歐第一次叫她閉嘴，對她怒吼，說在家做主的應該是他，因此女兒的名字必須是他選擇的。爭吵就這樣結束了。

此前，達彌阿娜相信他一講再講的故事——他完全是一個誤打誤撞出生在海外的合法巴西人。令她更憤怒的是，伊納西歐給女兒登記與洗禮都是用那個葡萄牙名字。可以說，他們的婚姻從這裡開始走向了破滅，事實也的確如此，但他們的衝突並未結束：女孩被母親及她的朋友稱作阿蘇策娜・巴西利亞，父親和他的朋友則叫她安托尼婭・卡洛塔。

---

2 阿蘇策娜（Açucena），在葡萄牙語裡是水仙花的意思。

達彌阿娜已經看清了，在丈夫奉承與魅力的面具下——為了討好對他有利之人的歡心——他的虛偽、卑鄙及不擇手段。她已經注意到他無法掩飾自己對瑪利阿諾和他的學者朋友的敵意，並且充滿怒氣、不耐煩地對待她。

實際上，伊納西歐早就決定暴露自己的真實想法了。他挑剔達彌阿娜，說她的生活完全不像是一個有家室的女人，他還譴責瑪利阿諾和他的朋友，批評他們就是一群享樂的波西米亞主義者。他不贊同在房子裡口口相傳的思想，他覺得過於革命、過於獨立，畢竟一個充滿混血人種的國家應該走得更冷靜些，應該參照文化更為高尚的國家。他再也無法忍受達彌阿娜對文學的興趣了，他認為那只是富家千金一時興起罷了。如果說他一開始裝裝樣子閱讀並讚美妻子的詩和文章，現在，他讀它們僅僅是為了鍛煉譏諷能力。

只有在妻子和妻舅家族地產的象徵性威望面前，身為底層商販的他才會感到害怕，收斂攻擊性。然而，隨著他慢慢擴大自己的重要人物交際圈，變得越來越自大，彷彿他終於可以在心理層面，將熱烈渴求的名望移植到自己身上，他一天比一天更自詡為家族地產真正的主人，因為，如果達彌阿娜是他的妻子，那麼他，無論從法律還是事實上來講，就是合法產權人，是主人，是一個地位重要的人。

他如今的目標是從國王手中取得男爵頭銜，一頂標誌著影響力和權力的桂冠。繁榮商貿所帶來的財富和大地主的地位幫助他打開大門，結識了願意贊助他的有影響力的貴族，並為貴族提供各種恩惠，以吸引國王的注意。

瘋狂女王瑪麗亞一世去世後，他收到了國王若昂六世登基儀式的邀請函，他的重要性終於被認可了。他覺得自己所向披靡。莊嚴的彌撒結束後，國王伴著奢華的皇家遊行隊伍，走到矗立在里約熱內盧皇宮[3]廣場、為迎接盛大慶典而建的凱旋門。成為這支隊伍中的一員，是唐・伊納西歐・貝爾奇歐[4]內心世界的一個里程碑：從那時起，他認為自己比妻子更強大，終於能對她頤指氣使。

他的魯莽沒有盡頭。如今，達彌阿娜被叫作輕浮的女人與沙龍夫人。她的朋友則是一群無恥之徒。她的詩歌和文章十分幼稚。她的行為放蕩不羈。

達彌阿娜沒有低頭。她不低頭，她不是這樣成長的。她總是自由自在，是自己的主人，永遠都是。一開始，她對丈夫的改變感到驚訝，很快她就決定離開他，只和女兒一起生活。瑪利阿諾正在旅行，因此她決定寫信給他，因為沒有人比舅舅更能幫助她決定如何邁出下一步。

但是，正如這種情況可能發生的那樣，事情變得一發不可收拾。一天夜裡，伊納西歐回家後發現

3 里約熱內盧皇宮位於巴西里約熱內盧市中心，建於十八世紀，為巴西殖民地總督官邸。從一八〇八年起，被用來作為若昂六世的皇室住所。
4 唐（Dom）是貴族頭銜，可對應各種封建貴族等級，上至國王下至爵位不等。

妻子正和朋友會面，他幾乎是把他們趕出了家門。他在臥室裡等著達彌阿娜，盛怒之下，甩了她一巴掌。她淚眼盈眶，斷然宣布要立刻和他離婚。

這便是她犯下的悲劇性錯誤：讓丈夫清楚知道她的意圖。你們可別驚訝，當時巴西可以離婚，特別是由女性提出的。儘管天主教認為婚姻是永不分離的連結，但教區宗教法院可以判定離婚和廢婚，由民事法庭判定離婚雙方如何分配財產。當丈夫認為這是醜聞而害怕，或是因不想分割夫妻財產而不接受離婚時，就會出現大麻煩。恰恰是貝爾奇歐的情況。

對他而言，離婚代表他最恐懼的事：失去一部分財產，以及失去男爵頭銜的風險。他從未想過妻子會想要離婚。這是威脅，而且是他永遠不會承認的恥辱，這會給他帶來滅頂之災，扼殺所有冒出頭的機遇。

一夜無眠後，他決定迅速行動。必須趁瑪利阿諾不在城裡的時候趕緊行動。他找到一位密友，里約熱內盧警局局長，檢舉達彌阿娜，譴責她為一個放蕩、不信教、揮霍無度、為社會所不恥的女人。他，一個尊貴的臣子，一個由基督騎士團授勛的商人，戈亞斯省的地主，不知道該做什麼才能保全家庭和女兒的榮譽。他譴責她是名危險分子，威脅他的生命，還企圖離婚，這一切於他和他的小女兒而言都是糟糕透頂的恥辱。他本不願意將此公諸於世，但他想要懲罰這個在家中組織共和黨政治聚會的蕩婦，在他的家中、在一個享國王盛榮的忠臣家中。

為了達到目的，他還找來大主教及其他有權有勢的朋友一起檢舉。達彌阿娜和瑪利阿諾的朋友多來自藝術界，沒有太多政治和宗教上的話語權，伊納西歐正是考慮到這點才行動的。他還動用自己的友誼與金錢，好讓所有人相信他備受恥辱、絕望透頂，在更慘的悲劇發生以前，迫切需要採取行動。沒遇見巨大困難，也沒拖延太久，他便取得妻子惡劣行為的偽證。警局局長、大主教和教長都認為站在他那邊是有利的，必須儘快採取措施。

達彌阿娜對丈夫這操縱毫不知情，她震驚至極。在她向丈夫天真地宣布離婚的爭執之夜，女兒忽然發起高燒。她連續幾天幾夜都待在床邊，無法處理自己的事，遑論與朋友交談。面對即將發生的事，她一點準備都沒有。當丈夫請她和他一起去扶助修道院與院長談話時，她甚至完全沒意識到丈夫設下的陷阱。伊納西歐一直堅持，幾近哀求，他發誓這是最後一次嘗試理解，她應該給他機會。他說女奴會守在女兒床頭，她已經好多了，燒也退了。

經過數晚的監護，達彌阿娜精疲力竭，也不想繼續爭吵，認為去一趟也無妨。

到達修道院後，她被領著穿過許多條陰暗的走廊，他們請她進入一間小小的囚室，在她背後關上門並鎖住。她很訝異。起初，她不明白發生了什麼。幾秒後，她想起女院長在修道院接待她時的古怪行徑。

一滴冷汗從她的脊背滑過。

但她不驚慌，為什麼要驚慌呢？她應丈夫的請求前來拜訪，整個過程的確很詭異，但有時候事情就是如此奇怪，女院長很快就會出現的，她會解釋的。

她漸漸才明白過來。一開始，一個想法慢慢浮現，但她很快就將它從腦海中驅逐，她對自己說：「妳傻了嗎？幹嘛要想這種蠢事？伊納西歐和院長馬上就會來了。」然而，隨著時間過去，那個冒出頭的想法在她腦中停留得越來越久，當她確信已經過了一段漫長的時間後，恐慌突然攫住她。她放聲尖叫。她驚恐的叫聲在空蕩蕩的長廊上迴響。沒有任何回應。

死寂。死寂。死寂。

達彌阿娜不知道自己喊了多久，也不知道自己在這一無所知的深深恐懼中度過了多久。從高處小窗照射進來的半透明光線開始變換色調，散發出深黃色的光，緊接著又變成暗橙色，這時她聽見遠處傳來鐵鎖打開的聲音，她等待著，更用力地大喊：「救命，有沒有人？」但沒有任何聲音回應。牆壁高聳的走廊只有壓抑的腳步聲迴蕩，這時，實木大門的窗口打開了，一只粗糙的托盤送了進來，上面放著一杯水、一塊麵包、一碗湯。

達彌阿娜沒有停止尖叫。

她的聲音彷彿源源不斷流淌出絕望、恐懼和質詢。

更晚些時，黑暗開始占據這間小囚室，她又一次聽見走廊深處打開鐵鎖的響聲，步伐聲再次靠近。小門打開了，出現在狹窄縫隙的是大主教洞穴般的嘴。他獨自出現，向她解釋目前的情況。

應丈夫的要求及民事和宗教組織一致的決定，她要在這裡懺悔放蕩的生活與墮落不潔的行為。她需要靜修多長時間主要取決於她自己、她的懺悔和良好行為。他希望能為她祈福，讓她重回家庭，享受寧靜生活，只要她依照教會與社會的規範，接受自己作為妻子和母親的角色及命運。

只要她接受自己的處境，停止尖叫，承諾將在修道院安靜地度過靜修與反思——這也是所有人期望她可以儘快做到的——那麼她就會被送去一個更大的囚室，有其他靜修者作陪。

然而，達彌阿娜永遠不會接受，也永遠不會停止尖叫。當她太過虛弱時，叫聲會變得沙啞、斷續，但仍能在長廊上聽見。她從未有過一次，哪怕那麼一瞬間，屈服並接受修道院的生活：她從不放棄任何一個逃跑的機會，無論多麼無用，多麼渺茫。

啊，達彌阿娜！

為什麼？

面對突如其來的打擊與難以容忍的損失時，人們會抱著理解不可理解之事的絕望企圖，無數次地嘗試回憶悲劇來臨前的時光，以及將他們帶到此境地的每一步。之所以這樣做，並非出於不理性的希望，認為自己可以改變現狀，也非出於自我折磨，想要為自己做過或沒做的事付出代價，彷彿最終自己和折磨自己的人一樣負有責任。都不是，而是出於純粹的人性需求，想要弄清楚發生了什麼以及為什麼、他們身處何處以及為何在那裡。出於壓倒一切的渴望，想要發現一條線索，無論多麼細微都好，藉以支撐下去，在不可理解、不可接受和瘋狂的底線上方漂浮。因為，如果這條線不存在，那麼剩下的只有吞沒一切的殘酷與恐懼。

達彌阿娜無數次重溫在家的最後那幾天。伊納西歐・貝爾奇歐令人厭惡的臉不斷侵占她的腦海，他說著相同的話，重複相同的姿勢。她看見自己也在重複一樣的姿勢和話語。數不清，一次又一次。她不停地尋找能讓她在這一切的上方漂渡而過，能夠拯救她的那條線。

後來她被轉去一間稍大的囚室，至少窗戶更大，視野也更開闊。但牆壁都很高，門都很堅實，鎖都很牢固。她嘗試逃跑都是笨拙無果的，只讓監視她的人更加憤怒，讓她的禁錮更難以忍受。潮溼沉重的空氣總是讓她無法呼吸，幾乎快要暈厥。她再次尖叫、哭泣、威脅。她絕食多天，瘦成皮包骨，虛弱無比，神志不清。

她求他們給她紙和筆。她給舅舅和朋友寫信，但不久她就發現信都沒被寄出。於是，她唯一的出路就是將她的信件、詩歌和訴狀從修道院的窗口扔出去。她寫啊，寫啊，將紙頁扔進風中。有時這些紙上寫得密密麻麻，有時被對折起來，但基本上都是沒有地址的，記錄著一些訊息、宣洩的情緒、隱祕的傾訴，紙頁散在風中，隨風飄去。

由於她一直無法爬得夠高去看外頭，所以不知道自己的小窗不是對著街道，而是對著一片灌叢。她的筆記就跌落在那裡，消失在落葉之間。樹葉中多出一片發白的樹葉，葉脈是用鉛筆勾勒的，因此和其他樹葉相比，有些不同，顯得荒涼且不祥，卻和其他樹葉一樣，失落在無數片之間，和它們一樣，無人伸手撿拾。紙頁日復一日地疊積，成了一座難以想像的孤獨之丘，在雨水侵蝕下陷入汙泥。

她給女兒阿蘇策娜寫了許多封長信。十分悲傷，邏輯有些混亂，全是對荒謬現狀的蒼白思考。有時很幸運，她能沉浸在過去之中，在信裡對女兒描述自己久遠生活的回憶：廣大的農場、牛群、叉葉樹、寬闊的陽臺，外婆佳茜拉坐在那裡準備濯足。如果可以，她還會沉浸在剛來到這座城市的那段時間，那時她充滿想像，以為這座城市將會是她的，她將那段歲月執筆寫下。但是，當他們想要懲罰她的行為時，便把她轉到另一間囚室，那是修道院最差、最恐怖的囚室，裡面的小窗不對著灌叢，而是對著一片埋葬印地安人和奴隸的小墓地。

對她來說，那是地獄中的地獄。

那時，教堂仍可以埋葬死者，這一點直到獨立後才得以改變。獨立後，現代衛生觀念有足夠的影響力，促使法律規定墓地必須建在城市周邊，遵守基本的衛生準則。然而在當時，死者仍埋葬於生前常去的教區教堂，他們生前也曾在那兒踏踩過其他死者。瘋狂女王瑪麗亞一世正是埋葬在這間扶助修道院裡。

但那些不屬任何教區的死者、被雇主拋棄在暗巷的奴隸、黑奴船泊岸前就死於隔離期的非洲人，還有混血印地安人——他們沒有任何宗教儀式，胡亂地埋葬在某個隨意的地方，比如修道院深處的灌叢。那些既沒有棺材也沒有白布遮蓋的屍體，被扔在幾乎沒有深度的坑穴裡，上方擲下一小抔鬆土。如果死者的某個部位暴露在外，他們就會用粗重的木棍咚咚咚地撞擊他，用力地將他搗回塵土。

在淺淺的坑穴裡，腐爛的屍體發出有害的惡臭，帶著疾病，順著修道院的小窗飄入。嗅覺最終會習慣，並對疫病的氣味痲痺。但這氣味仍在蔓延，像厚重的陰雲般，籠罩在囚室的空氣中，帶來噁心、頭痛和噩夢。

漆黑的夜裡則更糟。達彌阿娜聚集所有的力量與意志，試圖讓自己的思緒至少能遠離這裡。當她幸運地讓思緒拋下令人窒息的黑暗囚室時，她會看見燈火通明的城市，每一條街道都燃燒著蠟燭和煤氣燈，連最窮的房子也是。她看見每一扇開啟的門窗都亮著燈，看見道路上花團錦簇，石頭間覆滿沁人心脾的草葉、迷迭香、洋甘菊和羅勒。一位公主正從港口而來，她剛抵達巴西，是奧地利皇帝的女兒，深愛藝術與自然科學，是佩德羅一世[5]的妻子——卡羅利娜・若澤夫婭・利奧波汀・馮・哈布斯堡。公主的腳下是為了讓她踩踏而種植的草葉，在一盞金黃華蓋下，她踏著草葉，頷首微笑。公主對巴西痴迷不已，第一眼就認定這是一個宏偉的國家，其偉大足以讓它獨立。她穿著高跟靴踏過草葉，這時，一股甜膩的氣味從她的腳邊環繞攀升，是一種刺鼻、令人窒息的甜味，她開始無法呼吸，公主就要暈厥過去，她快要在熱帶的高溫中暈倒，與此同時，歡慶的鈴鐺、禮炮和煙火齊鳴，在這些火炮聲中，傳來一道最響亮的、越來越吵的雜音——達彌阿娜驚恐地辨認出這個聲音，那是木樁撞擊坑穴裡的屍體所發出的咚咚聲——此刻，她眼前的一切都變了：剛剛下葬的屍體從土中坐了起來，伴隨著木樁撞擊的節奏，這些僵屍緩緩穿過牆壁。

她睜開眼，再次感到恐懼和窒息。

又一個陷入無眠和澈底絕望的夜晚。

你們別以為達彌阿娜是第一個或唯一一個被囚禁在修道院的妻子。那個時代，當丈夫為了避免分割財產而不想和妻子離婚，但又沒有足夠的勇氣殺了她，或者可以這麼說，當丈夫只是想要給妻子一

5佩德羅一世（Pedro I, 1798-1834），若昂六世的次子，在若昂六世返回葡萄牙後，葡萄牙王儲佩德羅留在巴西。一八二一年十二月，葡萄牙議會以完成政治教育為由，敦促佩德羅回國，並規定巴西各省直接受里斯本管轄。在巴西獨立派的推動下，佩德羅拒絕葡議會的命令，建立以若澤・博尼法西奧・德・安德拉達（José Bonifacio de Andrada e Silva, 1763-1838）為首的新政府，並於一八二二年五月自立為「巴西永久的保護者」。葡議會因此廢黜其巴西總督的職務。一八二二年九月七日，剛到達聖保羅的佩德羅獲悉此決議，於是在伊匹蘭加河畔拔劍宣誓「不獨立，毋寧死！」（Independência ou Morte !），史稱「伊匹蘭加呼聲」，正式宣布巴西獨立。當天他創作了〈獨立頌〉，並親自在當晚聖保羅的愛國集會上演唱，由合唱隊伴唱，這首歌成為巴西的第一首國歌。十月十二日佩德羅自稱巴西皇帝佩德羅一世，並於十二月一日舉行加冕儀式。

個教訓的時候，便常用這種方法擺脫妻子。

§

起初，沒人知道達彌阿娜在哪裡。

只有貝爾奇歐來修道院零星探望過她幾回，但她拒絕和他對話。她期待他會把女兒帶來才與他見面，但從不聽他講話。在她靜修的兩年內，為了避免讓女院長不悅——這位女院長堅持認為這麼做會幫助達彌阿娜改過自新——他只帶阿蘇策娜來探望母親兩次。

貝爾奇歐對所有人宣稱，達彌阿娜正在接受神經治療，醫生建議她靜養，不准外人探望。他對朋友說她目前正在戈亞斯的農場，而他向戈亞斯的舅舅發去的都是假消息。

瑪利阿諾早已動身前往南方進行漫長的旅行。許久前他就想完成這次旅行，這是他久遠的心願——瞭解那些據說幾乎可以組成另一個國度的省分。隨行的是一隊藝術愛好者和三個音樂家，所有人都和他一樣家境優渥。其中一人來自經營醃肉業的里約家族，是一名男高音，在潘帕斯草原有眾多熟人，是隊伍的嚮導，他稱這次旅行為「壯遊」。瑪利阿諾是當中年紀最大、最具波西米亞風格，也是最慷慨的。他捲入的軼事頗多，包括一件讓人十分困惑的事：當時他愛上了來自亞述群島的鄉村女孩，甚至為了她性情大變好長一段時間，直到兩年多他才返回首都。

他覺得非常奇怪，寄給達彌阿娜的信都沒有回信。於是他直接寫信給伊納西歐・貝爾奇歐，詢問外甥女的消息，但他收到的是一封彬彬有禮卻十分冷淡的回覆，信中說所有人都很好，多虧上天保佑，達彌阿娜正從一場神經治療中康復，所以她無法寫信給他，但請他別擔心，因為醫生們都保證她的情況一點也不嚴重，貝爾奇歐也無微不至地照顧她。戈亞斯的兄弟們給瑪利阿諾寄去的消息也是一樣的：伊納西歐此前寫信給他們，稱達彌阿娜正在接受神經治療，但他保證，她在最好的宮廷醫生手中，恢復得相當不錯。

這場治療持續太久了，瑪利阿諾開始為此心神不寧，而決定回去。他對亞述女孩的熱情已經冷卻，頭腦恢復正常理智，他決定拋棄「南方征服者」的生活。抵達里約當天，他就去達彌阿娜的家。起初，迎接他的是伊納西歐的支吾與藉口。他費了些時間才找到令人震驚的真相。直到瑪利阿諾認為有必要找安布羅西歐家族的堂兄們來施壓，並威脅要砸破修道院所有的門，他才終於得到探望達彌阿娜的許可。

但，為時已晚。

他找到她時，她身心受創，某種東西——可能是肺結核，可能是另一種疫病高燒——讓她的身體和肺燒得滾燙。

瑪利阿諾很難完全明白究竟發生了什麼。達彌阿娜無法連貫地向他解釋自己這些年被囚禁的情況。她彷彿混淆了事實，說的都是他無法理解的荒誕之事。受到驚嚇的瑪利阿諾心中生疑：外甥女是如此強大、無所畏懼且自信，到底發生了什麼？她為何變得如此衰弱？她的身子像一塊褪色的舊布，輕如羽毛，他可以背起她，像背著一塊小小的、癱軟的枕頭。他的確這麼做了。他把她抬起來，抱在臂彎中，迅速將她帶離那個地方。過了這麼多年，發生了這麼多事，現在無論是女院長、她的侍女，還是任何人，都不敢阻擋他果斷的步伐，遑論質問他要做什麼。不知怎麼地，她們感到如釋重負，終於有人為這個女人負責了——她只會給她們帶來麻煩，而且每天都更加病弱。她們高興地給達彌阿娜的丈夫發送一條緊急通知。

瑪利阿諾把她帶到自己的單身漢公寓。

在舅舅家的客廳裡，擺著一張畫家張伯倫[6]為她所作的水彩畫，他曾是她舊家及聚會的客人。瑪利阿諾久久凝視那幅畫，畫中的達彌阿娜容光煥發，蒲桃般的褐色皮膚，稍顯豐滿的雙唇，較普通人高的身形，盤在腦後的頭髮，她的活力彷彿要從水彩畫的清淡顏色中漫溢出來。她的身體、眼睛盈滿笑意，發自內心地微笑。

瑪利阿諾無法原諒自己。

修道院裡有損健康的空氣、拒絕進食，令人難以理解、混亂且激憤的痛苦⋯⋯即便像她這樣堅強的人而言，都是不堪負荷的。但最關鍵、最具決定性的是，她收不到任何人的消息，完全被孤立了。

瑪利阿諾確信，如果一開始他能給她寫信、和她說話，她或許能夠克服貝爾奇歐的迫害。瑪利阿諾無法原諒自己，無法接受自己在視作親生女兒的人最無助的時刻缺席。

貝爾奇歐趕到瑪利阿諾的家，緊張、害怕，裝出憂心忡忡的樣子。當他發現達彌阿娜虛弱無比、神志不清，無法揭穿他的謊言時，感到如釋重負。成為鰥夫與妻子全部財產的唯一繼承人的時刻提前來臨了。他牽著阿蘇策娜，這個小女孩睜著大大的眼睛，實際上，她幾乎不認識母親了。

他試圖向瑪利阿諾解釋，一口咬定達彌阿娜患了神經疾病，她會攻擊人，造成所有人的危險，尤其是她自己與女兒安托尼婭・卡洛塔，有一天她……不，他不想回憶。伊納西歐・貝爾奇歐恬不知恥，毫無悔意地撒謊：她病了，不知道自己在做什麼，控制不了自己。他認為自己不得不那樣做，都是為了妻子，因為所有人都這麼建議，從大主教到教長再到她的醫生。

「貝爾奇歐，那個醫生是誰？給我他的地址。」

「不，不可能，他不在里約了，他和若昂六世回里斯本，他是皇家醫生，是裡頭最好的醫生。」

瑪利阿諾無法解釋原因，但他不相信伊納西歐說的每一個字。達彌阿娜拒見丈夫時驚恐的眼睛證實了他的懷疑。他不知道該怎麼做才能修復占據他心頭的歉疚和痛苦。

6 亨利・張伯倫（Henry Chamberlain, 1796-1843），英國畫家，十九世紀曾遊歷巴西，留下多張繪有巴西城市風情的作品。

這座城市比以往任何時候都要喧囂。為了解決葡萄牙的事務，若昂六世啟程返回里斯本，攝政王子唐・佩德羅留在巴西。但緊張的氣氛仍在，來自里斯本的誡令與巴西利益之間的衝突也在。到處都在談論是否直接宣布獨立。宣言層出不窮，人們占領廣場，騷亂不斷發生。流言四起。事態愈發緊迫。整座城市陷入了亢奮。

巴西宣布獨立的兩天後，達彌阿娜去世了。

§

煤氣燈全點亮了，整座城燈火通明，歡慶的浪潮接連不斷。火炮隆隆，鐘聲奏響，人們在廣場演講、跳舞，街道迴蕩陣陣樂聲。所有人在手臂或衣服上綁著綠黃相間的絲帶，那是自由巴西的顏色。

達彌阿娜的葬禮很簡單。只有一些朋友出席。伊納西歐・貝爾奇歐也來了，牽著安托尼婭・卡洛塔。朱斯蒂諾舅舅幾天前從農場趕來，為了看外甥女最後一眼。

城裡四處洋溢集體狂熱的喜悅，沒有餘地留給悲傷和個人故事。

從墓園返家後，瑪利阿諾徑直走到房間櫃子前，取出兩把手槍。彷彿世上無人比他更冷靜，他給手槍上膛，拿著手槍穿過城市的街道，走向伊納西歐・貝爾奇歐的房子。

他非常冷靜。
他非常清楚自己在做什麼。

墮落的
現代性

IV

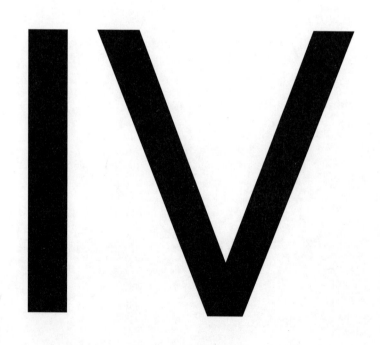

阿蘇策娜・巴西利亞／安托尼婭・卡洛塔（一八一六—一九〇六）

比起她那兩個聽起來非但不奇怪反而很優美的名字，阿蘇策娜更引人注意的是她含笑的眼睛、彷彿要從圓潤黝黑的臉蛋上溢出的微笑，以及她的雙手，尤其是那雙觸感溫熱的手，傳遞出吸引人的生命力與強烈的力量。這是一雙愛撫的手，所經之處無不留下平靜與和諧，這並非是按摩的效果——的確不是——但似乎也可以舒緩身心。

她用這雙手做出來的蜜餞，無論是誰品嚐，幾乎都得同樣的讚美，彷彿看到了別人的說詞。他們享受地閉上眼，一邊從嘴角伸出舌頭，一邊努力偽裝自己難以克制的慾望，偷偷在嘴邊捕捉到一丁點殘留的味道，然後深深地、愉悅地呼出一口氣，真心地說出大同小異的評價：「嗯……，上帝保佑，這是我這輩子吃過最棒的甜點了。」

她還會用鳥的羽毛做各色各樣精緻的花朵，綠色、藍色、紅色，看起來相當逼真，以至於常常被弄壞，因為有些過分細心的女奴會將它們插在盛水的花瓶裡，彷彿為了保持新鮮柔嫩，它們和真花一樣也需要得到相應的照料。它們是阿蘇策娜送給訪客和友人的禮物。她不知道的是，很多人最後都轉賣這些花朵；如果她知道了，會覺得很有趣。

阿蘇策娜身材矮小、體態豐滿，天生愛打扮，無論在哪兒，整日都穿著鮮豔的衣裙，戴著滿滿的耳環、項鍊、手鐲和戒指。她所到之處充滿聲響，笑聲、綢布的窸窣聲、珠寶的叮噹聲。她最愛吃自己做的蜜餞，經常能看見一小撮細細的白冰糖正在她咧開笑著的嘴邊融化。阿蘇策娜還是個孩子的時候，這就是她的形象，成為女人後依然如此。她精力充沛，容光煥發，十分吸引人，彷彿一泓晶瑩剔透的泉水，充滿歡樂和熱情。

但我們都知道，她的生活起初相當艱難。父親性格惡劣，不但是個利己主義者，還是個罪犯。而母親，她甚至不能說自己瞭解母親。她有兩個名字，不對，是四個。你們想想看，不管她是誰，四個名字都可以輕易地掩埋她這個本體。

幸運的是，她的生活也有輕鬆的一面：慷慨開明的舅公讓她完全自由自在地成長，而且和伊納西歐・貝爾奇歐相比，舅公是一個更好的父親，這點她毫不懷疑。他教她讀書、寫字，從她自己輕盈的視角去認識事物，這也是她所繼承的天賦——總能看到生活中積極面的能力，必要時她還能將生活翻轉過來，以其破爛底子取樂。

瑪利阿諾直到臨死前，才問阿蘇策娜——她那時已是兩個孩子的母親了——他是否曾告訴她，自己是如何殺死她父親的。

她說，沒有。

於是他告訴她。當時首都街道上到處都在慶祝獨立，沒人注意到他的手中握著兩把槍。抵達伊納西歐・貝爾奇歐家門口前，他甚至碰見自己的朋友，所有人都興奮難耐，擁抱他，堅持邀請他參加熱烈的慶祝派對，但沒有人留意到他手中的兩把槍，沒人談到他死去的外甥女，沒人問他在這歡慶時刻要去哪裡。

他講起自己如何在那歷史性的夜晚敲開伊納西歐的家門。當時伊納西歐正在接待朋友，都是葡萄牙的大商人，對這裡的一切都很激動，並確信政府裡的王儲對他們構不成威脅，相反地，他們的生意會隨著這嶄新的情勢變得更加興隆。在場的還有一些貴族朋友，他們也因唐・佩德羅的貴族血統而感到安心，所有人都在喝香檳，慶祝新時代。這時，瑪利阿諾敲門，伊納西歐・貝爾奇歐親自去應門，因為大部分奴隸都在街上，他們也在慶祝。

當他看見瑪利阿諾時，嚇了一跳。而當瑪利阿諾遞給他一支手槍，平靜地請他走到街上，說自己想殺了他時，他簡直嚇壞了。但瑪利阿諾不會讓伊納西歐像隻老鼠般死去，他將給他像人一樣死去的權利，雖然他活著的時候從來不是。

瑪利阿諾告訴阿蘇策娜，他那時感到前所未有的平靜。他確定那是他最冷血的一天，也是他一生中最冷靜的時刻。

受到驚嚇的伊納西歐在朋友面前甚至沒時間想出其他辦法。瑪利阿諾的威望和榮譽就落在門檻上，他非常冷靜、優雅地宣講出那些話，讓所有人都聽到。眾目睽睽之下，伊納西歐在自己的家門口，無法臨陣脫逃，雖然他全身上下都在抗拒。

「在門前那條街上的對決對我來說發生得很快，也沒什麼感覺。」瑪利阿諾說，「我不費吹灰之力，甚至不帶任何感情地擊中妳父親。就像我告訴妳的，那是我一生中最冷靜的時刻。我的槍法向來精準，而我知道，這是伊納西歐唯一像一個人般死去的機會。要從我的槍法下逃脫，是不可能的。」

然後，他繼續說，當時他保持冷靜，走進金碧輝煌的房子，找到還是小女孩的阿蘇策娜的房間，將她從床上抱起來，把她抱在自己懷中離開。他決定要給予她一切，為了她，做自己無法為妹妹和外甥女所做的一切。

「你做到了，舅公。」她握緊他的手，對他說：「你做到了。」

城市沉浸在歡慶的混亂，瑪利阿諾知道自己為時無多，因為等伊納西歐的朋友從驚詫中回過神，勢必會派人逮捕他。實際上，他早已做好逃跑的準備，他要去一個不會被找到的地方，能讓他停留得足夠久的農場。那就是赫赫有名的安布羅西歐堂兄名下的一座農場（此時，躺在病床上的瑪利阿諾和外甥孫女笑了起來）。

赫赫有名的安布羅西歐堂兄。

他們提到那些堂兄時經常這樣開玩笑。他們家是絕對無法容忍那一邊家族的。可以瞧見的是，安布羅西歐家族付出了許多，他們在力所能及的事情上幫忙，幾乎從監獄裡把瑪利阿諾撈了出來，承擔一切事務，以便安托尼婭・卡洛塔能收回應得的遺產。那個家族用這個名字稱呼她，不僅因為這是她受洗和錄檔的名字，而且他們認為這個名字比怪異的「阿蘇策娜・巴西利亞」更高貴、合宜。他們繼續為她管理父親的生意，還提供給他們兩人一座農場生活，直到正義忘記瑪利阿諾的存在與罪行。之後，他們搬到現在居住的小村莊，大概位於米納斯和聖保羅的邊界。

但是，儘管如此，儘管整個安布羅西歐家族高雅、顯赫，他們仍是奴隸貿易商以及黑奴船隊的擁有者，即便在禁止奴隸貿易後，交易仍繼續隱祕進行。他們是民族的恥辱，而瑪利阿諾和阿蘇策娜不接受這一點。他們對堂兄弟所給予的幫助心懷感激，但他們不接受。

是的，就像條件相當的其他家庭一樣，瑪利阿諾和阿蘇策娜的家中也一直有奴隸；他們也不做粗重工作，就像條件相同的其他家庭一樣。他們與其他家庭的差別在於對待奴隸的方式，尤其是他們看待奴隸制的方式與觀念，即奴隸制本質上是錯的，不應該存在。但如果要求他們釋放所有奴隸，就是要求他們脫離自己的時代。沒錯，他們的確釋放很多奴隸，後來，甚至在廢奴法還未通過之前，就已經釋放年邁與新生的奴隸，並為逃跑奴隸提供庇護。這一切他們都做了。但他們在工作和家中仍有奴隸幫忙，儘管他們真誠地相信自己是平等地對待奴隸的。這是否自相矛盾？毫無疑問，是的。但，如果沒有這些第一批廢奴主義者矛盾的意識，廢除奴隸制可能會更晚。

§

他們離開農場，搬往小村莊時，阿蘇策娜剛過青春期。在小村莊，她有過數段廣為流傳的愛情。和瑪利阿諾舅公一樣，她也不考慮結婚，顯然，她擁有所有她想要的男人。她和他們共有五個孩子，只有三個活了下來。

她的初戀是一個幾乎大她二十歲的鰥夫，是名地主，出身於歐魯普雷圖市[1]的某個男爵家族。地主愛上她，成為她在愛之藝術及拉丁語的導師——他和那時許多巴西男人一樣，在科英布拉讀書時，就已經將拉丁語融入自己的日常對話中。他們不住在同一座城市，三年內阿蘇策娜拒絕他九次求婚；他每年求婚三次，分別在復活節、待降節[2]和聖誕節。直到某天，她不僅拒絕他的求婚，還告訴他不要再出現了。阿蘇策娜認為講話時穿插拉丁語十分有趣，她這樣做時往往略帶諷刺語氣，為她詼諧的評點和機智的說話方式增添一分幽默。她會在室內、廚房、教堂和龍都舞會上時不時地說出諸如「不可或缺」、「生活方式」、「適量」、「法律再嚴也是法律」[3]等語句，所有人，就連不知道那是拉丁語的人，都會捧腹大笑。

她有點像個小丑，做任何事都是為了被歡聲笑語包圍。

她的第二任情人是個路過村莊的年輕軍人。他們共度了一段露水情緣，通常人們會認為這種感情熾烈而短暫。

她和第三任情人的關係比較持久，因為他對她要求不多，他是一位神父。這是她最長久的關係之一，可能持續了三年多；也是她最為平靜的關係之一，他們每週掩耳盜鈴、鬼鬼祟祟地見面一、兩次，彼此互無要求，不存在嫉妒、占有和小吵鬧。掩耳盜鈴是因為，全城無疑都知道他們的關係，只有他們以為別人不知道似的偷偷約會。

她還和一個年輕奴隸有過戀情。那是一名高個子，身體強健，急性子的男孩。但我不確定她和奴隸的故事是發生在與神父戀愛期間，還是發生在那前後。應該是發生在和神父的戀情之前，因為在神父之後，她終於認識了卡伊歐・佩薩納，他來自東北地區，是一八一七年珀南布科革命的逃兵。她最終和他結婚了。

1 歐魯普雷圖市（Ouro Pretoria），位於巴西米納斯吉拉斯州，葡萄牙殖民統治時期著名的礦業城市。
2 待降節是基督教教會的重要節期，是為了慶祝耶穌聖誕前的準備期與等待期，亦可算是教會的新年。
3 這幾句拉丁語原文為「sine qua non」、「modus vivendi」、「quantum satis」、「dura lex sed lex」。

彼時，雷西費處於風雲變幻之際，卡伊歐是個未滿十五歲的少年，身體與靈魂都捲入了爭取獨立的反抗運動。當時，他和神父若澤・伊納西歐・德・阿布雷・伊・利瑪[4]一同前往巴伊亞，神父的肩背包裝有反抗者闡釋新共和政府目標的書信。他們在旅程中被抓到，神父被槍殺，乳臭未乾的卡伊歐成功逃跑，他在巴伊亞內陸和戈亞斯晃蕩了一段時間，最終來到阿蘇策娜堂叔們的農場。

珀南布科的戰事平息後，他重返奧林達，繼續在共和黨部隊服役。他滿腔豪情，熱血澎湃，是法國大革命與共濟會的擁護者。七年後，歷史在珀南布科重新上演，仍舊是場悲劇，共和黨人宣布成立「赤道聯邦」[5]，後又將其解散。卡伊歐是其中的一員。同樣重演的，是軍隊再次從里約熱內盧趕來，侵占、焚毀、洗劫雷西費。領導人被囚禁、處死，弗雷・卡內卡[6]被槍殺，卡伊歐與其他革命者被迫各自逃竄。

從那時起，卡伊歐決定回到國家中部，肩負傳播革命思想的重任。他搖身一變，成為充滿政治觀點、博學的小販，利用商人的魅力兜售共和國理念。此後，他參與了不同省分的反抗和起義，那些反抗運動使巴西的那段歲月成為政治浪潮無比洶湧的時期。

五月，一個美麗的午後，卡伊歐在同樣騎乘而行的兩個黑人的陪伴下，優雅地騎著馬進入村莊。他深色的長髮束在腦後，臉上的鬍鬚隨意地剃平，褐色的皮膚散發出光彩，阿蘇策娜見到他，在極其短暫又永難忘懷的瞬間，感到心跳忽然輕輕地漏了一拍。卡伊歐・佩薩納風度翩翩地下馬，他先自我介紹，然後介紹他騎乘的黑色混血母馬，牠叫做「共和國」，接著介紹兩位已被解放的黑人助手，康斯坦西歐與貝利薩里歐，以及他們那兩匹名為「自由」和「博愛」的母騾。他還介紹披著獸皮的商販木箱，這是他偽裝及謀生的手段。從一開始，他與眾不同的氣質與口才就讓她充滿驚喜和愉悅。

瑪利阿諾認識了卡伊歐，還在家中為他舉辦盛大的接風宴。

阿蘇策娜買下兩匹華美的綢緞、各種各樣的項鍊、手鐲和戒指、他帶來的兩本書，還買下一套由東北地區的裁縫繡制的亞麻寢具、兩副精美的錫燭臺，以及一張骨扇，扇紙上繪著村景。其實她買下了這名商販的大部分存貨。他留下來與他們共進晚餐。於是到了卡伊歐見識甜點有多麼美味的時刻。幾個鐘頭後，他也見識到阿蘇策娜的床有多麼美妙。最終，這座村子成為他時常往返的地方，也是他一生中最美好的時光。他們共有兩個孩子：蘇格拉底・巴西利恩斯和狄安娜・阿梅利卡。

彼時，在內陸小城，阿蘇策娜或許會因為過於前衛的戀情和作風被指指點點，這是非常有可能

4 若澤・伊納西歐・里貝羅・德・阿布雷・伊・利瑪（José Inácio de Abreu e Lima, 1794-1869），也稱「羅馬神父」，是一位巴西宗教學者和革命家。他參與並領導珀南布科革命，被捕後處死。他是著名的「阿布雷・伊・利瑪將軍」的父親，其子領導了十九世紀初南美洲反抗西班牙殖民統治的獨立戰爭。

5「赤道聯邦」（Confederação do Equador）是巴西共和黨人和分裂主義者於一八二四年七月二日在珀南布科州發起的革命運動，並蔓延至巴西東北地區的省分。一八二四年，巴西獨立後第一部憲法問世，佩德羅一世政府在憲法中展現出君主中央集權制的傾向。雖然巴西已經獨立，但國王仍與葡萄牙王室的利益息息相關，尤其認可其父若昂六世的一項提議。這項提議旨在重建始於一八一五年，終於一八二二年的葡萄牙–巴西–阿爾加維聯合王國，給予巴西高度自治權，但同時保留葡萄牙在巴西的權利。然而，這項提議被許多珀南布科州人視作殖民統治死灰復燃。「赤道聯邦」革命運動被認為是一八一七年珀南布科革命的延續。

6 弗雷・卡內卡（Frei Caneca, 1779-1825），巴西宗教領袖，政治家和新聞記者，十九世紀初參與巴西東北部的多次起義，並擔任珀南布科叛亂的主要領導人。

的，但也不能完全篤定。是的，如果說全知的敘述者理應知道一切，那麼在這裡，就像在其他領域一樣，理論和實踐之間也會有一段美麗的距離。的確，敘述者知道許多事，否則無法告訴你們這個故事，但老實說，從敘述者目前所知到全知，仍存在著相當驚人的鴻溝。

不管怎樣，無論她是否因為全心的自由而被議論，也無阻幾乎所有人都認為她是村裡的福星。原因眾多，而且所有理由都十分具體。

瑪利阿諾與阿蘇策娜在安布羅西歐家族位於米納斯的農場裡生活了許多年，他幾乎教給她自己所知的一切。當他們一搬到村裡，這對舅公和外甥孫女就為垂死的小村莊注入新的活力。他們的生活很舒適，無憂無慮，擁有伊納西歐・貝爾奇歐龐大生意的遺產——由安布羅西歐堂兄們替安托尼婭・卡洛塔管理——以及戈亞斯的一部分土地。他們帶著金錢與奴隸來到村莊，雖然數量不多，但也足以讓村子重煥生機。

在環城的青山邊，他們將一幢小房改建成一棟漂亮的兩層樓房——村民們第一次見到這種房子。山腳下的房子落成後，他們幫忙修整教堂，還在廣場蓋了一座涼亭。瑪利阿諾喜歡建設工程，喜歡制定計畫，目睹建築物拔地而起。但是，讓奴隸有機會學習一門專業手藝，鼓舞他們投身所學之事，則是阿蘇策娜的主意，獎賞之一就是讓成為熟練技工的奴隸成為自由人。她的奴隸中有建泥屋的工人、木匠、鐵匠、裁縫以及合格的手藝人，他們孜孜學習，相互教導，甚至將其視作獲得自由的策略，因為他們知道，如果他們能教會其他人，那麼他們的能力就更容易被認可，而那些人也可以頂替他們，如此一來，他們的自由就不會損害到瑪利阿諾先生和蘇策娜女士[7]，只有讚美和感恩才配得上他們。

在才能合格的奴隸的幫助下，他們將村子改造成鄰近所有人前來光臨的中心，村民也喜聞樂見這裡因而流通頻繁、發展迅速。人們從外地來此，向木匠訂家具，向裁縫訂套裝，向鐵匠訂鑰匙、釘子和門把。就這樣，山邊這棟兩層樓房的大庭院裡形成的小手工藝中心，使得村子遠近聞名，這對所有人來說都是好事。

另一個理由就是阿蘇策娜擁有魔力的雙手。她並非治療師，但那雙手的天賦讓她能夠消除這裡的淤青、捏住那裡的痛處，為下不了床的老人檢查。還沒等她意識到，自己作為治療師的名聲早已遠揚。她可以非常自然地把錯位的骨頭挪正，將被工作壓彎的脊椎的疼痛一掃而光，替受傷的手消腫。她一邊談天，一邊捏緊某處，輕拍其他地方，溫柔地揉搓、撫摸，一邊發出感染他人的笑聲；如此，那個人就再也不想遠離她半步了，當他離開時，會感到前所未有的輕鬆和舒服。阿蘇策娜用雙手治癒身體、療癒心靈。

對於這一切，村裡的人都對她充滿感激及愛戴。她豐滿、風趣、開朗、樂於助人的形象都威脅不到任何人，相反地，還讓人們願意接受她、保護她。

7 原文 Çucena，阿蘇策娜的昵稱。

瑪利阿諾也很滿意新生活。這座村莊最熱烈的活動之一就是紙牌遊戲，他還組建了一個小型管弦樂團，允許自由黑人和奴隸在白人身邊一起演奏，除此，他不需要其他娛樂。他們每晚都聚在藍色窗戶的房子裡排練。星期天，他們在小廣場上那座主要為了小交響樂團，由瑪利阿諾規劃、建造的涼亭裡聚會；他們也在宗教遊行的日子演奏。

阿蘇策娜有時想，如果她會成為天主教徒，肯定是因為教堂和宗教遊行中的音樂以及令人愉悅的焚香氣味。在這個沒有戲劇也沒有舞會的地方，最接近盛大活動的就是頌歌彌撒與夜間遊行了：燭火神祕地晃動，唱詩班憂鬱的聲音，以及女人較為銳利的合唱縈繞耳邊。阿蘇策娜熱愛遊行，甚至自願承擔組織遊行的工作。村裡的遊行成為當地最著名的活動，不僅因為多彩的燭臺和聖轎的裝飾奢侈華美、音樂美妙動聽，無疑還因為它是全國為數不多擁有黑人小天使的宗教遊行。神父對阿蘇策娜提出的一切要求言聽計從，自然也無法拒絕她這個願望，於是，她將黑奴和自由黑人的孩子們打扮成該區穿得最漂亮的小天使。

當一列穿著紅色法衣與白色聖衣的輔祭出現在教堂門前，輕輕晃動銀香爐，讓焚香的煙霧裊裊上升，瑪利阿諾奏響樂團最初的和弦，阿蘇策娜的心就會蜷窩在胸口，尋找最佳位置，欣賞這支在街道上巡遊的五彩音樂隊伍。

令阿蘇策娜感到幸福的另一件事就是跳龍都舞。她在自己的客廳裡跳，在奴隸圍繞的篝火旁跳，在任何地方跳。儘管她身材渾圓，但她能輕盈、優雅、曼妙地扭動臀部，並總是引起驚嘆。她的出現與性感的姿態，受到許多人的歡迎、喜愛，使舞會的氛圍活躍起來。當卡伊歐也在場時，那麼，兩人的舞蹈總讓圍觀的人瞠目結舌。

卡伊歐・佩薩納奔波於生意和革命之旅，阿蘇策娜熟悉他的路線和歇腳的時間。但這次他比本應回來的時間晚了許久。一日黎明，阿蘇策娜倏忽驚醒，知道自己再也見不到他了。於是，那天下午，當她看見只有康斯坦西歐騎著老母騾「博愛」歸來時，便把孩子們喊了過來，她希望當孩子父親的忠實同伴告訴他們應講之事時，孩子們能在她身邊。那時，蘇格拉底十二歲，狄安娜十歲。康斯坦西歐告訴他們，由於盜賊襲擊，卡伊歐及貝利薩里歐葬身巴伊亞公路。

康斯坦西歐還說，他們其實肩負一項危險的任務才前往該地，也就是運送武器給一個岌岌可危的駐地，駐地的領袖是卡伊歐昔日同伴。由於禁止黑奴貿易，奴隸的價格增高許多，而工頭也不是蠢蛋，他們跟著奴隸一起逃跑了，因此情況越來越危險。那是一趟緊張的旅程，他們不得不在夜間前行，白日則背著貨物躲藏，他們甚至和在路上遇見的士兵起了兩次小衝突，但一切都很順利，他們成功完成任務，輕鬆、從容不迫地踏上歸途。或許正因如此，在克服送貨的危險後，他們過於從容，忘了那條公路近來時常以搶劫旅行者為生的逃犯。事實就是他們的確鬆懈了警惕和戒備，「卡伊歐先生一心想著快點兒回到這裡，蘇策娜夫人。」於是就發生了那些事，他們甚至來不及反應，第一枚子彈就正中卡伊歐的額頭。貝利薩里歐多活了幾個小時，反而更糟，因為他躺在荒寂的卡廷加群落[8]中等死，刺眼的陽光照射在頭頂，禿鷲的陰影盤旋在這絕望之人的上空，沒有一滴水能緩解他乾涸得彷彿在燃燒的嘴唇，就這樣，他在巨大的折磨中死去。至少卡伊歐沒受罪，死的時候甚至沒意識到自己要死了。

一股刺骨的冰冷侵襲了阿蘇策娜，體內感到一陣深深的疼痛。她知道，自己人生中的一部分也死去了，她人生中最美好的一部分、她最深切的愛。但她也知道，無論如何，就只是一部分。她的人生和孩子們的人生仍得繼續。

三年後，死亡降臨到年邁的瑪利阿諾舅公身上。他的死悄然而至，他患上了某種老年疾病，只在床上躺了兩天。那兩天，阿蘇策娜陪伴在他左右，為他消除所有疼痛與折磨。也是在那兩天，他告訴她自己是如何殺死她父親伊納西歐・貝爾奇歐的。

卡伊歐之後，阿蘇策娜也有過其他情人，但沒有任何一段戀情能持久。

瑪格諾里婭・利貝爾塔就是其中一段戀情的結晶，她的父親是名年輕的音樂家，曾在瑪利阿諾死後領導「正義獨立」樂團。

阿蘇策娜確信，瑪格諾里婭對宗教遊行的熱愛與神祕主義和剪髮禮[9]有關。瑪格諾里婭還是孩子時，是最漂亮的小天使，穿著一條緞紋藍裙，在暮色中閃閃發光，她的翅膀也是最大的，一對用細小羽毛拼成的巨大翅膀，彷彿真的能讓瘦小的她飛起來。她淺栗色的頭髮呈波浪狀，聲音能讓所有人眼眶溼潤。

而由阿蘇策娜在五月完成聖母加冕禮，還在待降節負責聖主遊行的開幕禮。她所經歷的這些時刻裡，某種情感太過深刻，以至於在瑪格諾里婭幼小的心靈烙下深深的印記，因此，除了小天使，她不想成為其他角色。她的一生就在村子寧靜的鵝卵石街道上穿梭，往返於教堂和兩層樓的家。她安靜、莊重，似乎沉浸在自身的平和之中。

瑪格諾里婭還很小的時候，喜歡把廚房裡的銅盆頂在頭上，蓋住自己的臉，為她動人的歌喉創造美妙絕倫的回音。

小女孩的她，常常在一本厚重封面、黏著乾燥花葉的本子裡寫下十四行詩，談論環繞四周的美麗大自然與神祕的愛。

後來，長大的她，經常在夜裡將奴隸和鄰居召集到禱告室，用祝禱歌、練禱歌和讚美歌的方式頌

---

8 卡廷加群落，巴西東北地區獨有的荒漠植被，主要由乾旱的灌木叢和刺樹林組成。「卡廷加」（Caatinga）一詞意味著「白色森林」或「白色植被」。

9 剪髮禮：一種宗教儀式，修剪在頭皮上的部分或全部頭髮，表示獻身於信仰，盛行於天主教眾，特別是中世紀修道院中的修士。

唱《玫瑰經》第三節。阿蘇策娜在房內聆聽，欣賞女兒清澈有力的歌喉從合唱聲中脫穎而出，以勝利之姿向上飛升，彷彿其他聲音的存在只為了襯托。

她也跟阿蘇策娜學會製作蜜餞和花朵，但她並不用羽毛，而是使用絲綢、絲絨和緞布等柔軟布料。她做出的花朵和母親的一樣美麗。

在兩層樓的家，阿蘇策娜看著孩子們日漸成長，每個人都沿著自己的命途前行：蘇格拉底像父親一樣，前往奧林達深造，學習法律，並在那兒生活，和一個珀南布科女人結婚，與父親的家族維持密切的聯繫。狄安娜十三歲時前往里約，在那兒談了許多混亂無章的戀情。瑪格諾里婭一直生活在阿蘇策娜身旁，從未離開溫暖的港灣半步。阿蘇策娜還撫養了狄安娜・阿梅利卡的第一個孩子，有著棕紅頭髮與雀斑的男孩迪歐尼斯歐・奧古斯圖，並對外孫女迪瓦・費里西婭的人生產生至關重要的影響。

她仍是村裡的中心，依舊傳播著好消息、慷慨行事。久而久之，她的雙手越來越有智慧，散發出草藥的香氣，將所有人環抱在她寬大、柔情的掌心內。她是村子裡的資產，許多人都不遠萬里前來拜訪她。

就是在那兒，在山腳下她的小小王國裡，阿蘇策娜度過漫長的一生，見證許多事件：她目睹廢奴法問世，她和村裡所有黑人一起在廣場上跳龍都舞；她目睹共和國的到來，那一刻，她命人打開外孫女上次探望時帶給她的法國香檳慶賀；她目睹新世紀的到來，以及曾外孫們出生，他們是迪瓦・費里西婭和迪歐尼斯歐的孩子，迪歐尼斯歐與一個本地混血女孩結了婚，繼續在同一棟房子裡生活；她目睹曾外孫女安娜・尤拉莉婭的出生，同年，她撒手人寰，告別陪伴她九十年的快樂伴侶——人生。

她以世上最自然的方式離世，彷彿閉上雙眼、即將遠赴一場久夢的人：她聽著曾外孫說故事，臉上凝結著笑容，平靜地死了。

下葬那日，全村的人都出席了。商店全部關門，所有人在離家前都將門窗鎖緊，這在當時當地是非常稀罕的，因為那時甚至在夜裡都無人鎖門。孩子們扮成天使，街上到處飄揚花瓣，居民、男人、女人、年輕人和孩子組成的遊行隊伍浩浩蕩蕩，或步行，或騎騾馬，或乘馬車，跟隨著裝飾如聖轎般的棺材直到墓園。瑪利阿諾創立的樂團走在最前頭，他們熱情地演奏，將最後的紀念獻給令人景仰的小城母親。

這是一場村民永遠不會忘懷的葬禮。

狄安娜・阿梅利卡（一八四六—一八八三）

瞧瞧生活是如何不斷從一切掌控中逃脫的：儘管母親與曾舅公都相當排斥，狄安娜・阿梅利卡卻非常喜歡安布羅西歐家族的堂親。當她一滿十三歲，就請求母親讓她去里約熱內盧與他們同住。

狄安娜體質虛弱，容易感冒、不適。她非常溫柔和善，直到某人或某事不盡她意。她長成一個相當狡猾、任性的小女孩，只要她認為有必要，甚至能讓皇帝屈服於她的意志。

因此，出於這些特質，當十三歲的她請求母親讓她去里約熱內盧的堂親家，因為她想住在首都，阿蘇策娜並不驚訝。她天生就是不願控制孩子人生的母親。實際上，她認為一切皆有可能，一切都是自然的，日光之下無新事，這種信念毫無疑問和她的長壽有關。她只是深深望著女兒的眼睛，對她說：「親愛的，如果這就是妳想要的，很好，那妳去追尋自己的人生吧。」

狄安娜・阿梅利卡到了蒂歐費洛・安布羅西歐叔叔家，如今他是家族的大家長，他曾向阿棱卡爾爺爺承諾，只要佳茜拉家族有需要，永遠都會照顧他們。

唐・蒂歐費洛不僅理解，也欽佩爺爺對妹妹的思念以及誓言要彌補她曾受過的不公待遇的決心。和爺爺以及父親一樣，他似乎沒有意識到佳茜拉與其家族早已靠自己重建生活，不需要來自他這一邊多餘的包容和保護。站在權力、驕傲和意志的高點，阿棱卡爾相信，並且讓整個家族都相信，他們要為妹妹的家族負責。只有這一信念——更多是出於盲目的傲慢，而非對現實的理解——才能解釋他們所付出的一切努力。

狄安娜最終讓他們為這種關切非常後悔，然而一開始叔叔與其家人無比熱情地款待她。她很快便開始和兩個堂妹的法國老師上課，融入帝國百萬富翁家族熱鬧歡騰的生活節奏中。

那時，里約熱內盧是全美洲最大的黑奴船終點站，是自羅馬帝國以來，全世界規模最大的奴隸集中地。那裡一半都是非洲人，幾乎是座黑色城市。赤腳的奴隸填滿街道，奔波於日常工作中；工作時間，很少有白人需要在馬路上做事，即便是不算富裕，擁有一些奴隸的白人也至少有一、兩個奴隸可以出租，並靠著這筆租金維持生活。遊手好閒是白人豢養出來的高雅美德，也是地位和聲望的象徵，畢竟，如果工作都由奴隸來做，那麼工作就是下賤的，就是一件必然的惡——感謝上帝！——這是黑人的義務。所有來到巴西的外國人都注意到這個奴隸制社會對工作心懷恐懼。儘管如此，里約向來是座美麗的城市，擁有高山、大海及令人眩目的明亮光線。里約載歌載舞、喧鬧、嘈亂，到處充斥著晚會、聚會和舞會，一切都在這裡發生，在這座帝國的首都。

起初，繼承家族絕對音準的狄安娜用鋼琴才華迷住了安布羅西歐家族。她幾乎將客廳近乎被遺棄的三角鋼琴據為己有。在很長一段時間內，她都展現出溫和有禮的一面。為了成為一名優雅、「充滿魅力的」[1]社交名媛，她很快就學會所有必要禮儀。她和堂妹們乘坐高雅的馬車，車夫身旁站著一名傭人，兩人都身著鑲紅邊的藏青色僕人裝。她們在熙熙攘攘的奧維多爾大道[2]上漫步，購買的是——「顯而易見」[3]——剛由「最近一艘船」[4]運來的法國進口服裝、束腹、撐起裙子的金屬襯裙、來自中國的白色刺繡披肩和珍珠母扇子。這些都是她們在宮廷舞會和音樂晚會上露面時的必備之物，在那些場合，越來越多人要求鋼琴家「安布羅西歐家族的外甥女」一展才華。

實際上，狄安娜是傑出的演奏者。五歲時，她就能在第一位老師瑪利阿諾曾舅公的小鋼琴彈奏數支樂曲。在里約，有了系統性學習演奏的機會，很快，她就以縱情且非凡的風格，成為在沙龍中頗受讚譽的演奏家，並被視作最具原創性的演奏者之一。她甚至受邀在業餘鋼琴家的晚會上彈奏，那次晚會是由國王唐・佩德羅二世和年輕的公主伊莎貝爾贊助的，當時，和她年紀一般大的公主熱情地讚美了她。

在里約熱內盧的頭幾年，狄安娜光彩奪目。然而，天性躁動的她還想要更多。她想從自己的兩邊家族汲取最大的好處，享受叔叔這邊奢華的生活，同時不拒絕母親那邊自由的生活方式。沒多久，她和叔叔以及原生家庭之間的衝突就出現了。作為她的施惠者，唐・蒂歐費洛盡可能地容忍這年輕女孩的異常叛逆，在他眼裡，這一點恰恰證實了另一邊家族多麼需要他有力的協助。

然而，撕裂最終仍是不可避免的，而且是出於一個嚴重的理由，畢竟一切事情都有其限度。這件「無法寬恕的事情」[5]是一個在里約度假的年輕英國學生讓狄安娜懷孕了。叔叔告訴她，如果她不結婚，就不能在這兒生下孩子，這是社會所不接受、是整個家族的恥辱。但狄安娜和英國年輕人從未考慮結婚，後者被這些情緒激動的異國人嚇壞了，趕忙乘坐第一班輪船回國。

狄安娜也回到母親的家中，在阿蘇策娜身邊生下孩子，也就是迪歐尼斯歐・奧古斯圖。沒過多久，她就知道自己一點也不喜歡照顧孩子。她筋疲力盡地躺在床上好幾天，這或許是她第一次出現神經衰弱的小小危機。她覺得自己想念里約的繁忙生活，她想再次聽見，啊！她是多麼想念三角鋼琴純淨的聲音！曾屬於瑪利阿諾曾舅公的小鋼琴，在童年時期一直都屬於她的那臺小鋼琴，現在對她而言，聲音太小、沒有力量、黯淡無比。她夢想去歐洲，去認識許多大師，學會她無法自學的東西。

在里約，身為一名熱烈且誠摯的音樂愛好者，唐・蒂歐費洛也很想念狄安娜的演奏；同樣十分想念的，還有當他帶著才華橫溢的甥女出現在宮廷沙龍時，自己威風凜凜的樣子。某次晚會上，伊莎貝爾公主迎接他時，問起了狄安娜，還說自己迫不及待地想再聽到她的演奏，蒂歐費洛・安布羅西歐便

1 原文為法語：「rès charmante」。
2 奧維多爾大道（Ouvidor），位於里約熱內盧市中心的步行街。
3 原文為法語：「Bien sûr」。
4 原文為法語：「Dernier bâteau」。
5 原文為法語：「il était sans pardon」。

決定原諒她。他發給她一封和解信，提議把她接回來，只要她不帶著兒子。他也提了其他要求，不過他承諾，一旦她的老師認為狄安娜準備好了，就會立馬送她去歐洲深造。

狄安娜同意回來，但這第二次寄居安布羅西歐宅邸時，她改變許多，耀眼的光芒與活力似乎收斂了一些，或許是因為她的母性，或許是因為不在兒子的身邊，儘管她平靜地決定把他交給阿蘇策娜，不把他視為她的兒子，而是當作自己責任之外的小弟弟。

她更加認真地投入鋼琴課程，不再像從前熱衷郊遊和舞會。然而，她的鋼琴老師是一位有著老鷹一般的輪廓，古板嚴肅的德國女士，她專橫地擁護古典演奏風格，對於這位女學生的離經叛道，她既不理解也不欣賞，因此也無法接受。狄安娜是極具風格的演奏者，顯然站在正統派女教師的對立面。因此，無法避免的衝突越來越頻繁地出現在任性的學生與本應助她飛翔的人之間。這種緊張關係的後果，就是狄安娜如瀑布般難以止住的眼淚，以及女教師遲遲不願首肯她前往歐洲。

狄安娜在奧維多爾大道的攝影工作室中拍攝的一張相片，正是這個時期。她全身出鏡——這是當時用以強調女性服飾的慣用手法——手搭在椅背上。她年輕、優雅、「美麗」[6]，但她的眼神，已不可避免地露出難以掩飾的倦怠，且似乎開始從內部吞噬她。

還有一張全家福，是更早些時，由唐‧蒂歐費洛請攝影師來家裡拍攝的。照片上有叔叔蒂歐費洛，他的妻子卡羅莉娜夫人，比狄安娜更年輕的兩個女兒伊斯德拉和伊莉斯瑪拉，角落還站著四個女奴。唐・蒂歐費洛的三個兒子不在這張照片上，因為他們已經結婚，住在各自家中，那時他們也都不在場。還有許多全家福照片。用革新的技術為後代留下記錄，在當時蔚為風尚，所有人對這種技術都相當驚嘆，連國王也不例外，他進口了一臺設備，專門拍攝自己的相片。然而，在那些全家福照片中，狄安娜並未出現。

還有第三張狄安娜的照片，那是很久之後拍攝的，當時她已經結婚，坐在一張凳子上，在她的愛森費德爾三角鋼琴前——這臺真正屬於她的鋼琴是丈夫送的新婚禮物。照片沒有日期，因此無法確切知道是在何時拍攝的，但應該是那個時期的技術產物。那時，人們需要擺好姿勢並靜止一分半鐘，才能完美地拍出一張相片。但事實是看著狄安娜的面容——她雙手放在腿上，而非放在華麗的鋼琴鍵盤上——流露出無法忍受的悲傷；相片的確美麗非凡，但沒人可以長時間凝望她而不將視線從令人心煩意亂的憂鬱深淵移開。

第一個懷疑狄安娜情緒不穩定的是唐・蒂歐費洛的妻子卡羅莉娜。狄安娜好幾天拒絕離開房間，這或許不能只歸咎於外甥女叛逆的性情。卡羅莉娜總是認為外甥女太瘦，覺得她總是吃得又少又差。卡羅莉娜夫人非常熱心家中事務、也關心孩子們，而狄安娜的瘦弱和性格讓她十分擔憂，其中也包括

6 原文為法語：「très jolie」。

她害怕會有某種傳染病。因此，她總是很留意外甥女的情緒，經常請家庭醫生為她檢查，後者主要建議她多休養，吃增強免疫力的藥。

一天，卡羅莉娜夫人問她，是否願意把一個曾屬於唐・蒂歐費洛曾祖母——克拉拉・若阿奇娜——家族的珍珠母小首飾盒帶給她的母親阿蘇策娜。卡羅莉娜的女兒們認為這個舊首飾盒很醜，但她覺得丟掉很可惜。狄安娜答應了，說自己會把它帶給阿蘇策娜。由於一系列小小的危機，她的健康受到影響，鋼琴演奏也是，狄安娜明白，想要去歐洲深造的夢想越來越遙遠，只是一串泡影。

狄安娜第二次回到里約時，叔叔唐・蒂歐費洛想讓她嫁給自己交際圈子裡的人——他的兩個女兒都訂婚了——但狄安娜不願意也壓根聽不進那些求婚者的事。叔叔不太習慣自己的願望和命令受到挑戰，覺得外甥女越來越棘手，但願父親諒解他，畢竟他在許多場合毫不避諱地說自己後悔把她接回來。由於當時整個國家正與巴拉圭交戰，投入新生意的蒂歐費洛似乎沒有太多時間關心家族瑣事，而且，不管怎麼說，狄安娜早就不聽他的話了。他心想，就這樣吧，反正會繼續這樣的，「無所謂了」[7]。

城市熱鬧起來。奧維爾多大道的咖啡館成為熙熙攘攘的新聞中心，狄安娜開始獨自光臨這些地方，她的堂妹們被父親禁止，早已不與她做伴。她開始和安布羅西歐家族圈子外的人交朋友。在那兒，激動人心的戰爭消息、討論奴隸是否應該被釋放去頂替雇主在戰場上的位置的爭辯，以及關於徵兵法的傳言混雜一堂。還有文學與藝術的討論。有音樂，有歡樂。詩人朗誦自己的詩歌，作曲家演奏他們的作品。

正是在其中一間咖啡館，狄安娜認識了年輕的漢斯・吉。他是一名詩人，有著一對迷人的綠眼和一頭隨風飄揚的麥色金髮。他身材魁梧，當他爬上桌子朗誦自己翻譯的歌德和席勒的詩，或是他自己的作品時，看起來旁若無人、不可一世。

狄安娜初次見到他時，這個金髮天使正站在桌上，被熱情的讚美簇擁。她感覺自己的靈魂被深深觸動了，她的喜悅如同難以抑制的泉湧。彷彿他的朗誦只為了她一人，他的目光嵌在她的身上，他的言語如同一座橋，將他和她永遠地勾連在一起。愛情從內到外點燃了她，就是在那一刻，她對自己第一次說出此後無數次告訴自己的話：「請不要如此美好，漢斯！請不要如此美好！」

那天晚上，他從桌子上下來，徑直走向她的座位：

「我可以知道您的名字嗎，小姐？」

「狄安娜。」

「和女神一樣？」

7 原文為法語：「n'importe quoi」。

「和我自己一樣。」

漢斯很神祕，鮮少談起自己。他絕對比狄安娜年輕，儘管狄安娜不確定他的年齡。外來移民舉家搬遷至南里奧格蘭德州[8]，組成一支團體，以「德國軍團」[9]的稱謂而聞名。受巴西政府邀請，他們來到這個國家。這個團體由學者、教師和記者組成，全都參加過德意志一八四八年革命[10]，包括衝破路障的行動，漢斯的父親正是在這場行動中受傷，險些喪命。但狄安娜甚至不知道他的全名，只知他叫漢斯・吉，因為他的詩就是這樣署名，也是這樣向所有人自我介紹的。十三歲那年，他背井離鄉，開始在全國各地流浪。他只是個過客，正如他的一生也總是如此。他們第一次見面時，他告訴她，自己的命運就是寫作和遊歷世界，這是一趟奇幻的旅程，充滿只屬於他的戰鬥和榮耀、喜劇和悲慘、蒼穹和煉獄。

他們兩人共度了一段激情的時光，但對狄安娜而言，實在過於短暫。當漢斯告訴她啟程的時刻到了，她哀求他再多留一會兒，或者帶她一起走。漢斯無動於衷——只有相當年輕的男人才會如此。他的綠眼睛十分冷峻，頭髮顯露出想繼續前行的不耐煩，他將黑色披風扔在他和狄安娜之間，一字一句地說道：「我不想留下，也不會帶妳走。我一直告訴妳，這就是我的生活，這就是我的命運，孤獨，流浪，探險。只有我和我的詩歌。我的身邊沒有任何多餘的位置。也沒有給妳的，親愛的狄安娜。永別了。」

漢斯的綠眼睛無情地扔下這些話，像箭矢一樣刺進狄安娜愛戀的心。不久後，她發現自己再次懷孕時，甚至沒有精力去思考該怎麼辦。她拋棄了鋼琴，永遠放棄去歐洲深造的夢想，也丟棄了咖啡館的生活。

這對蒂歐費洛・安布羅西歐而言，正是可以重新掌控外甥女生活的理想時機。他的朋友卡埃塔諾・阿西歐利・達・豐塞卡是一個在巴西置業頗多，和英國人合夥的股東，他一直愛慕著這位年輕女鋼琴家，向她求婚無數次了。他喪偶，年紀比她大許多，他願意和她結婚並為即將出生的孩子承擔起父親的責任，對他而言，這彷彿是使命。他是個孤獨的男人，膝下無子，擁有他所深愛的年輕女子和一個孩子陪伴在側的可能性，讓他覺得自己被上天眷顧了。

狄安娜沒有反對。生下女兒不久——她為女兒取名迪瓦・費里西婭——她遭遇了比此前嚴重許多

---

8 南里奧格蘭德州（Rio Grande do Sul），巴西最南端的一個州，東臨大西洋，首府為阿雷格里港。該州與阿根廷、烏拉圭及聖卡塔琳娜州接壤。

9 一八五〇年，隨著白銀之河（Rio da Prata）流域的局勢逐漸緊張，擔心將與阿根廷爆發戰爭，奧林達市侯爵佩德羅・德・阿拉烏卓・利瑪雇傭德國石勒蘇益格—荷爾斯泰因地區的步兵與炮兵。一八五一至五二年，在烏拉圭、白銀之河流域以及阿根廷東北部發生著名的「白銀之戰」（Guerra do Prata）。這場戰爭起源於阿根廷、烏拉圭和巴西為爭奪在巴拉圭和白銀之河流域的霸權而產生的衝突。這支前往巴西的德國軍團共有十二個連，大約一千八百名士兵，全駐扎於巴西南部的南里奧格蘭德州和聖卡塔琳娜州。然而，由於軍團內部的矛盾以及新兵不適應等，巴西政府很快對他們失去信心。戰爭結束後，這支德國軍團也隨即解散。

10 一八四八到四九年的德意志革命在最初階段亦被稱作三月革命，原本是在一八四八年於歐洲諸國爆發的一系列在德意志邦聯及奧地利帝國境內的零星抗議；其所展現的泛德意志主義，更是對繼承神聖羅馬帝國德意志領土的德意志邦聯內三十九個獨立邦國分裂且專制的傳統政治結構表達不滿。革命者中，中產階級大多支持自由主義，而工人為改善工作及生活條件尋求激進的改革。當中產階級與工人階級出現分裂時，支持保守派的貴族便開始鎮壓。為了逃避政治迫害的自由主義者被迫逃亡，且在之後被稱為「四八年的人」。

的危機，被洶湧的疲倦所折磨。她夜裡失眠，食欲不振，一連幾天都將自己鎖在窗簾緊閉的臥室內，因為她無法忍受陽光、街道和房子裡的喧鬧。她的動作與說話都變得緩慢，臉色極度蒼白，證實她真的非常疲憊。她被診斷為神經衰弱，治療手段是澈底靜養。

從那時起，有幾年間，狄安娜大部分都在特雷索波利斯[11]一間療養院度過。那時，她甚至沒有精力去母親家探望，直到開始好轉，才去阿蘇策娜的兩層樓房子完成療程。她在那兒康復，恢復力量，準備重返里約，試著尋回昔日生活的每一根線。

她生活的每一根線。

它們並不多。但其中，廢奴主義婦女俱樂部占有一席之地。

在狄安娜經常光顧奧維多爾大道咖啡館的那段時間，她開始參加俱樂部的聚會。在那裡，她覺得自己是有用的，而且有時她認為自己將要冒的小風險非常鼓舞人心。女士們散播反奴隸制的傳單，在公共廣場舉行小型遊行並發表演講。為了籌集資金，收買被釋放的奴隸，她們還組織藝術表演，狄安娜的鋼琴成為其中一大亮點。

實際上，正是參與了一個十分隱祕的組織，她的臉上才重煥光彩。這個祕密組織支持並協助奴隸逃跑，獲取文件、交通和訊息以挫敗迫害與追捕奴隸的計畫。

狄安娜的丈夫卡埃塔諾・阿西歐利是英國人的同盟，長期支持自由工作的必要性，如此，巴西才能成為一個更加繁榮、先進，並符合歐洲理念的新國家。作為世界上最後一個保留奴隸制的國家，是一個可恥的汙點，值得從我們的歷史中抹除。他知道妻子從事廢奴活動，但並未深究此事。儘管他自己也有相同的信念，但他堅信她所做的許多事——更不用提那個地下組織了，他顯然對此絲毫無法理解——對她這種地位的女人來說，一點也不合宜。然而，他很清楚，想要限制狄安娜是行不通的；此外，他更想看見妻子的臉龐能多一絲生氣，於此，廢奴主義俱樂部和鋼琴是最佳良藥。

至於安布羅西歐家族，他們當然知道狄安娜的思想，但他們將其視為她叛逆精神的一部分，壓根沒想到這些思想會有任何實際行動。他們不僅嘲諷且鄙夷所有婦女俱樂部，尤其是那些廢奴主義者的，他們認為那些都是沒意義的茶會，只有不受丈夫控制的妻子會在那裡消磨午後。他們不知道的是，那些俱樂部——尤其是狄安娜參加的，其最重要的訊息來源正是安布羅西歐家族的沙龍——已經順利阻止許多追捕逃跑奴隸的計畫，而這些計畫就是人們在沙龍氤氳的雪茄菸圈、上好的波爾圖紅酒和瀰漫席間的讒言諷語中說出來的。

對狄安娜參加俱樂部一清二楚的人是母親阿蘇策娜，她也在某個支持奴隸逃跑的組織裡。如果有人去她青山腳下的地盤搜尋，最有可能找到的就是逃跑的奴隸，他們住在小木棚裡，耕地為生。

11 特雷索波利斯（Teresópolis），巴西東南部里約熱內盧州的山區城市，位於塞拉多保護區內，為旅遊勝地狄安娜的哥哥蘇格拉底定期向她捎去消息，他也是一名珀南布科州的廢奴主義律師，習慣從雷西費寄給妹夫阿西歐利一箱箱雪茄以及若阿金・納布古[12]的肖像。

然而，總會有那麼一段時間，狄安娜在里約度過的熱鬧生活，人聲鼎沸的房子，恣意、充滿激情的琴聲，進出奧維多爾大道的咖啡館及俱樂部聚會，全被特雷索波利斯山中長時間的寂靜打斷了。當她突然遲遲不肯走出房間吃早餐，或是連續好幾個鐘頭坐在陽臺上，空洞的眼神在花園裡徘徊，也不再去採集山茶花——象徵廢奴法的花朵，她喜歡採來裝點房間；或是坐在鋼琴前，彈奏最喜愛的曲子，整支整支地彈，她唯一的活動就是彈鋼琴，房子充滿惆悵的氣息；不然就是喊來小迪瓦，讓她坐在自己的腿上，雙手捧起她的臉，絕望地、悲哀地凝視女兒的綠眼睛，那雙和漢斯・吉一模一樣的迷人眼睛，直到受了驚嚇的女兒開始在她的膝頭扭動哭泣，嚎啕逃離這個占據母親身體的怪人——便是靜養日子宣布開始。

對卡埃塔諾・阿西歐利而言，妻子向來都是自己無法解開的謎。他從前深愛著她，如今也是，但隨著這段不穩定的婚姻持續多年，這份感情最終更接近同情而非其他。起初，他試遍所有方法想讓她開心，他相信自己在某些時刻的確給予她一些平和。但是，當她開始出現更嚴重的神經衰弱症狀時，他發現自己不得不屈服於現實。在當時，這是科學無法治療的疾病，而在今天，或許她的病情會被診斷為假性憂鬱症。他明白，如果他還有可能獲得幸福，那麼只會從他此生最愛的養女那裡得到。

女兒滿十二歲的夏天，狄安娜度過生命中一段寧靜的時光。那年城裡的天氣惡劣異常，伴隨著暴雨、蚊蟲、難以忍受的酷暑，以及一場剛開始蔓延的黃熱瘟疫。每個夏季，里約都會變成一口沸騰著瘟疫和疾病的大熔爐。為了不暴露在這種氣候的風險中，阿西歐利計畫帶全家前往彼得羅波利斯[13]。但那一年，狄安娜說她想留在里約，她在這兒有很多事要做。之前有人聯繫她，要她幫忙掩護一項大計畫，幫助從巴伊亞運來的奴隸逃跑。她也想去探望母親和兒子迪歐尼斯歐・奧古斯圖，她已經有段時間沒見到他了，她很想念山邊的家、溫柔的阿蘇策娜與她的甜點。她還想帶上迪瓦一起去，女兒很喜歡在外婆家度過的日子。

狄安娜幫忙掩護的逃跑計畫其實非常簡單，與一直以來數不勝數的計畫一樣。一列裝載許多奴隸的大火車即將抵達，計畫內容就是將他們分散到不同的逃跑路線上，分散並削弱追捕。她的角色一如

12若阿金・納布古（Joaquim Nabuco, 1849-1910），著名的巴西政治家、外交家、歷史學家和作家，巴西文學院（Academia Brasileira de Letras）的創辦者之一。其回憶錄著作《廢奴主義，我的成長》（*O Abolicionismo, Minha Formação*）中，描述自己在奴隸制家族中成長，最後卻選擇為奴隸自由而戰的個人史。

13彼得羅波利斯（Petrópolis），巴西東南部里約熱內盧州的山區城市，位於塞拉多保護區內，是著名的避暑勝地。城市名稱得自巴西皇帝佩德羅二世，十九世紀時為皇帝的夏宮。

既往：在安布羅西歐家的談話中，留意任何重要信息。

然而，叔叔一家習慣在夏季離開城市，她唯一的機會就是去「安布羅西歐 & 安布羅西歐」位於市中心的大型商業辦公室瞭解情況。那間辦公室也已半空了，但它頗受讚譽的原因就在於，如果有什麼正在計畫中，那裡正是對話、談笑及交換消息的理想場所。除此之外，在暴雨如注、行動停滯的日子裡，她也可以順道外出散步。

就這樣，在前往市中心辦公室的路上，狄安娜並未過多留意，途經露天下水道，蚊蟲密聚，且彌漫穢物酸臭氣的道路。經過那些半廢棄的街道時，她關上車廂的小窗戶，儘管她認為自己得到很好的保護，但無論她多麼神經兮兮，攜滿病菌的蚊蟲壓根不想放過她甜美的血液。

狄安娜・阿梅利卡未能如願去探望阿蘇策娜和兒子。

正是在里約熱內盧那個夏季快要結束時，黃熱病奪去她的生命。

你們想知道狄安娜在辦公室得到的訊息對那一車奴隸逃跑時是否派上用場？我可以說是的，不是嗎？然後為狄安娜飄搖的人生故事劃下一個浪漫、美麗的句點。但是，不，我甚至可以不告訴你所有的事情，但為了讓故事更動聽而撒謊，我不會這樣做的。所以，很遺憾，答案是，不。這一次，幾乎所有她能聯繫的人都去旅行了，她沒得到任何真正有用的訊息，更糟糕的是，大部分逃跑的奴隸又被抓了回去。

但至少，有兩件事可以讓這次失敗顯得不那麼嚴重，請你們記住：當時，奴隸的價格十分高昂，所以他們並沒有像幾年前那樣，因試圖逃跑受到懲罰；此外，廢奴法即將到來。五年後，慶祝的景象幾乎可以說是萬人空巷。

迪瓦・費里西婭（一八七一—一九二五）

好了，現在讓我們來聊迪瓦的美貌吧。儘管毫無爭議的美貌並不存在——每個人的喜好總是不同，在任何事物上都可以添上一句「但是」或「不夠」——迪瓦無疑可以被列入迄今為止最美麗的女人之一。她綠色的眼睛和父親一樣，閃動著光芒，被一對勾勒恰當的柔順黑眉毛輕微拉高，她的睫毛纖長濃密，彷彿再多一些，就要擋住她的視線了；她紅通通的顴骨略微凸出，鼻子十分完美，在今天甚至可以被當作任何整形手術的模型；她的嘴唇與脖頸線條清晰；或許多年後奧黛麗・赫本都會想模仿她的姿態。所有這一切，和各部比例和諧的身體，以及金色的皮膚，單單那膚色就可以讓它的主人擁有永恆的優勢。

令人慶幸的是，迪瓦比她遙遠的先祖、同樣如此美麗的瑪麗亞・卡夫薩幸運得多，而且和卡夫薩相反，她非常清楚自己不同尋常的美貌，只是她不知道這究竟是好還是壞。滿心傷悲的母親將她放在膝頭，把她的臉捧在雙手間，深深凝望她，彷彿想要消失在她眼睛裡，每當這時，莫大的焦慮、愧疚和痛苦就會混雜在她心中，因為是她讓母親想把她的雙眼變成可怖的黑洞。她哭泣、扭動、閉上眼，免得母親消失。但當女僕和父親望著她，凝視美麗事物引出的幸福、和諧，閃耀在他們臉上時，她又覺得自己很好，能夠帶給她所愛之人快樂。

某天，她的外婆，阿蘇策娜・巴西利亞，向她解釋了這種矛盾的原因，以及應該如何做：「我親愛的，妳和全世界一樣，只是多擁有一些激發痛苦和快樂的能力。這一點很多時候並不取決於我們，而是望著我們的人的眼睛，在這種情況下，我們能做的事非常有限。但是，有一件事妳能夠做到，而且只取決於妳：選擇妳想要在人生中激發的，到底是痛苦還是快樂。一旦選擇了，就應該全身心地專注其上，那麼，妳就可以更好地控制這兩種情感。無論妳喜歡與否，全世界的人都會產生這兩種情感。激發的是痛苦還是快樂，都不是妳能決定的，但可以激發出更多的是哪一種，確實取決於妳。」

實際上，迪瓦選擇了更多。她也選擇去展現周圍事物的美，那些事物平平無奇，易於獲得，司空見慣，以至於我們根本沒能意識到它們有多麼美。揭示平常之物的美——正是為此，她開始在外婆的庭院拍攝剛剝好皮的玉米棒、香蕉蒂、攣葉豆的果實、花叢中無數微不足道的枯花。她替蔬菜、水果和花苞拍照，觀察並在家中的暗房放大相片，重點突出事物的特點，揭露令人訝異的形狀，因為它們從未被注意，儘管——又或者正因如此——人們早已見過它們成百上千次了。

如果說今天攝影是一門昂貴的藝術，那麼想像一下，在更早以前，攝影更是相當罕見的。就某方面而言，身為百萬富翁父親的唯一繼承人不得不說是件好事。迪瓦的熱情就是始於十二歲生日時，即狄安娜・阿梅利卡去世的那年，父親送給她一臺照相機。

迪瓦・費里西婭的人生充滿了新奇的變化和大小事件，一如她所處的十九世紀末。

首先，她是家族中第一個在學校系統學習的女人。她擁有家庭教師——老師和她只用法語對話——但她也在一所女校讀過幾年書。她也是家族中第一個出國旅行的女人。

母親死後，父親帶她去歐洲旅行許久。他們乘船出發，經過義大利、英國和法國，迪瓦在歐洲待了四年，學習藝術、特別是攝影與實驗技術。有一次，父親問她是否想在歐洲定居，她卻說不，她想回到自己的故土，回到她出生的國家。

她覺得巴西的一切更美麗、更光彩奪目。她愛這裡的景色、微風、氣味和陽光，尤其是陽光，對某些人來說有些過剩，於她而言則是歡樂、飽含生氣的源泉。她是陽光的愛人，她懂得如何分辨與欣賞不同形狀和強弱的陽光。她說，就像臨死前躺在床上的歌德一樣，她的臨終之詞將會是：「更多的光，更多的光！」[1]

是的，迪瓦說著一口地道的德語，讀過歌德和其他德國詩人的原著。萊茵河之旅及浪漫的巴伐利亞公路之行令她眩目。她從不知道生父來自德國，彷彿返祖現象讓她對德語和德國文化產生了愛慕，讓她就像一塊海綿，毫無困難地吸納那個遙遠且相異的民族之聲與個性。卡埃塔諾・阿西歐利從未告訴過她生父是誰，因為他對此也一無所知，就算他知道，也永遠不會告訴她。他早已認為自己就是女孩的父親，他看著女孩長大，視如己出，無比深愛。對此，他沒有絲毫猶疑與動搖。唯一可能知道漢斯・吉身分的人就是阿蘇策娜，但狄安娜也從未跟她提起他來自哪裡。是的，狄安娜說過他是一名詩人，「一個美好絕倫的詩人，我的母親，美好絕倫！」並且狂熱地將他比作歌德和席勒，但她應該不認為談論他的國籍是重要的事。無論如何，就算阿蘇策娜知道，她也不會講，因為她完全尊重阿西歐利的決定，她也認為他就是外孫女真正的父親。而當事人迪瓦自己的腦海中，從沒出現過卡埃塔諾・阿西歐利不是她生父的疑雲。

她十七歲那年從歐洲回來，帶著滿腔對巴西和巴西人民的熱烈愛意。她喜歡在城市中漫步，欣賞陽光跌落在房屋、大樓、紀念碑和廣場上。她沿著海灘信步，啜飲沙灘和海洋的光輝。她坐在廣場的長椅上，消磨悠長的時光，面對這座城市，想到自己在此所能做的一切，不禁沉浸在驚嘆之中。

幸運的是，她回來時正值日新月異、狂熱且騷動的時期。那時，無數激進思想正在里約熱內盧沸騰。伊莎貝爾公主剛剛簽署了廢除奴隸制的《黃金法》[2]，城市各處狂歡遍布，流淌著喜悅，人們正在慶祝姍姍來遲的新時代。奧維多爾大道的鞋店擠滿了曾是奴隸的自由人，他們快樂地揮霍自己微薄的錢財，購買夢想已久的生平第一雙鞋子。一切裹挾著歡欣，沒有人能掩藏興奮。

為什麼要掩藏呢？整座城市都沉浸在幸福中，都在慶祝，都喜笑顏開。人們從陽臺上撒下花瓣，

---

1 原文為德語及英語："Meh licht, more light!"

2 一八八八年五月十三日，巴西攝政公主伊莎貝爾簽署了《黃金法》（Lei Áurea），宣告奴隸制在巴西終結。

覆滿馬路和人行道。人們成群結隊地在街上遊行，或乘車或步行，被巨大的快樂推著向前走。音樂家在路邊即興演奏，而廣場上，在黑人迷人的巴突克音樂的環繞下來回舞動，接連不斷。

在這個國家的首都，從沒有比這更好的時刻了。

沒多久，共和國擁護者的示威與傳言也漸漸增加了。無論何時都能在路上聽見〈馬賽曲〉的合唱，年輕學子精神振奮地沿街遊行，高歌激進共和黨人改寫的國歌。

一天下午，興致盎然的迪瓦跟著這樣一組隊伍前行，這時，人群停住腳步，以便讓位給一名鬍鬚修剪整齊，褐色皮膚的英俊年輕男子，他爬上木箱，激動而威嚴地演講。

「我們想要一個人民的共和國。」他說，「一個能夠進行大型示威的共和國，一個擁有自由、平等及公民權利的共和國。這才是我們想要的共和國。我們不想要一個只會平衡、權衡、協調，將行使權力視作其最高價值的共和國。我們想要一個集體自由的共和國。我們想要的不是一個只可治理的共和國，而是一個不可治理的共和國，如果說這是必要的、如果說只有這樣，我們才能讓這個國家變成一個屬於人民的共和國。」

激情洋溢的隊伍爆出熱烈的掌聲，這名年輕男子被抬起來，遊行繼續，所有人群情激昂地高歌：「前進，祖國的子民……」[3] 過了一會，隊伍再次停下，那個年輕男子又爬上箱子，再度雄辯高談。

「完美的祖國並非是具有情感與愛意之女性天賦的祖國母親，亦非具有權力與力量之男性天賦的祖國父親。完美的祖國就是祖國，是所有平等公民的國家。能夠引領人民的孔德式的君主在哪裡？那種君主並不存在。」

結束時，他用法語對民眾勸說。「共和國應該是一個政府嗎？」[4]他喊道。聽眾回應道：「不……。」他聲音顫抖地繼續：「共和國應該是人民的！」[5]對此，人群嘶吼：「人民萬歲！」[6]

激動而快樂的迪瓦．費里西婭隨隊伍穿過好幾條街，她也高唱那首令她感動的歌，很少有歌曲能讓她如此。她想繼續聽那個共和國的擁護者、那個有遠見、年輕的共和國戰士的美好言辭。

那天，她沒能繼續聽，但接下來幾天，她終於有機會聽他講話，她為他歡呼多次，每一次都熱烈無比。或許更加熱烈，因為她很快就被注意到了，沒多久，他走近並自我介紹。他叫弗洛里阿諾．博特留，是一名工程師，認為唯一能讓巴西開明的途徑就是共和制，能讓這片土地成為最符合人類崇高理想的國度。當時他二十歲，剛從巴黎回來。

弗洛里阿諾是個理想主義者，擁有遠見且孜孜不倦。他加入一個共和黨俱樂部，把自己所有夢想

3 法國國歌〈馬賽曲〉的歌詞。
4 原文為法語："La République doit être un gouvernement?"
5 原文為法語："La République doit être le peuple!"
6 原文為法語："Vive le peuple!"

詳細地告訴迪瓦：他想將里約和巴西改造成來到此處的人都會深感震撼的城市及國家。

然而，對這名充滿激情的青年而言，隨之而來的共和國卻是毀滅性的打擊。他無比期盼的是一個平等、現代化、由兄弟般的公民共有的全新祖國，實際上，自其最初的宣言開始，這個共和國卻是令人震驚、模稜兩可、支離破碎的，讓他有苦難言。他日思夜想的共和國怎麼會被一群僅僅在桑塔納廣場上喊出幾聲「萬歲」，解散政府各部門，然後在城中舉行閱兵的軍人宣告成立的？人民在何處？他們去哪裡了？這個國家落入何人手中？他們說，軍隊鴉雀無聲地穿過里約街道，老元帥德奧多羅[7]看起來脾氣暴躁，臉色陰沉，甚至是鐵青色的，他們說，他絕對是呼吸困難。

弗洛里阿諾沒有屈服。

但已成定局，共和國無法改變。

比起給這個年輕工程師的革命熱情潑冷水，之後發生的事嚴重得多了。

菁英階層的投機本性、不擇代價的致富手段，卡努杜斯大屠殺[8]——報紙上每日都呈現極其可怖的事——以及充滿操作和風險的現代股票市場的建立，所有共和國的新事物讓他的內心充滿反感。他不厭其煩地重複說：這個屬於軍隊和菁英的共和國不是他的共和國。

他決定遠離政治。

正是在那段時間，他們倆決定結婚。迪瓦帶他去見外婆。她替外婆拍的照片也是在那段時期，此後一直珍藏著，視為最心愛的照片。她端坐在藤椅上，項鍊、手鐲、連衣裙和絲綢披肩綴滿全身，笑容漫出臉頰，周圍環繞著她的甜點、花朵、女性友人以及自由的黑女人，她雙手戴滿戒指——阿蘇策娜彷彿一位自封的王后，是富足生活的象徵。瑪格諾里婭阿姨也在這張相片中。她站在母親身邊，全身縈繞聖潔的氣息。她同母異父的哥哥迪歐尼斯歐缺席了，每當她出現時，他都不在。他不接受她這個妹妹，正如他從不接受自己的母親。他覺得自己被她們排斥了，因而回報更強烈的抵觸。

當他們回到里約時，弗洛里阿諾不再像此前那般失落，而就像一般的情況一樣，幾乎是不知不覺地，慢慢向共和國的實證主義者靠攏。因此，當他受邀和市長佩雷拉・帕索斯一起完成里約都市更新工作時，他沒有抗拒。同為工程師和城市規劃師的市長是弗洛里阿諾家族的朋友，他知道這個年輕人曾在巴黎深造，看過法國首都的龐大革新，那次改革是由聞名世界的豪斯曼男爵所主導的，是佩雷拉

7曼努埃爾・德奧多羅・達・豐塞卡（Manuel Deodoro da Fonseca, 1827-1892），巴西軍人、政治家，一八八九年十一月參與巴西共和政變，推翻佩德羅二世帝制，成立巴西第一共和國；一八九一年二月當選為正式總統，成為共和國首任總統。他主張集權，傾向獨裁，反對議會限制、監督其權力，並利用職權行私營利。同年十一月三日，違反憲法規定解散議會，宣布戒嚴，激起群眾不滿，鐵路工人舉行罷工、陸海軍出現騷動。十一月二十三日被迫辭職。

8卡努杜斯大屠殺（massacre de Canudos），發生於一八九六至九七年的巴伊亞州卡努杜斯市。這片地區素以貧瘠的畜牧業、乾旱的氣候以及居高不下的失業率而聞名；彼時，上萬名內陸居民正經歷一場巨大的社會、經濟危機。這支主要由佃農、新釋放的奴隸和印地安人所組成的隊伍逃往由「朝聖者」安托尼奧（原名安托尼奧・維森特・門德斯・瑪西埃）所建立的卡努杜斯堡壘。然而，該區的大農場主對此感到不滿，他們聚集在教堂前抗議，並造謠稱這些卡努杜斯人將要襲擊鄰城、攻擊首都，摧毀共和政府。儘管沒有任何依據可以證明這些傳言，但巴西政府仍派遣軍隊前往卡努杜斯進行鎮壓，造成近兩萬五千人死亡。

・帕索斯心目中的典範。他需要像弗洛里阿諾這樣的青年才俊在身邊，不遺餘力地說服他。

里約面臨的問題有：街道狹窄，大量的貧民集中在市中心的舊排屋，衛生條件十分惡劣，被視作公共健康的危害和威脅。越來越令人難以容忍的城市混亂則是公認的問題，尤其是在廢奴法以後，許多被解放的奴隸都離開農場，到城市尋求庇護，在城裡，他們缺乏一切。港口也無法承受日益增長的貿易量。

上面的命令就是港口現代化、改善都市衛生，以及城市革新。

一切似乎很正確，問題在於，對這座城市進行大改造時，要求進步高於一切的軍人和技師不接受任何有缺陷、拖延或遭到阻礙的方法。市中心的排屋被視為頭號公敵，而下達的命令總結起來就是「推倒它們」。同時下達的政令和特殊法案賦予市長充分的權力，他無需經過任何司法流程或補償措施就可以徵收和占有房屋。窮人們實際上是被掃地出門的。

以全速進行工程的名義下，對現代性的恐懼逐漸漫延開來。在這場喧囂之中，進步和文明與混亂、無序和「烏合之眾」的凶猛鬥爭正步步逼近。

起初，弗洛里阿諾還嚴肅地問是否可以透過不那麼專制和災難性的手段命令居民搬遷。但他得到否定，沒有時間浪費在討論上，應該完成的事必須執行，不管誰會受到傷害。最終，這都是所有人的福祉，大家都會理解和感謝這些無論如何都要實現的變化，目的正是讓巴西成為現代西方文明可信賴的、可接納的國度。

就這樣，他們開闢出一條又一條寬敞大道，彷彿巴黎的林蔭大道；為了打造對新共和國的新首都而言，相當必要的輝煌櫥窗，一棟棟美麗的大樓拔地而起；他們還開通了供雨水及汙水流通的下水道網絡。與此同時，一群衛生專家清理、消毒、焚毀被判定無法修復的房屋，砸碎他們認為已被感染的家具和鍋碗瓢盆，替看起來太過悲慘的人反覆接種疫苗，彷彿他們是一個個遊走的靶心，身上攜帶著從前殖民地帝國繼承而來的病菌，這些都必須儘快連根拔起。

實際上，弗洛里阿諾沒花多少時間，就完全相信讓整個國家現代化是最首要的，如果必須為專制的菁英階層工作才做得到的話，那麼這就是進步應付出的代價，畢竟，如果一切都有其代價，進步怎麼可能會沒有呢？是的，毋庸置疑，一個國家的現代化有其代價。他的理想開始變了，現在他期盼的是一個正確且精準的世界，一個被他這樣的工程師用工作檯上的尺丈量的世界。很快，他再次熱情洋溢地宣布：「現在我們要開明了，我們要趕上人類的進步了！」

沒多久，巴西其他大城市也想仿效里約熱內盧。弗洛里阿諾作為技師之一，受邀參與巴西第三大城市薩爾瓦多的都市化計畫制定，關於清潔消毒、呼籲城市衛生的宣傳原封不動地在薩爾瓦多付諸實踐。環境惡劣混亂、聚集在市中心的破舊住宅被視為疾病和瘟疫的發源處，而不斷受到攻擊和恐慌。

幾乎在不經意間，弗洛里阿諾成了維護拆毀、強調有效手段之必要性的狂熱分子，他主張為了達到目的，理應採取這樣的手段。就這樣，以強硬的行事風格，他開始成為一名技師，一個相信不惜一切代價取得進步的擁護者。他昔日夢想的共和國，那個遙遠的人民共和國，所有的榮耀與光彩，和他轉瞬即逝的青春之夢一同埋葬在墓中了。

迪瓦也一樣，如果說她還沒忘記，至少她再也不曾唱起〈馬賽曲〉了，而是全心投入攝影之中。實際上，她在攝影藝術的世界裡找到一條屬自己的精彩之路。她不再像從前拍攝自然中的蔬菜、花朵和果實，她開始將它們獨立出來，放在工作室的中性背景前，為它們拍攝真正的肖像。她運用獨特的技術、冷靜的構圖以及長時間曝光等方式拍攝，以一種罕見的力量，凸顯其無法抵禦的美與完美的自然形態。一捧中性背景前去殼的巴西油桃木果，一根平面上的單獨的玉米棒，一堆休憩的羅望子，一朵盛開的香蕉樹花，裡頭掛著幾株半青不熟的小香蕉，一束摘自花叢中的乾燥花：她讓這些事物在她面前呈現出寧靜感。極簡的構圖，清晰的光線與特寫，奇妙地揭示這片大地上每一種果實的光彩與獨特。

根據藝術界常發生的巧合，迪瓦・費里西婭的影像和差不多同時代的英國人查爾斯・瓊斯[9]的攝影作品之間有許多相似之處。他們分別在各自國家超越了此後的靜物攝影大師好幾十年。不幸的是，迪瓦大部分的照片都消失在燒毀弗拉門戈家族宅邸的大火，那場火災是在博特留家宣布破產時，由她長子尤多洛的妻子，即她的兒媳所引起的。這個故事之後再講。

迪瓦和弗洛里阿諾共育有兩個兒子，尤多洛和加斯帕爾，休息很長一段時間後，他們又有一個女兒，安娜・尤拉莉婭。但他們的婚姻十分糟糕。

弗洛里阿諾在許多方面都變了，不僅是對共和國的觀念。如今他交往的都是頗具影響力的商貿新人，所謂共和國的投機分子，目標都是迅速致富，炫耀奢華生活。他沉迷華貴的衣裝，培養出購買藝術品和舶來品毫不手軟的習慣。他開始染上玩撲克牌和出入賭場的嗜好。漸漸地，他和迪瓦的婚姻變成對他良好社會地位而言不可或缺、有名無實的關係，其中已無真情，甚至連友愛都不存在。迪瓦十分不屑他的陪伴。

她將大房子裡的一間臥室，改裝成自己的攝影工作室和實驗室。當她並未在城中漫步，沉浸在尋找新的形式、體積和光線時，絕大多數的時間都是在工作室度過的。

她被視作特立獨行的女人。她的穿著很有創意，不追隨巴黎的時尚，有自己的風格。她沒有女性友人，因為她不喜歡小型喜劇式的社交生活，情願獨來獨往。她曾經有幾年加入一個畫家組織，但分

9查爾斯・哈利・瓊斯（Charles Harry Jones, 1866-1959），英國園丁和攝影家，作品多為水果和蔬菜的靜態影像。

裂和競爭瓦解了他們之間脆弱的共通點。她唯一的朋友是一名老畫家，獨居在聖特蕾莎區[10]孤零零的小山上；她經常和他促膝長談藝術與生活，多次在他面前赤裸地擺姿勢，這一點丈夫甚至做夢都想不到。她非常想念阿蘇策娜外婆和瑪格諾里婭阿姨，自從她們去世後，她再也沒回去山腳下的房子。她幾乎和同母異父的哥哥迪歐尼斯歐斷了聯繫，無論如何，後者總將她當作陌生人或幾乎是敵人。

她兩個兒子和女兒都在寄宿學校，週末才能見他們。寄宿學校是弗洛里阿諾提出來的；她同意了，因為她認為這會更適合孩子們。

許多人認為迪瓦太過奇特、古怪，甚至有些異常。可能確實如此。實際上，她非常孤獨。她的童年和青春期早期都是在母親身邊度過的，母親病弱而經常缺席，陪伴她的還有年邁的父親，他很寵愛她，但他和一個孩子之間肯定沒有太多話題。在外婆家令她難以忘懷的短暫時光也不過如此，無法填補日常的空缺。在歐洲的留學歲月，常有女教師陪伴在側，不管她們多麼溫柔，也無法視為平等的同伴。隨之而來的就是她和一個衝動的共和黨人結婚，而他很快就成為日理萬機的技師。無論她多愛她的孩子們，她也無法要求他們占據不屬於他們的空位。幸好她還擁有藝術，她放任自己完全地、甚至有些心滿意足地沉溺其中。她並非是不幸福的女人，而是自我實現的藝術家。儘管她的生活有諸多缺憾，但歸根結底，她能與自己平和共處。

因此，當她發現弗洛里阿諾在拉帕區[11]的單身公寓——他在那裡接待過著波西米亞式生活的里約眾所周知的「高級妓女」[12]，她的反應是好奇的。她拿到公寓的鑰匙，帶著相機前去探察。屋裡配有進口家具，牆壁掛著淺綠色綢布和祖母綠的絲絨窗簾，是一個品味不錯的地方，儘管有點過於現代。她在那兒花了好幾個鐘頭，細細拍下一切，然後前往瑪麗・拉默爾夫人的「天上人間」[13]公館，弗洛里阿諾傾慕的高級妓女們都住在那兒。她以攝影家的身分向拉默爾夫人自我介紹，說自己想和她的女孩們一起完成一項藝術工作，當然了，她會按鐘點付費給這些模特兒。

迪瓦並不十分清楚自己的意圖，抓起照相機，拍下單身公寓和高級妓女，幾乎是直覺反應，彷彿是自衛的態度、為某事提前做準備、本能認為應當採取的反應。她既不悲傷也不怨恨，因為很久以前她就不愛弗洛里阿諾了；她也並未因為所謂對丈夫的擁有權受到威脅而產生憤怒，因為她早就認為弗洛里阿諾不屬於她了；她也並未因被背叛而感到難以言明的恥辱，因為他們的關係並非如此；她也並未因發現自己有多麼不瞭解丈夫而驚詫，因為她早就知道，對任何一個他者，完全瞭解是不可能的。

並非上述任何一種情感，僅是震驚，因為她突然意識到，從那一刻起，她的人生必須改變。這是意料之外的震驚，毫無預警地來臨，將停滯在無意義的穩定性的事物置於運動之中——但一直以來

10 聖特蕾莎區（Santa Teresa），里約熱內盧市中心的城區。
11 拉帕區（Lapa），位於里約熱內盧市中心，娛樂業十分繁榮的傳統城區。
12 原文為法語：「cocottes」。
13 原文為法語：「Le Ciel sur la Terre」。

都太過穩定，似乎不可能還有行動的能力。和這種能力的猛然相逢讓她變成了如此，不知道該如何行動，但她已經開始行動了，如此，才能透過照相機的魔眼，以她知道的方式思考。

持續好幾週的工作之後，當她完成拍攝高級妓女時，她發現自己手中的材料具有難以置信的原創性。起初，就在那兒的房間，她以各種方式、各個時段，用特寫或近景拍攝她們全身；她們或坐、或躺、淋浴、大笑、哭泣、抽菸、穿衣、交談。和她拍攝蔬菜、花朵和果實的方式恰好相反——她將它們從自然中取出，單獨置於工作室內——她倒置方法，讓赤裸、半裸或不戴飾物的女孩變成大地的果實，變成自然的元素，融入景色之中。就這樣，從樹木中伸展出枝條般的大腿和手臂，灌木林和全新物種相互交混，葉片纏繞在各式各樣的頭髮之中，鱗莖顯現出它與女性乳房的血緣關係。

當迪瓦工作接近尾聲時，她也意識到，自己已經知道要做什麼了。她想澈底改變人生，去歐洲待一段時間，拜訪巴黎的熟人，然後回到巴西，開啟全新的生活。

她向孩子們解釋自己要去歐洲待幾個月，然後留給弗洛里阿諾一個大信封，裝著在單身公寓拍攝的所有照片，還有一張小紙條，她在上面寫道自己將赴巴黎，當她回來的時候，不想在她父親的宅邸看見他。她把那一系列高級妓女的相片和更早之前拍攝的的蔬菜、花朵和熱帶水果的相片帶上，準備展示給朋友看。

這是一次重尋自我的旅程，一次重新確認自己和藝術的旅程。她目睹國家在戰後重建，因此確信自己的人生也可以重建。三個月後，她覺得自己準備好返程了。

在返回巴西的旅途中，迪瓦在船上認識一名巴西女畫家，這位迷人的年輕女子也是從巴黎返回的。兩人立刻成為朋友。儘管年齡相差懸殊，但她們有許多共同之處：迪瓦，女攝影家，美麗且朝氣蓬勃的白髮女士；塔爾茜拉也是一名美麗的女畫家，活力四射，正是多姿多彩的青春階段。

迪瓦興高采烈地展示一系列令塔爾茜拉嘆為觀止的相片。離別之際，迪瓦將其中兩幅作為禮物送給她，這兩幅相片令她深深著迷，都是微距影像，第一幅是一顆彷彿站立著、孤零零、矮墩墩的南瓜；另一幅則是一串野生小番茄，彷彿由內向外透出光芒的黑珍珠。

在之後寫給迪瓦的其中一封長信中，塔爾茜拉寄去正在進展的繪畫草稿，請迪瓦看看：迪瓦曾在船上展示並贈予的影像的形式和體量是如何幫助她思考新畫作的。她堅持邀請迪瓦來拜訪自己，看她正在準備的展覽，還邀請迪瓦在聖保羅展出影像。她談及自己的聖保羅友人，還說她非常確信他們也會被迪瓦的作品吸引。

儘管迪瓦早已計畫立馬前去拜訪她，但她未能啟程。她回到里約，發現弗洛里阿諾果斷拒絕分手，因為這將會在博特留家族的名字上留下汙點。兩個兒子和最小的女兒也站在父親那邊，絲毫不接受母親的立場。

儘管她用盡全力，但這段穩定的婚姻為了不失去其領地，婚姻的偽善和慵懶之力也想方設法與她對抗。

剛從巴黎回來，明確知道自己想要什麼和應該做什麼的她此刻非常困惑。此前她並未料到來自孩子們的壓力，尤其當她看見小女兒安娜・尤拉莉婭臉上浮現不快樂的神情。她從沒有真正理解女兒的行徑和方式。實際上，她盡可能假裝看不見她所感覺到存在於女兒心靈中的事物。她告訴自己，她錯了，所有青少年都是這樣的，但她打從心底知道遲早要面對自己和女兒的問題。這類事情發生太多次了，不是嗎？這種神奇的想法是在無意識推遲太過困難的問題，彷彿避免看見這個問題最終就能讓它消失，彷彿試著推遲就是在為解決辦法的到來提供一段必要的時間。

迪瓦仍保持自己的習慣——心無旁騖地在街上遊蕩，包裡準備好照相機；漫步已成為她的思考方式。她四十九歲了，和同輩的女人相反，她覺得自己依舊幹勁十足，她熱愛生活、陽光和藝術。但她很困惑，不知道該怎麼做、能在哪裡找到出口。回巴黎，不，她愛巴西，她的孩子們在這裡，她想在這裡生活。

她總是心不在焉，一輩子如此。一名駕駛著剛從父親手中得來的進口跑車的年輕男孩，經驗不足，性子急躁，十分有可能以完全不適合的速度在城市街道上奔馳。迪瓦不知道里約的街道非常危險，汽車和電車穿梭來去、川流不息。車輛相競所致的災難早已成為這座城市公共安全的危害因素之一，這裡沒有適當的道路系統，也沒有交通號誌或標示牌。彼時，仍是奢侈品的汽車被視作運動項目，其速度代表了現代生活的高潮。即便導致傷亡的車禍事件也只需支付微薄罰金。

那輛車把她撞飛得很遠。

她的後腦撞上人行道，幾乎當場死亡。

在所剩的剎那，她看見一束光熾烈地聚焦，瞬間淹沒她，讓她永遠沉浸在明亮之中，在她並未預見也毫無意識的情況下，滿足了她一生中最大的願望：更多的光！

安娜・尤拉莉婭（一九〇六—一九三〇）

在學校的小教堂裡，尤拉莉婭跪在從廚房修女那兒拿到的小玉米粒上，心神不寧地祈禱、哭泣。那是一所寬敞、高牆圍繞的學校，她在其中度過了寄宿生活。她祈禱上帝改變她的人生：她的不幸何其多！如果母親和父親將要分開，她會羞愧而死。她祈求不要發生。如果母親離世，那麼她的問題就不復存在；她會很傷心，但不至以此為恥。如果母親死了，她會照顧父親，她人生中會有多少事因而好轉啊！聖羅薩，請幫幫我！

尤拉莉婭出生在日新月異的時代。巴西完成了都市化，景觀大變，驚奇之事將所有人裹挾至新穎、紛亂、無休止的路上。

當迪瓦對她和她的哥哥們說將要去巴黎旅行時，沒有告訴他們真正的原因。她想避免讓孩子們以不恰當的方式知道分手的消息，因此她只對他們說自己需要去旅行幾個月。但弗洛里阿諾毫無顧忌。恰恰相反。他利用妻子在外旅行的機會向孩子們灌輸他自己的版本，他對他們說，母親的情況越來越糟，越來越奇怪，現在甚至產生想要和他分開這種不道德的念頭，她要求他——他們的父親——從他們居住的房子搬出去。他如此說著，所有孩子都對迪瓦的決定感到憤怒，尤其是尤拉莉婭，她還處於青春期的小腦袋裝滿狂熱的天主教思想，彷佛是一本交纏著混亂想法和願望的小說。

她一連哭了好幾天，感覺自己被背叛、被排拒，以及羞恥，於是，她堅定不移地站在父親那邊，認為他也是母親瘋狂和冷漠的受害者。

實際上，這個消息成為她和迪瓦彆扭關係的最後一根稻草。在家裡，她十分依戀父親，總是對他優雅奢華的形象抱持誇張的欽慕；在學校，她毫不懈怠地遵守他們所處的菁英小圈子裡的規則與禮節。漸漸地，她接受的那套價值觀讓她澈底遠離母親，母親的舉止、態度與同學的母親們大相徑庭，她視之為乖張和古怪，為此感到非常尷尬與羞恥。她相當排斥母親無比獨特的風格，所以每當母親，而非父親，在學校門口接她回家過週末的日子，被她視為真正的受難。當她看見迪瓦的身影——她認為母親的打扮異於常人，應該受到譴責——一股難以啟齒、逐漸蔓延的羞恥感攫住了自己。她穿戴的色彩，她的造型，她的姿勢、態度和眼神，她身上的一切都與其他母親低調優雅的法式風格完全相反。尤拉莉婭縮著身子，緊盯地面，漲紅著臉，她一把拉走母親，想要快點離開學校大門。

一天下午，當女學生們離開寄宿學校去恩賽達・德・博塔弗戈海灘散步時，尤拉莉婭認出了母親，她站在海面上方一塊巨大的岩石上，全神貫注地拍攝著。一個同學也認出她，指向那遙遠的身影：「看，妳媽媽在那兒！」那一刻，尤拉莉婭正推著其他同學去另一頭散步，她勉強掩飾著：

「誰？我媽媽？不，妳搞錯了，那不是她。我們趕緊離開這兒吧，這邊太危險了，快走！」

顯然，那就是她與眾不同的母親。母親單薄的白裙明亮純淨——那是迪瓦最愛的顏色，她幾乎只穿白色，和其他母親身上低調的暗色截然相反——她隨風飄揚的絲綢披肩也是白色的，潔白無比，彷彿跌落在她背脊的浪花；她起伏的長髮像海洋般散落腳邊，她讓自己的頭髮自由垂下，和那些循規蹈矩將頭髮牢牢綁在帽子下的女士相比，又是一處鮮明的差別。那就是她的母親，明淨、俐落、敏銳、與眾不同；但母親自由的身影在她眼中卻是野蠻的，所幸，母親站在岩石上，透過和她形影不離的相機的魔眼，久久地、忘我地凝視著，而未看見一群學生正在女兒的指揮下離開海灘：「走吧、走吧，奧豐茜娜修女提醒過我們不該來這邊的」。

對這個不安的青春期女孩而言，迪瓦頗為強烈的獨特個性是她無法承受的包袱，她最隱祕的願望就是擁有一個和其他母親一樣普通且正常的母親。她討厭迪瓦拍的影像，覺得十分恐怖——若她拍攝的是些美麗的事物就算了，但並非如此，她的影像盡是些奇怪、令人生厭，除了她沒人會去拍的東西！她認為母親的相機就是一個可憎且無法理解的存在，她痛恨踏入母親的工作室，就像她對洗相片的小暗房幾乎有生理上的恐懼。

與母親輕盈、輕鬆的明亮氛圍截然相反，尤拉莉婭彷彿一口深井，裝滿沉重且黑暗的情感：不解、妒忌、排斥、羞恥、厭惡以及想要一切完全不同的黑暗願望。

當迪瓦死於那場愚蠢的車禍時，尤拉莉婭覺得自己的宗教信仰與痛苦的想法達到了頂峰，她不得不往那口充滿不安、快要爆炸的深井中增添夾雜著愧疚、後悔和失落的苦痛。是的，罪魁禍首只可能是她！

她在小教堂裡度過的時間更多了，思緒混亂的她不斷地哭泣，用罪孽鞭笞自我，譴責自我，懺悔，祈禱寬恕。

多麼紛繁蕪雜！多麼不安的心！

我多希望自己可以說，尤拉莉婭的困惑只是一時，只是青春期的煎熬，但並非如此。那些過剩的、漫無目的、狂亂的情感，貫穿了她的餘生。

那所著名的學校只收來自巴西各州的富家女。

其中，阿德莉安娜來自聖保羅，是一名坐擁咖啡種植園的男爵之女，她成為尤拉莉婭最好的朋友。那年，在首都聖保羅，阿德莉安娜愛上一個英俊的義大利人，她在堂姊家認識他，他們交換了些隻言片語，或許還互相微笑兩三回。這已足夠讓他成為她們頻繁談起的話題，當時他被形容為阿波羅的直系後裔，除開這一切，更美好的是，他的下巴上有一個酒窩，臉頰還有兩個酒窩。阿德莉安娜剛從假期返校，便立刻以朋友的身分寫信給他，她下筆正式，彬彬有禮，想要試著鼓足勇氣表露心跡。

這所學校十分森嚴，高牆圍住了少女的世界，任何真實都離她們十分遙遠。那個義大利男孩是誰，他做了什麼和沒做什麼，這類話題從沒在她們的談話中出現。這些家境優渥的女孩甚至絲毫沒有意識到自己的優勢，彷彿外面世界僅僅是她們世界的放大。在她們眼中，阿德莉安娜愛上的那個男孩一定也和她們一樣過著優越的生活。

但他不是。

阿德莉安娜看見翁貝托・蘭希厄李的那天，他正陪著自己的裁縫父親。當時，他們帶著房子的主人，也就是阿德莉安娜的叔叔，所訂購的西裝，為了進行測量和最後的修改。翁貝托子承父業，是父親的助手，在某種意義上，他也是父親的模特兒和行走的廣告，因為當他舉止優雅地穿著父親縫製的一流西裝時，生動地展示了何謂高級。他天生的酒窩加上精緻服裝，讓那些少女們——彷彿一隻隻充滿幻想的純真小飛蛾——融化在他周圍。

阿德莉安娜愛上他的外表和年輕神靈般的身姿，這對她來說就已足夠了。

那時，尤拉莉婭僅僅通過朋友醉人的描述才認識他，翁貝托・蘭希厄李開始成為她每晚夢中的王子，值得她為他戰鬥與犧牲。

她曾在小教堂中長時間宣洩折磨她身心的情感，而現在，她花費時間祈禱自己最好的朋友的男友會愛上她——尤拉莉婭。帶著如此強烈的感情，她激昂、高亢地祈求聖羅薩不要讓翁貝托回覆阿德莉安娜的信。

然而，儘管她思緒紛亂，又有強烈的宗教信仰，這個年輕女孩一點也不愚蠢，她本能認為自己不能將真實的人生交付給聖母。於是，在朋友不知情下，她取得那個有酒窩的聖保羅人的住址，開始以比朋友更明確且不正式的風格寫信給他。此外，她還從信箱取出一封阿德莉安娜的信，模仿她的字跡——她十分擅長此事——在信中插入一段毫不含糊的附言：她，阿德莉安娜，正為即將來臨的訂婚日感到無比興奮與幸福，她將要嫁給一位來自里約熱內盧的求婚者，他十分英俊，而且，毫無爭議的是，還擁有前程大好的職業！

使用這個小小計謀後，她在愛情的疆域裡一帆風順。現在萬事俱備，只差親自認識這名少年了。

安娜．尤拉莉婭深陷愛情之中，所以當父親通知她要讓她退學，她的教育將從此結束時，她並未感到奇怪或擔憂。相反地，這對她反而是自然且合適的決定；是的，實際上，她可以認為自己的教育已經結束了，換言之，這意味著她可以準備結婚了。

然而，事態正朝女孩從未想過的方向前進。

父親讓她退學的原因完全和她所想的不同。妻子去世兩年後，弗洛里阿諾．博特留發現，自己瀕臨破產，他一蹶不振、一籌莫展。

他和兩個年長的兒子尤多洛與加斯帕爾揮霍無度，基本上只會消費，不怎麼會賺錢，岳父阿西歐利的財產漸漸被淘空。毫無疑問，作為工程師的弗洛里阿諾賺得不少，但遠遠不夠支撐他奢侈的習慣。此外，如果說作為工程師的他能力尚可，那麼作為理財家的他則糟透了：曾有兩三次，他試著和兒子還有友人一起投資，卻只是消耗老丈人留下的遺產。在最後一次失敗的冒險以及一場輸得精光的賭博後，他落到如今幾乎可謂悲慘的田地。

弗洛里阿諾無法接受這樣的情況。他精打細算的天性將其視為一個無法承認的錯誤、一次蒙羞受辱的失敗、一種喪盡顏面的處境。他失去一個又一個朋友，就像多米諾骨牌。環顧四周，看看這個國家，看看他的身邊，爆發多少問題了——早已變成極端個人主義者的他甚至無法這麼安慰自己。

第一次世界大戰已在歐洲結束，卻傳來驚人的消息，譬如蘇維埃革命，以及從聖保羅爆發，蔓延至里約的工人大罷工。這個國家正在飛速變化，儘管不是所有人都能理解，也沒人滿意，甚至包括軍人，那些軍營中的年輕中尉越來越蠢蠢欲動。

正是在這股熱潮中，弗洛里阿諾決定前往聖保羅孤注一擲。那是一九二四年，完全不宜旅行的時期，但尤拉莉亞從父親的打算中，看見了認識翁貝托的大好機會，於是堅持要求父親帶她一起去。

那時她剛滿十八歲，一個巨大祕密藏在她的心底：遙遠的愛戀。

沒有心情深究任何決定的弗洛里阿諾同意帶上她，或許這會是個好主意：聖保羅人還不太清楚他的經濟狀況，說不定女兒能在那些大咖啡種植園主中尋到一樁好婚姻。

當時正值六月，陽光歡快明媚，那是聖保羅某些冬日所特有的陽光。陌生的寒冷讓這位年輕女孩覺得愉快，她一抵達，便給優雅的義大利人寄去一封信，告知他們在市中心下榻的酒店名稱。

他立馬動身前去與她相識，也向弗洛里阿諾自我介紹，但弗洛里阿諾只拋回兩三個字，他急著出門，滿心沉浸在個人深淵之中。翁貝托邀請尤拉莉婭去阿南嘉巴烏廣場[1]散步，然後去市立大劇院對面的牛奶店喝杯茶。

聖保羅是座寧靜寬闊的城市，充滿省城氣息，和浮躁的首都截然不同。

那天，晴空萬里，翁貝托為她撐著陽傘，用灼熱的目光讚嘆她纖弱的身姿。尤拉莉婭略微顫抖地觸碰他的手臂，覺得自己是世界上最幸福的人，或許所有路人都在嫉妒她。

如果阿德莉安娜現在看見他倆，肯定會驚訝得說不出話來！

冬日的輕薄陽光讓這個下午溫暖許多，一粒細小的汗珠從翁貝托的左耳徐徐滑落。那是一粒微小、半透明的汗珠，令尤拉莉婭情不自禁地想要親吻他那裡，那塊小小的、靠近耳朵的地方；一瞬

1 阿南嘉巴烏廣場（Vale do Anhangabaú）的字面意思為「阿南嘉巴烏河谷」，但其實在現代聖保羅城中，此處是公共廣場。

間，她的呼吸彷彿消失了，在輕緩的暈眩中，她微微張開嘴，確信自己將永遠愛他。

§

在這對小情人和弗洛里阿諾個人的麻煩之外，年輕軍人的叛亂愈演愈烈。他們想要阿圖爾·貝納德斯總統[2]下臺、削減行政權力，規範社會道德。軍營內的士兵騷動不已。朋友們都建議弗洛里阿諾回里約，或至少離開下榻的酒店。最後，其中一位友人邀請他們前來位於伊吉厄諾普利斯區[3]的豪宅寄宿，那棟房子遠離由士兵把守的中心街道。

但弗洛里阿諾不太舒服，他感到噁心。他變得陰鬱封閉，期盼得到借款，他相信那就是他的救贖。他走在街上，彷彿看不見四下的躁動、狂熱，看不到似乎席捲整座城市的戰爭氛圍；無論他走去哪兒都有傳單向他遞來，許多人行道都被堵住了，但他好像什麼都看不見，什麼都提不起他的興趣。他與尤拉莉婭並肩而行，儘管到處彌漫著驚慌的氣息，他們還是經常出門，因為弗洛里阿諾認為出門是義務，彷彿他要辦什麼重要的事情，如此，他就可以逃脫等待借款回音的壓力，也可以不在那位東道主的面前出現，後者是一個擁有眾多朋友和社交活動的男人。此時是七月之初，他們兩人，父親和女兒，走在伊吉厄諾普利斯區的街上。

不想出門的尤拉莉婭注意到弗洛里阿諾似乎漫無目的地行走，她問他要去哪兒。她和翁貝托有一個約會，不想在外面待太久。

父親沒有回答。他神智不太清醒地認為，翁貝托應該是那個正在追求女兒的年輕人。他來自哪個家族？他不認識他，他必須得瞭解清楚。他是個優雅的年輕人，穿著得體，應該是來自富裕家庭；終於，他想把女兒嫁給一個富有的聖保羅人的計畫可能要實現了。但他揮之不去的糟糕狀況，以及此刻手臂的疼痛，他轉向尤拉莉亞，想說點什麼，卻突然啞然無聲。

弗洛里阿諾抓住自己那條手臂，彷彿要扭斷似的，他踉踉蹌蹌地走了幾步，感覺世界正在打轉，他想抓住眼前的任何東西，轉了個圈，眼睛瞪得巨大，焦急地想要對誰說些什麼，然後，摔倒在人行道上。

心臟病發作能讓人頃刻間一命嗚呼。

當人行道上的路人停下腳步想要幫忙時，尤拉莉婭不願也不敢相信，父親已經死了。

接下來的日子像濃霧般籠罩著這個孤女。聯邦軍隊持續轟炸城市，試圖掃清聖保羅起義軍。她的哥哥們甚至無法前來參加葬禮，因為里約和聖保羅之間的交通被切斷了。

2 阿圖爾·貝納德斯（Artur Bernardes, 1875-1955），巴西二十世紀初的政治家，一九一八年當選米納斯吉拉斯州主席，一九二二年被選為巴西總統並任至一九二六年。貝納德斯在任期大部分時間因面臨軍事叛亂，而多處於戒嚴狀態。

3 伊吉厄諾普利斯區（Higienópolis），為聖保羅市中心的高級富人區。

戰爭到來了[4]。

阿圖爾・貝納德斯總統用加農炮拿下了共和國廣場、聖伊菲吉尼亞高架橋、聖本圖小廣場和派桑杜市。震耳欲聾的炮鳴和火焰令人驚駭，摧毀了這座城市的中心，這座尤拉莉婭才剛認識的寧靜的城市。樓宇和房屋被夷為平地。成千上萬的人不得不撤離。上百人死去，上千人受傷。

父親朋友的家族為他辦了一場簡單、迅速的葬禮，他們把尤拉莉婭一起帶走，前往離聖保羅數里遠之處避難。那些日子，她一直迷失在自己的濃霧之中。

七月底，叛軍從這座城市逃走，前往馬托格羅索州。這便是之後那支隊伍的開端：幾個月後，來自南里奧格蘭德州的反叛軍也加入他們；接下來的兩年內，他們走遍大部分國土。這就是此後赫赫有名的「普列斯特斯縱隊」[5]。

市中心變成一片廢墟。經過那裡的人們無不驚詫於這樣的毀壞，也無法理解這場戰爭的動機。尤拉莉婭和父親的朋友們一同回到伊吉厄諾普利斯區的大房子，翁貝托前去找她。那些日子裡，所有發生在她身上的事：父親溘然離世、難以理解的戰爭、恐慌、無助，未來對她來說一片漆黑，什麼都看不見⋯⋯這一切讓她身披重荷，在她的身上留下烙印。

她比從前更瘦，更蒼白，也更迷茫。

和城中所有居民一樣，翁貝托帶她去看戰場廢墟。她被他攙扶著，努力在瓦礫之中找出一條小路，那是城市的瓦礫，也是她內心的斷壁殘垣。她的世界天翻地覆，宛如他們途經的道路般千瘡百孔。到處都是坍塌的城牆，焚燒物酸臭的氣味撲鼻而來，碎玻璃遍布地面。映入眼簾的還有燒得焦黑的磚塊，彷彿暴露出這座廢城的傷口。

那不是適合情人散步的地方，更遑論求婚。但是，正是在那兒，在殘留的廢墟和焚毀的氣味之間，翁貝托對她說，他想和她結婚。他說，別再回里約了，留在這兒，他會永遠照顧她。

後來，翁貝托問了自己許多次，他到底為什麼會和剛認識的陌生女孩結婚。或許是由戰爭激發的荒誕感情的結果。或許他把想要保護她的強烈欲望和愛情搞混了，其中還摻雜著他第一次見到她時的同情。還有他對她牛奶般柔軟肌膚的欲望，他想緊緊將她摟入懷中，讓她無法喘息。同樣存在的還有虛榮感，他知道自己被深深愛著；以及自豪，他任由她那雙燃燒著巨大熱情的眼睛愛撫自己。

4指一九二四年聖保羅起義，也稱「一九二四年革命」，是巴西史上規模最大、發生在城市的戰爭，聖保羅成為了戰火聚焦點。炸彈、飛機轟炸、攜機槍的士兵以及地面游擊戰都讓人聯想起第一次世界大戰。軍人對經濟危機和政治集權的不滿情緒是引發這次起義的導火線。

5路易斯・卡洛斯・普列斯特斯（Luis Carlos Prestes）是巴西共產主義政治家，曾任巴西的共產黨總書記。深受十月革命和馬列主義的影響，他組織並策劃一九二二年七月五日的里約熱內盧士官暴動。一九二四年十月，他作為上尉，領導了南里奧格蘭德州軍營起義，並帶領叛亂者向北進軍，於一九二五年三月與聖保羅叛軍匯合。一九二七年，革命起義遭到強烈鎮壓，隊伍被迫轉入玻利維亞境內。普列斯特斯率領「普列斯特斯縱隊」，一千五百名士兵在近兩年五個月時間裡，轉戰巴西十三個州，行軍兩萬五千公里，這一壯舉使普列斯特斯成為巴西乃至國際上的英雄，被譽為「希望的騎士」。

當他收到她的第一封信時——她說自己是阿德莉安娜的朋友，還說自己正從遠方愛慕著他——他覺得她有些魯莽，但也相當有趣。出於征服的樂趣、被奉承的受寵若驚，以及冒險的想法，他回信了。當她繼續寫信給他，甚至寄去自己的照片時——那張纖弱的小臉在遠方對他露出愛戀的笑容——他再次回信。而當他意識到時，他已經會因等待遲來的信件而感到焦急。照片上充滿愛意的笑容，信件上寫滿缺乏邏輯的想法與話語，以及彷徨的情感……她身上的某些東西開始令他動容，儘管他也不清楚究竟是什麼。

當他在聖保羅見到她本人時，覺得她和他交往過的所有女孩都不一樣。她的脆弱，她柔軟雪白的肌膚，她空靈的姿態；他永遠無法忘記，那個陽光過於豐沛的冬日午後，坐在廣場長椅上的她微微張開嘴，露出一排小巧潔白的牙齒，她深深凝視著他，眼中流露的愛意如此濃郁，讓他以為她在下一秒就要昏厥過去了。從那時、那刻、那瞬間起，他知道，若由他決定，他將永遠不讓她離開。

她父親以那樣突然的方式死去，同時，整座城市彷彿倏忽間變成人間地獄，她孤獨地陷入噩夢之中。那時，他覺得自己和她更為緊密，彷彿命運正用自身的不可理解之力讓他獨自承擔起對她的責任。他不能也不會讓她孤身一人。於是，在城市的廢墟中，他向她求婚了。

翁貝托是叛軍的熱情支持者，儘管他父親，一個不堅定的無政府主義者，嗓音雄渾、高亢地說：

這場戰爭不值得捲入，他兩邊都不支持。

他的父親是名裁縫，在聖保羅客源頗多，住在貝西嘉區一棟兩層樓的頂樓，一樓是工作坊。他的長子和二兒子翁貝托繼承父業，和他一起工作，另外三個雇員也都是他的兒子。小作坊裡有幾張大桌子，幾架沉甸甸的熨斗，還有一些藍的、粉的、紅的粉筆頭，散發著熨燙布料的氣味，以及粉筆的碳味與男人的汗味。

他們結婚時，尤拉莉婭就住在那兒。

弗洛里阿諾死後沒多久他們就結婚了。當局勢平穩下來，尤拉莉亞可以返回里約時，她已經訂了婚。她的確愛上那個認真、有酒窩的義大利人，和所有陷入愛情的人一樣，她沒有考慮太多他的家庭情況，甚至壓根沒想過她即將在新生活中碰到的巨大落差，就算她想過，也不覺得有太多差異。當她回到里約時，她發現，為了爭奪外公阿西歐利留給他們那少得可憐的遺產——宅邸和家具——她兩個哥哥幾乎反目成仇。

她的大哥尤多洛和一個上層社會的女孩結了婚，但他岳父的經濟情況也不好，因此在弗洛里阿諾還活著的時候，他們夫妻就搬回外公的宅邸。加斯帕爾繼承家族好賭與波西米亞精神，他靠一座蓋在烏爾卡海灘的小賭場為生，最後他同意帶走並賣掉家具和藝術品，尤多洛和尤拉莉婭則平分宅邸。尤多洛承諾會儘快賣掉宅邸和她分錢，於是尤拉莉婭收拾行李，回到聖保羅結婚。

加斯帕爾想陪妹妹一起，他對義大利人的家庭相當好奇，但他當時無法離開賭場。他保證很快就去探望他們。至於尤多洛和他的妻子，他們沒有多餘的錢支付去聖保羅的交通費及住宿費，此外，他們還擔心如果出席了，妹妹會要求他們負擔一部分婚禮的費用。

尤拉莉婭獨自離開，開始新生活。

蘭希厄李家族敞開雙臂歡迎她。

然而，對她來說，變化實在太劇烈了。從一個百萬富翁級別的資產階級家庭的漂亮宅邸，毫無過渡地落到半無產階級的房子，這裡的臥室很少，但要餵養的嘴卻很多：一對夫妻，五個兒子和一個新兒媳。新婚夫妻住其中一間房，蘭希厄李家的四個兄弟則擠在另一間。他們全是男人，這也是尤拉莉婭像第一個女兒般受到歡迎的原因之一；但是，義大利人流露出的過分熱情讓她迷惘。她比從前還要困惑、迷茫。她常常隨便找個藉口，好獨自待在房間裡祈禱。

我在哪裡，她自問，我在哪裡？

她的家族已經支離破碎，她學校的朋友們……如今她生活在一間狹窄的城區房子的臥室裡，她本應為此感到羞恥。她本應為她的婆婆羞愧而死，連葡語都不會說的粗魯、肥胖的可怕女人，還總是大吼大叫！她的摯友阿德莉安娜，難道說阿德莉安娜曾騙她相信翁貝托是個富家子？難道說阿德莉安娜早就知道了？上帝啊，她想死！又或者阿德莉安娜已經死了！？如果阿德莉安娜死了，她的恥辱就沒那麼重，聖羅薩啊！但如果她沒有死，該怎麼辦呢？

沒有辦法。

她聽說過有些女孩去當電話接線員。但是她，工作？多麼荒謬的想法啊！她怎麼可以呢？

如果她在路上偶遇阿德莉安娜，老天爺啊！

阿德莉安娜住在聖保羅，或許某天她會碰見她，但她會假裝沒看見，她永遠，永遠不能再見到阿德莉安娜！阿德莉安娜絕對知道她嫁給翁貝托。有酒窩的翁貝托，多麼英俊的翁貝托！

當翁貝托把她擁進懷中，一切就拋到腦後了。當他們在一起的時候，事情就變得不那麼糟糕。

§

尤拉莉婭不把自己關在房間時，會去裁縫工坊，待在翁貝托身邊。在那裡，她看見員工將燒得火紅的煤炭裝進熨斗，溼潤的布料和冒著熱氣的滾燙熨斗接觸時，發出讓人汗毛直立的尖銳聲響，一股柔軟的氣味從微微烤乾的布料上蒸騰而起，小夥子們爽朗大笑，公公講著義大利無政府主義者的故事。翁貝托脖子上掛著捲尺，低頭將粉筆沿著厚木尺劃過，在布料上做記號；她看見那滴半透明的細小汗珠滑過他的後頸，欲望淹沒了她。

靠在她漂亮的翁貝托身邊，四周充滿男子氣概，這裡是她唯一喜歡逗留的地方。

丈夫的家庭來自義大利北部的威尼托大區。婆婆幾乎只講義大利語，瞻禮日只做玉米麵，好像她還在義大利，也不存在其他種類的食物似的。鄰居和朋友也都講義大利語，他們所有人的音調都很高，總是同時講話。尤拉莉婭心煩意亂，暈乎乎的，無法在這吵吵嚷嚷的地方待太久，便將自己鎖在房裡。

不知不覺中，她開始酗酒。起初只是一丁點。她喝下一或兩小杯公公的酒後，彷彿有什麼東西從她體內脫離而出。一個結鬆開了，她的心變得更輕，心閥、靜脈和門窗全都微微敞開。她漸漸喜歡上這種感覺，於是從啜飲變成四杯、五杯。某些夜裡，她幾乎覺得自己很快樂，那是她不熟稔的感覺；她一邊醺醺然，一邊笑話著自己和自己的人生。她從沒喝到酩酊大醉，因此飲酒的愉悅也從未變得更加墮落，就那樣靜止著，等待下一個相同時刻的來臨。

每到週日午飯過後，公公就會出門去和朋友見面，那是一群溫和親切的無政府主義者，全都是一步步在巴西扎根的手工藝人，他們希望所有人都能過得好，沒有那麼多不幸——「老天爺，那麼多痛苦！」[6]他們是一群有趣且歡樂的義大利人，對他們來講，無政府主義的傳統與其說是政治運動，不如說是生活風格。

尤拉莉婭和信奉天主教的婆婆一起去參加彌撒；她全身裹著黑色披肩，以防任何人認出她。包括翁貝托在內，沒有任何一個男人陪她們去。這個家庭向來如此：七歲之前，兒子們允許陪同母親上教堂，當父親揪著兒子的後頸，對他說：「現在，這件事到此為止了！」[7] 母親便只能和年紀更小的兒子一起去。如今，他們的么兒都七歲了，於是，尤拉莉婭和她婆婆沒有男伴陪同上教堂。

當這對夫妻的第一個女兒出生時，公公派人在房子後面蓋了一間專屬他們的棚屋。母親給女兒取名羅薩・奧豐茜娜。羅薩，取自她敬奉的聖人，奧豐茜娜則是她在寄宿學校非常崇拜的修女的名字。她經常寫長信給那位修女，說自己的生活一切安好，上帝極其眷顧她，丈夫的家人就像她自己的家人一樣，他們從義大利帶來豐厚的財富，所有人都住在聖保羅一間漂亮的豪宅，生活得很好，她熱切期盼有朝一日修女能前來探望。另外，或許奧豐茜娜修女碰巧知悉阿德莉安娜是否離世了？

儘管尤拉莉婭很愛丈夫，但她認為自己無法忍受這樣的生活太久。她將希望寄托在拍賣家族宅邸後能收到的那筆錢，但哥哥總是在拖延拍賣一事。

丈夫告訴她生意愈來愈好，客戶增加了，而且，實際上公公已經開始在兩層樓旁蓋另一棟房子，

6 原文為意大利語："dio mio, tanta miseria!"
7 原文為義大利語："Questo allora è finito!"

那棟房子將完全用來當作裁縫店。

然而，尤拉莉婭仍然無法適應這個移民家庭的簡樸生活。她夢想著她的衣服、奢侈品、在拉蘭熱拉斯區[8]的宅邸，以及專屬她的大臥室，厚厚的窗簾輕柔地垂下，將整間臥室環閉在良好舒適的幽暗之中。現在，在這間迷你的雙人臥室裡，寒意透過光禿禿的窗戶穿梭而進，如同尖銳的匕首刺進她的骨頭。即使是在聖保羅的夏日，她也穿著羊毛小外套；

尤拉莉婭心中不安的結仍不斷交織著。

她那過剩、有些扭曲的宗教信仰再度襲來，勢如破竹。除了羊毛小外套，無論到何處，她都手握一串玫瑰念珠祈禱著，嘴唇在無聲的禱告詞中一開一合；在電車上、在廚房裡、坐在房前的小門廊、在浴室內。禱詞是她的夥伴，是她的庇佑，是她念茲在茲的對象，是她的生活風格。她祈禱著，向聖羅薩祈求一切。她祈求父母的財產能夠歸還給她；祈求公公大病一場，把生意全交付到翁貝托手中；祈求婆婆在廚房摔死，就像她父親那樣；祈求丈夫的家族全返回義大利，只留下她、翁貝托和女兒；祈求哥哥跟她說宅邸是她一個人的，這樣她就可以和丈夫一起回到拉蘭熱拉斯區生活；祈求阿德莉安娜在街上碰見她、翁貝托和女兒走在一起，以為她非常富裕、幸福；祈求阿德莉安娜永遠不要在街上碰見她，卻以為她嫁給翁貝托，他們倆是幸福的百萬富翁，住在里約的華美宅邸裡。聖羅薩，請幫幫我吧！

尤拉莉婭收到拉蘭熱拉斯區大火的消息時，她正懷著第二胎。她讀著加斯帕爾的長信，描述這場悲劇的駭人細節，絕望透頂的她昏厥過去。

尤多洛的妻子奧貝爾蒂娜是個精神病患。尤多洛堅持不讓她就醫，因為他不想讓任何人知道妻子的病情，他認為這是恥辱、汙點。加斯帕爾對此一無所知，他很少拜訪哥哥的家，但每次去探望哥哥，嫂子總是十分蒼白、瘦弱，她的嘴裡只會蹦出幾個字：「早上好」、「下午好」、「再見」。他覺得她似乎生病了，但他相信那只是一時的。不，不是的。她有暴力傾向，丈夫將她鎖在一間與世隔絕的臥室，還拿走所有她可以自殘的物品。

沒有得到必要照顧，也沒有清潔和維修的宅邸日益損壞，他們就這樣在裡面度過了那些年，只有尤多洛、妻子和一個照顧妻子的老女僕住在宅邸。裡頭原封不動，幾乎和父母還在的年代時一模一樣，包括迪瓦的工作室和實驗室，她的影像都保存在一堆堆文件夾中，所有沖洗和放大的藥水都還封存在罐子裡。

奧貝爾蒂娜的危機最後一次爆發時，她不幸地發現敞開的臥室房門。夜裡，她拿著一支點燃的蠟燭，在沉睡的房子裡遊蕩。她在曾經屬於迪瓦的房間停住腳步，然後，開始在窗簾、紙張、地毯和家

8 拉蘭熱拉斯區（Laranjeiras），里約熱內盧市的中產階級街區。

具上點火。

一會兒的功夫，一切被焚毀了。整座公館，連同奧貝爾蒂娜、尤多洛和老女僕。他們三人都沉浸在夢鄉，沒能及時逃離火光中的宅邸。

翁貝托走進臥室時發現妻子昏倒在床上，抓著那封信。

從那時起，懷有身孕的她就沒下過床，她陷入了嚴重的抑鬱，沒有力氣起身。

由於第一胎的分娩非常順利，尤拉莉婭的問題讓家中所有人驚詫不已。婆婆通常負責家中的接生，她也接生了羅薩・奧豐茜娜，但這次，當她一意識到嬰兒似乎卡在裡面時，她立刻讓他們跑去叫隔壁街區的接生婆過來。接生婆年邁且經驗豐富，她認為自己可以處理，嬰兒會轉身，按時下降。但是，隨著時間一分一秒地過去，翁貝托按耐不住，決定去找醫生。

當醫生趕到時，已束手無策，既不能為孩子也不能為尤拉莉婭做些什麼。就算他早一點趕到也無濟於事。

那是一個寒冷、晦暗的冬日，無雲的天空黯淡無比。

次日早晨，在陰沉細雨中，穿著羊毛小外套，手握玫瑰念珠的尤拉莉婭下葬了。在她的身邊，是兒子小小的白色棺材。

利益的
徵兆

V

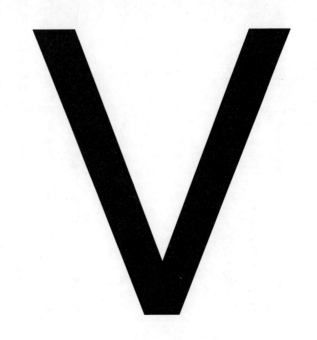

羅薩・奧豐茜娜（一九二六—）

在雜誌《南十字星》[1]攝像記者的鏡頭前，羅薩・奧豐茜娜展露出自己最美麗的笑容。她肩披一條白鼬毛滾邊、厚重柔軟的藏青色絲絨毯，手持權杖，在深蜜糖色的順直長髮上，矗立一頂耀眼的金色桂冠，上面鑲嵌幾顆閃亮的鑽石，精雕細琢地打造出奢華質感。她身著一條漂亮的潔白絲綢長裙，兩條金線充當肩帶，令人嘆為觀止。這條絢麗的長裙是由著名的裁縫翁貝托・蘭希厄李，即她的父親，特別為她製作的。她沉浸在自己的榮耀之日的喜悅與激動之中：她剛被選為聖保羅城市小姐。她向所有鼓掌的人與照亮長毯的聚光燈露出可人的微笑；她徐徐走過長毯，高貴如女王。

羅薩著實非常美麗，儘管她從父親家族那兒遺傳了寬大的臀部，隨著年歲增長，這或許會讓她看起來比實際上更胖。但目前並非如此，她的臀部恰到好處。她被選為城市小姐，是在一場為徵求父親與祖母同意的激烈鬥爭之後——他們倆壓根不想聽到此類事情。現在，他們站在那裡，是第一排中最驕傲的人，幾近瘋狂地為她歡呼鼓掌。

羅薩並不是一個漂亮臉蛋、腦袋愚蠢的年輕女孩。完全不是的。她十分勤奮好學，很有想法；她剛剛結束教師培訓，和同時代的其他女孩一樣，她也學習打字。她的眾多夢想都活躍在她長著濃密暗金色秀髮的小腦袋中——她的頭髮垂至肩膀，彷彿濃稠的糖蜜正從一隻湯匙緩緩溢出。

§

由於母親過早去世，羅薩從小寄養在祖父母家中。她的父親，經歷了一段漫長、煎熬的鰥夫生活後，最終和一個義大利女人結了婚。那個女人芳華不復，但她友善熱情，而且是名出色的裁縫。他們沒有孩子，因為翁貝托——他永遠無法原諒自己沒有保護好尤拉莉婭，像他所承諾的——要求新妻子承諾在排卵期，採取一切措施避免懷孕。老蘭希厄李退休後，他們兩人一起拓展裁縫店，使之躋身聖保羅最早的高級訂製服裝店之列，儘管不是第一家。他們熱愛這門技藝，本能知道如何讓織物的材質和形狀完美地覆在一具無論男女、胖瘦、身材協調與否的軀體上。翁貝托和勒達・蘭希厄李成為聖保羅上流社會家喻戶曉的名字。

那場令人歡欣的選美競賽結束後，家中掀起一次激烈的爭執，因為同意羅薩成為城市小姐的父親，無論如何都不同意她繼續競爭州立小姐，更遑論巴西小姐。他之前只是勉強同意，因為他認為，儘管女兒確實是最漂亮的，但那些競賽早已內定名額，她很有可能落選。當他發現自己錯了，內心膨脹著詫異和驕傲，但整件事走得太遠了，夠了！夠了，夠了！除非他們從他的屍體上踏過去！

羅薩盡力了。她想成為選美小姐，因為這身分能帶來刺激與快樂，她喜歡讓自己沉浸在欣悅之中。她性格開朗、不受束縛，她的窗戶成對地敞開，接收世界賦予她的一切；如今，歐洲大戰已落下帷幕，不需要思慮遙遠國度的傷痛。面對父親的拒絕，她哭泣、吼叫、摔門。她說這個家阻礙了她的

1《南十字星》（*O Cruzeiro*）是一本巴西週刊，一九二八年起於里約熱內盧發行，一九七五年停辦，是二十世紀上半葉巴西主流刊物之一。

幸福，她的臉上再也不會出現笑容了，這樣的生活根本不值得過。她嘗試做遍所有誇張行徑。然而，這一次，擁有祖母支持的父親一步也不肯退讓。

夠了！夠了！夠了！

就在羅薩嚎啕大哭、咒罵不已的某日，令人幸福的偶然出現了：她收到一名粉絲的信，是一位年輕醫生，請求她允許他自我介紹並與她見面。那封信字跡優美，信紙潔白、細薄、光滑，是由一個黑人男孩帶來的，他正等待她的回覆。

如果發生在其他日子，她肯定會不太情願，幾近決絕地對莽撞的陌生人說不。然而，在反抗家庭的時刻，她堅定地認為沒有什麼比立刻認識這位粉絲要更好的了。她讓小男孩傳話，說她的回覆是可以，下午五點她在家中等他，然後她擦乾眼淚，以免頂著一張腫脹的臉見人。

此後餘生，她無數次為自己那個明智的決定感到慶幸。在五月那個風和日麗的午後，她認識了一生的永恆所愛。圖利歐・費阿德，棕膚色的小夥子，手持一朵玫瑰來到這裡。

他比羅薩大十歲，畢業於米納斯・吉拉斯醫學院，來自在米納斯中部經營小生意的黎巴嫩移民家庭，正在聖保羅實習。他頭髮烏黑，一雙栗色眼睛，為人親和且愛笑。自從他在比賽中見到羅薩，他夜夜夢見那個女孩：身形健美，髮絲如蜜，擁有女神般的笑顏。

羅薩立即喜歡上圖利歐。他溫文有禮，他的理想是用醫學幫助世人緩解傷痛，他完成當醫生的夙願，並且懷揣著青年的激情，自認還可以完成許多夢想。這一切，連同他那對深邃的眼睛和修長的漂亮雙手，都讓羅薩完全將自己成為選美小姐的野心拋到腦後。

他們的戀情與訂婚期都很短暫，因為那位急不可耐的醫生和急不可耐的小姐都想快點開始新生活。圖利歐的計畫——羅薩無條件地支持——是去極度缺乏醫生的內陸，他在那裡或許會比在省城更有用武之地。在父親的祝福和祖母潸然大哭後，他們前往米納斯中部的一座小鎮定居。那座小鎮是比他更年長的家族友人朱斯策利諾醫生推薦的，他畢業於同一所醫學院，是圖利歐非常崇敬的顧問。

羅薩・奧豐茜娜非常幸福。她愛自己的丈夫，以他的工作和才智為榮。她喜歡握住並偷偷抬起他的手，欣賞他修長的手指和無名指，在黃金婚戒旁的是一顆迸發光芒的醫學生的祖母綠戒指[2]。

他們即將居住的小鎮相當熱衷流言蜚語，起初，好奇、多疑的目光常常包圍著羅薩。她是醫生的妻子，而且來自省城。她與眾不同的大城市人的舉止成為人們閒談的話題，她有自己的想法，為了幫助丈夫，成為一名護士，很快便學會所需的技能。自一開始，她就和人們打成一片，他們是她忠實的粉絲與後盾，支撐她在這座小鎮慢慢地開疆拓土。

2 在巴西、美國等，學生畢業時有戴上特殊戒指的習俗，同一領域的不同專業往往對應不同材質與顏色的戒指，譬如在醫界，畢業於醫學、護理學等的學生戴祖母綠戒指，畢業於牙醫學系的學生戴的是紅寶石戒指，而畢業於藥學系的學生戴的是黃寶石戒指。

這區的健康問題比他們想像得更極端。這些合家百口遭命運遺棄，其悲慘境況令人恐懼，他們的土地褊狹貧瘠，甚至無法產出足夠的糧食，他們居住的泥屋深受接吻蟲[3]的侵害。甲狀腺腫大是常見之事，因為在這片世界的盡頭，碘鹽是稀缺昂貴之物；傳播恰克斯病[4]的接吻蟲向整家整戶的人發起攻擊。這些大問題都是地方性流行病，需要的是衛生預防而非複雜的醫學知識。這位年輕醫生感到絕望、無力，一整天都頂著烈日，騎馬去照料流落在森林中的家庭，然後精疲力竭地回到家中。那些家庭最大的災難——痛苦——他既無權去管，也沒能力解決。

他遇見了如此多意料之外的事，如此多本應滅絕的疾病，如此多由唯一一個災難性的原因所致的痛苦，如此多接連不斷的不幸，他發現自己的使命正在擴大：如果社會因素得不到解決，那麼這些疾病將永遠無法終結。

他和其他朋友、城裡的學者、一名教師、一位藥師，以及一名牙醫共同創立月刊《活塞》。藥師綽號「馬提亞」[5]，是一個和藹的共產黨人，其他人則沒有十分明確的意識形態。他們僅僅是一群對周遭事物有著清晰看法、無法接受內陸的慘況，想要改善國家的人。創刊會議都在羅薩家中進行，熱情且充滿活力的羅薩除了提供咖啡和餅乾，也提供想法，她參與討論，並撰寫短文供刊載。她寫的散文時而令人動容，時而妙趣橫生。她擔憂這座小鎮與世隔離，試圖以相當直觀的私人風格描述發生在本國其他地方的事。在那裡，訂閱全國性的雜誌、透過郵購購買書籍，瞭解外面、通往遠方的大道之外發生了什麼的人並不不多，她正是其中之一。

她的文章成為《活塞》最多人閱讀和評論的版塊之一。這些文章往往來自熟人的簡短故事，例如她的祖父蘭希厄李，那個年邁親和的無政府主義者的故事，主要談論發生在那封閉小世界之外的事。

她一篇關於祖父的散文十分出名。一九三二年，因一場反對熱圖利奧[6]獨裁，要求頒布憲法的戰爭，聖保羅再次拿起武器。她的祖母索菲婭站在窗前，激動地看著軍隊經過，緊跟其後的是年輕小夥子們，跟在他們後面的是女孩們，而跟在女孩後面的是一群黑人男孩，彷彿不過是一場盛大的節慶，她感慨道：「我的天啊，這個國家有那麼多土地，而我們卻被困在這個最喜歡打仗的地方！」她關上門窗，拿起《玫瑰經》禱告，禁止孩子們出門。

祖父蘭希厄李則相反。他躲著妻子，幫忙打造「棘輪」，那是一種奇特的工具，由鐵和錫組成，轉動時會發出類似機槍的聲音，用以掩飾戰鬥前線的起義軍長期缺乏軍火和武器的狀況。他鼓舞七歲

3 接吻蟲是恰克斯病的傳播者，原名南美錐蟲，因在唇邊吸血所得名。吸過之後，會將糞便排在傷口處，糞便中的寄生蟲進入血液，這在心臟大量繁殖，最後導致寄主因心力衰竭而死亡。

4 一種熱帶疾病寄生蟲病。

5 據《使徒行傳》記載，馬提亞是耶穌使徒中剩下的十一位在耶穌升天後補選出的宗徒，代替自殺的加略人猶大。在希伯來語中，「馬提亞」意為「神的恩賜」。

6 熱圖利奧．多內列斯．瓦加斯（Getúlio Dornelles Vargas），巴西律師、政治家。一九三〇年至三四年，擔任臨時總統；一九三四年至三七年，擔任正式總統；一九三七年至四五年，成為獨裁者。在一九四五年的政變中被推翻，瓦加斯於一九五一年以民選總統的身分重新掌權，直到一九五四年自殺。瓦加斯領導巴西長達十八年半，是巴西歷史上任期最長的總統。他支持民族主義、工業化、中央集權、社會福利和民粹主義。一九三二年爆發了反對瓦加斯運動，該運動旨在恢復民主和建立新憲法，但最終被鎮壓擊退。

的小女孩羅薩和附近的孩子列隊上街，扛著旗幟，把罐頭當作鼓敲打；他告訴他們，應該趁早學會這些能讓世界變得更加公正的必需之事。蘭希厄李一開始並未加入任何一邊，他認為這場戰爭是富人的戰爭，是發號施令者之間的較勁，是英國帝國主義和美國帝國主義之間的清算，兩者中的任何一方都是無用的，而且和他們——這片土地上的窮人——一點關係也沒有。然而，由於他發自肺腑地反對獨裁，不可避免地支持叛軍。

羅薩另一篇頗受討論的散文講述了「老」達瑪斯策諾的故事，住在她家裡，是一名熱心、受人喜愛的人。一日，一個黑人敲響醫生的家門，他衣衫襤褸，蠕蟲覆滿雙腳，大腿還有一塊腐爛的傷口。當醫生掀起他骯髒的襯衣，想要做全面檢查時，他驚訝地發現，這位老人的後背上，紋著一張巨大的耶穌之臉。那是非常精緻的紋身，被荊刺環繞的耶穌之臉彷彿要從向外蔓延的深色肋骨迸出，其盈滿悲憫的雙眼正視觀者，一眨未眨，卻似乎隨著肩胛骨的運動鮮活起來。

達瑪斯策諾對醫生解釋，自己年輕時住在里約，是個卡波耶拉舞者[7]，經歷過為使城市現代化而採取的所有鎮壓行動。卡波耶拉舞被禁止，卡波耶拉舞者被追捕，士兵對拒絕離開市中心、在那兒擁有房子的人拳打腳踢。於是，他們當中許多人在身體各個部位紋上神聖的圖案，想要阻止被毆打，他們相信士兵不敢用木棒擊打耶穌的臉。

「成功了嗎？」醫生問道。

「完全沒有，醫生，他們還是照樣打我！那座大城市的街道連一隻害蟲都不放過。逃離是唯一的辦法。那時，警察會追捕沒有工作、沒有住所的人，而我們這些自由黑人又有誰有工作和住所呢？沒有人。他們追捕治療師、巫師、卡波耶拉舞者。他們說是在清理城市。承受了這麼多折磨的我終於逃離那裡，來到這一帶。醫生，無論在哪個角落，人民悲慘的命運都繼續上演，但警察還沒追到這兒來打我們。」

達瑪斯策諾在醫生家最裡頭的一個小房間住下，直到痊癒。痊癒時他對羅薩夫人有了濃厚的感情，後者請他留下。他成為這個家庭的新成員，成了一個祖父，一個講故事的人，一個吉他手。圖利歐和羅薩的孩子們漸漸長大，他還成為了他們的開心果。

不出所料，《活塞》成為當地的大新聞，畢竟那個地方的變化緩慢得如蛞蝓和烏龜之子的步伐。

當地農場主生活在十分完善且不容質疑的權力所賦予的顯而易見的安寧之中。那些農場主在自己的土地四處走動、勘察，向工頭們下達一道又一道命令後，便回到家中，躺在吊床上休息。當太陽稍稍收斂光芒時，農場主會信步至別人家中聊聊天、喝杯熱咖啡、嚼塊餅乾。再晚一些，就到了飲酒和

7卡波耶拉舞（Capoeira），十六世紀時由巴西黑奴發展出的武術形式的舞蹈，使非洲黑奴能在舞蹈的掩飾下，練習自衛與戰鬥技巧。卡波耶拉不只是一門舞蹈與武術，還包含巴西文化與歷史變革的藝術。多數時候卡波耶拉被認為是兩人一組互相較勁的方式在鬥武，伴隨著現場即興的彈奏樂器與歌唱，是樂手同時也是舞者，從傳統的對練中，享受彼此互動交流的樂趣。

玩牌的消遣時刻。

他們憂慮甚少：懶惰致使幾十年前的情況與今日別無二致。這個世界有其自然法則，其中之一便是掌權者的權力不朽。

如果存在什麼憂慮的話，那便是對自然的擔憂，總是透過豐裕或匱乏來犯罪。陽光和雨水以令人滿意的方式和諧共處，植物如期望般逐步成長，畜群合宜地肥壯起來——能度過這樣的一年是很難得的。不是陽光暴烈、雨水稀缺，不然就是相反的。要麼太陽炙烤、水井乾涸、地面出現裂痕，猶如可怖的疤痕；要麼雨水泛濫、水龍捲侵襲、河流暴漲，甚至漫過動物們的靈魂。

他們喜歡談論天氣與關於天氣的歷史，花上數小時議論大自然在過去如何更為規律、更可預測。對他們而言，氣候變化是末日最明晰的信號。氣候幾乎是唯一一件改變的事物，儘管其變化只有在時間長河中才會被注意到。

包圍那份月刊的目光是假裝與趣索然的不安。

他們假裝對共產主義不感興趣，內心深處卻隱藏擔憂，雖然不致失眠，但他們每個人的頭頂彷彿被黃蜂螫了一下。神父的頭頂也有一樣的感覺。他說，那是「馬提亞」那班人搞出來的，全世界都知道「馬提亞」不信神、反教會，他必須帶一份月刊給大主教，聽聽他的見解。

不過，現在還用把這一切太當一回事。

當然了，有那麼一、兩篇文章會讓他們在走進鎮上酒吧時，重重地踩踏地板，點一杯卡沙夏，為了讓所有人都聽見，他們提高音量，說要教訓那群共產黨人。

特別是當圖利歐所寫的文章，將這片地區的苦難和地主的行徑連結起來時：地主把工人從他們的小農場驅逐出去，迫切奪取他們擁有的一切，好讓他們別無選擇，只能為大農場賣命工作。

正是這些文章讓羅薩思考起不久前才認識的堂兄弟們。

§

她聽聞過親戚居住的城市，她父親告訴過她，母親的一個兄弟，叫加斯帕爾・博特留，是里約熱內盧一間賭場的老闆，曾來聖保羅探望他們一次。彼時，他還講了家族故事，說羅薩的外婆，即他的岳母，迪瓦・費里西婭，有一個無人知曉的同母異父兄弟。然而，加斯帕爾知道名喚迪歐尼斯歐・奧古斯圖的兄弟是由曾外祖母阿蘇策娜撫養長大的，後者是米納斯內陸的地主，據他所知，她的地產許久前就賣掉了。翁貝托記下了那座城市的名字，並告訴女兒；許多年後，當她在國內旅行時，經過那裡時，試圖尋得關於親戚的消息。

她找到一棟岌岌可危的老房子，矗立在一座美麗的青山腳下，山脊從城市一隅逐漸向上攀升。她還發現，在老迪歐尼斯歐・奧古斯圖的十二個子女中，只有三個孫子仍住在曾屬於大家長阿蘇策娜廣袤農場裡的小小一角。羅薩去探望他們，其中兩個不在家，但第三個在。

這間小房子建在黃土地上，乾淨至極，廚房裡用的是柴火灶，懸掛在牆上的鋁鍋閃閃發亮。這是窮人的家，是忠厚老實之人的家。在這兒住著曾舅公迪歐尼斯歐·奧古斯圖其中一個孫子。

他十分親切地接待她，他們一邊喝著由他妻子精心為這次探望準備的咖啡，一邊向她講述這個多子多孫的家庭是如何不得已瓜分並賣掉土地；今天，繼承人們只剩下這一小片地方，即便如此，他已經可以看到不得不將一切賣掉的時候，因為這裡幾乎無法種出任何東西了。大農場主的畜群逐漸占據田地，這一帶的人迫不得已只能搬離。他的兒子們全去首都謀生，女兒們也都嫁給那裡的人，所有人都在別人的土地工作，唯一留在他身邊的兒子在城裡一家奶油奶酪工廠上班。

當拜訪結束，羅薩起身準備離開時，他說想給她看樣東西：一個髒兮兮的小盒子，似乎曾是首飾盒。它是大家長阿蘇策娜的，但留在這裡，如果羅薩想要，可以帶走，他不知道這個舊舊的小盒子能做什麼，但若扔掉家族舊物，又覺得可惜。

盒子裡是一截鉛筆頭和一朵小小的、骯髒的絲綢茶花。

打開盒子的那刻，羅薩感覺到一股陌生的情感，強烈卻轉瞬即逝，快得彷彿一陣來自幾世紀前的微風。

她十分感激這份禮物，並帶走小盒子。她命人仔細清理，修補皮革，愛不釋手地放在清漆雪松梳妝檯上。那個盒子早就不好看了，但很難明說打開時，羅薩發自心底感到的豐盈、非同尋常的情感。

那些年歲月靜好，羅薩和圖利歐在內陸過著平靜的生活。幾乎沒有任何事超出時間的自然規律。

羅薩懷了第四個孩子。

大女兒莉季婭和弟弟勞羅在附近玩耍。第三個孩子李安德羅還很小，正在午睡。羅薩希望肚裡的是最後一個孩子。她之前還想要更多孩子，六或八個。現在，她認為數字四很好。她的家庭已十分龐大，除了她自己的孩子之外，還撫養小叔的兩個孩子，他的妻子在生產最後一個孩子時去世了。圖利歐的父母有份小生意，碰到些困難，圖利歐覺得幫助他的姪子們像他曾有過的學習機會是很重要的。

收音機傳出懸疑的旋律，標誌著羅薩·奧豐茜娜每日早晨喜歡聽的小說章節進入收尾。隨後是利華牌香皂，也就是明星香皂的廣告音樂。

在令人昏昏欲睡的平靜中，一九五五年總統大選到來了。其中一位競選者是圖利歐的老友和顧問，朱斯策利諾醫生，他當過市長和州長了。實際上，他曾兩次邀請圖利歐加入他的政府，但醫生喜歡內陸寧靜的生活，不想改變。

此次大選席捲了整座城市，街道沸騰，每一個人都成了此方或彼方的激動支持者。畢竟這是總統大選，而競選者是勝券在握的米納斯人。

羅薩和圖利歐也滿懷激情地參與。拉票演講使廣場生氣勃勃，女人成群結隊，輾轉於一座座農場，挨家挨戶地教導人們如何正確投票。馬匹、牛車、車廂以及一切在城市裡移動的東西裝飾候選人的彩旗。募資晚會每晚舉辦，其中有露天餐會、抽獎活動，以及為熱情拖腳舞[8]伴奏的樂隊。

選舉日整天狂歡不止，其實在那天之前，派對就已開始。選舉週伊始，選民就從內陸搭乘汽車、貨車趕來，彷彿一支小型城市機動車隊。但大部分選民則搭乘馬車、驢車，甚至徒步。而為了安置到來之人，更建立起大型棚倉，此外，派對、舞會和食物供給也持續至深夜。

國民盟[9]也建立了自己的選舉圈，但其機會渺茫，整座城市都是朱斯策利諾的堡壘，在勢均力敵區域常發生的大規模衝突並未在此發生。社民黨[10]占領了城市，許多居民都知悉朱斯策利諾先生並視他為朋友。此外，他是米納斯人，因此米納斯有義務投票給他。

一如人們期望的，新總統投票在該城獲得壓倒性的勝利。眾望所歸的結果出來了，他們取得全國性的勝利，歡慶的浪潮繼續翻湧。

這裡的人們甚至不知道里約熱內盧發生失敗的政變事件——卡洛斯・拉策爾達[11]妄圖發動軍變阻止總統就職典禮。這裡的人們對此一無所知，喜上眉梢的他們繼續慶賀新總統當選。

這場選舉徹底改變費阿德一家的生活。

這一次，新總統朱斯策利諾醫生本人堅持要求他的朋友以醫生身分參與中央平原的宏大工程時，圖利歐認為自己有義務接受。此項目相當重要，這位性情平和的醫生認為他不能不為國家新首都的建設貢獻己力。

圖利歐和羅薩收拾好行李，將房子留給老達瑪斯策諾。

§

關於那個下午，羅薩記憶猶新。當他們抵達廣袤的塞拉多草原[12]時，滾滾塵雲從紅土中升騰而起，覆蓋萬物，包括她的秀髮——直到多年以後才恢復潔淨。他們在日落時分到達——她從未見過如此美麗的夕陽——然後，彷彿出自本性，她迅速地愛上巴西利亞的蒼穹、愛上這座正在荒涼的應許之地中成長的城市。

探索新生活的欣喜若狂征服了她：她的孩子將要在這個國度的心臟，在這片高原中成長；現在，

8拖腳舞（Arrasta-pé）：巴西東北部的傳統歌舞。

9國家民主聯盟（União Democrática Nacional）成立於一九四五年，保守派巴西政黨，信奉古典自由主義，強烈反對民粹主義。國民盟分別參加了一九四五年、五〇年和五五年的總統大選，皆失敗告終。該黨最大的競爭對手是社會民主黨。

10社會民主黨（Partido Social Democrático）成立於一九四五年，於軍事獨裁統治期間瀕滅，一九六五年解散。

11卡洛斯・拉策爾達（Carlos Henrique Latuff de Sousa, 1968-），巴西政治家，國民盟成員。一九五五年，與國民盟右翼分子聯手發動軍事政變，試圖阻止新當選的總統朱斯策利諾・庫比契克的上任。政變失敗後，拉策爾達逃往古巴。在古巴的短暫流亡結束後，回到巴西，繼續擔任議員職位，並在各項事務反對朱斯策利諾・庫比契克，如巴西利亞的建立。

12塞拉多草原（Cerrado）是巨大的巴西熱帶草原生態區，橫跨戈亞斯、南馬托格羅索、馬托格羅索、托坎廷斯和米納斯吉拉斯幾州。塞拉多是巴西僅次於亞馬遜雨林的第二大主要棲息地類型，占據巴西國土面積的百分之二十一。

圖利歐給予她一整座城市，在他的身旁，她是一個完整且幸福的女人。

羅薩．奧豐茜娜（1926-）

莉季婭（一九四五—一九七一）

只消看莉季婭一眼，就能明白她是性格鮮明且果敢的人。正如達瑪斯策諾注意到的，他像爺爺一樣全心愛著這個女孩，樂於滿足她一切願望。他教她彈吉他、跳卡波耶拉舞，還教她以天真的目光觀看世界的奇妙。

但某日，他打開女孩白皙的小手，想要看看她的掌紋。這是一次無心的舉動，如玩笑般，也是老人從未做過的；他從不讀孩子們的手，也不讀家人的手，羅薩一家就是他的家人。但是，若想要理解為何人們會突然做自己從未做過之事，你得用一生的時間去尋找答案！

事實就是，老人打開了莉季婭的小手，卻幾乎在瞬間就合上了。白色的小手在他的粗大的手指之間，一開始他眼中還躍動的笑意——只要在女孩身邊，他總是充盈笑意——飄向了遠方。

莉季婭問：「所以，您看到什麼了？會發生什麼事呢？」

「啊，小女孩，我太老啦，看不太清楚！我想我得戴副眼鏡。」

事實就是，此後，他再也沒有、再也沒有讀過任何人的手。

這一切發生在全家搬去巴西利亞之前。直到老人去世以前——卒年未詳，但可以肯定的是接近百歲——莉季婭總會回老房子度假，陪伴在他左右，和他的舊吉他，還有他的故事待在一起。

§

搬去巴西利亞時，莉季婭才十二歲。在那兒，她一邊成長，一邊目睹一座城市的成長——不是普通的城市，而是到那時為止所存在過最現代、最美的城市，一座矗立於塞拉多草原的神奇、絕美之城——在成長過程中，她相信一切皆有可能。將這個國家改造成普世正義之地是可能的，讓所有人成為兄弟是可能的，終結苦難是可能的。

十八歲那年，她考取了在新首都成立不久的巴西利亞大學建築系。那是一九六三年，軍事政變[1]的前一年。

那時，莉季婭還未加入任何政治組織，僅僅是和朋友聚在一起閱讀、討論馬克思主義的相關書籍。他們讀過《共產黨宣言》、《勞動在從猿到人轉變過程中的作用》、《路易・波拿巴的霧月十八日》，現在正開始讀《資本論》。這類書籍主旨之一就是認為理解和改變世界是必不可少的，進而揭示多種可能性，這群年輕人對此興奮不已。

不久後，也就是在一九六四年四月初的緊張時日，監禁浪潮席捲全國蔓延，逮捕了政治家、工會領導、學生、教師和工人們。受到審查的電臺整日播放肅穆的古典音樂；陣陣樂音中，傳遞出悲慘而確切的信號——糟糕透頂的事正在發生。駐紮部隊時刻就緒，夜間無人外出，城市鎖閉，四下無聲。

就這樣，一段壓抑的歲月開始了：在此期間，人們的權利幾乎被剝奪殆盡，警察傳訊、拷問成為家常便飯，更出現第一波不得不流亡海外的巴西人。

第一次，全國上下，由北至南，都在同一時刻經歷同樣的壓抑與恐怖氛圍，體認到軍事獨裁多麼令人窒息。

生活在這一切之中，莉季婭和朋友們變得迷惘、困惑。

然而，生活往往具有回歸正軌的能力，漸漸地，所有事物彷彿重新找回脆弱的正常狀態。大學課程重新開始，學生們也回到曾經的位置。反體制的黨派和運動也「春風吹又生」了。

突然間，意想不到且充滿活力的文化泉湧似乎在這個國家噴發而出。那些年，當軍事獨裁專注於屠殺政治和經濟，而未過多關注文化領域時，短暫的喘息帶出文化創造力大爆炸，幾乎是一場文化游擊戰，電影、戲劇、音樂和文學產生處於自由土壤的幻覺，開始大鳴大放。

在大學裡，莉季婭加入一支樂團，負責唱歌與彈吉他。擁有一副沙啞、低沉嗓音的她還會譜曲寫詞。她也參加大學生在全國組織的抗議演出。她穿著黑色上衣與長褲，直順的長髮綁在頭巾下，一

1「一九六四年巴西政變」是一九六四年三月三十一日至四月一日發生在巴西的軍事政變。巴西武裝部隊在美國政府支持下，成功推翻了出身於巴西工黨（Partido Trabalhista Brasileiro）的若昂・古拉特總統（João Goulart）的統治。一九六一年，古拉特總統上臺，由於執政風格偏左，許多右翼勢力和軍人頗為不滿；巴西軍方懷疑古拉特政府全面倒向共產主義，決定發動軍事政變推翻古拉特。一九六四年三月，軍方逮捕了海軍工會主席，緊接著控制里約熱內盧和聖保羅，古拉特不得不逃往國外。陸軍總參謀長翁貝托・布蘭科（Umberto Branco）在政變後上臺，並下令抓捕左派及共產黨員，選擇親近美國，中斷和古巴的外交關係。此後巴西進入長達二十一年的軍政府獨裁。

雙大眼比聚光燈更為明亮，她聲音洪亮地宣揚顯而易見卻備受質疑的真理，面對一群和她同樣年輕、同樣活力四射、同樣具有烏托邦精神的觀眾，她唱道：「大地屬於人們，既不屬於神，也不屬於惡魔。」[2]

奇柯[3]第一次見到莉季婭是在大學禮堂的觀眾席上，當時一場學生議會即將開始。她蹲著，和座無虛席的觀眾席上的某人說話；他打算稍微整飭學生們擁擠的空間，便拍拍她的肩膀，想請她找個位置坐下，因為他的同伴要開始發言了。當莉季婭晃了晃長髮，轉過那張由額前劉海映襯的臉龐時，他撞見了一對富有情感的眼睛——他簡直被那雙驚人的眼睛的尺寸而瞠目結舌。

莉季婭的眼睛著實非比尋常。甚至有人認為太過誇張，奪走這位其他五官都小巧玲瓏的可人兒面容的諧和。但也有人，比如弗朗西斯科，認為這是他在世間見過最迷人、閃耀的眼睛。

但在那時，如果有人問她，最珍視身體哪個部位，莉季婭不會說是眼睛，而是頭髮。那頭秀髮是她最驕傲、情有獨鍾的。從少女時代開始，她就會收集護理配方，夜以繼日地嘗試混合雞蛋、橄欖油或茶浴等各種方法。到了夜晚，她會像個教徒般，虔誠地梳理頭髮，然後繞頭盤起，再戴上髮罩，最後才去睡覺。

§

啊，那頭長髮！正是因為它們，她進入一種尤為獨特的出神狀態。譬如，一次校外旅途中參觀米納斯・吉拉斯地區的巴洛克風格城市[4]時，在阿雷嘉迪尼奧[5]的作品中，最令她驚豔的，莫過於他所雕刻的先知們波浪般的長髮，他讓卷髮清新、自然地垂落，輕柔地修飾雕像莊嚴的面容。莉季婭不惜花費數個鐘頭，試著在自己烏黑絲滑的秀髮上再現相同的波浪。

也正是因為聖女像的長髮，她才永生難忘那間禮拜堂——矗立於只有零星幾間房屋、與禮拜堂同樣破敗的小村子。某次假日旅行，他們離開巴西利亞時行經此處。正如路邊汽車修理廠老闆告訴他們的，這個小村子沒有確切的名字，但因禮拜堂而聞名。他們之前並未計畫停留此處，僅是迫於汽車故障。當她父親和修理廠老闆修車時，莉季婭和弟弟們鑽進村裡探險。

在一座小山丘上，他們發現了那間小禮拜堂。密密麻麻的壁龕中，都是碧藍石塊雕刻的聖女小像，它們潔白長髮如波浪散落腳邊。莉季婭靜靜地站著許久，啞然地仰慕那些雕像。啊，她情不自禁地想要將其中一尊聖女像帶回家！那間禮拜堂其實已經荒廢，留給人們其他小雕像早已從這兒被掠走

---

2 這首歌出自一九六四年的巴西電影《神與魔鬼在太陽的大地》（Deus e o Diabo na Terra do Sol），由巴西著名的「新浪潮」（Cinema Novo）成員格勞伯・羅沙（Glauber Rocha）所導。

3 弗朗西斯科（Francisco）的昵稱。

4 在十八世紀末和十九世紀初，米納斯・吉拉斯州的建築、雕刻和繪畫都受到了巴洛克風格的強烈影響，而被稱作「米納斯巴洛克」。

5 原名安托尼歐・弗朗西斯科・里斯本（Antônio Francisco Lisboa, 1730 or 1738-1814），巴西十八世紀重要的雕刻家和建築家。大部分作品都在米納斯・吉拉斯州完成，其中包括位於歐魯普雷圖市的聖方濟各堂。

的印象；許多地方空空如也，彷彿是牆壁古老的傷痕，但莉季婭——難以理解！——她沒有勇氣犯下瀆神的偷竊之罪。然而事後，她總是莫名地、心潮澎湃地想起那些小巧的雕像，後悔自己當時不敢拿走它們，因為可以確定的是，禮拜堂沒多久就會被澈底摧毀了。

奇柯——弗朗西斯科・瑪塔——也是建築系學生，來自塞爾希培州[6]南部腹地，出生貧困農家；他靠著堅毅過人的特質進入大學。黑白混血的他骨瘦如柴，一身被東北部滾燙陽光炙烤的黝黑皮膚，是個沉默寡言、行事冷靜的腹地之子。他叫她加入一個研究列寧和切・格瓦拉作品的讀書會，就這樣，和兩人戀情同時開始的，還有軍政時代。

莉季婭喜歡他沉靜內斂的性情和機敏深刻的才智。她喜歡他被交纏卷曲的毛髮森林所覆蓋的雙腿。她還喜歡他堅實的胸膛，她可以將頭靠在上面，盡情做夢。

他們一畢業，就被大學聘為碩士課程助教，搬進了校園的小公寓。不到一年後，也就是一九六八年，她懷孕了。她頂著大肚子的矮小身影出現在所有遊行隊伍和塗鴉人群中，她散布宣傳小冊，在催淚彈、馬蹄和警棍交織的混亂中奔跑。

瑪麗亞・弗洛爾出生於圓月之夜，彼時正是全國的至暗時刻：五號協定[7]，史上最殘忍的鎮壓，文化休戰的終止，軍方決定摧毀一切反獨裁行動。

在大學校園的小公寓裡，披頭四的白色專輯[8]不斷播放直至唱片破裂。牆上，海報和塗鴉彷彿衰老許久：「禁止一切禁止」[9]、「地球是藍色的」[10]、「願千朵鮮花綻放」[11]。一張張憤怒繃緊的臉。只消一刻，大學內將不會發生革命的事實，變得如白日般清晰。到處都在進行全新的激進改造，所有聚會斷然結束，早晨的光亮不復往昔——在現狀與烏托邦之間、在切實的不公正與或將綻放的千種可能性之間，是一場向死而生的戰爭，其鮮血和隱祕所致的汙點使光亮變得黯淡，並且將持續數年。

一場專業人士與業餘者的戰爭。

莉季婭一邊搖晃懷中的新生女兒，一邊哼唱所有人都在唱的歌曲，她仍然相信，應該敞開胸懷去接受恐懼，就像接受所有鮮活的事物那樣。

---

6 塞爾希培州（Sergipe），位於巴西東北部大西洋岸。

7 五號體制協定（Ato Institucional Número 5）是巴西軍事獨裁統治期間由軍政府發布的十二道體制協定的第五道。在此期間，體制協定是最高級別的法律條文，由體制內領導機構「最高革命委員會」頒布。

8 即 *The Beatles*，英國搖滾樂團披頭四的第九張專輯，也被稱為「白色專輯」（White Album）。

9〈禁止一切禁止〉（*É proibido proibir*）是一九六八年巴西著名歌手卡耶塔諾・費洛索（Caetano Veloso）和吉貝爾托・吉爾（Gilberto Gil）共同創作的，表達對獨裁統治高壓政策的不滿。

10 一九六一年，蘇聯人尤利・加加林成為第一個進入太空的人。他對太空的景觀如此描述：「天空非常幽暗，地球是藍色的，看起來一切都非常清澈」。一九六八年，加加林在一次訓練任務中墜機身亡。

11 出自葡萄牙詩人馬努埃爾・阿雷格勒（Manuel Alegre, 1938-）的詩歌《獻給科英布拉的花束》（Flores para Coimbra）。這首詩於一九六九年由葡萄牙歌手安托尼歐・貝爾納爾迪諾（António Bernardino）改編成歌曲，紀念發生於同年的科英布拉學院危機（Crise Académica de 1969）中的學生運動。

「必須覺悟和堅強，我們沒有時間害怕死亡……注意，一切都是危險的。一切都是神聖的，美妙的。當心！」[12]

但是，和數千名大學青年一樣，莉季婭和弗朗西斯科認為除了加入反獨裁武裝鬥爭的反對派陣營之外，別無出路。這場伴隨五號協定而爆發的戰爭向學生和左翼組織開放，越來越白熱化。這些組織越來越激進。奇柯和莉季婭遭到巴西利亞警方通緝，由於他們在這座城市太過出名，無法繼續躲藏，被迫遠走他鄉，而決定前往里約熱內盧。

將瑪麗亞・弗洛爾留在外婆身邊讓他們痛心，但此刻沒有其他選擇。他們被警方通緝，無時無刻都在擔心房子被破門而入，他們被無情帶走，沒有任何求助的餘地。他們不能將一個蹣跚學步的孩子帶在身邊。

革命不是參加晚宴。

不是。

革命也的確不是一場盛宴——很快他們就會明白這意味著什麼了。

在里約，他們接受武裝訓練。說白了，那是相當業餘的訓練，他們當中無人是職業軍人，僅是一群有著遠大、堅定信念的年輕人；他們相信自己正在做必須之事，相信道路一旦由他們開闢出來，巴西人民，這個神話般的抽象概念，很快就會迎來光明。這是一群饑腸轆轆的人民，他們的血肉被剝削殆盡，這是一群沒有工作和土地、失學的、毫無未來可言的人民，這群人民的命運終將得以改寫。我們要做的，就是為他們指明道路。

令莉季婭驚訝的是，她發現自己有出色的射擊能力與冷血性情。她殺戮果斷，對付警察相當老練，彷彿這輩子都在做這種事。有時候，在生活中某些特定時刻，在普通日子之外，我們猛然發覺自己擁有某些作夢都想不到的能力。而莉季婭，幾年前還不敢從荒廢小禮拜堂中拿走一尊碧藍色皂石雕像的她，如今卻能毫不猶豫地搶劫銀行。

只有一件事：她不喜歡談論她的行動。不過，這似乎是任何一場戰爭中都存在的普遍特點：年輕軍人不喜歡談論自己的戰鬥行為。那些戰鬥時刻太過重要了，無法成為談話主題。沒有人覺得驕傲自滿，我射中了那槍，我做了這個或那個。他們在做的事極其嚴肅，由於他們實在太過年輕、經驗不足，在生死戰場上走一遭使得他們對那些沉重時刻肅然起敬。

這對夫婦如今的生活和之前的大學生活相比已然天差地別。他們過著孤立的生活，在基地之間移動，為了不引起鄰居的懷疑而不斷搬遷；他們的朋友就是戰友，日常活動就是革命事業；他們大量閱讀、研究和討論關於馬克思主義的文章，以及關於巴西現狀的分析，他們發行報紙和小冊子，在工廠門口和戰略地點分發傳單，籌措行動所需的汽車和武器：為獲得革命資金而搶劫銀行——革命不是盛

12出自卡耶塔諾・費洛索和吉爾貝托・吉爾於一九六八年共同創作的歌曲〈神聖的，美妙的〉（Divino, maravilhoso）。

宴，但價格昂貴——以及綁架人質，目的是釋放被捕戰友，並在電臺和電視上宣讀革命訊息。

偶爾，他們會去看場電影、喝杯酒，放鬆片刻。

如此說來，這樣的生活聽起來很貧瘠、悲傷、非常糟糕的。但並非如此。其中存在一種宏偉的意義，他們參與的是比任何事物都要偉大的、高尚的集體事業，無論其目標有多麼烏托邦，都足以在所有人當中建立並傳播合力完成偉業的情感。前無古人，後無來者，他們生活於此的當下意義，顯而易見地超越了每一個人的平凡日常。在那些獨特的時刻，歷史彷彿完全獲得其自身的意義；或許，唯有有幸生活於斯的人，才可以理解，那裡的個體究竟為什麼以及如何變得更強大、更完滿、更幸福，儘管他們與一切為敵。

和其他人一樣，莉季婭完好無損地保留了自己的烏托邦。有時，她甚至可能太像個夢想家：在接頭地點等待戰友時譜曲、在行動前夜寫詩、帶著吉他去每一個居住的基地。

無論她到哪，總在床頭板上，寫下切[13]的一句話：「堅強起來，才不會丟失溫柔。」[14]

某個下午，他們在里約市中心分發小冊子。當她在白河大街[15]一棟大樓頂上，從單肩包裡抓出一疊冊子時，無意中抓出幾張寫了詩詞的紙，她把它們和冊子一起從玻璃大窗扔了出去。那個下午，在走過大街的人群頭頂上，一場揭露國家現狀的冊子和詩歌之雨滂沱落下。後來，她回到那兒想看看是否能撿回一些遺落在人行道上的詩頁，卻只是徒勞。在人行道和柏油馬路上，小冊子和詩歌早已被踐踏、撕碎，泥濘沾染上頭，全被毀了。

§

如梭的時間只是一名旁觀者。獨裁政權日漸強大，封鎖也咄咄逼人，每天都有越來越多戰友被捕，慘遭折磨、謀殺以及「被消失」。莉季婭和弗朗西斯科的照片出現在散布全城的通緝恐怖分子海報上。儘管莉季婭的那張是舊照片，她仍不得不剪短長髮，戴上一副假的近視眼鏡，隱藏那雙令人心神不寧的眼睛。

在那段歲月裡，她感到無與倫比的悲傷。那一日，她站在鏡子前，將自己精心護理的心愛秀髮一綹一綹剪下。淚水滑落，打溼了一縷縷滑落的卷髮，就像一個接一個倒下的戰友，那些被逮捕、被殺害、被折磨、被消失的戰友。他們越來越孤立無援，逐漸輸掉這場戰爭，這場他們曾經帶著巨大希望，堅信人類擁有創造美好的能力而開啟的戰爭。

要扭轉他們走過的這條路似乎越來越不可能。

13 指切・格瓦拉（Che Guevara）。
14 原句為西班牙語，Hay que endurecer, pero sin perder la ternura jamás.
15 白河大街（Rio Branco），即舊中心大街，是貫穿里約熱內盧市中心的主幹道。

幾天後的一個下午，莉季婭和奇柯準備搶劫馬杜雷拉區[16]的一間銀行。這對夫婦到銀行開設帳戶，藉機瞭解、考察。晚些時候，她將和另一名戰友在植物園裡一個雜誌攤旁接頭。她用一個緊緊的擁抱和奇柯告別，因為這段時間總是如此：他們分開時，不能確保是否還能再見。

那是一個陽光明媚的午後，她途經羅德里戈・弗雷塔斯瀉湖[17]，驚豔於里約大自然無法殆盡的美。她發現這種美的能力幾乎是不可理解的，因為它可以掩蓋一旁鮮活存在的不公正與殘酷。

然而，彼時的莉季婭很高興，因為她滿心期待幾天後能見到瑪麗亞・弗洛爾。她好幾個月沒見到女兒了；她的母親一直被警方監視著，很難在他們不注意的情況下離開巴西利亞。那將是一次複雜的行動，但非常值得，她迫不及待了。她從錢包取出母親上次寄來的女兒照片，女兒誇張地撅起嘴唇，想要送給她一個大大的吻。

在接頭點附近下車，莉季婭立刻感覺胃部縮緊了一下。她的直覺很清晰：事情不對勁。危險那野蠻的切口冰冷地撞擊她的胃。她走了幾步試著站定，然後她決定一步不停，不環顧四周，硬著頭皮筆直地向前穿過馬路。

為時已晚：她被發現了。

她都不用細察，就看見一群骯髒的黑影朝著她的方向移動。她試著在車流間奔跑，但一個偽裝成冰淇淋販子的警察開槍了；她背部受傷，摔倒在地，汽車緊急剎車，喇叭作響，莉季婭立即被四、五個男人包圍並拉了起來，她被帶上一輛汽車，汽車輪胎發出刺耳的聲音開走了。

這一切在電光火石間發生，行人都來不及目睹，更別說明白發生了什麼。

莉季婭倒下的地方，一灘血漬在熾熱的柏油路上迅速變成黑色的。車群起初震驚了一會兒，但旋即恢復流動，加速駛離。他們不認為目擊現場有多麼重要，遑論搞清楚到底發生了什麼。在人行道上本能停住腳步的人們，在意識到發生了什麼時，也匆匆散去。這座城市陷入恐慌，沒人想要惹執行軍事鎮壓的人。

那發子彈射穿了莉季婭的一根肋骨，極度不幸的是，她沒有在柏油路上當場斃命。她被扔進一間小牢房的冰冷地板上。酷刑間歇時，她那破碎的、斷續的、褪去邏輯和理智的思想，被黝黑的血霧包裹著，透過其間，莉季婭看見老達瑪斯策諾脊背上的基督之臉。那張臉從前總是讓她不安，而不喜歡看見它；弟弟們時常請求寬厚和藹的老人把上衣拉起來，展示那張令人心神不寧的臉；但她不會這樣做，她不看它，彷彿視它為褻神之物。如今，不知怎麼地，她發現自己對那紋

16 里約熱內盧里約熱內盧市北區的街區。
17 羅德里戈．弗雷塔斯潟湖（lagoa Rodrigo de Freitas），位於里約熱內盧，通過運河與大西洋相通。

上去的基督的恐懼之情，幾乎預示了此後發生在她身上的一切。但如果她現在可以擁有這樣的基督像，她定會紋在背上，遠遠不止，還要紋在大腿、胸口、臀部、腦袋、陰道、肛門，紋在身體各個部位——那些人對她全身各處的毒打引起尖銳、鑽心的疼痛。然而，正如達瑪斯策諾的紋身一樣，就算基督遍布她的身體，也無濟於事。

她不知道自己在那兒待了多久，數小時、數天還是數年。

她再次看見達瑪斯策諾，那位創造她的老人。他那如未燃的煤炭般黝黑、粗厚的手指覆蓋在她纖弱、白皙的孩童小手上，如此反差使得她白淨皮膚看起來光彩熠熠。他想把女孩的小手指放在按壓吉他琴弦的準確位置。但很快，她看見的場景變成另外一幅。在教她卡波耶拉舞步時，赤腳的達瑪斯策諾把她高高拋起，下一秒又緊緊接住她，對她說：「如果妳願意，妳可以在這方面非常出色，我的孩子。但妳得學會控制身體每一小塊的力量。」

她身體的每一小塊。

她從老達瑪斯策諾那兒學到了許多，比弟弟們都多。

但，有什麼用？

就像奇柯講的那個令所有人捧腹大笑的故事。在一個頗有修養的知識分子軍人的葬禮上，一個務實的同伴——他和那些小資產階級出身的知識分子不同，他認為正是他們破壞了組織——評論道：

「看見沒?他讀過全冊的《資本論》，讀過列寧、恩格斯、毛澤東的作品，他無所不知，什麼都讀過，但有什麼用?還不是死了。」

他無所不讀，無所不知，但有什麼用?還是死了。

莉季婭腫脹的嘴唇想要擠出一絲微笑。

她無法睜開眼，卻能瞥見深紅的血汙和黑色的斑斑印跡，但她在鏡中對視的正是她自己。十五歲的她正在試穿成人禮[18]的舞裙，爺爺堅持她要參加聖保羅的成人禮，在名為「聖保羅人」的時髦俱樂部沙龍晚宴上首次亮相。是的，沒錯，她在聖保羅人參加了成人禮，完全是資產階級作風。那時她十五歲，讀過了若熱・亞馬多[19]的《味似丁香、色如肉桂的加布里埃拉》和聖艾修伯里[20]的《人的大地》。

她正身處的這片大地又是屬哪一類人的?

透過眼睛裡凝固的血痂，她看見一個小小身影，她的瑪麗亞・弗洛爾張開懷抱向她走來。

---

18 成人禮舞會是歐洲傳統習俗，是十五歲或十六歲的女性邁入成年階段的象徵性儀式。

19 若熱・亞馬多（Jorge Amado, 1912-2001），巴西現代主義小說家。他是巴西最負盛名的作家之一，其作品被翻譯成四十九種文字，在五十五個國家出版。他主要關注城市中黑人及混血族群的生活，主要作品有《無邊的土地》、《味似丁香、色如肉桂的加布里埃拉》、《弗洛爾和她的兩個丈夫》、《大埋伏》等。《味似丁香、色如肉桂的加布裡埃拉》出版於一九五八年，描述異國男子與巴西腹地女子的濃烈情史，生動展現一九二〇年代巴伊亞地區的社會動蕩與變化。

20 安托萬・聖艾修伯里（Antoine de Saint-Exupéry, 1900-1944），法國作家、飛行員，生於里昂，以著作《小王子》聞名。一九四四年披甲對抗納粹德軍，於七月三十一日執行飛行任務時失蹤，後獲「法蘭西烈士」稱號。其他著名的小說有《夜航》、《手斧少年》、《空軍飛行員》等。《人類的大地》出版於一九三九年，其細膩感性的文字刻畫作者以飛行員身分航行歐洲、非洲與南美，在撒哈拉沙漠墜機、與死神擦身而過等經歷、情感及回憶。

不，不。不要這樣。她不能想到女兒，一想到女兒她會受不了，她會受不了的。

她將注意力集中到那條白色的成人禮舞裙上。多麼潔白，多麼柔軟，衣料是絲綢和縐綢，還配有她母親無與倫比的金線肩帶；然後她看見外公的笑容，幸好外公去世了，如果他看見她這副模樣，肯定無法接受。她是唯一的孫女，從很小的時候開始，就收到數百條由翁貝托和勒達・蘭希厄里製作的美麗非凡的裙子。她的打扮總是走在時尚前端，穿著他們認為必須要送給她的高級訂製服。無論在哪，包括政治集會和遊行時，她都是女性友人中衣著最耀眼的。她的戰時代號是香奈兒，由一名戰友所取，以紀念著名的香奈兒女士。

刺骨的疼痛再次襲來，她已經無需專注任何事了，這疼痛至少讓她得以解脫：截斷了她的思考。

被囚禁了三天，經歷數種酷刑折磨後，莉季婭死在里約市巴朗・德・梅斯奇塔街的監獄裡。她的監禁和死亡都未得到官方承認。

時至今日，仍尋無她的屍體。她是官方列出在軍事獨裁政權鎮壓期間死亡和失蹤的四百三十四名巴西人之一。

瑪麗亞・弗洛爾（一九六八—）

如複寫紙般的藍，嬰兒服一樣的玫粉，耶穌受難時的紫色[1]：彩虹七色染在瑪麗亞・弗洛爾的髮上灼灼閃耀。她總是將頭髮剪得很短，恰到好處地露出脖頸上飛翔的蝴蝶紋身，在紋身的另一側，是一個頂點朝左的黑色三角形小斑點，那是她的胎記。今天，她的髮色是蕨青色。

在她的肚臍，兩個臍環宣告著她所屬的世代——世紀末千禧年一代，是在現代生活的躁動不安和無盡選擇中成長的年輕男女，是浸淫在訊息與機遇的雪崩中成長的一代，也是在無數暴力、悲慘、破壞、過渡、新疾病、迷戀、壓力和野蠻中成長的一代。他們應有盡有，他們一無所有。

如此人生啊！

瑪麗亞・弗洛爾的人生！

從弗拉門戈區[2]的公寓到聖特蕾莎區的工作室，需要花費三十分鐘到兩個小時不等，取決於日期、時段以及突發的交通情況。如果運氣好，那今天就不會被搶劫，畢竟她已經有八次在紅綠燈前停車時被搶的經驗。在日漸增加的失業率的城市裡，她的朋友都曾是各種各樣的暴力事件受害者。生活

1《聖經》裡，羅馬士兵給耶穌穿上的是紫色袍子。

2弗拉門戈區（Flamengo），里約熱內盧南區的街區。如今，主要是中產階級住宅區。相當接近市中心，是觀看糖麵包山和里約熱內盧基督像的好地點。

在千禧世代的巴西大城市裡，就是生活在風暴中心。面對如此繁多的災難，她感到壓抑和無力，她的夢想之一就是搬到另一座城市、另一個國家，或者，如果可能的話，另一個世界。

透過緊閉的車窗，她看見一個小混混站在人行道上，穿著一件過大的T恤，被長袖袖子蓋住的手握著一把小刀。在難以忍受的夏季到來時，小混混們的代表服裝便是如此：非常寬大的T恤，拉著長長的袖子，以遮掩手中的武器或強效純可卡因。她還記得自己第一次被搶劫的場景：她看見一個流著鼻涕的髒兮兮男孩，整個人被一件對他而言巨大無比的T恤裹住，當他靠近她之前，她甚至還有時間天真地對他說：「孩子，你為什麼不脫下那件長袖T恤？天氣這麼熱！」

是啊，孩子！為什麼？

她抬眼望向地平線，看見夕陽染上了被汙染的紅暈；光線摔打在數十億灰塵顆粒上，折射並釋放出熾熱的紅色，這種顏色令人驚駭，因為這是不正常的、病態的、不屬於太陽的紅。

但現在瑪麗亞・弗洛爾懷孕了，她應該正面思考，而她也會這麼做的。在里約，這麼做並不太難，只需轉移視線，放空自己，讓這座城市無法被摧毀的自然之美發揮作用。

瑪麗亞・弗洛爾很擅長放空。

或者說，她既擅長又不擅長。有時她做得很好，有時則否。全世界的人應該都是這樣的，她想。

但她在心中默默記下，這是一個要去諮詢她特別的家庭心理分析師若阿金的問題。

在大問題上，她可以很好地放空自我。

而在小問題上就不行。

但也存在某些之前占據她心頭，如今只剩下點點蹤跡的憂慮。

比方說，其中一個憂慮是關於她的體重。她自小就肥嘟嘟的，多年來，她都被迫計算攝取食物的卡路里過日子，直到那天，她決定從全新的角度看整個問題，並說服自己：為了讓自己在社會上被接受而服用那麼多藥物與節食是沒有意義的。她帶著自豪的眼光審視自己人生中的這次轉變。她開始收集營收百萬的減肥產業的數據，意識到廣告行銷是如何竭盡全力想要向她灌輸她的身體是不合宜的。這種以消費肥胖者創造出來的壓迫體系到底是什麼？她自問。為什麼合適的身材只能是纖瘦的？如果我相信自己的身體也可以是漂亮有力量、圓潤柔軟的，那麼我也能讓它和一副如柴的骨架一樣有吸引力。如果你無法喜歡自己的身體，那麼你無論如何都不會擁有自信：這逐漸成為她的個人格言，並且毫無疑問地，與她此後在事業上的成功息息相關。

另一個憂慮是關於金錢：就像許多同輩年輕人，她認為錢在生活中絕對是不可或缺的，但是，和他們中的大多數相反，她堅信賺錢的方式各不相同。她面對那些以銀行存簿衡量價值的朋友感到窒息。於她而言，她的野心是做好自己熱愛的事，擁有她認為不錯的生活品質。她想要無憂無慮地生活，既來之，則安之。換言之，如果巴西的狀況如此下去，她一定會勸若阿金在寶寶出生後搬去別國。

這個國家！

她覺得自己無法理解眼下正發生的事情，對於巴西人將會擁有更好、更公正的生活的可能性，她不抱任何希望。

她曾三次嘗到皈依某種集體信仰和意願的滋味，而事態也曾三次保持原樣甚至更糟。第一次是在直接選舉的動員期間，那時她還是個少女，剛和父親一起回到巴西，敲鑼打鼓，拿著畫有「我們現在就要直選！」的大字報參加大型示威活動，這一切對她而言都十分重要。第二次是當勞工黨[3]幾乎要取得總統大選的勝利時，她和外婆——是的，就是那位年邁的女教育家，羅薩・奧豐茜娜——分發印有盧拉相片的小冊子，身處這場美麗的競選中的他正微笑著，號召為之振奮的人民「不要恐懼幸福」。第三次則是為了彈劾科洛爾[4]，當她將臉塗成綠色和黃色[5]的時候，她感覺，終於，這個國家要改變了，畢竟以腐敗罪為由來罷免總統，意味著人民說出了自己的忍無可忍！人民將永遠不會接受類似的事情。

但結果依舊。

悲慘與日俱增。財富越來越集中在少數人手裡。失業率攀升。暴力蔓延。城市裡垂危的生命不斷增加。越來越多上層階級的防彈車在居住了越來越多失業家庭的街道上呼嘯而過。腐敗日趨常見，成為報紙每日新聞的常客，她從來不看那些報刊，因為不想讓自己寶貴的頭腦充斥那麼多醜惡的消息。

啊，這個國家！

她常常就自己的困惑和父親談心，請他解釋為什麼這裡的一切都不對勁。但他又能如何解釋呢？誠然，奇柯有他的理論，但嚴格來講，其中沒有任何一個理論足以真正地解釋巴西統治階層的墮落的掠奪性特徵。

但現在完全不是思考這些的時候。

她凝視汽車後視鏡中的自己，摩挲著豐滿嘴唇上的鮮豔口紅，她對自己展露笑容：她懷孕了！她

4 巴西勞工黨（Partido dos Trabalhadores）是巴西社會主義民主黨派，二〇〇三年至二〇一六年間，為巴西執政黨。該黨曾是具有馬克思主義背景的左翼政黨，有不少托派分子參與該黨的創建。在一九六四至八五年，右翼軍政府獨裁時期遭到封禁。一九八五年軍政府下臺後解禁。該黨領袖路易斯・伊納西奧・盧拉・達席爾瓦曾於一九八九年、九四年和九八年代表勞工黨和左派聯盟參選總統，但皆失敗。二〇〇二年盧拉領導的中間偏左的聯盟，終於成功當選總統，該黨首次成為執政黨，與其他政黨組成執政聯盟，二〇〇六年再次當選。二〇一〇年及一四年，迪爾瑪・羅塞夫兩次當選總統，羅賽夫是巴西首位女總統。二〇一六年八月三十一日，羅塞夫被巴西參議院彈劾，由代總統特梅爾接任總統，勞工黨失去執政黨地位。

5 費爾南多・科洛爾・德梅洛（Fernando Affonso Collor de Mello, 1949-），巴西政治家，一九九〇至九二年任巴西總統，是巴西共和國歷史上，第一個通過直接選舉產生的總統，也是該國乃至拉美國家中第一位被彈劾的國家元首。

6 巴西國旗的顏色。

將擁有一個孩子！這難道不美妙嗎？

她覺得自己很有趣。

她覺得自己前幾年某些不合時宜的問題很有趣。她全身而退的好辦法往往是讓幾乎所有事情變成一齣小喜劇，彷彿誇大問題就可以找到一個縫隙，讓它們變成笑話，如此一來，或許能稍稍緩和她的問題。她和在東北部的父親講了好幾個小時的電話，或是和在巴西利亞的外婆、或是和她的舅舅們，一個在巴西利亞，兩個在聖保羅，講講她日常生活中戲劇性的小事。她的電話帳單總是很長很長，是她開支裡的阿克琉斯之踵[6]。

她記得自己對職業的選擇有多麼複雜、焦慮的。她的外婆是家族中第一位擁有所謂職業的女人，即教育家；相反地，在瑪麗亞・弗洛爾的面前陳列著不計其數的選項：她想要成為怎樣的人？她想要從事什麼？

她的舅舅勞羅只給了一個建議：無論妳決定做什麼，都要確保它是妳真正熱愛的事情，是妳可以快樂地投入其中的。這是至關重要的先決條件，也將讓她的人生發生翻天覆地的變化：愉快地對待正在做的事情。

但她對許多事情都充滿樂趣啊！

她首先考慮的是電影。無疑受到從事電影業的兩位舅舅的影響，她曾想當一名演員。她本可以試試戲劇或是電視劇。問題在於，為了有機會得到角色——哪怕是故事中微胖女孩的角色——她必須節食，而這一點給她可能擁有的任何願望澆了盆冷水。其次，她想成為芭蕾舞者，她自小學習芭蕾，在她讀過的所有學校，她的腳背總是被稱讚為最美的。但是，想要成為職業舞者，她也必須變得苗條，而且為了及時訓練技巧，還得早早下定決心——又或者不？無論如何，她沒有走這條路。

她考慮的第三個職業是歌手，儘管她的嗓音聽起來很有趣，卻並未達到，比方說，蓋爾[7]那樣的水準。瑪麗亞・弗洛爾擁有一張蓋爾那樣的貓嘴，總是塗抹濃烈的正紅色口紅，儘管聲音美妙，卻不出眾。因此，她在這方面不夠出色。

她對科學領域沒有興趣。她完全不是一個對學習充滿熱情的人，也不想踏足研究領域，為發現新事物花費數年伏案探究。這並不適合她。

她斷定人文領域是無趣且有些無用的。她如同代人一樣，抱持懷疑主義，也未深入理解社會運轉的方式，更不用說改造社會了。在她看來，人類的愚蠢、殘忍和自私都是難以解開的謎，她想與政治保持距離。一想到她母親的遭遇……！因此，可以理解的是，她和政治的衝突是無法解決的。

至於建築、法律、新聞和經濟，她也一一否決。

7 原指阿喀琉斯的腳後跟，因是其身體唯一一處沒有浸泡到冥河的，而成為他唯一的弱點。阿喀琉斯後來在特洛伊戰爭中被毒箭射中腳踝而喪命。現引申為致命的弱點或要害。

8 蓋爾・科斯塔（Gal Costa, 1945-），巴西著名女歌手和作曲家。

醫學、牙醫和類似職業，也完全不行，她見不得血，而且很可能患有疑病症，一旦知道了任何疾病，就會感覺自己有類似症狀。在她腦海裡，她已經罹患近幾年出現的幾乎所有惡症：極度痛苦、抑鬱、焦慮。她沉迷於自我治療，無數次光顧住家轉角處的藥房，更成為了忠實顧客。她絕對沒有足夠的獨立性成為該領域的專業人士。

商業管理，不！她對管理充滿恐懼。她甚至認為自己在這方面有創傷：她人生中見過最噁心的嘴臉就是某企業管理者。他是家族第三代繼承人，是個可憐的蠢貨，以為自己可以用家產買到一切，還試圖強迫瑪麗亞・弗洛爾捲入一段風波，而令人難以置信的是，她寧願不談這件事。那人有著一張慘白得近乎透明的臉、細軟的金髮、雙眼通紅、睫毛發白：離白睫毛的男人遠一點，她的潛意識這麼說道。他們是一群滑稽、醜陋、令人作嘔的人——而且可能陰莖短小甚至早洩。實際上，對於如此長相的人，她感到非常噁心，導致她的想像中出現了陰暗的念頭、她沒有意識到的東西，但確實存在著，在她的思想深處，蠢蠢欲動。

某天，她告訴外婆，自己懼怕眼睛發紅，睫毛發白的慘白男人，羅薩・奧豐茜娜想起了當時想要打聽莉季婭下落的她，數次前往軍方辦公室，卻都絕望而歸。她不想讓外孫女也感到痛苦，而且她永遠不會帶一個三、四歲大的女孩去那種地方。然而某天，她正好有可能被接見，雖然是非常渺茫的機會。她本來在途中要把瑪麗亞・弗洛爾寄放在一位朋友家，但出了差錯，那位朋友不在家。找不到別人看顧外孫女，又快要遲到的羅薩不得不帶她一同前往。

和往常一樣，她徒勞返回。那天她仍未得知莉季婭身處何方。

之所以產生希望，是因為此前有一名將軍接了她的電話，這名將軍叫做安托尼歐・卡瑪爾古・加爾西亞，是她初到巴西利亞時認識的人。電話中，他非常友善，說自己記得莉季婭，當時這個小女孩還和他的兒子們在挖帕拉諾阿湖[8]的大型機具間玩耍呢。至於羅薩・奧豐茜娜，他當然記得非常清楚，就是圖利歐醫生精力旺盛的妻子。他會想想辦法的。

這位忙碌的將軍並不知道，讓他違背自己的原則，紆尊降貴翻查那位失蹤的年輕女子的案子的真正原因。他以為自己還記得羅薩・奧豐茜娜，是因為她長得很美，而且他曾對她垂涎三尺。

他不會知道，也永遠都不知道，是他血液中流淌的某種東西使他對這對母女印象深刻；某天他瞥見那個快樂的小女孩和他兒子一起玩耍，她額前留著細細的劉海，黢黑的眼睛舉世無雙。他血液中的那樣東西，和羅薩與莉季婭的血液有著相同的來源，他正是克拉拉・若阿奇娜的哥哥，格勒古里奧・安托尼奧・加爾西亞的後代。

但如此古老、如此隱晦的基因痕跡無法長久地打動軍政府的將軍。在他得知被列為失蹤人口的女孩實際上在里約憲兵牢房中死於酷刑後，加爾西亞將軍決定取消會面。他命助理通知等候室裡的女

9 帕拉諾阿湖（Paranoá）是人工湖泊，位於巴西首都巴西利亞以東，建於一九五九年。

士，說他也沒查到消息，他實在太忙了，沒有時間接待她。如果她願意的話，可以另約日子，或許之後會更走運？

離開時，羅薩忍不住啜泣，她身旁細心的瑪麗亞・弗洛爾注意到了。不僅如此，她們還被將軍的助理跟蹤，是一個高大魁梧的金髮男人，從等候室就一直監視她們。

這人嗓門大，聲音難聽，當他說將軍不能接待她時，在每一句笨拙的藉口後，都接上一句肌肉抽搐般的話：「女士，您不同意？」、「將軍日理萬機，女士，您不同意？他得優先處理更重要的事，女士，您不同意？」他跟蹤她們好一段路，小女孩清楚知道流著淚的外婆幾近崩潰。因此，那人的面容準確對應上外孫女心中無恥之人的形象：個頭高壯、皮膚白得幾乎透明、細軟金髮，還長著可怖的白色睫毛！是的，外孫女說得沒錯：他一定有一根短小的陰莖而且早洩。

瑪麗亞・弗洛爾的童年幾乎是和外婆還有舅舅們一起度過的。

那間房子總是吵吵鬧鬧，住滿男孩子，他們是莉季婭的弟弟：李安德羅、勞羅和萊爾修。他們都考上大學，儘管同情左翼運動，也參與學生遊行和抗議，但他們沒有一個像大姊加入武裝鬥爭。李安德羅和勞羅都對電影一往情深，他們想通過自己的電影和藝術，改變世界與巴西人民。最小的萊爾修有些憤世嫉俗，他沒有真正的信仰，他認為幾乎一切事物都是錯的，在任何地帶都看不見解決辦法，無論是近在咫尺還是遠在天邊。冷眼旁觀的他不參與任何一派。他是經濟學系的學生。

瑪麗亞・弗洛爾是他們所有人的寶貝，他們總往她手裡塞滿一大堆糖果、棒棒糖和巧克力。

完全出乎意料的是，羅薩・奧豐茜娜年紀輕輕就成了寡婦。剛邁入五十歲的圖利歐死於一場熱帶暴雨的飛機事故，這種狂暴的大雨常常會突然使整片天空變暗，彷彿世界末日。作為醫生，他被派往離巴西利亞數小時路程的一個祖母綠礦場，那兒瘧疾肆虐。他前去調查，並待了一週，被礦場裡男女老少極其惡劣的生活條件所驚嚇，他們不斷在片岩地挖掘，以尋得發光的綠寶石。在那一星期，他救了許多人，包括一名礦產大亨的兒子，這個富商毫不猶豫地贈予他一枚幾乎和鵪鶉蛋一樣大的純淨祖母綠寶石。後來，人們在他緊握的手中找到這塊寶石。時至今日，羅薩的脖子上都戴著用金鏈串起的祖母綠，從未取下，即便是在洗澡時。

圖利歐過世後，羅薩的生活在各方面都發生了變化。最重要的，或許就是她開始工作了。幸運的是，在巴西利亞發展的那些年，創造了不少工作機會。那時，首都遷移產生許多有趣的流言，在里約工作的人得知後，紛紛禱告自己不要被迫遷去那座沒有大海的城市——多麼荒謬啊！——而且沒有十字路口[9]。沒有十字路口成為烙印在巴西利亞身上的可怕汙點，嚇跑了許多人，也使不得不從里約遷

10 由於交通線路的特殊規劃，巴西利亞被戲稱為「沒有十字路口的直線城市」。

至新首都的政府機關空出許多崗位。催生這座城市的烏托邦藍圖是如此不真實，並與當代生活脱節，這讓許多人無法理解，也無法接受這樣一座城市。然而，對於其他人而言，比如羅薩，正是出於同一個原因，她卻認為這座城市非常迷人與充滿魅力。

作為巴西利亞拓荒者之一的妻子，她在教育部找到工作並不困難，儘管她此前從未工作過。她本可安靜度日，打發時間的同時也維持生計，就像那裡不計其數的公務員一樣，將公職當作清閒的討生活方式。但是，羅薩不是一個原地踏步的女人。

那時人們普遍認為，女人到了四十歲，就開始踏上衰老。羅薩不這麼想。在四十歲時，她覺得活力十足、成熟，而且比起肩披絲絨毯，手持權杖，頭戴城市小姐桂冠的她，如今她更富智慧，也美麗得多。她有四個寶貝孩子要撫養，她不會因為命運奪走了他們父親的肩臂而讓生活充滿哀傷。在她認識的人之中，圖利歐是她最敬仰且深愛的人，但是，如果她被拋下獨自生活，她也會繼續活下去。

從未工作過的她帶著驚人的堅毅與創造力開始工作了。她從記憶深處翻出自己在教師培訓課學過的知識，還找來教育相關的最新書籍，她發現大學設有短期課程和講座，於是重新學習，獲取資訊，探索可做的事。隨著時間流逝，她的名字在教育領域頗具聲望。她的目標是和某種輕鬆的樂觀主義相抗衡，這種樂觀主義認為這個不發達國家會自然而然地發展，彷彿踏著一條必然的進步之路。羅薩則認為，這個國度——或者說，任何一個國家——都會遇見問題、矛盾和阻礙，但能否克服並向前邁進則要打上問號。亟需有人為此做些什麼，而她試圖盡自己一份力。

她開始變胖，家族遺傳的寬大臀部日漸豐滿，但她的活力和快樂如昔。她有許多追求者，但她說，如果某天重陷愛河，那麼她會結婚，如果沒有，她會繼續保持目前的狀態，因為她過得很好。

鎮壓期間，警察一直監視她家，她也在街上被跟蹤，而那時羅薩早已開始工作了。她向來都是廣結良朋的人，自巴西利亞建設工程時期起，她認識各種各樣、不計其數的人，其中包括許多上校和一些將軍。

起初，學生運動的時候，她就通過自己的人脈，獲准探望莉季婭一個被關押且毫無消息的朋友，或是知道其他學生被囚禁在哪間監獄，以便為他送去衣服或食物。然而，隨著鎮壓升級，這種探監機會越來越少。她在建城時期結識的人漸漸不再對她噓寒問暖。那些軍人妻子為了求得羅薩美味的食譜，曾多次拜訪她家，如今，當她們經過她身邊時，卻假裝不認識她。

當莉季婭在里約失蹤時，為了打聽女兒的消息以及被關在何處、她的情況如何，羅薩輾轉於一間又一間辦公室，卻都是徒勞。有時，接連數日的下午，她都在之前認識的上校辦公室外等待接見，最終卻被勉強偽裝的粗暴之語草草打發。最後，她被禁止踏入軍政部和城裡所有監獄。

那段痛苦的日子與地獄無異。

當她又一次打探消息失敗後，回到家中的羅薩會把瑪麗亞・弗洛爾抱在懷裡，告訴她關於她母親的一切。羅薩給她看莉季婭的相簿，鉅細靡遺地談起莉季婭的童年往事、青春期的模樣、她的穿著、她喜歡的東西，以及她最愛的食物和顏色；可以告訴一個女兒關於素昧平生母親的所有事蹟，羅薩都講了。

瑪麗亞・弗洛爾非常清晰地記得自己躺在外婆懷中，聆聽莉季婭故事的時刻。她對這些故事的愛超過任何仙女、公主的故事。緊接著是父親講過的：這對夫妻和戰友想要改造國家，他們為了什麼而戰，發生了什麼，為什麼莉季婭死了，她又是如何死的。

她只有兩張與母親的合影：一張是在醫院，她出生那天；另一張則是他們離開巴西利亞的那天，她躺在父母的懷中。

照片中，莉季婭瘦瘦小小，長髮飄逸，雙眼明亮深邃，襯著面龐熠熠生輝。

弗洛爾將自己和母親對照。她們太不一樣：她個頭高，喜歡留短髮，她的眼睛只從母親那兒遺傳到深沉的色澤以及濃密的黑睫毛。她覺得自己和莉季婭的美貌差遠了。外婆卻說不，她和莉季婭一樣漂亮，但外婆特別擅長說好話，她堅信的事也不一定是真的。後來，她真心希望母親更漂亮，因為又是一個可以讓她感到驕傲的理由。

但那時，她覺得自己只在一個方面和母親永遠不一樣：母親身材纖瘦，鎖骨鮮明。那個時候的她仍然介意這種事，因為她不久前從法國回來，體重上升到前所未有的數字。

對於她和父親在法國生活的那些年，瑪麗亞・弗洛爾的心裡是五味雜陳的。她喜歡和父親在一起，但她非常想念外婆和舅舅們，而且厭惡歐洲陰冷的冬季。她厭惡黯淡潮溼的寒冷，總讓她蜷縮身子，咬緊嘴唇。她也不喜歡學校裡的小孩，那些男孩、女孩會拉扯她的頭髮取樂，叫她拉丁人，彷彿這是辱罵之詞，還會搶走她一直放在口袋裡的巧克力棒，它們是她的慰藉。她僅有的朋友都和她一樣，是流亡者的子女，而他們大體上成為了同類人——無論身邊的大人多麼努力不讓這種事情發生，但仍然發生了——在某些地方，盤旋在他們周圍的總是沉重的過往、指責、痛苦和悲傷，存在於大人的交談中、在關於巴西的新聞中、在返鄉計畫中、在人們講述的故事中，以及那隱隱約約、黑暗的流亡者的未來中。

莉季婭失蹤後，奇柯無法繼續留在巴西。他決定和上千名同處境的巴西人一樣，流亡智利；那些年間，獨裁政權將國人一波又一波地驅趕出國。

在很長一段時間，他心中都留著繼續尋找莉季婭的希望，彷彿她只是被關在某個未知的地方，總有一天會再次出現的。有趣的是，人的思想中存在非理性地帶，當欲望之井的深處閃爍著一絲名為

「如果」的光，它非常微弱、毫無道理、瘋狂且盲目至極，但它就在那兒，閃爍著。直到他得以回到巴西時，那瘋狂的星星之火仍在心中燃燒，儘管它已經有些黯淡，持續寥寥幾分鐘而已，但憑著這束光，他仍舊期待著：在轉過某個街角時，能看見莉季婭撩人的雙眼；在接聽某通電話時，能聽見她沙啞的聲音。

在他準備接瑪麗亞・弗洛爾到智利時，反對阿連德的政變[10]發生了。那些時日彷彿複刻了在巴西最後幾天的恐怖生活。奇柯被囚禁在足球場，身邊擠滿智利人、巴西人、阿根廷人、美國人和歐洲人等來自各個國家、前來改變智利的人。他從那兒去了比利時，再從比利時流亡到法國。

他抵達法國，過了一段時間，才終於能派人接女兒過來。

瑪麗亞・弗洛爾和父親一起在法國生活到青春期。大赦之後，他們回到巴西，奇柯和一名珀南布科女子結婚，在雷西費定居。儘管瑪麗亞・弗洛爾深愛父親以及東北部的海灘，但她不想和他們一起離開。她寧願留在巴西利亞陪伴外婆。她在巴西利亞讀完高中，開始戲劇化地糾結自己的人生使命。

弗洛爾喜歡描繪穿著各種衣服的人像，她對身體的各個方面都抱有純粹的興趣。她很虛榮，喜歡裝扮自己；鑒於她非同尋常的天賦，她總是自己做衣物、首飾，甚至有段時間，她替舅舅的電影所做的劇裝造型，還取得巨大的成功。沒有人比她更懂一件合宜的衣服如何幫助構建一個人物的形象了。

苦心思考未來與後果的她決定：要成為一名造型師。與她的曾外祖父母，翁貝托和勒達・蘭希厄李一樣，她要在時尚領域工作。

下定決心的弗洛爾隨即變成了另一個人。她將自己後現代的毛病、疑惑和悲痛全拋到腦後，虔誠信奉「無法喜歡自己身體的人，無論如何都不會擁有自信」的觀念，於是，全新的她出現了：她搬去里約，與朋友合租公寓，全心全意投入工作之中。

對她來說，衣服是人、其性格與人格的一部分。它可以增加、減少、改變你看世界的方式，以及世界看你的方式。它可以賦予或奪走魅力與優雅。它能夠吸引或驅退人們的欣賞及興趣。它是觸發的扳機。它是第一步。它是磁鐵。然後，每個人都要對自己選的衣服負責。

她為自己的選擇感到滿意，她很快就成為當地頗受歡迎的人。她替電影、戲劇和電視劇設計服裝，在聖特蕾莎區擁有一間知名的工作室。她贏得許多獎項，其中一次獲獎，是因為一條無趣的黑色小洋裝，質地是軟塌塌的合成纖維，她當時幫助改造這條裙子，而她什麼都沒用，僅僅添上外公蘭希厄李的金線肩帶。她生活在自己熱愛的色彩、形狀，以及美之中。

11指的是一九七三年智利政變。薩爾瓦多・阿連德是智利政治人物，作為拉美第一位通過直接選舉上任總統的馬克思主義者和社會主義者而聞名。阿連德於一九七〇年就任，於一九七三年九月十一日軍事政變中被殺，此後智利陷入長達十七年的奧古斯托・皮諾切特的軍事強人統治。

但有時仍會發生一些關乎她職業選擇的小插曲。比方說那天，一個邪惡、殘忍的小人接近她——這類人擅長摧毀人心——但這種事是相當罕見的，因為總體而言，弗洛爾周圍的人都和她一樣，非常親和、熱情、溫柔。

我再想想，等一下！我剛剛說的並不對。沒有任何人的身邊只有親切、熱情和溫柔的人。弗洛爾並非識人老手，而且她傾向認為所有人都和她一樣，幾乎都是真誠的。她覺得自己十分多疑，經驗也非常豐富，對事物的瞭解相當透澈，但在內心深處，她更願意當個天真的人，就像如今的人們，更願意顯現友善、熱情與溫和。

那個小人之所以接近她，只是為了問弗洛爾，她是否認為她死於革命的母親會樂見她將自己的一生奉獻給時尚這種虛空無用之事。

弗洛爾嚎啕大哭地回到家。

她從未這樣想過，幸運的是，男友若阿金陪著她，他是心理醫生，對人心體貼入微，尤其是對瑪麗亞・弗洛爾的心。他會幫她消化、遠離這劑微量但腐蝕性強的毒藥。他認真傾聽她的想法，她認為：第一（瑪麗亞・弗洛爾有試圖將事物釐清順序的天性，她喜歡分門別類地思考，每一點都按部就班，第一、第二、第三），她的媽媽永遠都是她的媽媽，無論如何，媽媽都會愛她、接受她。第二，人們的美麗和良好的狀態可以被視作一種附屬品，但絕不能被當作「虛空無用之事」。它們都屬於

「想像力和娛樂」這一項，她甚至可以承認，儘管這並不像房子、食物、健康還有教育一樣基本，但對於今日的個人幸福而言，也至關重要。因此，她的工作關乎人們的幸福，也正是母親為之犧牲的理想。第三，她從未投票給那些導致巴西人民生活於水深火熱之中的魑魅魍魎；在所有肆無忌憚的執政者的選票裡，完全沒有她的那一票，因此，她並不認為自己要為正在發生的一切負責。

她不斷思考，甚至可以延伸到第九點或第十點，因為當弗洛爾開始思考理由、開始分類時，她可以走得很遠。但她感覺自己平靜、穩定下來了，於是若阿金決定結束這場對談。

若阿金・馬查多是一名心理醫生，比她小三歲，弗洛爾和他在一位共同女性友人的新書發布雞尾酒會認識的。他的老家在亞馬遜州[11]，曾在里約求學，並到法國和美國留學，在他們認識不久前，他剛在里約開設自己的諮詢診所。

在白葡萄酒的傳杯換盞中，他們開啟熱烈的交談，然後在城中一間赫赫有名的餐廳裡，伴著可口的普羅賽克酒[12]，繼續交談；但對話並未在此止住，之後，他們又在他的公寓內，繼續圍繞著其他東西聊下去。觸發這一系列激烈談話的，便是關於那個老生常談的話題——兩性的差異——在這種情況下，雙方純粹的好奇心推動了這個話題，使它得以貫穿整個夜晚。

12 亞馬遜州（Amazonense），位於巴西西北部，是巴西最大的州。

13 普羅賽克酒（prosecco），為義大利氣泡葡萄酒，歐盟規定只有在義大利東北部用 Glear 葡萄釀造的才能稱為普羅賽克酒。

他們兩人都參加的那場雞尾酒會上，某個男人——肯定是因為缺少更好的話題——提起了一個理論：女人的腦子較小，是為了與身形相匹配。對此，酒會上某個女人克制了厭惡的情緒，回應道：「但我們的神經元分布得更密集。」於是場面緩和下來，而這時，僅僅出於不想讓氣氛墮入尷尬的空白，瑪麗亞・弗洛爾向她身旁剛認識的心理醫生提出一個小問題：「但男人究竟是從哪認為女人更不需要性生活的？或是認為男人天生喜愛縱情濫交，而女人的天性卻是對穩定關係更感興趣？」

由於這個問題直指向他——偉大的巧合把他安排在瑪麗亞・弗洛爾的身旁——這位年輕的心理醫生也開始直接與她對話；很快，多虧通常發生在類似場合並改變世界的古老化學反應，周圍的人都在他倆眼中消失，一場乾癟的對話轉而就相同主題進行極為有趣的私密交談：男人如何創造女性的壓抑，而後又堅信其發明的結果是合乎常理的自然產物；只有陰蒂是將服務女性愉悅作為唯一宗旨的人類器官，令人震驚的是，時至今日，人們依然沒有給這項事實賦予應有的重要性，與此同時，陰莖所扮演的角色是為了服務兩位「先生」——尿道和輸精管——缺乏專業性的精進。

由於最初激烈討論的是這樣一個主題，那麼他們兩人的約會還有後文也不足為奇了，從某種意義上來說，這次的約會持續到了今天。

他們在各自的領域都過著知足常樂的生活。他們喜歡的事物大致相同：音樂、電影、好餐廳、新的電腦軟體，三千紀[13]、人類的瘋狂、探討國家和世界的美好未來的可能性。一個是弗魯米能斯[14]球迷，而另一個是瓦斯科・達伽馬[15]球迷。一個養暹羅貓，另一個則養雜種狗。他們都喜歡跳舞和素食，但並不狂熱。他們花許多時間上網。當一個在學院裡練體操，另一個則在體驗針灸和指壓按摩。

弗洛爾喜歡若阿金敏感、緊張的雙手，而他鐘意於她猶如芭蕾舞者的雙腳。

不久，他們就決定同居；又過了一段時間，他們決定要個孩子。瑪麗亞・弗洛爾三十三歲，認為這個年齡正好合適，若阿金也覺得是時候體驗當父親的感受了。

或者是因為天賦，或者只是碰巧，或者是因為結識了某些關鍵人物，又或者是以上所有因素，在眾人矚目下，瑪麗亞・弗洛爾成為媒體紅人。對於在全球化時代伴隨著時尚產業特有的節奏而迅速遠揚的名氣，儘管她有些受寵若驚，但她的收入可觀，並且打算用此完成一個舊心願。

當她在巴伊亞鮮為人知的海灘度假時，一個古老而神祕的心願萌生而出，現在她懷孕了，這個願望變得更加迫切。這個心願就是定居海邊，那兒的清晨有著金光熠熠的熹微，那是未被汙染、真實的太陽的色彩。她計畫著：也許可以，誰知道呢，去這樣的地方生活，開一間民宿，在那兒住幾個月，

14 三千紀，或稱第三個千年，是指從二〇〇一年一月一日至三〇〇〇年十二月三十一日的一千年。

15 弗魯米能斯足球俱樂部（Fluminense Football Club），位於里約熱內盧的巴西足球俱樂部，於一九〇二年七月二十一日成立。

16 瓦斯科・達伽馬划艇俱樂部（Clube de Regatas Vasco da Gama），位於巴西里約熱內盧的體育會，在一八九八年八月二十一日成立，足球部則於一九一五年十一月五日成立。

剩下的時間和若阿金一起住在里約。她覺得這個想法有點瘋狂，但至少可以待一段時間。畢竟，生命正是由有長有短，而非無盡的時間片段所組成的。這些有著明確標誌的時代，深深淺淺地拼湊出我們在地球上的渺小歷史：昨日此，今日彼，明日又如何？

她發自內心地想從這座大城市的混亂生活中脫離出來，休息一會兒，這裡的巴西噩夢似乎愈演愈烈。她想給這個國家留出一段改善的時間。

她想赤腳在鋪滿沙粒的海灘奔跑；或許某年某日，某人的雙腳也踩過這片沙灘。她不認識的某人，但她知道那人存在過，並且很可能路過此處。那個人也許是她的母親，或是她母親的母親，或是她母親的母親的母親。

彷彿置身於一瞬的蜃景中，她感受到喧嚷的歡笑聲以及海灘上奔跑的輕盈腳步聲。她感受到鹹海水和多汁水果的滋味、叢林的味道、風的氣味、泥濘中的赤腳、河水的潺潺之音、純金、沙沙作響的綢緞、烤肉的香氣、甘蔗田裡銳利的聲響，以及明亮的清晨。她感受到曠野的死寂和漆黑，一個在樹叢中迴蕩的聲音，悲戚難抑的鋼琴和弦，還有吉他的嗚咽。她感受到畜群的奔跑和哞啼，無情的槍響，奔跑的腳，血，血，血，塞拉多草原那紅色塵埃的氣味，參天的叉葉樹，和一絲溫熱的女人香。

她知道，這些都是被掩埋的往昔。

這些歷經千山萬水、轉瞬即逝的味道，不知為何，她感覺它們都是自己的一部分。她感覺它們屬於她，在她的體內，並且將延續在她即將出生的孩子們的體內。

孩子們。

瑪麗亞·弗洛爾在她居住的大樓前停好車。如今她的髮色是怒海深藍。懷孕的她和若阿金一起從醫生那兒回來。剛剛得知的消息讓他們在第一時間感到有些不確定，甚至有些驚嚇：在服用這麼多年避孕藥之後，怎能猜到命運早已為他們安排了什麼？

但現在，他們正為這個消息開懷大笑，思考著要準備的事，神經和腎上腺素都聚焦到這個意料之外的未來：在瑪麗亞·弗洛爾的超音波檢查，他們知道自己將迎來的不僅是一個孩子，而是一對雙胞胎，一女一男。

你們。

聽到那縱情的笑聲了嗎？

阿曼達（二〇〇一—）

當阿曼達聽見公寓的門打開，瑪麗亞・弗洛爾的聲音傳進家中時，她再次望向鏡中的自己，深吸了一口氣，走出去迎接母親。她看見瑪麗亞・弗洛爾坐在客廳沙發上，雙手遮住臉……她又哭了?!

雖然已經見過母親哭泣的模樣，但阿曼達依舊把準備了一上午要告訴母親的話忘得精光。

「怎麼了？」

弗洛爾把手從臉上移開，將女兒拉到她身邊坐下，低啞地說：「工作室伊娜茜婭女士的孫女被一枚流彈射死。她只是一個小女孩啊，女兒！才八歲。她有一次帶那個小女孩來這裡，我不知道妳是否還記得。」

「啊！怎麼可能？在貧民窟嗎？」

「我不知道在哪裡。」

弗洛爾擦乾眼淚，吸了吸鼻子，望著女兒。

「妳現在怎麼在家？」

「我和班在 Skype。」

「妳沒去上課？」

手機響了，瑪麗亞・弗洛爾趕忙接聽。是若阿金，說他準備回家了，一些病人打電話取消諮商。

今天城裡發生了一些事，但他什麼都不知道。他們關閉了勒伯薩斯隧道[1]。氣氛很凝重。

阿曼達回到房間，把門鎖上，抓起抱枕。發生什麼事了？警察和毒販又打仗了？該如何告訴爸媽她要墮胎？

冷靜後，她回到客廳。父親剛到家，正和母親談話，兩人都心煩意亂，她很少遇見這種情況。

「我們是怎麼走到這一步的？」若阿金自言自語。「為什麼？」

室內電話和他倆的手機同時響起。阿曼達接聽座機。是外舅公勞羅，他想和外甥女通話。

「她正在講手機，外舅公。發生什麼事了？」

這時，她也不清楚為何聲音突然變得沙啞，一股憤怒和想哭的衝動湧上胸口。她說不出話，甚至聽不清楚外舅公講的話，只能勉強說道：「我要掛了，外舅公。媽媽的女裁縫師的孫女死了。勒伯薩斯隧道關了。大家都很傷心。對不起。」

她又把自己鎖在房間裡。她坐在床上，抱著枕頭，低聲抽泣，抽泣著，直到……夠了！她用力把抱枕摔到地上，吞下眼淚，走進浴室，站在鏡前。她眼前的形象改變了。她不再絕望，而是憤懣。她

1 勒伯薩斯隧道（Rebouças）是一條將里約熱內盧南北大區直接連接的隧道。

凝視著自己的臉好幾分鐘，深深望入自己的眼睛。然後，她掀起上衣，把手放在肚子上。

「你在這裡嗎？你聽到了嗎？」

就在那一瞬間，她決定不墮胎了。她徹底改變主意。她要生下這個孩子。

她再次走進客廳，神情莊重。她擁抱坐在沙發的父親，等母親掛斷手機，然後，對他們說：「我懷孕了。我要生下我的孩子。」

阿曼達正值十七歲，卻認為自己生來老成，一如她從小就聽母親說「這個小女孩比我還要成熟」。「她個性嚴肅嘛。」父親一邊同意，一邊把小女孩抱進懷中。女孩板著小臉，搞不清楚這些評價是不是讚美。而班傑明，也就是班，她的雙胞胎弟弟，總是帶著足以融化石塊的調皮笑臉。嬰兒時，他險些喪命，他身體瘦弱，飽經病痛，經常出入醫院。當他終於恢復後，對生命的熱愛讓他成了一個愛笑且俊美的冒險家。他的確是個美男子。狂野的個性，凌亂的頭髮，他身上的一切似乎都帶有反叛者的突兀。而在阿曼達身上，幾乎一切都很合理，協調的五官近乎完美：眼睛，鼻子，唇，裹住鵝蛋臉的秀髮——有點出人意料的是，她的頭髮是紅棕色的。瑪麗亞・弗洛爾自問：這個小女孩的紅髮是從哪來的？她毫無疑問是漂亮的，但和她的兄弟大相徑庭。

然而，他們對彼此的愛是一樣的。這對雙胞胎多麼親密啊！由於早年的病痛，班看起來更矮小，年紀更輕，更需要照顧。他們總是半步不離對方，一起看電視、打電動。當班不知為何感到不安，或是被什麼東西嚇到時，他會對轉過身對姊姊說：「抱抱我。」她是個堅強的人，知道自己是時刻保衛他的守護者。

直到某天，阿曼達注意到母親看兒子的眼神——他看起來還是非常脆弱——有點不太一樣。母親看她時的眼神並不是那樣的。她看兒子的眼神飽含溫情和不同的愛，她認為這反映出母親的偏愛，因而難受，不再對母親敞開心扉。或許，父母稱她個性嚴肅，就是源自這孤獨的痛楚。

她和弟弟的相處依舊，充滿溫柔和笑語，只是，每次母親一靠近，阿曼達就會無視弟弟不安的目光，將他趕走。她會占有他的玩具，也會激怒他。但是，只要瑪麗亞・弗洛爾離開，阿曼達就立刻和他重歸於好。母親將一切看在眼裡，和若阿金商量。這位家庭心理醫生的回答總是很平靜：「應該就是叛逆期，會過去的。」

事實上，和弟弟的紛爭過去了。但對母愛的懷疑，沒有。

幸運的是，當瑪麗亞・弗洛爾遭遇巨大的財務危機時，班已經完全康復了。她在毫無資本的情況下，勇敢創辦的公司被洗劫一空，卻完全沒有辦法。三年前，雙胞胎的出生和訂單壓得她喘不過氣。當時，她已是頗受歡迎的造型師，為電影和電視劇設計造型，合約也越來越多。就是在那時，她犯下了一個愚蠢的錯誤：她接受業內一間大公司老闆作為合夥人。她在雞尾酒會和聚會認識此人，他看起來老練、躊躇滿志，後來成為她商場上的朋友。她很信任他，並犯下了第二個愚蠢且致命的錯誤：同意他投入相當於公司股份百分之五十一的資本。她的舅舅萊爾修提醒道：「別那麼有信心。」但她需要這樣，她想要這樣，也就這樣做了。

這名股東投入的基礎設施和資金加上她的才華，公司在三年內迅速發展起來。她並未預料到，這股資本背後是一個家族，直到股東的兩個孩子出現，她才發現。他們的學歷寫滿了傲慢二字——男孩畢業於企業管理系，女孩畢業於設計系——再加上毫無經驗，他們將自己殺雞取卵的貪婪暴露無遺。

直到今天還有人殺雞取卵？是的。他們勸父親：一切都進展得非常順利，為什麼還需要瑪麗亞・弗洛爾呢？

他們早在來到這裡時就打好算盤：公司要現代化，要觀察流行趨勢，要創造媒體話題，要賺熱錢。這就意味著要投資獨家服飾，最大程度削減生產成本，削減承接藝術造型訂單的部門。瑪麗亞・弗洛爾一直計畫拓張的那部分，即所有人都可以穿戴的日常服飾，他們不感興趣。完全沒有興趣。

一個接一個耗費心神的會議結束後，他們強行以自認理想的價格買下她的股份，從而將她趕出了由她一手創立的公司。在最後一場會議上，那位股東父親，面對子女讓他置身尷尬處境的事實，滿臉愧疚，甚至可能有些真誠，他鼓起勇氣說：「這只是生意，瑪麗亞・弗洛爾。我非常喜歡妳，不想失去我們的友誼。」

口乾舌燥的弗洛爾站起身，拿起手邊的杯子，送到嘴邊，往嘴裡灌了一大口水，然後走近他，把水吐在他那張假慈悲的臉上，讓他永遠不要忘記她是怎麼看待他的友情的。

她回到家，頹喪、消沉。她周圍的一切混亂不堪，若阿金和孩子們也察覺到煩躁的氣息。她一籌莫展，既憤怒又暴躁，不知該如何面對自己的生活，而她與若阿金的婚姻也走向了崩潰邊緣。

已經退休的老教育家、依然住在巴西利亞的羅薩・奧豐茜娜，是不會讓她的心肝寶貝繼續頹廢下去的。在許多通長時間的電話裡，她問道：「妳現在還想在海邊蓋一間民宿嗎？」

是的，她還想。她甚至知道民宿要蓋在何處。幾年前她去巴伊亞的時候發現一座可愛的小鎮，一條橙色小溪繞城而過，直奔大海。她想去那裡住一段時間。遠離大城市的瘋狂，孩子們能夠在沙灘上奔跑，在河海間游泳，自由自在地長大。「那我們去吧。」羅薩決定道。她有一些存款。這樣的小鎮會是她安度耄耋之年的好去處。瑪麗亞・弗洛爾和孩子們只要願意，就可以和她一起待在那裡。

弗洛爾的腦子開始為這些計畫轉動起來。在那裡，她可以透過網路重拾時尚工作。至少在某個年齡之前，孩子們都可以如小動物般散漫地成長。也許在那裡，和若阿金分開對她來說會更容易一些。

民宿位於離市鎮稍遠的房子，四面都有寬闊的露臺，後院有海灘和棕櫚樹。房子的內部做了些翻新，共有七間套房（三間是給家人住的），和粉刷明亮色彩的公共區域。房子的外部，只有雲朵白的牆壁和海洋藍的木質門窗，這讓羅薩和弗洛爾感到熟悉，熟悉得有些奇怪。樹上懸掛著五彩繽紛的吊床，木頭長椅四處散布。

雙胞胎迅速融入這幅美景、這片沙灘，以及充滿同齡孩童的小鎮，彷彿幾個世紀以來，他們都是其中的一分子。他們和成群的孩子一起奔跑、爬樹，全身沾滿腰果、番石榴和扁櫻桃的汁液。他們初來乍到，卻已和城鎮裡所有人打成一片。那時，他們的不同之處在於母親和曾外祖母身上的城市氣質，以及那間四季一房難求的白色民宿。果決的羅薩・奧豐茜娜聘請一名非常能幹的經理分擔民宿的營運，同時，瑪麗亞・弗洛爾結識了不少當地女裁縫，建立工作室，並通過網路做生意。

只要若阿金有空，就會來看孩子們。等到他們要去上學的時候，該怎麼辦呢？我們到時就知道了，瑪麗亞・弗洛爾說。海邊的空氣讓她感到非常舒服，重拾活力；她的創作與大自然、地球生態產生更緊密的聯繫，她為此高興。若阿金和她仍然相愛，但他們之間並沒有承諾的約束，雙方都追尋自己的生活。

另一位經常露面的是外公奇柯，他又成為鰥夫。他也是讓孩子們和女兒感到開心的人。他會和羅薩聊上許久。他們對於國家開始發生的改變，都為之振奮。奇柯仍從事社區工作，遊歷東北部許多城市，目睹人們生活的變化。

「這個國家終於開始改變了，羅薩。莉季婭會很開心的。」

「是的。我女兒會很高興的。」

不經意間，以為淚水早已乾涸的她，再次發覺自己眼眶溼潤；不知不覺中，她才終於理解「生死有命」而安撫了因女兒離世所產生的深深痛楚。這時，衝上兩層露臺臺階的阿曼達撲進她的懷中，對班喊道：「我贏了！我第一個到！」兩個孩子緊緊壓在她身上，羅薩輕輕地呻吟。奇柯笑了起來。

長大後的阿曼達鍾情於那條溫柔的淡水河。至於大海，她害怕那片無法掌控的無垠，彷彿她窺見其中深不可測、存在上千年、難以理解的危險。而或許，班，這個海灘男孩，所熱愛的正是這一點。危險、難以掌控，相較於此處可以見到的任何事物都更具有威懾的深藍。

在海裡，阿曼達不會去很遠的地方冒險。她在海浪中玩耍只是因為想玩耍。當遊戲的地點變成在河裡時，她就會向河水投降，變成女孩群中的一條游魚。班則相反，他厭倦日復一日沒有驚喜的淡水。他甚至不喜歡坐船出航，有些漁夫會花時間教孩子們釣魚，他對釣魚和找釣點的緩慢感到厭煩，而阿曼達是一名敬業的漁婦，她甚至不會給他一塊自己碰巧釣到的魚肉：「你不想釣魚，就別吃」。這時班會迅速站起來，抓起她盤子裡的炸魚尾後跑開，她則跟在後面追。

黃昏來臨時，瑪麗亞．弗洛爾允許他們玩手機遊戲，甚至可以用電視或電腦看卡通。在這一點上，她屈服若阿金的建議：「不要過分異化孩子們。他們還是會回到城裡生活的。從中學開始，他們就必須去都市接受教育」。

她同意了，也為回去做準備。透過網路工作很好，但遠遠不夠。她的雄心壯志仍在，她想看著自己的衣服在城裡人們的身上來來回回。如果說目睹她的孩子在這片美景中成長是一種幸福，那麼海邊也僅是一處避難之地，而不是她的世界。

羅薩・奧豐茜娜已經澈底融入這座小城的生活。她廣交好友，學習老居民的智慧，咬緊牙關避免提出不請自來的建議，她全心全意對這裡生活的美好日常充滿感激。雙胞胎開始上學後，她想把自己在巴西利亞附近一座城市所見之事付諸實踐，她在教育部工作時曾在一次考察中拜訪那兒。當時她認識了一位女士——順便一提，是個幾乎和她同名的人——在這位女士的花園裡，她養的孔雀翩翩漫步，而在枝繁葉茂的樹下，這位女士辟出一片場地，用來幫助城裡的孩子們完成學業，並提供午餐，除了阻止他們變成街頭混混外，還教他們如何為未來就業做準備。圍繞著一桌奶酪餅乾和熱騰騰的咖啡，羅薩・奧豐茜娜和那位可敬的女士談天論地，她身材瘦削，滿頭銀髮，戴著一副厚厚的眼鏡，舉手投足間顯露出一位溫柔教師的風采——她將一生都奉獻給這份事業。而現在，羅薩覺得自己也可以做些規模較小但類似的事。她應該有把這位女士的地址記在某處。她要寫一封信給她，告訴她一項好的行動能讓春風遍布人間。

她命人蓋一個棚子，辟出一間寬敞的課輔教室，給曾孫和他們的同學使用。一開始，她只是幫助他們完成課業，並提供一頓下午茶。儘管這是一項完全私人且自願的活動，但她認為最好還是知會市長；市長大力肯定這件事，差點要將她捧上神壇：「如果有我可以幫上忙的地方，請您記住，我隨時待命。」

毫無必要。羅薩只想遠離官僚與阿諛奉承。

隨著時間流逝，棚子漸漸坐滿孩子，下午茶也越來越豐盛；除了課業，還特地買了一臺電腦，增加一兩門電腦基礎課。有時，瑪麗亞・弗洛爾會教導感興趣的孩子初級繪畫。隱藏的人才出現了，比如勞莉勒內，阿曼達最要好的朋友，是福音教會警衛的女兒，她的畫作被貼在棚子牆上。在數學和電腦上展現才華的則是澤・小特羅旺。他是好鬥的單親媽媽祖彌拉・特羅伍阿達的兒子，她是一位出色的熨衣專家，她會在休假時做些草扇、草帽，由口齒伶俐的小特羅旺兜售給遊客。週六下午，羅薩也會為市政系統中對此感興趣的教師輔導方法論。她覺得自己做這些事非常好，以至有時候她認為，自己之所以出生在這世上，就是為了這麼度過人生的尾聲——和渴望學習的人分享她所知的一切。

當該市基礎教學在全國定期考察中被評為最佳時，市長和副市長都向她致謝：「啊，羅薩女士！多麼希望前來享受我們海灘和安寧的人能和您一樣幫助社區啊！」

羅薩表達感謝，端上咖啡和小餅乾，聽他長篇大論講著下屆選舉，卻未表示認同。

「市長先生，我年紀太大了，不適合政治。您忘記了，我是從巴西利亞來的！那兒才是我投票的地方，而且我總是投得很好，謝謝您。」

§

在那些平靜的歲月，瑪麗亞•弗洛爾常常躺在面朝大海的吊床上，觀察皮膚被日光晒成古銅色的孩子們：班喜歡模仿鳥鳴、敲鈴鼓、學拉中提琴，夢想長大後加入鎮裡的樂隊；阿曼達稚氣未脫，臉龐上散落著星點雀斑，她的身邊總是環繞著朋友，勞莉勒內、德爾茜，還有一個偶爾露面的巴塔樹印地安女孩[2]，名叫薩爾維阿娜。薩爾維阿娜在自己的村裡讀書，比較遠，只有週末或假期，她母親前來販售手工藝品時，才會跟著進城。有時，在一大群孩子之間，她的問題聽起來很奇怪：

「曼達，妳的人民都住在這間白色房子裡嗎？」。

「我的人民？」阿曼達不明白。「他們不是我的人民，是我的家人。」

薩爾維阿娜無法理解一個沒有人民的人。她對此相當不滿。

「如果他們是妳的家人，那就是妳的親戚，也就是妳的人民。」

而阿曼達完全無法理解。

在小特羅旺的眼裡，阿曼達是他見過最特別的女孩，於是他幫她說話：「如果她不想有人民，她可以沒有，薩爾維阿娜。這裡沒有誰必須要有人民。」

外舅公勞羅也對這個外甥孫女有著特殊的感情。他教她使用自己的相機。某次拜訪時，他拍下了這群金色沙灘上的女孩，他將短片放給家人看，介紹她們為「四大巴西國寶」：印地安女孩、白人女孩、黑人女孩和混血女孩。短片最後，攝影機捕捉到班和小特羅旺試圖在女孩們遊戲時搗蛋的畫面。

享受著生命中純粹的愉悅時刻，弗洛爾自問，為什麼她和孩子們，甚至外婆和舅舅們，所有人在這裡都如此快樂，要不是若阿金缺席，這片迷人的地方就是真正的天堂。

一有機會，舅舅們就會來這兒和母親還有外甥女共度數日。離婚的勞羅會帶上他那時的伴侶前來，未婚的李安德羅喜歡獨自前往。即使在紐約工作的經濟學家萊爾修，每年至少也會帶著美國妻子來一次。某日下午，民宿裡只有他們一家，在一頓豐盛的午餐後，所有人都去午休了。羅薩和奇柯坐在露臺上，這時，他們聽見孩子們在海灘尖叫。

在大海不平靜的日子，漁民的孩子會轉移陣地，他們深知不能在洶湧浪濤中玩耍。於是，當海灘上的尖叫傳進吊床上弗洛爾的耳中，她立刻知道那並非快樂的喊叫。出事了！她一躍而起，跑了起來。羅薩和若阿金緊跟其後，用最快速度奔跑。舅舅們也從吊床上起身。

她看見阿曼達蹲在海灘的一處高點，聽見孩子們高聲喊著：「班，回來！」。

母親的心跳幾乎要停止了，但她的身體和頭腦沒有。她跑向船的拋錨點，與他們一起工作的健壯漁民朱拉西正把船推進大海。她跳上船，和他一起去找浮沉在浪間的小腦袋。熟練的朱拉西和焦急得

2巴塔樹族人（pataxó）屬於馬克羅—傑語系原住民，大部分居住在巴伊亞州塞古魯港市南部的原住民區。

快要發瘋的弗洛爾伸出手，抓住班的頭髮、腦袋、手臂和腿，撈起他並放到船上。一個巨浪準備威懾他們，但是，或許是因為失去了在它掌控中的那具身體而感到無趣，在攀升的過程中，它突然改變主意，轉而憤怒地將他們直接推到岸邊。舅舅們抓住船，朱拉西抱起小小的身體，把他放在沙灘上。接下來的幾分鐘令人絕望，他們不斷做人工呼吸，而這一切，遠處的阿曼達都看在眼裡。她在沙灘上動彈不得，雙手深深插進沙粒中，彷彿要將自己永遠束縛在那裡；她全身麻痺，腦袋空白，覺得自己並不存在，靈魂抽離，她的體內只剩下莫大的恐懼。

當她終於注意到尖叫的語氣變成如釋重負的歡呼時，班已經有反應了，空氣再次在他的肺裡翻滾。阿曼達站起身，但比她先站起來的，是一個奇怪、憤怒的波浪——雖然是她心中一個小小的浪——她怒氣衝天地走到被母親抱在懷裡的弟弟跟前；她慘白的小臉上雙眼緊瞇，接著，毫無猶豫與憐憫，她用盡力氣，向班的臉上扔了一把辛辣的沙子，喊道：「你……你這個蠢貨！」然後她像來時一樣匆匆跑開。

這是她第一次對弟弟生這麼大的氣。她不和他講話，不讓他靠近自己，不想聽到任何乞求原諒的話，更不想聽到任何解釋。她持續了一天一夜，直到班一邊模仿她喜歡的鳥兒的歌聲，一邊走近她。阿曼達默許了，接著她聽見他懇求：「抱抱我」。

她抱住他。

「你發誓不再這麼做了？」

「我發誓。」

「你再也不會去洶湧的大海裡玩了？」

「再也不去。」

班傑明本可以遵守關於狂野大海的承諾，但他的靈魂充滿對冒險、對腎上腺素的渴望，以及想要活下去的生命力。

當父母決定回里約熱內盧時，阿曼達和班都愣住了。他們不想離開。若阿金非常堅持，瑪麗亞・弗洛爾也同意：這件事沒有任何商量的餘地。因為她和若阿金已經決定再次一起生活，他倆對此都很興奮。民宿會一直在原地等待他們的。但是，上車的時候，若阿金不得不氣喘吁吁地背起尖叫的阿曼達，她的手臂和腿不停在空中甩動，想從父親的手中掙脫。

起初，姊弟二人對大城市的格拉加烏區[3]的炎熱以及小公寓都頗感陌生，但沒有什麼比里約的美景更能驅散緊張的情緒——煙消雲散的並非是迅速出現的荷爾蒙。班以友善的方式處理自己的問題，阿曼達卻成了一個幾乎讓人難以忍受的少女，她性格急躁，在任何事情上都無法專注。她的那些犯顏

3 格拉加烏區（Grajaú），里約熱內盧市北區的街區，以綠植繁茂聞名。

之語主要是衝著母親的。弗洛爾向若阿金抱怨：「該拿這個女孩怎麼辦？」

他還是一貫的堅持：「叛逆期。會過去的。」

二〇一三年，當國內開始掀起一波異常騷動時，雙胞胎正度過青春期的第一個階段。班發現自己的同性戀傾向，阿曼達則發現自己像一團燃燒的火焰。一場讓所有人始料未及的大火釋放出頭幾個信號，開始在四處蠢蠢欲動：敲鍋遊行、憤怒、咒罵，鴻溝形成了，割裂了整個國家；報紙上讀到的新聞和不計其數的醜聞讓他們的父母震驚不已，彼時的阿曼達和班從他們那兒聽到了不少評論，十二歲的他們努力想要理解顯然無法解釋的這一切。他們目睹母親流著淚，幾乎每天都打電話給外公奇柯，談論莉季婭，談論她的死和她受過的酷刑：「全部付之東流了，爸爸。結束了。」

雙胞胎沒聽見外公的回覆。

從學校回家的班越來越沮喪。對於針對他的譏諷和霸凌，他一一回擊。他採取自衛，不斷被攻擊，再反擊。阿曼達會上前保護他，她的情緒更為激動。放學歸來時兩人總是憤慨不已，網路成為他們的避難所。父母將班轉去若阿金同事推薦的另一所學校，但阿曼達想待在原來的學校，那裡有她的朋友和男友。也可以，父母說道。或許將如膠似漆的兩人分開一點會更有益。

班幾乎是在不知不覺間蛻變了。發現大提琴後，他廢寢忘食地專注其上。想要演奏好這門樂器的願望使他變成一個有目標、有野心、有意義的人。他跟著一位私人教師上課——這位老師是第一個說他有絕對音準的人——並孜孜不倦地練琴。他想要補回那些自認失去的時間。阿曼達對他說：「你現在像個瘋子。」

他回答：「如果這是發瘋的話，那做個瘋子非常好。妳也應該發個瘋。」

而阿曼達再次感覺到，母親望向他的眼神充滿欣賞和無怨無悔的愛，與她得到的不一樣。就這樣吧。她會加把勁讓自己更糟糕。

問題不在於自由——父母總是給予兩人充分的自由。「留意身邊的一切。」他們說，「小心點。對你們自己和別人都要負責。」然後給予他們所需的自主權。他們經常和班上同學出去玩、看電影、去里約放克音樂節和舞會；他們比較少去海灘——太遠了，人滿為患，汙染嚴重，他們不喜歡這樣的大海。讓瑪麗亞・弗洛爾擔心的並非這種對年輕人而言再正常不過的精力旺盛，而是女兒疏遠、憤怒的情緒，以及她流水般的男友。班讓家中充滿音樂，阿曼達則讓家中充滿她的男友。

「妳太年輕了。」弗洛爾說，「妳剛開始和某人談戀愛，沒多久就換下一個。我不想每週都看見不同的男孩在我的廚房裡。」

阿曼達無禮地回道：「如果妳想要這樣，那之後我不在家睡覺的時候，妳不要抱怨。」

弗洛爾很受傷：「若阿金，這個女孩的心像是裝了顆炸彈。我不懂。」

「親愛的，這一代人都活在失控的沸騰世界裡。」若阿金安撫道，「他們每天都收到各種壞消息，的確有點嚇人。但這就是他們的世界。我們的女兒肯定會成熟起來面對這一切的。」

假期時，他們會回到民宿。歲月和生活使得差異越來越深，從前的玩伴如今只剩下寥寥無幾的朋友。雖然身在里約，但通過網路，阿曼達依然和勞莉勒內、德爾茜以及小特羅旺——如今已是澤・特羅旺——保持頻繁的聯繫。對於班而言，和昔日夥伴每年一度的重逢變得越來越困難。肉眼可見的差異讓他們每個人都走上雲泥之別的道路，其間的差距如此巨大，連聊天都變得非常不自然。他的大提琴、他的行為舉止、他的奇裝異服，以及他在風中飄揚的頭髮，他們絲毫不覺得他的一切是有趣的。澤・特羅旺是唯一接近他的人，他會和班一起面朝心愛的海洋的臂彎，欣賞浪濤；差點命喪大海後，班學會對大海心懷敬畏。

有時，他獨自一人坐在海灘上，幾近輕哼地唱起凱米的歌。那是特別的儀式，遠離眾人，尤其是阿曼達：「死於大海多麼甜蜜，死於那浪濤的碧綠。」[4]

是嗎？那天，朋友們在身後大喊「回來，班，回來」時，他想要尋得的就是這個嗎？

彼時，阿曼達和朋友們不知在哪兒嬉戲。瑪麗亞・弗洛爾為自己的服裝印花買下一些勞莉勒內的畫作，她還想買更多，但勞莉勒內福音教派的父親卻不允許，他對女兒的畫作不以為意。阿曼達生氣了：「勞莉，妳是個藝術家！不要讓妳的父母主宰妳！逃跑吧！」

「怎麼逃？」

「我幫妳。我跟我媽媽說。妳來跟我們一起住。」

「曼達，我喜歡這裡，我不能拋下我家。那會要了我媽媽的命。我的生活就是如此。妳的生活是不一樣的。」

阿曼達無法認同。

德爾茜考慮和薩爾瓦多的舅舅們一起生活，她將在那兒完成高中學業。如今，對於像她這樣的人，讀大學已經容易多了，即使是以配額制學生[5]的身分就讀。她想讀護理系，她還想結婚，生兩個孩子。

所有人都沒有薩爾維阿娜的消息。她和她的母親已經不來市集了。

阿曼達不像在里約那樣戀情紛飛，她在這裡老實許多。她早已和澤・特羅旺說過：「除了班，你就是我最好的朋友，但我們永遠都不會戀愛的，澤。我們一起長大，你就是我的哥哥。」

無論傷心與否，特羅旺都接受了。然而，每當這位朋友假期回來時，他仍舊是第一個前去探望

4 出自巴西歌手多利瓦爾・凱米（Dorival Caymmi）的歌〈死於大海多麼甜蜜〉（É doce morrer no mar）。

5 自二〇一二年起，巴西頒布了配額制政策，保障聯邦制大學和學院百分之五十的入學名額，這些名額主要留給公立中學裡家庭收入低於最低收入的學生和有色人種。巴西的配額制政策包括種族配額、性別配額和社會經濟配額。

她，並且整日陪伴她。他帶她去划船，一起去釣魚，阿曼達彷彿又變成孩子，不想也不惹麻煩。

弗洛爾告訴若阿金：「阿曼達在這兒像是換了個人，變得踏實，穿著舊衣服，完全不一樣。我們的女兒究竟在想什麼？」

「青春期就是純粹的謎。」若阿金回答道，「連她自己都不知道是怎麼一回事，也不知道自己想要什麼。她只是在成長，親愛的。」

這件事已經變成他們之間的玩笑，弗洛爾再次問道：「會過去嗎？」

「會過去的。」丈夫肯定道。

弗洛爾還想問：「會更好還是更壞呢？」但她沒有說出口。若阿金得是個預言家才能知道答案。

迪爾瑪・羅塞夫的彈劾案[6]發生時，雙胞胎十五歲。瑪麗亞・弗洛爾與父親和外婆通電話長談，她痛哭道：「我們會變成什麼樣子啊，爸爸？什麼樣的民主制度會推翻民選總統？如果媽媽還活著，她肯定不會相信的！」

通過同學和社群網路，阿曼達和班也跟進瞭解情況。假新聞讓他們十分困惑。班最終選擇遠離新聞與醜聞。他讓自己囿於大提琴的聲音和練習之中，忘卻世界。他正在努力爭取一項海外獎學金。他為自己籌備著。阿曼達則熱切關注新聞，焦躁不安，直到她覺得噁心，無法繼續下去。每當這時，她就會走進弟弟的房間，蜷縮在他的床上，任自己游離在班彈奏的旋律中，彷彿兩人被音樂包裹，再次一同置身母親的子宮內。

生活在這樣的時期何其艱難！儘管這並非他們所願，儘管他們盡力在重重不安中保護自己。學校裡，年輕人激動不已。憤怒，反抗，恐懼。到處都充斥著類似消息：警察殺害了年輕黑人、貧窮的年輕人，以及貧民窟的居民。毒品和民兵占據許多街區。流彈。總是流彈。還有搶劫和貪汙。咒罵。各方面都在開倒車。割裂：你是站我這邊的，還是反對我的。連家庭內部也爭論不斷。萊爾修舅舅和兄弟們大吵一架後就鮮少出現了。他只在他們都不在的時候才去民宿探望羅薩・奧豐茜娜。瑪麗亞・弗洛爾不會為了任何事情和舅舅們發生爭執，但她在萊爾修身邊從不談論政治。

大約在同一時期，雙胞胎發生了第二次激烈的爭吵。班想見識聖保羅的同志大遊行[7]，阿曼達也一同前往。他們和兩個朋友一起出發，在往返里約和聖保羅的大巴士上，認識了一群男孩，他們的行程一致：在去程大巴士上過夜，在大遊行度過一整天，然後在回程大巴士過夜。他們決定結伴而行。班和新朋友都興奮至極，他們的歡樂也深深感染了阿曼達。

6 二〇一六年四月十七日晚間，在巴西眾議院五百一十三名議員中，三百六十七名議員針對彈劾總統羅塞夫的議案投了贊成票，超過三分之二的議員表示彈劾總統程序將繼續，也成為世界上第一位遭彈劾的女總統，彈劾報告將遞交參議院做最終表決，此一結果不可逆轉。同年八月三十一日，巴西參議院以六十一票支持、二十票反對，正式通過對總統迪爾瑪・羅塞夫的彈劾案。她是自一九九二年第二位被彈劾下臺的總統，也是世界上第一位被彈劾下臺的女總統。

7 聖保羅同志大遊行從一九九七年開始，每年在聖保羅人大道舉行。二〇〇六年，該遊行被金氏世界紀錄評選為「世界規模最大的同志大遊行」。

在聖保羅人大道[8]的一個公園裡，他們戴上羽毛、化好妝。班是其中最美麗，也是最快樂的人。阿曼達也非常開心。他們縱情享樂。「自由」與「同志驕傲」交織起舞。服裝、音樂、歡樂，比狂歡節還要精彩。他們交了許多新朋友：同性戀者、變裝皇后、跨性別者、順性別者[9]、異性戀。完美的下午。

他們搭乘回程大巴士時已接近午夜。雖然疲憊，但都很亢奮，想要飲酒到最後一刻。班和朋友們仍穿戴羽毛，妝也還沒卸掉。直到去巴士站的地鐵上，氣氛才發生變化。三個粗魯的白人手握一整套光頭黨[10]的武器，走進車廂，威脅他們。其中一人手裡藏了件東西。阿曼達拉了拉弟弟。

「我們下車吧，坐下一班地鐵。」

所有朋友都走了，除了班，他像好鬥的公雞般情緒激昂。

「不！」他吼道，「這群混蛋又不是這節車廂的主人。」他對姊姊和朋友們的建議無動於衷，轉向那三個人：「你們這群納粹才嚇不倒我們！你們才應該感到害怕，納粹！」

阿曼達只聽見一個聲音在班的腿上響起，他低吼著倒地了。幸運的是，車廂的門打開了，那群暴徒下了車，一邊發出下流的尖叫及恐嚇的話語。下一次就要殺人了。

哎，阿曼達感到無比厭惡！憤怒攫住了她，不僅是因為那群攻擊他們的野獸，也是因為班。她被迫為弟弟的愚蠢而心痛，這個害人不淺、對自己不負責的弟弟！她不得不忍住扇他耳光的衝動。

她把他送去醫院，打電話給父親，等待他趕來。弟弟被值班醫生推進緊閉的急診室大門之後，就一直沒有消息。這是她人生中最黑暗的一夜。當醫生告知需要在粉碎的左腿骨頭上做植入手術時，她甚至不想知道細節。她在警局做完筆錄後就回里約了，留下若阿金在醫院陪班。父親應該要照顧好他不負責任的兒子。

這一次，她過了許多天才願意擁抱弟弟。

「你怎麼都不為其他人著想呢？那些納粹可能會轟了你的頭。或你的手，班。你做這種事的時候一點都不害怕嗎？」

「我只是想這麼做。」

「你瘋了。你絕對想像不到我有多想揍你。」

「我不需要想像，因為我知道。直到今天我都能感到那把沙子刺進我的臉時有多痛。」

「那還是不夠。我警告你：如果有一天，你因為自己做了什麼蠢事死掉的話，我會把你從棺材裡拉出來，在你臉上甩一巴掌！」

8聖保羅人大道（avenida Paulista），位於巴西最大都市聖保羅，是該城最重要的經濟與金融中樞、觀光景點和娛樂中心之一。

9指性別認同與出生時指定性別相同的人。例如：一個人的性別認同是女性並且出生時被指定為女性，這個人就是順性別女性。

10光頭黨（Skinheads）源自一九六〇年代，英國的青年勞工階級的次文化，接著擴大到世界各地。原先並無政治或種族意圖，一九七〇年代開始，媒體與大眾漸漸把光頭黨與新納粹主義青年組織畫上等號。

「真可怕！」

他們為剛達成的和平如釋重負，大笑起來。

「如果你不為自己感到害怕的話，那你得為我。或者得為你對音樂的熱愛。如果他們打傷你，你就永遠不行演奏了。你發誓？」

「我發誓。」

班拿起大提琴，拉出美得驚人的音符，獻給他的姊姊。然後，他告訴她一個消息：蒙特利爾的音樂學院錄取他了，還有獎學金。那就是他將要啟程前往的地方。

當時，民宿的小學堂也發生了變故。許多孩子開始離開。週六前來上方法論輔導課的教師人數也急劇減少。只剩下失業的老師來上課。羅薩覺得很奇怪，問起在市集遇見的一位母親：

「安娜太太，為什麼您的孩子不來上輔導課了？」

「啊，羅薩夫人，市長不想讓我們去呀。」

「市長？這和他有什麼關係？」

「他說孩子如果去上輔導課，他的母親就得不到任何政府補助。」

「他沒有權力這麼做。」

「是沒有，但他還是會這麼做。」

於是，羅薩提著裝滿蔬水的鮮豔籃子，直接從市集走去市政廳。他們告訴她市長正在忙。

「好的，那我等著。」她回道。她一直等到午餐時間，直到那個男人因為饑餓從辦公室出來。

「羅薩夫人，您怎麼在這兒？大駕光臨，我有失遠迎啦。」

「不是什麼大駕光臨，市長先生。我只是來要個解釋。我聽說您正在勸那些母親不要帶孩子來上輔導課。」

「羅薩夫人，您知道的，人們就是喜歡流言蜚語。」

「所以不是真的？」

「您不必擔心這種事，重拾您往日的平靜吧。您的民宿已經為這座城市做了許多。」

「如果是真的，我很想知道您憑什麼做無權做的事。」

一整個早上市長都將自己鎖在辦公室裡，就是為了避免這種談話，餓著肚子的他為此惱怒不已：

「羅薩夫人，您聽著，瞭解市府權力的人正是和您對話的在下。是的，既然夫人您堅持要知道，那我就告訴您。沒錯，是我請那些母親不要再將他們的孩子送去您的輔導課了。您知道為什麼嗎，羅薩夫人？原因很簡單：他們不再需要了。市府的教師素質非常好，應付這些孩子綽綽有餘。」

「您上任初期，我在這兒和您解釋我打算做些什麼來為本市的教育貢獻時，您可不是這麼想的。」

「那是過去了，羅薩夫人。巴西正在改變。您沒看見巴西利亞發生的事嗎？在這裡，我們也不會允許外人來操控我們孩子的思想。請您注意。祝您有個愉快的一天。」

習慣了生活中風風雨雨的羅薩，此刻卻覺得非常虛弱，她的雙腿顫抖不已，不得不得坐下。認識她的女祕書為她端來一杯糖水並向她道歉。

「現在市長離開了，我可以告訴您，羅薩夫人。他還禁止老師參加方法論的課程。城裡很多人都非常生氣。但他有這個權力，不是嗎？直到下一次選舉。願上帝保佑他別再當選。對不起，羅薩夫人。」

「沒事的，孩子！妳不需要道歉。我才要謝謝妳這杯水和這番話。」

第二天，棚子外塗滿巨大的塗鴉：「左翼分子」、「放過我們的孩子」。朱拉西嚇壞了，帶著羅薩去看那面牆。同時，一批孩子和他們的母親幾乎立馬趕到，他們帶來一桶油漆，覆蓋這些脅迫的話。

然而，事實是這個起初頗受讚譽的輔導課因師生減少而式微。羅薩·奧豐西娜第一次覺得自己老了，在仍舊活力四射的九十歲失去了力氣。她受傷了。奇柯是唯一被她告知此事的城外人，他迅速趕來，他在岳母的臉上，看到從未見過的挫敗。

「究竟是什麼疾病腐蝕了這個國家，奇柯？我不認識這個國家了。」

她請求女婿不要將這件事告訴任何人。奇柯還是打電話給女兒，但只說他覺得岳母變得虛弱了，最好有人能來探望她。

一掛電話，弗洛爾就打給舅舅們：「外婆不太好。我要過去一趟。」

回到家中，弗洛爾講起新消息。羅薩．奧豐茜娜從巴西利亞時期就認識的一位友人，比她年紀小一點——弗洛爾懷疑他是她的舊情人——也來到這個地區定居，他住在一間有點偏僻的房子，但離民宿很近。每天黃昏時分，他都會帶著香草去拜訪羅薩，或是與她沿著海灘散步後，教她體會泡腳的愉悅。他的陪伴對外婆有益，弗洛爾放心地回家。

她也告訴阿曼達她朋友的消息：勞莉勒內訂婚了。不過阿曼達早已知道。那個巴塔樹族女孩薩爾維阿娜正在聖保羅內陸攻讀法律。德爾茜不得不從薩爾瓦多回來。她是一樁強奸案的受害者，險些喪命，如今懷孕了。她的家人不讓她墮胎。弗洛爾甚至試著見她一面，卻未能如願。

阿曼達怒上心頭。所以這就是德爾茜不再給她寫信和回信的原因。多麼令人憤怒啊，發生這種事情的世界！多麼令人生厭啊！她狠狠摔上房門，抓起枕頭猛揍了幾拳，然後，因朋友所受的傷害而震顫，哭了起來。

長期旁觀瑪麗亞．弗洛爾和女兒的鬧劇，兩位電影製作人勞羅和李安德羅決定給外甥孫女一個動力，他們請她來做兼職。阿曼達一直對他們的工作很有興趣。

當阿曼達還是個孩子，小手幾乎無法抓穩勞羅的攝影機時，就拍下了班。這段家庭錄像保留在家族故事中，因為，在這兩位未來的演員和女導演都還沒意識到的時候，瑪麗亞・弗洛爾和若阿金第一次發現兒子女性化的姿勢和連阿曼達都沒有的甜美。那時，弗洛爾轉過身去，對若阿金笑道：「這會過去嗎？」

他也笑了：「不會的，親愛的，這不會過去。我們的班將不得不面對世界的敵意，但我們會一直陪著他。」

阿曼達去舅公那兒實習，擔任雜工：製片助手、攝影助手，以及通常由勞羅管理的工作坊助手。在整個國家彷彿換了副模樣的怪異時刻，他們兩人都沒有拍攝任何虛構故事。李安德羅致力於用鏡頭紀錄從南至北的示威遊行，無論是左派還是右翼。他想通過這些示威遊行展示根深蒂固的割裂，這些割裂改變了他們所深愛的國家的面貌。這是一個過程，一次經歷，他對她解釋：我不知道這一切會走向何處。希望等到剪輯的時候，我可以理解。

勞羅則專注拍攝原住民文化與抗爭的紀錄片。他經常深入內陸，稱這些地方為「國家的心臟」，帶回了不為人知的影像及故事。他對原住民的抗爭力量、原以為已經消失的許多種族依舊存在的事實，以及他所遇見的美景感到震驚。他的仰慕之情直擊外甥孫女的心，她才剛起步學習。

她對班感嘆道：「我開始明白你對大提琴的愛了。電影也給我相同的感受。你是對的。我現在瘋了般想學到更多。」

母親聽見歡笑聲，走了過來。

「妳喜歡和舅公們一起工作嗎？」

阿曼達收起笑容：「算是吧。」

這一次，弗洛爾一走開，班立刻惱怒地問：「為什麼妳不直接回答媽媽？」

「你知道的。」

「什麼鬼啊，曼達！又是這套媽媽偏愛我的故事，妳做的一切只會讓她真的更喜歡我。如果妳繼續這樣，這個自我預言最終會成真的。該結束了。我要去和爸爸談妳的創傷。」

「如果你這樣做，我不會原諒你的。」

「那就不要再這樣了。我受夠這些爭吵了。」

「真糟糕啊。」阿曼達砰地一聲摔門離開了。

穆冉・奎庫羅住在馬托格羅索州的欣古國家公園[11]。他是村裡所謂的電影人之一，這些電影人都

11 欣古國家公園（Parque Nacional do Xingu）坐落於馬托格羅索州（Mato Grosso）的東北部和巴西亞馬遜叢林南部，毗鄰欣古河。這座公園始建於一九六一年，是第一個被巴西聯邦政府承認的原住民聚集地。在欣古國家公園中，居住著共十六支原住民族群，語言各異，但生活方式極度相似。

是通過「村中影像」[12]計畫，由人類學家和電影製作人培養出來的。他也是奎庫羅人影視團體[13]中的一員。穆冉還是孩子時，就參與其種族歌舞和文化習俗的紀錄片拍攝工作，他愛上電影所提供的可能性。當村民在螢幕上看見自己的動作，看見自己的熱情美好到值得一睹時他們發現一種能和世界完美交流的語言。就連奎庫羅族長都提出請求：村子裡的電影人應該記錄下他們的文化和傳統，免得後代遺忘。

勞羅和萊爾修認為這一切都很美好。原住民文化的高度視覺性、豐富的色彩、精彩的舞蹈，以及強烈的儀式感，似乎透過電影找到了絕佳的表現方式。他們兩人猶如勤勞的蜜蜂。原住民電影節在技術和內容一年比一年好。對於從未看過這類電影的人而言，是相當驚豔的體驗。對於能夠參與發現一個民族理想的表達方式，勞羅覺得十分榮幸。

為了獲得更多技術與改進，穆冉前往里約住一段時間，參加勞羅向原住民和里約熱內盧青年免費開放的電影工作坊。在學習期間，他住在垂直村[14]中，那是一棟五層樓的建築，是「我的家，我的生活」項目所建，其中住有圖卡諾族人、瓜加加拉族人、巴塔樹族人、奎庫羅族人等族群，他們都是生活在里約熱內盧的一萬七千名印地安人中的一員。

穆冉年輕，友善，健談。他長得並不俊美，但幾乎要將自己燃燒的激情、急切想要展現真正的印地安人的態度，使他特別突出。當他講起自己的村莊、他們的蛋形馬羅卡屋[15]，以及深橙色的土地，人們就會看見他的那股火焰。他向大家自我介紹，展示自己在村裡拍攝的第一批影像，那些影像簡潔、無聲，當他覺得有必要時就會在旁解釋。

影片一開始，出現的是村莊周圍風景一角——流水與叢林的世界，以及一個手持長矛，正在捕魚的年輕人。

「我們也用魚矛、魚鉤、魚線、魚叉、漁網捕魚，什麼都用。」穆冉的聲音在幽暗的庫房裡響起。

接著，鏡頭拉近，畫面上一群男女正在清洗潔白的淡水螺。

「我們會將自己的手工藝品放在原住民藝術市場上販售，批發或零售到城裡，或賣給來村裡的人。我們的人民創造了許多美麗的東西。」然後，影像展現了一個場景：在歐卡屋內，一個晾晒架上懸掛著許多項鍊和皮帶。外頭的光線穿入歐卡，在被透射的幽暗和被打磨得光亮白淨的淡水螺殼之間，形成一道美麗的反差。

「城裡仍有許多人說印地安人不工作。印地安人總是非常努力地工作。」

12「村中影像」（Video na Aldeia）是一九八六年成立於巴西珀南布科州的獨立民間組織，旨在運用視聽資源強化原住民身分，保留其文化特點，並培養原住民電影導演。

13奎庫羅人影視團體（Coletivo Kuikuro de Cinema），二〇一七年成立的一個巴西原住民影視團體。

14二〇〇九年，盧拉政府開始興建名為「我的家，我的生活」（Minha Casa, Minha Vida）的社會住宅，旨在讓低收入者有房可住。「垂直村」（Aldeia Vertical）就是此項目的一部分，建於二〇一五年，之後成為「馬拉卡納村原住民協會」（Associação Indígena Aldeia Maracanã）的基地。

15馬羅卡屋（maloca），亞馬遜地區的部分巴西和哥倫比亞原住民所居住的住宅。

鏡頭展示一片農田，畫面切到一棵甜桃樹。一個小女孩摘下一顆果實，剝開皮，露出明黃色澤。穆冉開玩笑道：「欸欸欸，我在這兒都能聞到那顆甜桃的味道！簡直美味得過分！它還可以榨出同樣明亮的黃油，我們會將油塗在皮膚上，用來裝飾和保護皮膚。」

接著，村子裡的兩個男孩出現在螢幕上，他們帶著槍，乘著摩托車和貨車離去。很快，他們在叢林中現身，向鏡頭展示一棵被砍倒的粗壯樹幹。

「這是我們發現了伐木者，要去趕走他們，並拍下他們的所作所為。我們拍下他們的罪行，放上網路譴責他們。這些事情幾乎每天都在發生。他們不尊重我們的土地。這些就是我想在電影中展示的。」他總結道。

阿曼達讚賞地為穆冉的熱情鼓掌。

他們成為了朋友。某天，一場相當成功的會議之後，工作結束時——阿曼達的任務是為每日的工作收尾，而他的任務是幫助她——整理庫房的兩人忽然意識到，他們獨處了。我行我素的阿曼達靠近他。那副強壯的軀體，那身棕紅的皮囊，以及那個優美的鼻子，她想近距離地仔細欣賞。她想近距離地看一看他那串淡水螺項鍊。她撫摸他：「你今天說吉蒂[16]是太陽，是創世英雄，是月亮奧盧庫瑪的雙生兄弟。在你們那兒，雙胞胎有什麼特殊的意義嗎？我有一個孿生弟弟呢。」

但是，還沒等他回答，她就吻了他。就在那裡，在堅硬的水泥地上，他們做愛了。一次平靜、專注且歡愉的愛旅：她專注他的身體，他亦陶醉她之中。她嗅聞他棕紅皮膚的潮溼氣味，他也品嚐她白皙的身體和紅色的柔軟髮絲。他們相愛了。

但僅只一次。

課程即將結束，穆冉準備返回村子。

還好，他心想。當阿曼達奔放地觸尋他時，她甜膩的皮膚和身上的城市氣味讓他心煩意亂。他覺得自己似乎被某種無名之物占據了。最好不要再靠近她。誰知道呢？這樣的女孩可以輕易地走進一個男人的心房，但他不是這種男人。他不會拿這種事開玩笑。城裡的女人非常麻煩，就算她們不會把一切搞得很複雜，他也不想和任何人產生感情、被任何人傷害。他和她一樣年輕、自由，但他肩負著對他人民的承諾。他不會再接近她了，不會的。

然而，課程結束那天，他給了她一條淡水螺項鍊。

「是我做的，希望能為妳的生活帶來好運。我真心希望妳能幸福。」

「真漂亮，謝謝你，穆冉！我也希望世界能給你和你的人民應有的一切。」

他們給了對方一個甜蜜的擁抱，一切就此結束。

16在奎庫羅族的傳統敍事種，吉蒂（Giti）是造物主，象徵太陽，其雙胞胎兄弟奧盧庫瑪（Aulukuma）是月亮。

不出所料，阿曼達宣布懷孕時，父母的第一個問題再明顯不過了：孩子的父親是誰？

阿曼達不知道。可能是丹尼爾也可能是穆冉。她在安達拉伊市[17]的舞廳認識丹尼爾的。她有時會和他見面，但不是認真的關係。更別提穆冉了，她被他和他的故事迷住了，但那是屬於他的另一個世界，永遠不會是她的。他留下的只有她很喜歡戴的那條項鍊。

但她什麼都沒告訴父母，只回答不知道誰是孩子的父親，而且這完全不重要，因為這個孩子只屬於她，就這樣。

§

一回到房間，阿曼達就用 Skype 打給班，想要告訴他父母的反應。自從他去蒙特利爾後，他們兩人就這件事聊了許久，但他還不知道她剛剛決定要留下孩子。他會很高興的。

「但妳都不跟我說誰是父親。」他抱怨道。

「因為我真的不知道，班。我有用保險套，但保險套破了。可能是丹，你認識的，社區電臺那個。」

「安達拉伊那個？」

「就是他。」

班笑了，「要是有一個長著小卷髮，膚色比我們深的外甥，我會很高興的。而且丹真的很不錯。」

「我知道。但我覺得不是他。」

「那是誰？」

「可能是穆冉，你不認識他。我和他只有過一次，那次我們沒戴套。」

「妳瘋了，曼達。」

「因為那次實在太自然了，班。一切就那麼順理成章地發生。我當時忘了。」

弟弟搖搖頭。

「那是什麼突然讓妳改變主意，想要生下孩子？」

「天知道呢！想要這個世界上多一個小好人？也許世界會變得更好？」

「當然會變好，而且會好很多！」他再次大笑，「老人家呢，他們還說了什麼？」

「爸爸沉默了一會兒，然後只說他開始理解為什麼我們千禧世代總是說『我不知道』、『天知道呢』。在我們製造出來的混亂中，你的確不可能知道會發生什麼。但這次他的表情很困惑，我甚至為他感到有點難過。平常總是很戲劇化的媽媽，沒有像我想的那樣痛哭流涕，但她一直重複說：『妳才幾歲！我一直以為妳很成熟！妳知道有孩子代表什麼嗎？』我跟你說，班，我不懂父母為什麼能把事情變得那麼複雜。」

17安達拉伊市（Andaraí），巴伊亞州的一個市。

「他們就是這樣，但就像爸爸老掛在嘴上的：這會過去的。但我們得做個約定，我要當寶寶的教父和父親。」

萊爾修在和母親的每週通話中得知此事，他評論道：「阿曼達這麼快就失去理智了！在世界如此不穩定的時候生孩子，而且還沒有父親！」

但羅薩立馬打斷他：「生米煮成熟飯了，兒子。不容我們評斷。而且理應要有孩子繼續出生，否則世界就完了。」

由於既定事實擁有超越一切的力量，隨著阿曼達的肚子日漸隆起，這對母女更理解彼此。一天晚上，她們坐在沙發談心，阿曼達終於發現瑪麗亞・弗洛爾落在她身上的目光，和她曾在母親望向班的目光中所見到的溫柔是一樣的。她的胸口湧起一股別樣的感覺。她深吸一口氣，緊緊地抱住母親，不斷親吻她。

「我一直是個壞人，媽媽。我不會再這樣了。」

阿曼達想在曾外祖母的民宿生下孩子，不知出於何種原因，所有人都如此期望。如果可能的話，就像從前一樣，在家裡自然生產。

懷孕七個月時，她已經在巴伊亞了。和往常一樣，第一個來探望她的是澤・特羅旺。朋友對她的愛始終不渝。他對她光彩動人的模樣感到驚豔。她說自己已經知道肚子裡的是個女孩。他說起自己正在上遠距會計課，而且，正在談戀愛，真是個驚喜！阿曼達拍手鼓掌。

「太好了，澤！」

他們一起前往勞莉勒內的新家，她現在是個家庭主婦，嫁給一位牧師。勞莉特意告訴他們，感謝上帝，她過得非常好。她計畫很快要有一個孩子，上帝保佑。阿曼達追問起那些畫。

「那都是些小孩子的玩意啦。」年輕女孩回答道，「我的生活裡已經沒有它們的位置了。」

這次拜訪非常短暫。告別時，她們傷感地擁抱彼此，知道再也回不去從前了。

阿曼達打算從那兒直接去德爾茜家。特羅旺想阻止這次重逢：「德爾茜變了很多。去找她根本是找罪受。」

阿曼達堅持要去，她想親眼看看。德爾茜的母親在門口接待她，並喊女兒出來。她和特羅旺動也不動地站在原處，頂著大太陽，就這樣過了許久。終於，德爾茜出現了。她沒有邀請阿曼達進屋，並且馬上就讓朋友臉上堆起的笑容凝固了。

「妳走吧。我不想再見到妳了。我們根本沒必要見面。」

然後，她沒給阿曼達開口的機會，當著他們的面把門關上。

還好特羅旺也在身邊。

「德爾茜就是這樣。」他解釋道，「非常暴躁。他們說最糟的是，她兒子出生後很像那個白人。她沒有告訴我們任何事，但她母親說是一個同學強奸她的。」

即便如此，阿曼達仍然不能理解。她只說：「回頭見，特羅旺。」

她想一個人走走。母親曾說她體內有一個快要爆炸的小小的憤怒之核，她現在感受到了。為什麼德爾茜就這麼結束她們的友情？真令人煩躁啊！她的手摸上肚子，試圖保護它免受自己侵擾。

「不要被我傳染了，我的寶貝。冷靜。有時媽媽會無法理解某些事情，但別擔心，等我明白後，我會解釋給妳聽的。」

她向來認為自己在這個世界上是相當安全的。但不是，完全沒有！她並非像父母和自己曾以為的生來就老成或嚴肅，也非生來就像個成人，她仍是個女孩，一個想要活下去的傻女孩。她覺得自己彷彿置身狂暴的汪洋之中，她不喜歡這片大海，對它抱有陰暗的恐懼情感，彷彿它不斷挑釁她，想要進入她的體內、測試她的力量，而它早已知道，如果她反擊，就會輸掉。淚水在她的眼眶裡打轉。世界是一片汪洋嗎？不，不是。世界是一條河流。金色沙灘。蔥蘢叢林。世界不單是惡的。穆冉知道不是。丹知道不是。班知道不是。我知道不是。特羅旺也知道。我們都知道。不用擔心，寶寶，我們會為了妳，讓這個世界變得更好。

如今，懷胎九個月的阿曼達喜歡坐在河邊，讓河水的寧靜從雙腳開始漸漸感染她。她之前還會游游泳，女兒在她的肚子裡讚許地挪動，但現在她只是坐著。她想起薩爾維阿娜說過「巴塔樹」這個名字的含義：「雨水打在地面和石頭上，然後奔向河流和海洋」。她從未聽穆冉說過「奎庫羅」這個名字的意義。應該是美麗的事物。

「如果他就是妳的父親。」阿曼達摸著脖頸上潔白無暇的淡水螺項鍊，她的脖子被陽光染得金黃，她對著隆起的肚子說：「那我會不會有一天想告訴妳和他呢？」她立馬想到自己的父親，然後對自己笑了笑：「誰知道呢！」

然而，後來，她第一次告訴曾外祖母她的困境：兩個人都可能是父親。她想獨自撫養女兒，但也想知道誰是父親。

羅薩沉思了一會兒。

她說：「妳知道我是怎麼想的嗎？到了這個時候，其實這並不重要。寶寶出生後，她的臉上可能會帶有父親的特徵，也可能沒有。妳會有時間解決疑問的。現在，親愛的，來吧，我們一起去海灘看日落。」

很快，很快瑪麗亞・弗洛爾和若阿金就會趕來分娩現場。班要求父親用手機拍下出生過程。他因無法前來感到遺憾，想以某種方式在那個時刻陪伴阿曼達。

會是順利的，結果會是讓人快樂的。
生活仍會繼續。

阿曼達（2001-）

就這樣，我們再次抵達故事的終點。

那個時刻快到了。

妳的遺傳密碼正在編寫妳的資訊，蛋白質已經開始繁殖，將組成屬於妳的難以解釋的記憶。在這九個月，我用這些記憶餵養妳。這是作為胎盤的我的一部分。如此，遙遠時光的回憶將繼續在妳和妳的子孫身上延續。

明天，十二月二十一日，將是美滿的一天，是妳人生歲月的第一天。

在這個美麗的月夜，外頭的雲就要飄遠了，嬰兒喜歡在這樣的夜晚降生。那一天，也就是明天，將會和此前無數個世紀中、無數個十二月裡的平常日子一樣美麗。

在這座城市，天空將換上清淺、明亮的藍色衣裝，它經常在特殊的日子如此露面；汙染將頓然被撕開一道狹小的裂口，空氣隨即變得輕柔；交通堵塞的噪音將戛然而止，街上的男孩將在短暫的休息時刻收起小刀。

這裡，在妳即將出生的海岸，光彩熠熠的清晨伴隨著相同的金色太陽即將到來。這道陽光曾愛撫過伊奈阿，即妳淵源中的第一個子宮。

但不要太過期待。
精彩絕倫的事物等待著妳。

致謝

首先，我必須感謝多位致力研究及撰寫巴西歷史的專業人士，他們的作品對本書有不可或缺的價值。巴西歷史學的財富是非凡的，今日，它以嚴肅、高水準的研究涵蓋我們歷史上幾乎所有時期。也許還有很多事要做，但從很早開始，我們的歷史學家就十分勤懇地工作，而且做得非常好。

我還想提及書中三處情節的來源：關於漢斯・斯塔登的故事，其中特貝熱特的故事是眾多版本之一；皂石的場景則取自耶達・布蘭瑺（Yeda Brandão）對家族一位女先祖的敘述，並由杜茜・佩德羅索（Dulce Pedroso）將資料寄給我[1]；一九七〇年的一個下午，在聖保羅市中心，瑪麗亞・盧茜婭・托雷斯（Maria Lúcia Torres）不經意地把她的詩歌和反軍事獨裁的宣傳小冊一起從若昂・門德斯廣場的某棟高樓上扔了下去。

我還要感謝幾位朋友，感謝他們閱讀我的手稿並提出寶貴的建議與鼓勵：瑪麗亞・盧西婭・托雷斯、佩格・希爾維拉、內德・勒贊德、羅德里古・蒙托亞、阿利皮歐・費雷熱、維吉尼婭・伊・A・

1杜茜・瑪達勒娜・里歐斯・佩德羅索在二〇一七年七月三十一日的期刊雜誌《UFG》上發表學術文章，名為《重建戈亞斯州的區域歷史：記憶與歷史文獻》。這篇文章的研究對象是十九世紀上半葉戈亞斯州的殖民者與印地安人的跨民族關係，其依據是一份關於戈亞斯州某地區的阿瓦—卡諾埃羅族印地安人襲擊無玷聖母蔗糖廠的史料。這次印地安人襲擊的證據之一保存在耶達・里歐斯・布蘭瑺的雜文記載中。耶達・布蘭瑺的祖輩曾是這次襲擊的受害者，他們以口述的方式將家族故事流傳了五代，最終在一九五〇年代以書面記載下來。

C・斯嘉特奇尼、勞拉・杜克、瑪麗亞・盧西婭・阿爾維斯、瑪麗亞・盧伊薩・托雷斯・A・歐塔維歐、Px、弗拉維歐・伊・德尼斯、加欣塔。

尤其非常感謝菲利佩，是他「自始至終」的堅持，使這本書成為可能。

參考書目

Capistrano de Abreu, *Caminhos antigos e povoamento do Brasil*, Belo Horizonte: Itatiaia, 1988.

André João Antonil, Cultura e opulência do Brasil, Belo Horizonte: Itatiaia, 1997.

Eduardo Canabrava Barreiros, *Episódios da Guerra dos Emboabas e sua geografia*, Belo Horizonte: Itatiaia, 1984.

Belmonte, *No tempo dos bandeirantes* (edição revista e aumentada), São Paulo: Melhoramentos, 1998.

Adalgisa Bittencourt, *Dicionário biobibliográfico de mulheres ilustres, notáveis e intelectuais do Brasil* (ilustrado), Rio de Janeiro: Pongetti, 1972.

Eduardo Bueno, *A viagem do descobrimento: a verdadeira história da expedição de Cabral*, Rio de Janeiro: Objetiva, 1998.

Eduardo Bueno, *Náufragos, traficantes e degredados: as primeiras expedições ao Brasil*,

Rio de Janeiro: Objetiva, 1998.

José Murilo de Carvalho, *Os bestializados: o Rio de Janeiro e a república que não foi*, São Paulo: Companhia das Letras, 1987.

José Murilo de Carvalho, *A formação das almas: o imaginário da República no Brasil*, São Paulo: Companhia das Letras, 1990.

org.: Miriam Moreira Leite, *A condição feminina no Rio de Janeiro, século xix: antologia de textos de viajantes estrangeiros*, São Paulo: Hucitec, 1993.

Jorge Couto, *A construção do Brasil*, Lisboa: Cosmos, 1998.

Antonio Geraldo da Cunha, *Dicionário histórico das palavras portuguesas de origem tupi*, São Paulo: Melhoramentos, 1989.

Manuel Diegues Jr., *Etnias e culturas no Brasil*, Rio de Janeiro: Civilização Brasileira, 1976.

Sheila de Castro Faria, *A colônia em movimento: fortuna e família no cotidiano colonial*, Rio de Janeiro: Nova Fronteira, 1998.

Boris Fausto, *História do Brasil*, São Paulo: Editora da usp, 1995.

Manolo Florentino, *A paz das senzalas: famílias escravas e tráfico atlântico. Rio de Janeiro, c. 1790-c. 1850*, Rio de Janeiro: Civilização Brasileira, 1997.

Gilberto Freyre, *Casa-grande e senzala: As origens da família patriarcal brasileira*, Rio de Janeiro: José Olympio, 1987.

José Carlos Gentili, *Isabel Maria, a duquesa de Goyas*, Goiânia: Kelps, 1996.

coordenador-geral da coleção: Fernando A. Novais, Org. do volume: Laura de Mello e Souza, *História da vida privada no Brasil: cotidiano e lida privada na América Portuguesa*, São Paulo: Companhia das Letras, 1997.

coordenador-geral da coleção: Fernando A. Novais, Org. do volume: Luiz Felipe de Alencastro, *História da vida privada no Brasil: Império: a Corte e a modernidade nacional*, São Paulo: Companhia das Letras, 1997.

coordenador-geral da coleção: Fernando A. Novais, Org. do volume: Nicolau Sevcenko, *História da vida privada no Brasil: República: da Belle Époque à era do rádio*, São Paulo: Companhia das Letras, 1998.

org.: Mary Del Priore, *História das mulheres no Brasil*, São Paulo: Contexto, 1997.

direção de Sérgio Buarque de Holanda, *História geral da civilização brasileira*, Rio de

Janeiro: Difel, 1985.

coordenadora-geral: Maria Yedda L. Linhares, *História geral do Brasil: da colonização portuguesa à modernização autoritária*, Rio de Janeiro: Campus, 1990.

Sérgio Buarque de Holanda, *Raízes do Brasil*, Rio de Janeiro: José Olympio, 1990.

Jorge Landmann, *Troia negra: a saga dos Palmares*, São Paulo: Mandarim, 1998.

Alcântara Machado, *Vida e morte do bandeirante*, Belo Horizonte: Itatiaia, 1980.

Ewaldo Cabral de Mello, *Rubro veio: o imaginário da restauração pernambucana* (2ª ed., revista e aumentada), Rio de Janeiro: Topbooks, 1997.

Ewaldo Cabral de Mello, *Olinda restaurada: guerra e açúcar no Nordeste, 1630-1654* (2ª ed., revista e aumentada), Rio de Janeiro: Topbooks, 1997.

John Manuel Monteiro, *Negros da terra: índios e bandeirantes nas origens de São Paulo*, São Paulo: Companhia das Letras, 1994.

Auguste de Saint-Hilaire, *Viagem à província de Goiás*, São Paulo: Edusp/Itatiaia, 1975.

Maria Beatriz Nizza da Silva, *História da família no Brasil colonial*, Rio de Janeiro: Nova Fronteira, 1998.

Hans Staden, *Portinari devora Hans Staden*, São Paulo: Editora Terceiro Nome, 1998.

Françoise Trenad & Epaminondas H. Ferreira, *Pequeno dicionário da língua geral*, Manaus: Seduc, 1989.

Sílvio de Vasconcelos, *Vida e obra de Antônio Francisco Lisboa, o Aleijadinho*, , São Paulo: Ed. Nacional, 1979.

org.: Jorge Caldeira, *Viagem pela História do Brasil*, São Paulo: Companhia das Letras, 1997.

org.: Carlos Eugênio Marcondes de Moura, *Vida cotidiana em São Paulo no século xix: memórias, depoimentos, evocações*, São Paulo: Ateliê/ Unesp, 1998.

譯後記——無盡的河流：女性與歷史的共振

當我們閱讀《母親的河流》時，我們在閱讀什麼？譯者認為這是一個不容易回答的問題，亦是一個用以理解這部作品不可忽視的關鍵點。

要理解瑪麗亞・若澤・西爾維拉的這部作品，首先要理解作者的個人生活史，尤其是她父親在其中所產生的深遠影響。瑪麗亞・若澤・西爾維拉（Maria José Silveira），原名瑪麗亞・若澤・黎歐斯・佩舒托・達・西爾維拉・林度蘇（Maria José Rios Peixoto da Silveira Lindoso），是巴西當代作家、翻譯、編輯，一九四七年生於巴西戈亞斯州雅拉瓜市。西爾維拉的父親是巴西政治活動家若澤・佩舒托・達・西爾維拉（José Peixoto da Silveira），生於上世紀初的米納斯・吉拉斯人。於醫學院畢業後，遷往雅拉瓜市定居，在那兒開了一家診所，加入了社民黨，隨後還當選上了該市市長。一九五〇年末至六〇年初，巴西首都由里約熱內盧遷至巴西利亞，後者是在巴西高原上拔地而起的人工城市；西爾維亞的父親參與了這座城市的工程建設。直到巴西軍政府獨裁統治前夕，他都一直在政府各部門擔任要職，這一段歲月其實是巴西社民黨的黃金時期，也被稱作「社民黨傳奇」。一九六五年，他政治生涯中最後一次向上攀爬是競選戈亞斯州州長，結果失敗告終。同年，巴西軍政府（1964-1985）頒布了一條取締多黨派的法令，並且隨著兩黨制的建立，西爾維拉加入了巴西民主運動陣營，旨在與當時的獨裁體制相抗衡。他的政治生涯也在一九六七年劃下了終止符。

瑪麗亞・若澤・西爾維拉的父親對參與政治生活的激情和活力深深感染了作家本人，尤其是他對建設巴西利亞城和反抗巴西軍政府獨裁體制作出的貢獻，促使女兒也信念堅定地投身巴西民主政治運動。巴西軍政府獨裁期間，瑪麗亞・若澤・西爾維拉因顛覆罪被當局通緝追捕。無奈之下，她與丈夫一同流亡至秘魯，直至一九七六年才返國。無論是父親還是作家自己的政治體驗，都不難察覺到在這部小說中，那些真實過往的激情、傷痛和思索，多多少少印在了不同人物的人生歷程，與後者的故事鑲嵌在一起，共同勾勒出一對難以分割的影子，那是瑪麗亞・若澤・西爾維拉個人的往昔碎片和女性角色於文本當下的所知所感的重疊。這種對現實的靈巧挪用還體現在西爾維拉的教育背景和創作內容的緊密關係上。上世紀六〇年代，她曾於巴西利亞、聖保羅等地求學，專修過人類學、新聞及政治學等人文學科。在人類學領域的耕耘、在政治學層面的觀念與實踐的結合，以及對新聞媒體的涉獵，都逐一體現在她對印第安人文化習俗、巴西殖民歷史及民主化歷程、當代網絡社群媒體運用等方面信手拈來、行雲流水的文學書寫中。

作為文壇新秀，二〇〇二年，西爾維拉攜首部小說《母親的河流》嶄露頭角，同年獲得由聖保羅藝術評論家協會（Associação Paulista de Críticos de Arte, APCA）頒發的文學新人獎。二〇一九年，《母親的河流》由戈洛布出版社（Globo Livros）再版。西爾維拉在舊版的基礎上增添了新的篇章，後者與巴西當代政治及人文境況吻合，使整部作品愈加飽滿、前衛。西爾維拉筆耕不輟，其創作成果頗豐，包括虛構小說、短篇故事、專欄散文、青年文學等，其中除《母親的河流》以外，另一本較為著名的作品是《路易斯・布努埃爾的鬼魂》（*O Fantasma de Luis Buñuel*, 2004），講述一群熱愛電影，尤其是布努埃爾電影作品的六〇年代巴西青年學生在巴西新都巴西利亞燃燒自己的文藝理想與革命激情。此外，西爾維拉創作初心不渝，寫作始終圍繞獨裁、鬥爭、流亡等政治主題展開，並向女性境況及命運投以特殊的性別關懷。西爾維拉不定期更新她的部落客文章，其中一個項目名為「週五雜文」（Sexta de Crónicas），她在上面記錄自己的近期反思、創作靈感和故事碎片。

總地來說，瑪麗亞・若澤・西爾維拉的文學作品總是和個人生命經驗（無論是作為體制的反抗者、民主的擁護者，抑或是知識分子女性）、巴西歷史尤其是政治歷史、巴西社會現實密切相關。她的家庭環境和教育背景賦予她很多行動和思考的源泉，甚至一定程度上轉化為生活和創作的基本；就這一點而言，我們可以從她個人的抗爭流亡史中觀察得出，也可以在這本小說中閱讀到。

回到小說本身，《母親的河流》是一部讀者可以從多元角度去詮釋其總體涵義的作品。概括地講，譯者認為這本小說至少可以放置於兩個名詞之下：歷史和女性。《母親的河流》基於巴西的民族和民主史，講述了一個古老家族中多位女性的故事。這個家族中的第一位女性是一個印第安女孩，名叫伊奈阿。在和一個葡萄牙青年的邂逅後，誕下了家族中的第二位女性特貝熱特。如此，整個家族的女性面目逐一呈現。她們的遭遇、宿命和悲歡離合推衍不息，直至本書的最後一位女性，生於二〇〇一年的阿曼達，才落下了帷幕。

就歷史而言，這本小說從一五〇〇年葡萄牙人初登巴西開始講起，徐緩展開了五百年巴西歷史的全景式面貌：從葡萄牙人和印第安人的初次接觸，到葡萄牙殖民者的統治管理，以及葡萄牙與荷蘭對巴西殖民權的爭奪戰爭，再至巴西大獨立，巴西共和國的建立，巴西現代化過程，巴西軍政府獨裁統治，巴西的再民主化，最終落腳於二十一世紀初期動蕩不定的巴西民主境況。就女性而言，這本小說描述了來自同一個古老家族共二十一位女性角色的生死愛欲。她們均勻地分散在各個歷史時期中，各自被賦予了鮮明且令人難忘的特點。每一位女性的形象和故事都是獨樹一幟、栩栩如生、完全足以單獨構成更加獨立的文學文本；然而，正是因為她們之間的歷史聯結與代際傳承的整體性和凝聚感，這本小說才顯得如此盈滿、豐富以及有力。

一方面，我們可以窺見巴西歷史的面貌是如何在連續性和非連續性的過程中形成的，它不是始終平和的，亦不是始終進步的，更不是毫無裂痕的，它是在各種因素極其複雜的作用中產生的，它是真實的人類史的一小節；另一方面，我們在閱讀的是一個同樣綿延、悠久、非扁平化、起伏的、複數的巴西女性家族史。這些女性並非只是在一種單純或真空的親緣傳承環境中聯結在一起，代際的斷裂和陌生化在如前述的巴西歷史中幾乎是必然的，但作者仍然能夠讓她們相互聯繫和感應，並非以物質性的具體方式，而是以一種精神性的、形而上學的、女性主義的方式；這不是虛幻的，這也不是矯揉造作的，這和歷史一樣真實，是屬於文學世界的真實。當我們讀畢全書後會發現，作者的靈感來源、取材和參考其實仍然與真實相關，比如史料、檔案、書信，但她的創作卻指向了想像、虛構和非虛構的天地。這樣的創作能夠讓讀者體會到智性與感性結合的愉悅。

正如譯者之前提到的，這本小說的初版（2002）的最後一章停在了倒數第二位女性，也就是生於一九六八年的瑪麗亞・弗洛爾；但二〇一九年再版時，作者又增添新的一章，也就是我們目前所看到的最後一位女性阿曼達。這種書寫的同時代性恰好與小說所呈現的歷史行徑和女性聯結的延續性相吻合，可以說是一種內容及方式上的雙重意義的平行。尤其是在阿曼達的章節中，作者還將筆觸伸向了巴西LGBT的境況。隨著二〇一九年巴西右翼總統博爾索納羅（Bolsonaro）上臺，巴西的民主再次陷入危機；二〇二〇年新冠疫情也讓巴西的政治和民生發生了改變。在這些時代的震蕩下，我們可以期待作者是否還會有更加新近的續章創作。

最後，回到譯者最初拋出的問題：當我們閱讀《母親的河流》時，我們在閱讀什麼？文體上，我們彷彿可以用長篇小說來定義它，但其中的非虛構因子、人類學及社會學的知識元素以及作者設下

「未完待續」的鮮明意圖，都賦予作品整體框架有某種游移、延展和多元混雜的特點。主題上，小說聚焦於一個巴西家族的百年史，然而產生戲劇性衝突和轉折岔路是去中心化的，亦即讀者可以在小說的任意段落尋找到情節的支撐點，因此也難以辨別哪一篇章是所謂更重要的，哪一篇章是所謂次要的；這種平等、並置、交纏的手法使得小說主題呈現出起伏的波浪狀，或者說，小說的主題並非特定且單一的，而是枝繁葉茂、匯聚成河。人物上，二十一位女性在歷史舞臺的接力表演也能讓我們感受到一種相似的複雜性，換言之，作者摒棄了西方小說傳統的人物構建手法——譬如愛德華・摩根・佛斯特（Edward Morgan Forster）在《小說面面觀》中所確認的兩種人物範疇，「扁平人物」和「圓形人物」——這本巴西小說啟用了深度的群像刻劃，以細緻、深入和連貫的描摹方式展現每一位人物外在與內在的形象。比喻式地概括而言，這部小說形式與內容上綿延、多維、異質的統一性彷若河流——面對一條河流，我們無法直截了當地描述、判斷，因爲每一處河段、每一個漩渦、每一束分支都是風格各異、截然不同的。或許我們無法追隨至它的終點，但曾經目睹並與之共情的閱讀體驗足以讓我們明曉關於歷史、關於女性、關於文學的無窮可能性。

余沛霖

母親的河流
A mãe da mãe de sua mãe e suas filhas

南方家園出版 Homeward Publishing
書　系　觀望
書　號　HW 043

作　者　瑪麗亞・若澤・西爾維拉 Maria José Silveira
翻　譯　余沛霖
審　定　金心藝
主　編　鄭又瑜
助理編輯　楊子萱
裝幀設計　陳恩安
排　版　鄭芸茜
發 行 人　劉子華
出 版 者　南方家園文化事業有限公司

南方家園文化事業有限公司
NANFAN CHIAYUAN CO. LTD
地址　臺北市松山區八德路三段 12 巷 66 弄 22 號
電話　02-25705215　24 小時傳真服務 02-25705217
劃撥帳號　50009398　戶名：南方家園文化事業有限公司
讀者服務信箱 E-mail　nanfan.chiayuan@gmail.com

總經銷　聯合發行股份有限公司
電話　02-29178022
傳真　02-29156275
印刷　約書亞創藝有限公司
初版一刷　2022 年 09 月
定價　450 元

國家圖書館出版品預行編目 (CIP) 資料

母親的河流 / 瑪麗亞．若澤．西爾維拉 (Maria José Silveira)
作；余沛霖譯 . -- 初版 . -- 臺北市：南方家園文化事業有限公
司 , 2022.09
譯自：A mãe da mãe de sua mãe e suas filhas
ISBN 978-626-95715-7-4(平裝)

885.7157　　　　　　　　　　111010979